작은 아씨들
2

Little Woman by Louisa May Alcott

작은 아씨들
2

루이자 메이 올컷 지음

최지현 옮김

Little Women

arte

Contents

□   일러두기

1   이 책은 Louisa May Alcott, *Little Women* (New York: W. W. Norton & Company, Inc., 2004)을 옮긴 것이다.

2   번역의 대본인 Norton Critical Edition에 수록된 초판본(1868~69)을 기준으로 삼았으나, 일부 오탈자 정정 등 단순 수정 사항은 이후 개정된 판본(1880~81)을 반영했다.

3   인명, 지명 등 외국어의 우리말 표기는 국립국어원 외래어표기법을 따르되, 일부 예외를 두었다.

4   주석은 모두 옮긴이의 것이다.

1

그 후 3년

이야기를 다시 시작하기에 앞서 홀가분한 마음으로 메그의 결혼식에 가려면 그간 마치 가에서 일어난 이러저러한 일들을 먼저 이야기하는 것이 좋겠다. 미리 말해 두지만 일부 어른들은 이 소설에 '연애 이야기'가 너무 많다고 생각할 것이다(젊은이들은 그렇지 않다고 생각하겠지만 말이다). 그 점에 대해서라면 이렇게 답변하고자 한다. "집에는 명랑한 소녀 넷이 있고 길 건너에는 활기찬 청년이 살고 있는데 뭘 기대할 수 있겠어요?" 물론 마치 부인도 같은 생각일 것이다.

3년이라는 시간이 지나는 동안 이 조용한 가족에게는 소소한 변화가 생겼다. 전쟁은 끝났고 마치 씨는 무사히 집으로 돌아와 부지런히 책을 읽으며 작은 교구를 운영하느라 바빴다. 목사직은 마치 씨에게는 천직이었다. 조용한 성격에다 학구적인 마치 씨는 학식

보다는 지혜가 풍부한 사람이었고 모든 사람을 '형제'라고 부를 만큼 사랑과 신앙심이 넘쳤으며 성품은 거룩하고도 고귀했다.

도덕적 엄격함은 그를 세속적 성공으로부터 멀어지게 했고 심지어 그는 가난에 개의치 않았다. 그럼에도 불구하고 향기로운 꽃에 벌들이 자연스레 모이듯 그의 훌륭한 인품에 매료된 사람들이 주변으로 모여들었고 마치 씨는 50년의 고된 경험을 통해 얻은 달콤한 교훈을 그들에게 전해주었다. 열성적인 젊은이들은 머리칼이 희끗희끗한 학자가 그들만큼 젊고 열성적이라는 것을 알게 되었다. 생각이 깊거나 곤란에 처한 여성들은 본능적으로 자신의 근심과 슬픔을 마치 씨에게 털어놓았고, 그때마다 상냥한 공감과 지혜로운 조언을 얻어갔다. 죄를 지은 자들은 순수한 마음의 마치 씨에게 죄를 털어놓으면 비난과 동시에 용서를 얻었다. 재능 있는 자들은 그와 벗이 되었고 야심가들은 자신이 목표하는 것보다 고귀한 야심이 있다는 것을 알게 되었다. 속물적인 사람들조차도 '이득은 없겠지만' 그의 믿음이 아름답고 진실하다고 인정했다.

제3자의 눈으로 보면 활기찬 여자 다섯 명이 집을 좌지우지하는 것처럼 보였고 많은 부분에서 사실이기도 했다. 하지만 실질적으로는 책 속에 파묻혀 앉아 있는 조용한 남자가 집안의 가장이었고 가정의 양심이었으며 지주이고 위안자였다. 바쁘고 걱정 많은 마치가 여자들은 힘든 일이 있을 때면 남편과 아버지라는 거룩한 이름의 그를 믿고 의지했다.

자매들은 마음은 어머니에게서, 영혼은 아버지에게서 위안을 얻었다. 딸들은 성장할수록 커가는 사랑을 성실하게 살아가는 양친에게 오롯이 바쳤다. 마치네 가족은 삶을 축복하고 죽음을 극복하는 사랑의 끈으로 단단히 뭉쳤다.

마치 부인은 그 사이 흰머리가 조금 더 생겼을 뿐 여전히 활발하고 유쾌했다. 지금 당장은 메그의 결혼 준비에 여념이 없어서 여전히 부상병으로 가득한 병원이나 전쟁 과부 가족들을 방문해 돕지 못하고 있었다.

존 브룩은 1년 동안 군대에서 용감하게 자신의 의무를 다 했으나 그 사이 부상을 입고 귀가한 후 다시 복귀하지 못했다. 훈장을 받지는 못했지만 자격은 충분했다. 기꺼이 온갖 위험을 무릅썼을 뿐 아니라 한창 때의 더없이 소중한 인생과 사랑을 희생했기 때문이다. 완전히 전역한 후 그는 건강을 회복하는 데 전념했다. 그리고 사업을 준비하고 메그와 함께 살 집을 마련하는 데 힘을 쏟았다. 분별력도 있는 데다가 자립심이 강한 브룩은 로런스 씨의 너그러운 제안을 거절하고 경리 자리를 맡기로 했다. 빌린 돈으로 위험을 감수하며 사업을 하기보다는 착실하게 번 월급으로 시작하는 것이 더 마음 편했기 때문이다.

메그는 결혼을 기다리는 동안 일을 할 뿐 아니라 주부로서 해야 할 일을 익혔다. 또한 사랑을 하면 아름다워진다는 말이 있듯 메그는 한결 더 예뻐졌다. 여자로서 욕심과 희망이 있었지만 새로운 인생을 검소하게 시작해야 한다는 사실에 메그는 다소 실망했다. 이제 막 결혼한 네드 모팻과 샐리 가디너 두 사람의 좋은 집과 마차, 수많은 결혼 선물, 화려한 의복을 자신의 것들과 비교하지 않을 수 없었다. 그런 좋은 것들을 가지면 얼마나 좋을까, 남몰래 바라게 되었다. 하지만 함께 꾸릴 가정을 위해 존이 얼마나 부지런히 일하고 있는지 생각하는 순간 모든 부러움과 불만이 사라졌다. 지는 해를 보며 존과 함께 앉아 둘만의 작은 계획에 대해 이야기하며 밝고 아름다운 미래를 그리다 보면 어느새 샐리가 누리는 화려함은 잊고 자신이 세상에서 가장 부유하고 행복한 사람인 것만 같았다.

이제 조는 마치 할머니 댁에 가지 않아도 되었다. 에이미를 아주 좋아하게 된 할머니가 훌륭한 선생님을 오게 해서 그림 수업을 해준다는 제안으로 에이미를 꾀었기 때문이다. 이렇게 좋은 혜택을 위해서라면 아마 에이미는 마치 할머니보다 더 까다로운 노인도 마다않고 모셨을 것이다. 에이미는 오전은 할머니를 보살피는 일을 하고 오후는 그림 공부를 하며 잘 지냈다. 한편 조는 글쓰기와 더불어 베스를 보살피는 일에 전념했다. 베스는 성홍열을 앓은 지 오래 됐지만 여전히 허약했기 때문이다. 정확히 환자는 아니지만 예전처럼 장밋빛 얼굴의 건강한 베스는 아니었다. 하지만 베스는 변함없이 모든 일에 희망을 갖고 행복한 미소를 잃지 않았다. 자신이 좋아하는 일이라면 차분하면서도 바쁘게 열심히 임했다. 베스는 과거에도, 지금도 모두의 친구이자 집안의 천사였다.

조가 '쓰레기'라고 부르는 글에 "스프레드 이글" 신문이 원고료를 1달러라도 지급하는 한 조는 경제적으로 독립한 여성이기에 부지런히 연애소설을 썼다. 생각이 많은 조의 머리와 야심 가득한 마음 속에는 엄청난 계획이 꿈틀댔고 다락방에 있는 낡은 양철 반사오븐에는 잉크로 얼룩진 원고가 차곡차곡 쌓여 더미를 이루었다. 언젠가 마치 가의 이름을 명예의 전당에 올려 줄 원고 더미였다.

할아버지를 기쁘게 해 드리기 위해 의무감으로 대학에 간 로리는 이제 스스로 즐거울 수 있는 가장 쉬운 방법을 찾아 대학 생활을 마음껏 누렸다. 로리는 돈도 많은 데다 예의도 바르고 재능도 많았다. 그리고 스스로 궁지에 빠지는 한이 있더라도 다른 사람을 구하려 할 정도로 마음이 따뜻해 두루두루 인기가 좋았다. 그만큼 인생을 망칠 위험도 다분했다. 만약 그를 성공시키기 위해 애써준 할아버지와 자신을 아들처럼 돌봐 준 어머니 같은 이웃에 대한 기억, 그리고 순수한 소녀 넷이 진심으로 자신을 사랑하고 존경하고 믿어준다는 확신을 부적처럼 갖고 있지 않았다면 수많은 전도유망한 소년들처럼 인생을 망쳤을지도 모르는 일이었다.

로리는 더할 나위 없이 '훌륭한 소년'이긴 했지만 까불대고 시시덕거리는 일도 있었고 점점 멋을 부리거나 수상스포츠를 즐기기도 하고 때로는 감정적으로 행동하기도 했다. 대학 생활이 흔히 그렇듯 상대를 괴롭히기도 하고 괴롭힘을 당하기도 했으며 비속어를 쓰기도 했다. 또 여러 번 정학과 제적을 당할 위기에 처하기도 했다. 의기양양한 데다가 재미있는 일을 무척이나 좋아하는 로리는 여러 사건에 원인이 되었지만 늘 솔직하게 고백하거나 진심으로 속죄하고 상대가 거부할 수 없도록 설득하는 능력으로 간신히 위기를 모면하곤 했다. 사실 로리는 이렇게 위기를 벗어나는 스스로를 자랑스럽게 생각하기도 했다. 분노한 강사들과 위엄 있는 교수들, 적들을 상대로 승리한 일들을 생생하게 들려주며 자매들을 긴장하게 했다. 소녀들에게 로리의 '우리 반 친구들'은 영웅으로 보였고 그들의 위업은 아무리 들어도 질리지 않았다. 로리가 친구들을 집으로 데리고 올 때면 자매들은 종종 이 대단한 사람들의 미소에 넋을 잃기도 했다.

특히 에이미는 이 영광스러운 만남을 즐겼고 그 친구들 사이에서 꽤 인기를 얻기도 했다. 에이미는 다른 사람들은 쉽게 가질 수 없는 매력이 자신에게는 있다는 것을 일찌감치 깨닫고 그것을 어떻게 활용할지를 터득했던 것이다. 메그는 자신만의 특별한 존에게 깊이 빠져 있느라 다른 사람은 신경 쓸 틈이 없었고 수줍음이 많은 베스는 그들을 훔쳐보며 에이미가 어떻게 그들에게 이것저것 지시를 내리는지 궁금해할 뿐이었다. 조는 마치 원래 자신이 있어야 할 자리라도 되는 듯 그곳에 자리를 잡고 앉아 남자들의 몸가짐과 말투를 따라 했다. 젊은 숙녀들에게 규정된 얌전한 몸가짐보다 훨씬 더 자연스러운 듯 보였다. 로리의 친구들은 하나같이 조를 굉장히 좋아했지만 절대 사랑 같은 감정은 없었다. 반면에 에이미를 보고 사랑에 빠진 듯 한숨 한두 번 내쉬며 찬사를 보내지 않는 사람이 없었다. 사랑이란 말이 나왔으니 이쯤에서 '도브 코트' 이야기를 할까 한다.

도브 코트는 브룩 씨가 메그를 위해 처음으로 장만한 작은 갈색 집의 이름이었다. 로리가 두 사람의 모습이 '서로 부리를 맞대고 정답게 속삭이는 한 쌍의 비둘기 같다'고 말하더니 그 집에 꼭 어울린다며 붙여준 이름이었다. 뒤로는 작은 정원이 있고 앞에는 손수건만 한 잔디밭이 있는 아담한 집이었다. 그곳에 메그는 분수와 관목, 그리고 예쁜 꽃들을 심을 생각이었지만, 지금 분수는 풍파에 시달려 낡아빠진 개수통같이 생긴 항아리가 대신하고 관목은 죽을지 말지 결정하지 못한 어린 낙엽송 몇 그루로 이루어져 있었다. 씨를 심을 곳에 꽂은 막대기들로 꽃들이 필 것임을 알 수 있을 뿐 아직 꽃은 보이지 않았다. 하지만 집 안은 정말 아름다워서 행복한 신부의 눈에는 다락방부터 지하실까지 결점이라고는 보이지 않았다. 사실 복도는 너무 좁아 피아노가 없다는 것이 다행이라 여겨질 정도였다. 피아노가 있었다면 아마 온전한 모습으로 두지 못했을 것이다. 식당도 너무 작아서 여섯 명이 꼭 끼어서 앉아야 했고, 부엌 계단은 도자기잔을 들고 가는 하인을 석탄 통 속으로 곤두박질치게 할 특별한 목적으로 만든 것 같았다. 하지만 이런 사소한 결점에 익숙해지면 이보다 더 완벽할 수 없는 공간이었다. 가구를 고르고 배치한 안목과 취향이 아주 훌륭했고 그 결과는 아주 만족스러웠기 때문이다. 작은 응접실에는 대리석 탁자도, 긴 거울도, 레이스 커튼도 없이 그저 소박한 가구와 많은 책, 좋은 그림 한두 점이 걸려 있을 뿐이었다. 퇴창에는 꽃병이 놓여 있었고 다정한 사람들에게서 받은 예쁜 선물들이 여기저기 자리해 사랑의 메시지를 전하고 있었다.

로리가 선물한 프시케 도자기상[1]은 브룩 씨가 받침대에 올려 놓은 덕분에 그 아름다움을 조금도 잃지 않았다. 에이미는 예술적 손길로 그 어떤 실내 장식업자보다도 더 우아하게 평범한 모슬린 커튼에 주름을 잡았고 조와 어머니는 메그의 짐을 정리하는 동안 간절한 소망과 즐거운 말들로 창고를 가득 채워 주었다. 해나가 냄비와 팬을 열두 번도 더 닦고 '브룩 부인이 집에 오는 즉시' 불을 피울 수 있도록 준비해 주어서 멋진 새 부엌은 더없이 안락하고 깨끗했다.

---

1 파로스 섬에서 나는 백색 도자기로 만든 조각상. 프시케는 그리스 신화에 나오는 에로스의 연인.

베스는 메그가 은혼식 때까지 쓸 수 있을 만큼 걸레, 받침대, 주머니를 만들어 주었고 도자기 그릇을 닦을 세 종류의 행주를 특별히 만들어 주었다. 세상 그 어떤 신부도 이렇게 든든한 살림살이로 신혼 생활을 시작할 수 없을 듯했다.

이 모든 것들을 준비할 때 돈을 주고 사람을 고용해서 해결한 사람들은 자신이 무엇을 잃었는지 절대 모른다. 가정의 일은 사랑의 손길이 거쳤을 때 아름다워지는 법. 메그는 이 말이 사실임을 두 눈으로 확인했다. 부엌에서 쓰는 밀대에서부터 응접실 탁자 위에 있는 은제 꽃병에 이르기까지 작은 보금자리 모든 것들이 행복한 가정과 미래에 대한 꿈을 잘 그려냈기 때문이다.

함께 앞날을 준비하는 동안 두 사람은 더없이 행복했다. 진지하게 세간살이를 사러 다니기도 했지만 재미있는 실수도 했다. 로리가 헐값에 사오는 황당한 물건들에 박장대소를 하기도 했다. 대학 생활이 거의 끝나가고 있었지만 이 젊은이는 소년 시절만큼 여전히 장난을 좋아했다. 주말에 집에 올 때 기분 내키는 대로 새롭고 유용하면서 독창적인 물건을 사서 젊은 주부에게 가져다 주었다. 어느 날은 진기한 모양의 빨래집게 한 주머니를 사 갖고 오더니 다음에는 육두구 강판을 사왔다. 육두구 강판은 한 번 썼는데 산산조각 나고 말았다. 칼 청소기는 모든 칼을 엉망으로 만들어 버렸고 청소기는 카펫에서 보풀은 제거했지만 먼지는 그대로 남겼다. 노동 절약형 비누는 손의 살갗을 벗겨 놓았고 확실한 효과가 있다는 말에 현혹되어 산 접착제는 로리 손가락에만 들러붙었다. 동전 넣는 장난감 저금통부터 수증기로 물건을 씻어주는 훌륭한 급탕기까지 양철로 된 온갖 물건들은 어느 면으로 보나 사용 중에 터져 버릴 것 같았다.

메그는 로리에게 그만 사오라고 했지만 허사였다. 존은 로리를 보고 웃음을 터뜨렸고 조는 로리를 '투들스 씨[2]'라고 했다. 미국인들이 발명하는 물건들에 푹 빠져 있던 로리는 새로 나온 물건들을 친구의 집에 들여놓고 싶었고, 그렇게 말도 안 되는 물건들을 매주 보게 된 것이다.

드디어 모든 준비가 끝났다. 에이미는 각기 다른 색깔의 방에 맞춘 비누까지 정리를 마쳤고 베스는 첫 식사를 위한 식탁 준비를 끝냈다.

"마음에 드니? 이제 아늑한 보금자리처럼 느껴지고 이곳에서 행복하게 살 수 있을 것 같지 않아?" 마치 부인이 딸과 함께 새 왕국을 둘러보며 물었다. 서로 꼭 붙어 팔짱을 낀 두 사람은 그 어느 때보다 다정해 보였다.

"네, 엄마, 완벽해요. 모두에게 고맙고 이루 말할 수 없을 만큼 행복해요." 메그는 여러 마디 말보다도 더 행복한 표정으로 대답했다.

---

2 리처드 존 레이먼드의 작품 속에 나오는 경매에서 물건 사기를 좋아하는 인물을 빗대서 말한 것이다. 실제로는 투들스 부인이다.

"하인 한두 명 정도 있으면 딱 좋을 텐데." 에이미가 응접실에서 나오며 말했다. 그곳에서 에이미는 메르쿠리우스 상을 장식 선반에 놓을지 벽난로 선반에 놓을지 고민하고 있었다.

"엄마랑 그 문제에 대해서 이야기해 봤는데 우선 엄마 말씀대로 해 보기로 했어. 할 일도 별로 없을 테고 로티가 내 심부름을 해주며 도와줄 거야. 그리고 적당히 일을 해야 게을러지지도 않고 집을 그리워하는 마음도 생기지 않을 거 같아." 메그가 차분하게 말했다.

"샐리 모팻네엔 하인이 넷이나 있어." 에이미가 말했다.

"언니 집에는 하인 넷을 둘 수가 없어. 집에 다 들어갈 수가 없어서 집 주인 부부가 정원에서 야영을 해야 할 테니까." 푸른색 큰 앞치마를 두른 조가 마지막으로 문 손잡이에 광을 내며 끼어들었다.

"샐리의 남편은 부자니까 당연히 하녀들이 좋은 집을 관리해 주지. 메그와 존은 검소하게 시작하지만 큰 집에 사는 것만큼 작은 집에서도 충분히 행복할 거라 믿어. 메그 같은 젊은 아이들이 옷에만 관심을 갖고 이것저것 지시나 하면서 이러쿵저러쿵 뒷말만 하는 건 아주 큰 잘못이란다. 내가 처음에 결혼했을 때는 새 옷이 낡거나 찢어져서 바느질하는 즐거움을 누리고 싶어 안달이었거든. 주머니나 손수건에 수나 놓는 일은 정말이지 지겨웠으니까."

"부엌에서 음식을 만들지 그러셨어요. 샐리가 그러는데 심심풀이로 음식을 만들다가 엉망진창이 돼서 하인들의 웃음거리가 되곤 했대요." 메그가 말했다.

"얼마 후에 음식을 만들었지. 하지만 내 음식은 엉망진창은 아니었다. 해나에게 음식 만드는 법을 배웠기 때문에 우리 하인들이 나를 보고 웃을 정도는 아니었어. 그때는 그저 재미삼아 했는데 시간이 지나 내 어린 딸들을 위해서 직접 음식을 만들어야 할 순간이 왔을 때 나 혼자 할 수 있다는 게 얼마나 기쁜지! 돈을 주고 다른 사람을 고용할 수 없게 됐을 때 나 스스로 일할 수 있어야 하니까. 메그, 너는 나와는 정 반대편에서 시작하는 거다. 지금 네가 배워 두는 것들은 언젠가 반드시 쓸모가 있을 거다. 존이 돈을 많이 벌어 부자가 되더라도 안주인은 일을 어떻게 해야 하는지 알아야 아랫사람에게 제대로 대접을 받을 수 있을 테니까."

"네, 엄마, 명심할게요." 메그가 어머니의 조언에 귀를 기울이며 공손하게 말했다. 무릇 훌륭한 주부라면 집안일에 열의를 갖고 제 의견을 말하기 마련이었다. "제가 이 작은 집에서 이 방을 가장 좋아하는 걸 아세요?" 잠시 후 어머니와 함께 위층으로 올라간 메그가 리넨 천이 잘 보관된 작은 방을 들여다보며 말했다.

그 방에는 베스가 선반 위에 눈처럼 하얀 리넨 천을 쌓아 올려놓고는 감탄하며 바라보고 있었다. 메그의 말에 세 사람은 모두 웃음을 터뜨렸다. 그 리넨 방에는 사연이 있었기 때문이다. 독자들은 메그가 '그 브룩이란 남자'와 결혼하면 한 푼도 주지 않을 거라고 했던 마치 할머니의 말을 기억할 것이다. 시간이 지나 분노가 누그러지자 할머니는 다소 당혹스러워하며 자신이 했던 말을 후회했다. 절대 자신의 말을 어기는 법이 없었던 할머니는 자존심을 다치지 않고 자신의 말을 바꿀 방법을 궁리했고 마침내 스스로를 만족시킬 방법을 찾았다. 플로렌스의 엄마인 캐롤 부인을 시켜 집과 식탁에 쓸 충분한 양의 리넨을 사게 한 다음 그 리넨이 부인의 선물인 것처럼 보냈다. 모든 일들은 충실하게 진행됐지만 결국 비밀이 새어나갔고, 그 사실을 알게 된 마치 가족들은 아주 재미있어했다. 마치 할머니는 전혀 모르는 체하며 오래 전에 약속했듯 처음으로 결혼하는 신부에게 구식 진주 말고는 아무것도 줄 수 없다고 계속 강조했기 때문이다.

"주부다운 취향이라 다행이구나. 아는 사람 중에 시트 여섯 장으로 신혼 살림을 시작하는 젊은 친구가 있었는데 손님용 핑거 볼[3]이 생기니까 아주 뿌듯해하더구나." 마치 부인이 그 섬세함이 놀랍다는 듯 다마스크 식탁보를 가볍게 두드리며 말했다.

"저는 핑거 볼이 하나도 없지만 여기 이것들로도 충분해요. 해나가 말한 대로 이제 평생을 함께 할 '첫 살림'이니까요." 메그가 만족한 얼굴로 말했다.

"투들스가 와요." 아래층에서 조가 소리치자 다들 로리를 맞으

---

3 식사 중에 손가락을 씻는 물을 담는 작은 사발.

러 내려갔다. 매주 로리의 방문은 잔잔한 그들의 일상에 중요한 사건이었기 때문이다.

키가 크고 어깨가 딱 벌어진 젊은 청년이 바짝 깎은 머리에 펠트 모자를 쓰고 코트 자락을 휘날리며 성큼성큼 걸어왔다. 낮은 울타리를 훌쩍 넘더니 지체 없이 대문을 열고 마치 부인에게로 곧장 가서는 두 손을 내밀고 진심 어린 목소리로 말했다.

"저 왔어요, 어머니! 네, 저는 잘 지냈어요."

마지막 말은 다정하게 안부를 묻는 듯한 마치 부인의 표정에 대한 대답이었다. 로리가 그 잘생긴 눈으로 마치 부인의 얼굴을 그윽하게 바라보자 평소처럼 마치 부인이 따뜻한 입맞춤을 해 주는 것으로 그 작은 의식은 끝났다.

"이건 존 브룩 부인에게 드리는 거예요. 만든 이의 축하 인사가 들어 있고요. 신의 은총이 함께 하기를 베스! 이렇게 새로운 모습이라니, 조! 에이미, 매일매일 예뻐지는걸."

로리는 그렇게 말하며 갈색 종이 꾸러미를 메그에게 전하고 베스의 머리 리본을 잡아당기고 조의 앞치마를 휘둥그레한 눈으로 바라보았다. 그리고 에이미 앞에서는 짐짓 황홀하다는 몸짓을 해 보이더니 모두와 차례차례 악수를 했다. 그제야 다들 이야기를 시작했다.

"존은 어디 있어?" 메그가 걱정스러운 목소리로 물었다.

"내일을 위해 결혼 증명서를 받으러 갔습니다, 부인."

"지난 경기에서 어느 편이 이겼어, 테디?" 열아홉 살이 되었음에도 여전히 남자들의 운동경기에 관심이 많은 조가 물었다.

"물론 우리 편이지. 너도 그 경기를 봤어야 하는데."

"사랑스러운 랜들 양은 잘 지내?" 에이미가 의미심장한 미소를 띠며 물었다.

"더 사나워졌어. 내가 바짝 말라가는 거 안 보여?" 로리가 넓은 가슴을 소리가 나도록 치며 연극하는 배우처럼 한숨을 쉬었다.

"오늘은 어떤 재미난 물건을 가지고 왔어? 메그 언니, 선물을 풀어 보자." 베스가 울퉁불퉁한 꾸러미를 보며 말했다.

"불이 났을 때나 도둑이 들었을 때 집에 있으면 아주 쓸모가 있답니다." 웃고 있는 자매 앞에 로리가 파수꾼들이 쓰는 소리 막대를 꺼냈다.

"브룩 선생님이 안 계실 때 무서운 일이 일어나면 메그 부인, 앞쪽 창문으로 가서 막대를 돌려 보세요. 당장 이웃들이 일어날 테니까요. 대단하죠, 안 그래요?" 로리가 시범삼아 막대를 돌리자 다들 귀를 막았다.

"다들 감사합니다! 아, 감사하다는 말이 나왔으니 생각이 나네요. 해나에게 고맙다고 하세요. 결혼식 케이크가 망가지지 않게 막아 준 해나에게 감사해야 해요. 여기 오는 길에 케이크를 봤는데 어찌나 맛있어 보이는지 해나가 용감하게 막아서지 않았다면 제가 한번 찍어 먹어 봤을 거예요."

"언제 다 자랄지 모르겠구나, 로리." 메그가 점잖게 말했다.

"최선을 다하고 있습니다, 부인. 그런데 안타깝게도 더 이상은 키가 자라지 않네요. 이 타락한 시절에 남자 키는 육 피트가 최고랍니다." 머리가 작은 샹들리에 높이까지 닿는 젊은 신사가 대답했다. "이 새 집에서 뭔가를 먹는 건 신성모독일 테죠. 저는 너무 배가 고프니 이만 휴정할 것을 제안하는 바입니다." 로리가 덧붙여 말했다.

"나는 엄마랑 함께 존을 기다릴래. 마지막으로 정리할 일도 남았거든." 메그가 서둘러 일어났다.

"난 베스 언니랑 키티 브라이언트 집에 가서 내일 쓸 꽃을 얻어 올게." 에이미가 그림 같은 자신의 곱슬 머리 위로 그림 같은 모자를 쓰고는 그 아름다움에 그 누구보다도 흡족해하며 말했다.

"조, 가자, 친구를 버리지 말아 줘. 너무 지친 상태라 혼자서는 집에 갈 수 없어. 그런데 절대 앞치마는 벗지 마. 너에게 유독 잘 어울리니까." 조는 로리의 말과는 반대로 앞치마를 벗어 널찍한 주머니 속에 집어넣고는 자신의 팔을 내어주며 로리를 부축해 주었다.

"자, 테디, 내일 일에 대해서 진지하게 할 말이 있어." 함께 걸어가면서 조가 먼저 말을 꺼냈다. "얌전하게 굴고 장난도 치지 않고 우리 계획을 망치지 않겠다고 약속해."

"장난치지 않을게."

"진지해야 할 상황에 우스운 이야기도 하지 마."

"난 그러지 않아. 그런 짓 하는 건 너잖아."

"제발 부탁인데 결혼식 진행되는 동안 나를 쳐다보지 마. 널 보면 분명 웃음이 터질 거야."

"네가 나를 볼 일이 없을 텐데. 엉엉 울어서 눈물이 앞을 가릴 테니까."

"엄청난 일이 아니라면 난 절대 울지 않아."

"옛 친구가 대학에 가는 일 같은 거 말이야?" 로리가 넌지시 웃으며 끼어들었다.

"잘난 체하지 마. 여자애들만 상대해야 하는 일이 좀 슬펐을 뿐이야."

"그렇구나. 그런데 조, 이번 주 할아버지는 어떠셔? 기분이 좋으셔?"

"아주 좋으시지. 왜, 또 말썽 일으킨 거야? 할아버지가 어떻게 하시는지 보고 싶어서?" 조가 조금 앙칼지게 물었다.

"조, 내가 괜찮지 않은데도 네 어머니 얼굴을 똑바로 보면서 '잘 지냈어요.'라고 말할 거라 생각해?" 로리는 마음에 상처를 입은 듯 잠깐 멈춰 섰다.

"아니, 그렇지는 않아."

"그러니 의심하지 마. 난 그저 돈이 좀 필요해." 조의 진심 어린 말에 마음이 누그러진 로리가 다시 걸어가며 말했다.

"테디, 넌 돈을 너무 많이 써."

"이런, 내가 돈을 쓰는 게 아니야. 어떻게 된 일인지 돈이 그냥 저절로 빠져나가서 나도 모르는 새 없어진다니까."

"넌 너무 너그럽고 마음이 좋아서 사람들에게 돈을 빌려주기만 할 뿐 그 누구에게도 안 된다는 말을 못 하지. 네가 헨쇼에게 어떻게 했는지도 다 들었어. 네가 늘 그런 식으로 남을 도우면서 돈을 쓰니 아무도 너를 비난할 수 없는 거야." 조가 따뜻하게 말했다.

"아, 헨쇼가 아무것도 아닌 일을 크게 떠벌린 거야. 너라도 그 좋은 친구가 죽도록 일만 하도록 내버려 두지 않았을 거야. 조금만 도와주면 우리 같이 게으른 놈들의 열두 배 가치는 할 텐데. 안 그래?"

"물론 그렇지. 그런데 넌 양복 조끼가 열일곱 벌에 넥타이는 셀 수도 없잖아. 우리 집에 올 때마다 새로 산 모자를 쓰고 오고. 내 생각엔 멋 부릴 시기는 다 지난 것 같은데 불쑥불쑥 다시 시작하는 것 같아. 지금 네 패션은 끔찍해. 머리칼은 청소용 솔 같고 옷은 구속복[4] 같잖아. 오렌지 색 장갑에 이 못생기고 넙적한 장화는 또 뭐니? 싸면 말도 안 해. 왜 그렇게 비싼지 이유를 전혀 모르겠는데 말야."

4 정신 이상자와 같이 폭력적인 사람의 행동을 제압하기 위해 입히는 옷.

조의 공격에 로리는 고개를 젖히고 실컷 소리 내어 웃었다. 그 바람에 펠트 모자가 떨어지고 말았다. 조는 모자를 밟고 지나갔는데 이런 무례한 행동을 빌미로 오히려 로리는 건성으로 만든 복장의 장점을 설명할 수 있게 되었다. 로리는 혹사당한 모자를 접어서 주머니에 구겨 넣었다.

"설교는 그만해. 부탁이야. 한 주 내내 학교에서 지겹도록 들었다고. 집에 오면 좀 쉬고 싶단 말이야. 내일은 돈에 상관없이 친구들이 만족하도록 잘 차려 입을게."

"머리만 기르겠다면 더 이상 아무 말 하지 않을게. 내가 귀족적인 걸 좋아하는 건 아니지만 프로권투선수 같은 사람이랑 같이 다니고 싶지는 않아." 조가 심각하게 말했다.

"이렇게 얌전한 스타일을 하면 공부에 집중할 수 있어. 그래서 이런 머리를 하는 거야." 로리가 대답했다. 충분히 멋진 곱슬 머리를 자발적으로 1/4 인치로 짧게 잘랐으니 허영심이 있다고 누구도 로리를 비난할 수는 없을 것이다.

"그런데 조, 그 조그만 파커가 에이미를 많이 좋아하고 있는 것 같아. 틈만 나면 에이미 이야기를 하고, 시를 쓰질 않나, 멍하니 생각에 빠져 있을 때도 많더라고. 그런 생각은 애초에 싹을 잘라버리는 게 낫겠지?" 잠깐의 침묵을 깨고 로리가 오빠 같은 말투로 은밀하게 말했다.

"물론 그래야지. 앞으로 몇 년 동안 우리 집안에 결혼은 없을 거야. 세상에, 어린애들이 무슨 생각을 하는 거니!" 에이미와 파커가 아직 십대도 되지 않은 어린아이라도 되는 듯 조는 아연실색했다.

"뭐든 빠른 시대니까. 세상이 어떻게 돌아가는 건지 모르겠어. 너도 아직 어리지만 아마 다음은 네 차례겠지. 네가 결혼하고 나면 우린 슬픔에 빠질 거야." 로리가 퇴락하는 세상을 향해 고개를 저으며 말했다.

"나라고? 무슨 말씀! 나는 남자들이 좋아하는 여자가 아니야. 아무도 나를 원하지 않을 거야. 다행이지 뭐. 집안에 노처녀 하나씩은 꼭 있는 법이니까."

"넌 그 누구에게도 기회를 주지 않잖아." 로리가 곁눈질을 하며 말했다. 햇볕에 그을린 얼굴이 전보다 좀 더 붉어졌다. "넌 네 성격의 부드러운 면은 보여주지 않아. 누군가 우연히 너의 그런 면을 보고 좋아서 표현을 하면 넌 거미지 부인[5]처럼 굴지. 차가운 물을 퍼붓고 행여나 너를 보거나 만질까 봐 온몸에 가시를 돋운다고."

"난 그런 일을 좋아하지 않아. 너무 바빠서 그런 말도 안 되는 일에 신경을 쓰고 싶지 않다고. 그리고 가족을 깬다는 건 너무 끔찍하게 느껴져. 자, 이제 그 이야기는 그만 하자. 언니 결혼식 때문에 다

---

5 찰스 디킨스의 소설 〈데이비드 코퍼필드〉에 나오는 나이 든 과부. 선상 요리사가 청혼을 하자 찬물을 끼얹으며 거절을 한다.

26

들 머리가 어떻게 됐나 봐. 연인이니 사랑이니 그런 이야기 밖에 하지 않으니. 그런 일은 내 관심 밖의 일이니 다른 이야기해." 조는 조금이라도 도발하면 차가운 물을 쏟을 기세였다.

그게 어떤 감정이었는지는 정확히 알 수 없으나 로리는 낮게 휘파람을 불며 그 감정을 달랬다. 그리고 문 앞에서 헤어질 때 무서운 예언을 했다.

"내 말 명심해, 조. 다음은 네 차례야."

2

마치 가 첫 결혼식

결혼식 날 이른 아침 구름 한 점 없이 맑은 하늘 아래 햇살을 받으며 6월의 장미가 다정한 이웃처럼 진심으로 기뻐하며 베란다 위에서 화사하게 깨어났다. 장미꽃들은 기쁨으로 더욱 붉어진 얼굴로 바람결에 몸을 흔들며 서로 본 것에 대해 이야기했다. 어떤 장미는 음식이 즐비하게 준비된 식당을 들여다봤고, 어떤 장미는 위층으로 기어 올라가 신부에게 옷을 입혀 주고 있는 자매들에게 고개를 끄덕이며 미소를 지어 주었다. 여러 가지 심부름을 하느라 정원이며 베란다 복도를 오가는 사람들을 반기며 흔들어 준 장미도 있었다. 붉게 만개한 장미에서부터 엷은 아기 봉오리까지 오랫동안 자신들을 사랑하고 보살펴 준 상냥한 여주인에게 아름다움과 향기를 선사했다.

그날 메그는 한 떨기 장미 그 자체였다. 마음과 영혼의 아름다움이 얼굴에서 피어나 고귀하고 우아한 장미로 피어난 것이다. 메그는 실크나 레이스도, 오렌지꽃[6]도 원하지 않았다. "오늘은 너무 화려하게 차려 입어서 괜히 낯설게 보이고 싶지 않아." 메그가 말했다. "화려한 결혼식이 아니라 내가 사랑하는 사람들과 이 순간을 함께 하고 싶을 뿐이야. 그리고 그들에게 가장 익숙한 모습으로 함께 있고 싶어."

그래서 메그는 소녀의 마음 속 희망과 순수한 사랑을 담아 한 땀, 한 땀 바느질을 하여 직접 웨딩 드레스를 만들었다. 동생들이 메그의 머리를 예쁘게 땋아 올려 주었다. 유일한 장식은 계곡에 핀 백합이었다. 바로 '메그의 존'이 가장 좋아하는 꽃이었다.

"우리가 사랑하는 바로 그 메그 언니야. 너무 예쁘고 사랑스러워서 드레스에 주름이 가지 않는다면 언니를 안아 주고 싶어." 메그가 단장을 마치자 에이미는 기쁜 얼굴로 메그를 훑어보며 소리쳤다.

"그렇다니 다행이다. 드레스 신경 쓰지 말고 다들 와서 안고 입맞춰 줘. 그런 주름이라면 오늘 많이 만들어도 괜찮아." 메그가 팔을 벌리자 동생들이 환한 얼굴로 와서 안아 주었다. 새로운 사랑이 온다고 해서 오래된 사랑이 변하는 건 아니라고 깨닫는 순간이었다.

"이제 존에게 가서 넥타이를 매어 주고 서재로 가서 잠깐이라도

---

6 십자군 전쟁 이후 오렌지 꽃은 신부들의 부케나 화관 장식으로 많이 쓰였다.

아버지와 함께 시간을 보낼래." 메그는 아래층으로 내려가 이 작은 의식들을 마친 후 엄마를 졸졸 따라다녔다. 자애로운 얼굴에 미소를 짓고 있지만 엄마의 마음에는 둥지에서 처음으로 날아가는 새끼에 대한 슬픔이 숨겨져 있다는 것을 알고 있었다.

동생들이 모여서 단장을 마무리하는 것을 보니 지난 3년 동안 네 자매에게 어떤 변화가 생겼는지 이야기할 좋은 시간인 듯했다. 적어도 지금은 모두가 최고의 모습이니 말이다.

조의 몸은 많이 부드러워졌다. 우아하지는 않지만 편안하게 움직이는 법을 익힌 것이다. 짧게 잘랐던 곱슬머리도 굵게 말아 올릴 정도로 자랐는데 키가 크고 머리가 작은 조에게 더 잘 어울렸다. 까무잡잡한 뺨에 생기가 느껴지고 두 눈은 부드럽게 빛났다. 요즘은 날카로운 혀에서 부드러운 말만 쏟아졌다.

베스는 가녀리고 창백하고 전보다 더 조용해졌다. 아름답고 친절한 눈은 더 커졌는데 그 두 눈에는 바라보고 있노라면 슬퍼지게 하는 뭔가 있었다. 그건 애처롭게 견뎠던 어린 시절 고통의 그림자였다. 하지만 베스는 좀처럼 불평하지 않았고 언제나 희망찬 목소리로 "괜찮아지고 있어."라고 말했다.

에이미는 진정 '가족의 꽃'이었다. 이제 열여섯 살이 된 에이미는 몸가짐에서 성숙한 여인의 분위기가 물씬 풍겼는데 아름답다고는 할 수 없지만 설명할 수 없는 우아한 매력이 느껴졌다. 에이미의 몸

매와 손짓, 물결치듯 흐르는 치맛자락과 흘러내리는 머리칼은 어느새 조화를 이루어 많은 사람들을 매료시켰다. 하지만 절대 그리스인의 것처럼 자라지 않을 코는 여전히 에이미의 걱정거리였다. 너무 크고 단호한 아랫입술도 에이미는 마음에 들지 않았다. 이런 특징들이 에이미의 얼굴에 또렷한 개성을 주었지만 정작 에이미는 그 사실을 모르고 그저 고운 피부와 예리하고 푸른 눈, 전보다 풍성한 금발이 된 곱슬머리로 위안을 얻었다.

세 사람은 모두 얇은 은빛 드레스(그들의 여름 드레스 중 가장 좋은 것이었다)를 입고 머리와 가슴은 붉은 장미로 장식을 했다. 모두 본래 자신의 모습 그대로였다. 생기 있는 얼굴의 행복한 소녀들은 바쁜 일상을 잠깐 멈추고 여자의 삶에서 가장 달콤한 한 장면을 갈망하는 눈으로 바라보았다.

결혼식에는 형식적인 행사는 없었다. 모든 것이 자연스럽고 간소했다. 그래서 마치 할머니가 도착했을 때 신부가 달려 나와 맞아주며 안내하자 할머니는 그만 아연실색하고 말았다. 바닥에 떨어진 화환을 걸고 있는 신랑이나 포도주 병을 팔에 끼우고 근엄한 모습으로 위층으로 걸어가는 목사인 아버지 역시 할머니를 당황스럽게 했다.

"확실히 대단하구나!" 노부인은 큰 소리로 말했다. 그리고 라벤더 무늬 옷을 부스럭부스럭 접으며 자신을 위해 만들어 놓은 주빈

석에 앉았다.

"메그, 너는 마지막 순간에 나타나야지."

"할머니, 저는 다른 사람에게 저를 보여주려고 결혼식을 하는 게 아니에요. 저만 쳐다보면서 저의 드레스를 갖고 이러쿵저러쿵하 거나 그저 점심 값이나 계산하려고 오는 사람은 아무도 없어요. 전 지금 너무 행복해서 누가 뭐라 말하든 무슨 생각을 하든 상관없어 요. 제 결혼식이니 제가 하고 싶은 대로 할 거예요. 존, 여기 맘치 있 어요." 메그는 신랑으로서 안 해도 될 일을 하는 '그 남자'를 도우러 갔다.

브룩 씨는 고맙다는 말은 하지 않았지만 전혀 낭만적이지 않은 도구를 받기 위해 몸을 굽히면서도 접이식 문 뒤에 있는 어린 신부 에게 사랑스럽게 입을 맞추었다. 그의 표정을 본 마치 할머니가 급 하게 손수건을 꺼내더니 매서운 눈에 맺힌 눈물을 닦았다.

쿵쾅대고 고함치고 깔깔거리던 로리가 꼴사납게 소리질렀다. "신이시여! 조가 또 케이크를 엎었어요!" 순간 야단법석이 일어났 다. 주변이 채 정리가 되기도 전에 한 무리의 사촌들이 도착했고 베 스가 어릴 때 말하던 대로 "한 무리가 들어왔다."

"저 덩치 큰 젊은 아이가 내 곁에 오지 못하게 해 다오. 모기보다 도 더 성가신 아이니까." 방을 가득 메운 사람들 위로 로리의 검은 머리가 껑충 올라온 걸 본 노부인은 에이미에게 속삭였다.

"오늘은 아주 착하게 굴겠다고 로리가 약속했어요. 마음만 먹으면 완벽해질 수 있는 사람이거든요." 그렇게 대답한 에이미는 곧장 헤라클레스에게 다가가 용을 조심하라고 경고했다. 하지만 이 경고 때문에 오히려 로리는 마치 할머니가 괴로울 정도로 열심히 쫓아다녔다.

신부 입장은 따로 없었지만 마치 씨와 어린 신부가 초록색 아치 아래에 자리를 잡자 갑자기 사방이 조용해졌다. 마치 부인과 자매들이 메그를 보내기 싫다는 듯 가까이 모였다. 마치 씨는 목이 메이는 듯 꽤 여러 번 목소리가 끊어졌고 신랑의 손은 눈에 띄게 떨렸다. 누구도 신랑의 대답은 듣지 못했지만 메그는 남편의 눈을 똑바로 바라보고 "네!"라고 대답했다. 메그의 얼굴과 목소리에서 다정한 믿음이 느껴져 어머니의 가슴은 기쁨에 넘쳤고 마치 할머니는 소리가 다 들리도록 코를 훌쩍였다.

조는 울지 않았다. 하마터면 한 번 울 뻔했지만 로리가 즐거움과 슬픔이 묘하게 섞인 눈으로 빤히 쳐다보는 걸 안 순간 울음이 쏙 들어가 버렸다. 베스는 어머니의 어깨에 얼굴을 묻고 있었고, 에이미는 하얀 이마와 머리 꽃장식에 햇살을 받으며 우아한 동상처럼 꼿꼿하게 서 있었다.

이게 다가 아니었다. 결혼식이 끝나자마자 메그는 "나의 첫 입맞춤은 엄마에게!"라고 소리치더니 돌아서서 엄마의 입술에 진심을 담아 입을 맞추었다. 그로부터 십오 분 동안 모두에게 둘러싸인 채 축하를 받은 메그는 그 어느 때보다도 한 송이 장미처럼 돋보였다. 특히 무시무시하기도 하고 멋지기도 한 머리 장식을 한 해나는 복도에서 메그를 만나자 울먹이는 목소리로 소리쳤다. "신의 은총이 가득하길! 케이크는 조금도 망가지지 않았어요. 모든 게 아름다워 보이는군요."

축하와 기쁨과 감동이 한바탕 휘몰아치고 시나간 후 모두가 진정이 되자 밝고 행복한 분위기 속에서 이야기를 나누었다. 언제나 그렇지만 마음이 가벼우면 웃음이 끊이지 않는 법이다. 선물은 이미 작은 신혼집에 가져다 놨기 때문에 선보일 일이 없었고 정성 들인 아침 식사도 없었지만 점심은 꽃으로 장식한 케이크와 과일로 넉넉하게 나왔다. 세 명의 헤베[7]가 갖다 주는 음료가 물과 레모네이드, 커피뿐이라는 것을 알고는 로런스 씨와 마치 할머니는 서로 미소를 주고받으며 어깨를 으쓱했다. 하지만 아무도 그에 대한 이야기를 꺼내지는 않았다. 그때 로리가 신부에게 음식을 가져다주겠다며 쟁반에 음식을 잔뜩 담아 와서는 당혹스러운 표정으로 속삭였다.

"혹시 조가 포도주 병을 다 깨트렸어요? 아니면 내가 오늘 아침 포도주 병이 여기저기 굴러다니는 걸 봤다고 착각하고 이렇게 고생

---

7 그리스 신화에 나오는 젊은 여신. 신들의 연회에서 술을 따르는 일을 한다.

스럽게 찾고 있나요?"

"아니야. 너희 할아버지가 친절하게도 좋은 포도주를 주시고 마
치 할머니도 보내 주셨어. 그런데 아버지가 베스를 위해 약으로 쓰
려고 조금 남겨 두시고 나머지는 제대 군인 보호 구제 시설로 모두
보내셨어. 아버지는 포도주를 약으로만 써야 한다고 생각하시거든.
그리고 어머니는 우리 집에서는 그 누구도 젊은 남자에게 포도주
를 권해서는 안 된다고 말씀하셔."

메그는 진지하게 말하며 로리의 표정을 살폈다. 얼굴을 찡그리거
나 소리 내어 웃을 것이라고 예상했지만 로리는 찡그리지도 웃지도
않았다. 다만 메그 얼굴을 얼른 한 번 본 후 불쑥 이렇게 말했다. "괜
찮아요. 다른 분들도 그렇게 생각하기를 바라요. 술이 얼마나 해로
운지 충분히 봤거든요."

"설마 술의 해로움을 직접 경험한 건 아니지?" 메그의 목소리에
걱정이 묻어났다.

"아니요. 그건 장담해요. 그렇다고 나를 너무 좋게는 생각하지
마세요. 내가 술에 흥미가 없어서 그런 거니까요. 포도주가 물처럼
흔한 곳에 끌려가도, 그리고 거의 해롭지 않다 하더라도 마시지 않
을 거예요. 하지만 예쁜 아가씨가 권한다면 거절하지 않을 거랍니
다."

"하지만 꼭 너 자신을 위해서가 아니라 다른 사람을 위해서라도

넌 거절할 거야, 그렇지? 자, 로리, 약속해. 그럼 오늘이 내 생애 가장 행복한 날이 될 이유가 하나 더 생기는 거야."

너무 갑작스럽고 진지한 부탁이라 로리는 잠시 머뭇거렸다. 술을 참는 것보다 더 견디기 힘든 건 약속을 지키지 못해 조롱거리가 되는 것이기 때문이다. 메그는 로리가 약속만 하면 무슨 일이 있어도 지킬 거라는 것을 알고 있었다. 아무 말없이 행복한 얼굴로 로리를 쳐다보며 "오늘은 아무도 내 청을 서설할 수 없어."라는 듯한 미소를 지었다. 과연 로리는 거절할 수 없었다. 미소로 답하며 손을 내밀고 진심으로 말했다. "약속할게요, 브룩 부인!"

"고마워, 로리. 너무너무 고마워!"

"나도 '그 결심이 평생 가기를' 바라며 건배, 테디." 조는 레모네이드를 튀기며 잔을 부딪혔다. 그리고 자신의 잔을 로리에게 흔들며 만족스러운 듯 환하게 웃었다.

로리는 그렇게 잔을 부딪히며 수많은 유혹이 있더라도 충실하게 지킬 것을 맹세했다. 메그와 조는 본능적인 지혜로 행복한 순간을 포착해 친구를 설득했고 로리는 평생 두 사람에게 그 순간을 고마워했다.

점심 식사가 끝나자 하객들은 둘 셋씩 모여 햇살이 있든 없든 집 안과 정원을 산책하며 즐거운 한때를 보내고 있었다. 메그와 존이 잔디밭 한 가운데 함께 서 있는 모습을 우연히 본 로리가 이 수수한 결혼식의 대미를 장식할 좋은 생각을 떠올렸다.

"독일 사람들이 하는 식으로 결혼한 모든 사람들은 손을 잡고 신혼 부부를 둘러싸고 춤을 춰요. 결혼을 안 한 처녀 총각들은 그 바깥에서 짝을 이뤄 뛰어다니는 거예요!" 로리는 에이미와 함께 달려 내려갔고 그 모습에 전염이라도 된 듯 다들 불평 한 마디 없이 함께하기 시작했다. 마치 부부와 캐롤 숙모, 삼촌이 먼저 시작했고 다른 사람들도 얼른 합류했다. 샐리 모팻조차 잠깐 머뭇거리다가 치맛자락을 팔에 걸치고 네드와 함께 원을 그리며 돌기 시작했다. 하지만 단연코 최고의 장면은 로런스 씨와 마치 할머니였다. 풍채가 당당한 노신사가 진지하게 다가가자 노부인은 바로 지팡이를 팔에 끼고는 기운차게 뛰어가 다른 사람들의 손을 잡고 신혼부부를 돌며 춤을 추었다. 젊은이들은 한여름의 나비들처럼 정원을 누볐다.

숨이 턱까지 차오르자 즉석 무도회는 막을 내렸고 하객들은 떠나기 시작했다.

"잘 살기를 바란다, 메그. 진심으로 잘 살기를 바라. 하지만 언젠가는 후회할 거다." 마치 할머니가 메그에게 말했다. 그리고 마차까지 데려다주는 신랑에게 덧붙였다. "자네는 보물을 가졌어. 보물을 가질 자격이 있는지 내 지켜보겠네."

"이렇게 예쁜 결혼식은 처음 봐요, 네드. 어째서 그런지 이유를 모르겠네요. 그다지 멋진 건 없는데 말이에요." 마차를 타고 가는 동안 모팻 부인이 남편에게 말했다.

"로리, 네가 사랑에 빠질 거라면 저 자매들 중 한 사람과 함께하는 건 어떨지 모르겠구나. 그럼 나도 온전하게 만족할 것 같은데." 아침을 신나게 보낸 로런스 씨가 안락의자에 앉아 쉬며 말했다.

"할아버지를 기쁘게 해 드리기 위해 최선을 다 해 볼게요." 로리가 전에 없이 충실하게 대답했다. 그리고 조가 단춧구멍에 매어 준 작은 꽃다발을 조심스레 떼어냈다.

작은 신혼집은 멀리 있지 않아 메그의 신혼 여행은 옛집에서 새 집까지 존과 함께 조용히 산책하는 것이 다였다. 비둘기 색 옷을 입고 하얀 끈으로 묶은 밀짚 보닛을 쓴 메그가 예쁜 퀘이커교도처럼 내려오자 가족들은 모두 메그를 둘러싸고 대단한 여행이라도 가는 것처럼 작별인사를 했다.

"제가 멀리 간다고 생각하지 마세요, 엄마. 존을 사랑한다고 엄마를 덜 사랑할 거란 생각도 하지 마시고요." 메그는 두 눈에 눈물이 그렁그렁 고인 채 어머니에게 찰싹 매달려 말했다. "아버지, 매일 집에 들를 거예요. 제가 결혼했지만 모두 마음속에 있는 내 자리를 없애면 안 돼요. 베스는 계속해서 나와 많은 시간을 함께할 테고. 조와 에이미는 이따금 우리 집에 와서 내가 집안일로 얼마나 고생하고 있는지 봐. 아마 보고서 웃겠지만 말이야. 행복한 결혼식 만들어 줘서 다들 너무 고마워요. 잘 지내요, 안녕!"

가족들은 메그가 사랑과 희망, 은근한 자부심이 가득한 얼굴로 두 손 가득 꽃을 들고 남편의 팔을 잡고 걸어가는 모습을 지켜보았다. 6월의 햇살이 메그의 행복한 얼굴을 밝게 비추었다. 그렇게 메그의 결혼 생활이 시작되었다.

3

예술적 시도

　자신이 단순히 재능이 많은 정도인지, 아니면 천재성을 가졌는지 알게 되기까지는 꽤 오랜 시간이 걸린다. 특히 야심만만한 젊은 이들의 경우는 더 그렇다. 에이미는 수많은 시련을 통해 이 차이를 깨닫고 있었다. 열정을 영감으로 착각한 채 젊은 혈기로 모든 미술 분야를 섭렵했다. '진흙 파이' 만드는 일은 오랫동안 잠잠했고 대신 섬세한 펜화 그리기에 몰두했다. 에이미는 펜화에 솜씨와 실력이 있어서 에이미의 우아한 작품은 즐거움을 줄 뿐 아니라 수익성도 좋았다. 하지만 섬세한 작업이 눈에 무리를 주게 되었고 결국 펜과 잉크를 옆으로 밀어 놓고 낙화[8]에 과감하게 도전하게 되었다. 그런데 에이미가 낙화에 도전하는 동안 가족들은 화재의 불안 속에 살아야 했다. 나무 타는 냄새가 항상 집 안에 진동했고 다락과 헛간에서

[8]　비단, 가죽, 나무, 등을 인두로 지져서 그린 그림.

자주 연기가 피어올라 그때마다 다들 깜짝깜짝 놀랐으며 빨갛게 달군 부지깽이가 마구잡이로 널브러져 있었다. 해나는 화재에 대비해 잠자리에 들 때면 반드시 물 한 양동이와 식사시간을 알리는 종을 문에 두었다. 그 결과 빵 반죽판 뒤에는 라파엘의 얼굴이 떡하니 만들어져 있었고 맥주 통 윗면에는 바쿠스가 그려져 있었다. 노래하는 천사도 설탕 통 뚜껑을 장식했다. "여자 점원의 장갑을 사는 개릭[9]"을 그리려다가 몇 번인가 불을 낼 뻔한 적도 있었다.

하지만 불에 손가락을 데고 나자 낙화에서 유화로 관심이 옮겨 갔는데 지극히 자연스러운 수순이었다. 에이미는 지칠 줄 모르는 열정으로 유화에 빠져들었다. 화가 친구 하나가 쓰지 않는 팔레트와 붓, 물감을 에이미에게 주어 도구를 갖추게 된 에이미는 서툰 솜씨로 시골이며 바다를 그리기 시작했는데 땅이나 바다에서 한 번도 본 적 없는 풍경들이었다. 에이미가 그린 괴물 같은 소들은 농산물 박람회에서 상을 탈 수 있을 정도였고 위태롭게 솟구치는 선박은 최고의 선원이라도 뱃멀미를 일으킬 만했다. 누구나 아는 배의 구조나 삭구장치에 대한 기본 규칙을 완전히 무시한 그림을 보고 첫눈에 웃음을 터뜨리지 않았다면 말이다. 화실 한 구석에는 까무잡잡한 소년과 검은 눈의 성모마리아가 노려보고 있는데 무리요[10]

9 18세기 유명한 영국의 배우.
10 17세기 스페인에서 가장 유명한 바로크 양식의 종교화를 그린 화가.

화풍은 아니었다. 엉뚱한 곳에 붉은 줄이 하나 그어져 있고 기름기 도는 갈색 그림자가 드리운 얼굴은 렘브란트 화풍이었고, 풍만한 여인들과 수종에 걸린 아기들 그림은 루벤스 화풍이었다. 푸른색 천둥과 오렌지색 번개, 갈색의 비, 자줏빛 구름의 폭풍우는 터너 화풍이었다. 가운데 토마토 색으로 물이 튀긴 자국은 보는 관점에 따라 태양이거나 부표일 수도 있고 선원의 셔츠일 수도 있고 왕의 의복일 수도 있었다.

그 다음으로 에이미가 몰두한 것은 목탄 초상화였다. 온 가족의 초상이 일렬로 걸렸는데 하나같이 숯통에서 방금 빠져나온 듯 엉망진창 초췌한 몰골이었다. 그래도 크레용 스케치로 다듬고 나면 한결 괜찮아졌다. 초상들은 실물과 굉장히 닮았는데 특히 에이미의 머리, 조의 코, 메그의 입, 로리의 눈은 '굉장히 훌륭하다'고 할 수 있을 정도였다. 다음으로 에이미가 진흙과 석고에 관심을 쏟게 되자 에이미가 아는 사람들의 석고상들이 집 안 곳곳에 유령처럼 늘어서는 진풍경이 펼쳐졌다. 옷장을 열면 선반에서 석고상이 떨어지는 일도 벌어졌다. 에이미는 모델로 쓰려고 아이들을 꼬여서 데려오기도 했다. 그런데 석고상을 만드는 과정에서 에이미가 했던 일들을 아이들이 들쭉날쭉 일관성 없이 설명하는 바람에 결국 아이들 사이에서 에이미 양은 사람 잡아먹는 괴물이라고 불리는 일이 벌어지기도 했다. 그런데 석고에 대한 에이미의 노력과 열정은 예상치 못한 사건으로 인해 갑작스레 막을 내리고 말았다. 한동안 모델을 찾지 못하던 에이미는 자신의 예쁜 발의 모형을 뜨기로 마음먹었다. 어느 날 여기저기 부딪히는 소리에 섬뜩한 비명 소리가 들려 가족들이 달려가 보니 예술에 눈이 먼 젊은 예술가가 석고 가득한 통 속에 한쪽 발을 담근 채 헛간 여기저기를 미친 듯 폴짝폴짝 뛰어다니고 있었다. 석고가 예상치 못한 속도로 빨리 굳어 발을 뺄 수가 없었던 것이다. 결국 온 가족이 달라붙어 아주 어렵고도 위험한 방식으로 겨우 에이미의 발을 빼낼 수가 있었다. 그런데 발을 빼내는 동안 조가 너무 심하게 웃다가 칼을 너무 깊이 넣는 바람에 에이미는 발을 베이고 말았다. 무모한 예술적 시도를 오래도록 기억할 자국을 남긴 채 말이다.

이 사건 후 잠잠해진 것도 잠시, 에이미는 자연을 스케치하는 데 빠져 강, 풀밭, 숲을 쏘다니며 아름다운 풍경을 습작했다. 그림을 망치면 한숨을 내쉬기도 했다. 돌멩이 하나, 그루터기, 버섯 하나, 꺾어진 동자꽃 줄기 같은 '맛깔나는 소재'를 그리는 동안 축축한 잔디 위에 앉아 있느라 감기가 떨어지지 않았다. '천상의 구름뭉치'라며 그린 것은 깃털 침대를 펼쳐 놓은 것 같았다. 빛과 그림자를 연구하느라 한여름 태양 아래 강에서 배를 타고 다니며 얼굴은 새까맣게 그을리고 '시점'인지 뭔지 때문에 눈을 가늘게 뜨고 보느라 코 위에는 주름이 생겼다.

미켈란젤로의 말대로 "천재는 끝없는 인내"로 만들어진다면 에이미는 분명 천부적인 소질을 갖고 있었다. 온갖 역경과 실패와 좌절에도 불구하고 꾸준히 노력해 언젠가는 '순수 예술' 같은 가치 있는 뭔가를 하겠다는 믿음이 있었기 때문이다.

에이미는 미술 아닌 다른 것들을 배우고 즐기는 일도 게을리하지 않았다. 위대한 예술가가 되지 못한다 하더라도 매력적이고 교양 있는 사람이 되겠다고 결심했기 때문이다. 그 부분에서는 오히려 미술에서보다 더 성공적이기도 했는데 그건 에이미가 행복한 마음을 지녔기 때문이었다. 큰 노력 없이도 사람들을 즐겁게 해 주고 누구와도 쉽게 친구가 되었다. 인생이 너무 편하고 쉽게 흘러가서 다소 운이 없는 사람들 눈에는 에이미가 행운의 별을 업고 태어난 사람으로 보였다. 모두가 에이미를 좋아하는 건 에이미가 가진 많은 재능 중에서도 재치 때문이었다. 에이미에게는 어떤 것이 좋고 적당한지 분별하는 본능적인 감각이 있었다. 필요한 사람에게 적당한 말을 할 줄 알았고 때와 장소에 맞게 행동하고 언제나 침착했다. 언니들은 "에이미는 아무런 연습 없이 궁정에 가더라도 해야 할 일을 정확하게 알고 척척 할 거야."라고 말할 정도였다.

그런 에이미에게 약점이 하나 있었으니 그건 바로 '최상류층'으로 들어가고 싶어 하는 욕망이었다. '최상'이라는 게 정말 어떤 건지도 잘 모른 채 말이다. 에이미의 눈에는 돈, 지위, 교양, 우아한 예의

범절이 그저 좋아 보이기만 했고 그런 것들을 갖춘 사람들과 어울리는 것이 좋았다. 종종 가식적인 것을 진짜라고 착각하기도 하고 대수롭지 않은 것을 동경하기도 했다. 자신은 날 때부터 귀부인이라 생각하며 귀족적 취향과 감각을 갈고 닦았다. 지금은 가난 때문에 잃은 자리를 기회가 오면 되찾을 준비를 하기 위해서였다.

에이미는 친구들이 부르는 것처럼 진정한 '우리 귀부인'이 되기를 간절히 열망했다. 하지만 돈으로는 타고난 고상함은 살 수 없으며 계급이 높다고 귀족이 되는 건 아니라는 사실, 그리고 외적으로 결함이 있다 하더라도 진정한 혈통은 절로 느껴진다는 것은 몰랐다.

"엄마, 부탁이 있어요." 어느 날 에이미가 진지한 얼굴로 들어와서 말했다.

"그래, 우리 막내, 무슨 부탁이니?" 어엿한 숙녀도 엄마의 눈에는 여전히 '아기'였다.

"그림 수업 반이 다음 주에 방학이에요. 여름 방학 전에 친구들을 집으로 하루만 초대하고 싶어요. 친구들이 내가 그린 강이랑 부러진 다리를 몹시 보고 싶어 하거든요. 직접 보고 그려보고 싶대요. 친구들이 여러모로 저에게 친절하게 대해줘서 고마운 점도 많아요. 그 친구들은 부자인데 제가 가난하다는 걸 알면서도 전혀 차별하지 않았거든요."

"차별이라니, 대체 그게 무슨 말이야?" 마치 부인은 자매들이 '마리아 테레지아[11] 분위기'라고 하는 얼굴로 물었다.

"모두가 조금씩은 상황이 다르다는 거 엄마도 잘 알고 계시잖아요. 그러니 병아리가 똑똑한 새한테 쪼이고 있을 때 암탉처럼 그렇게 곤두세우지 마세요. 못생긴 아기 오리가 백조가 되기도 하는 법이니까요." 낙천적 성격에 희망적 기질을 가진 에이미는 씁쓸한 기색 하나 없이 미소지었다.

마치 부인은 소리 내어 웃더니 화를 누그러뜨리며 물었다.

"자, 나의 백조야, 뭘 계획하고 있는 건지 말해 보렴."

"다음 주 점심에 친구들을 초대하려고요. 마차를 타고 친구들이 보고 싶어하는 곳에 가거나 강에서 배를 탈 수도 있고요. 친구들을 위해서 작은 축제를 열 생각이에요."

"괜찮은 생각이구나. 점심으로는 뭘 준비할까? 케이크, 샌드위치, 과일, 커피 정도면 될 거 같은데?"

"아, 안 돼요. 차가운 소 혀 요리와 닭고기를 준비해야 해요. 프랑스식 초콜릿과 아이스크림도 곁들이고요. 친구들은 그런 음식들에 더 익숙하거든요. 점심 식사가 고상하고 우아했으면 좋겠어요. 비록 저는 먹고 살기 위해 돈을 벌어야 하는 상황이긴 하지만요."

"숙녀들이 몇 명이지?" 마치 부인의 표정이 진지해졌다.

11   18세기 합스부르크 공국의 모범적 여성 통치자.

"우리 반 친구들이 열둘에서 열넷 명 정도지만 다 오지는 않을 거예요."

"이런, 에이미. 그 아이들을 다 태우고 다니려면 합승 마차를 빌려야겠구나."

"엄마, 그럴 것까지는 없어요. 기껏해야 여섯 명에서 여덟 명 정도 올 테니 큰 마차를 빌리거나 로런스 할아버지의 긴 마차를 빌리려고요."

"어쨌든 돈이 많이 들 텐데, 에이미."

"그다지 많이 들지 않을 거예요. 제가 다 계산해 봤거든요. 비용은 제가 다 댈 거예요."

"그 친구들은 그런 일들에 익숙해서 우리가 아무리 최선을 다해 봐야 전혀 새롭게 느끼지 않을 거란 생각 안 해 봤니? 오히려 좀 소박하게 대접하면 친구들이 더 즐거워할지도 몰라. 우리가 필요하지도 않는 걸 사거나 빌리면서까지 형편에 맞지 않는 것들을 억지로 하는 것보다 훨씬 나을 것 같은데."

"제가 원하는 대로 하지 못할 바에야 아예 하지 않는 편이 나아요. 잘 할 자신 있어요. 엄마랑 언니들이 조금만 도와주면 충분히 할 수 있다고요. 제 돈으로 한다는데 왜 안 된다는 건지 모르겠어요." 에이미가 단호하게 말했다. 반발이 어느새 고집으로 바뀌었다.

마치 부인은 때로 경험이 훌륭한 교육이 된다는 것을 알았고, 가능하다면 아이들이 스스로 교훈을 얻도록 두었다. 아플 때 약을 먹는 것처럼 아이들이 거부감 없이 충고를 받아들인다면 기꺼이 가르쳐주겠지만 말이다.

"좋아, 에이미. 마음을 그렇게 먹었다면, 그리고 돈이나 시간, 정성을 낭비하지 않고 할 수 있다면 더 이상 말하지 않을게. 가서 언니들이랑 의논해 봐. 네가 어떤 결정을 하든 엄마는 최선을 다 해 널도울 거야."

"언제나 친절하게 도와주셔서 고맙습니다, 엄마." 에이미는 자신의 계획을 설명하기 위해 언니들에게로 갔다.

메그는 바로 동의하고 돕겠다고 약속했다. 작은 집에서부터 소금 숟가락까지 가지고 있는 건 모두 기꺼이 제공하겠다고 했다. 하지만 조는 에이미의 계획을 다 듣고 나더니 처음에는 얼굴을 찌푸리며 이 일에 관여하지 않겠다고 했다.

"너한테는 별로 관심도 없는 여자 아이들을 위해서 왜 네 돈까지 써가면서 이러는 건지 도무지 이해할 수가 없어. 가족들까지 신경쓰게 하면서 온 집안을 발칵 뒤집어 놓잖아. 넌 자존심도 세고 생각도 있는 앤 줄 알았더니 고작 프랑스식 부츠를 신고 쿠페 형 마차를 타는 그저 그런 인간일 뿐인 여자애들에게 이렇게 알랑거리는 거야?" 조는 자신의 소설이 비극적 절정에 치닫는 상황에서 사교 행사에 신경 쓸 기분이 전혀 아니었다.

"난 알랑거리는 거 아니야. 그리고 그렇게 잘난 체 말하는 거 정말 싫어!" 에이미가 잔뜩 화가 나서 되받아쳤다. 문제가 있을 때마다 두 사람이 그런 식으로 날을 세우는 건 여전했다. "그 친구들은 정말 나를 좋아한단 말이야. 나도 그 애들이 좋아. 다들 친절하고 감각도 있고 재능도 많아. 언니는 말도 안 된다고 하겠지만 말야. 언니는 좋은 모임에 들어가 사람들과 어울리고 사람들에게서 사랑을 받고 취향을 가꿔 나가는 일에 관심 없겠지만 난 언니랑은 달라. 난 내게 오는 모든 기회들을 잘 활용할 거야. 언니는 팔꿈치가 다 해진 옷을 입고도 거들먹거리면서 세상을 헤쳐 나가겠지. 언니 좋을 대로 독립이라고 하면서 말이야. 하지만 난 그러지 않을 거야."

에이미가 혀에 가시를 돋우고 따지기 시작하면 말릴 수가 없었다. 에이미의 말이 기본 상식에 어긋나는 법은 없었기 때문이다. 반면에 조는 자유로운 데다가 관습을 싫어하는 성향이 극단적이라 말다툼에 있어서는 자연히 불리했다. 독립에 대한 조의 생각을 나타낸 에이미의 표현이 명중하고 말았다. 두 사람은 갑자기 웃음을 터뜨렸고 덕분에 대화는 좀 더 온화한 분위기로 흘렀다. 자신의 의지와는 달리 조는 결국 그런디 부인[12]을 위해 하루를 희생하고 그 '어처구니없는 행사'를 돕기로 했다.

초대장을 보냈더니 에이미 친구 대부분이 초대를 받아들였다.

---

12   토마스 모튼의 연극에 언급되는 인물로 예의범절의 전형으로 묘사된다.

대단한 행사는 다음 월요일로 잡혔다. 그런데 그 주 내내 일이 제대로 되지 않아 해나는 기분이 좋지 않았다. 해나는 "세탁과 다림질이 제대로 되지 않으면 제대로 되는 것이 없어요."라는 말을 예언처럼 했는데 이 예언은 마침 적중했고 결국 에이미의 중대한 행사에 차질이 생기고 말았다. 하지만 '좌절하지 말라'는 좌우명대로 에이미는 마음을 단단히 먹고 모든 난관을 차근차근 헤쳐 나가기 시작했다. 먼저, 해나의 요리가 제대로 되지 않았다. 닭고기는 질기고 소 혀 요리는 너무 짰고 초콜릿은 제대로 거품이 일지 않았다. 게다가 케이크와 아이스크림은 에이미가 생각했던 것보다 훨씬 비쌌고 마차 역시 마찬가지였다. 얼핏 보기에는 소소할 것 같던 여러 가지 다른 비용도 이것저것 합하니 결국 어마어마한 액수가 됐다. 거기에다 베스는 감기에 걸려 침대에 누워 있어야 했고 메그는 평소와 달리 손님들이 많아 도무지 집을 비울 수가 없었다. 마음이 딴 곳에 가 있는 조는 실수 연발이었다.

"엄마가 아니었다면 그 모임을 끝까지 해낼 수 없었을 거예요." 시간이 지나고 다들 '그 당시 최고의 사건'을 완전히 잊었을 때조차 에이미는 감사한 마음으로 이렇게 단언했다.

월요일에 날씨가 좋지 않으면 에이미의 친구들은 화요일에 오기로 했는데, 이 결정 때문에 조와 해나는 극도로 화가 났다. 월요일 아침 날씨는 이도 저도 아닌 상태라 비가 퍼붓는 것보다 더 부아가

치밀었다. 빗방울이 찔끔 떨어지다가 해가 조금 비치다 바람이 조금 불다가, 날씨는 마음을 정하지 못했고 덩달아 사람들도 어찌 해야 할지 마음을 정하지 못했다. 에이미는 새벽에 일어나 서둘러 가족들을 깨우고 아침 식사를 하도록 해 손님맞이 준비가 제대로 돌아가도록 했다. 그날따라 유난히 초라하게 보이는 응접실에 에이미는 절망스러웠지만 한숨을 쉴 겨를도 없이 가진 것들을 이용해 능숙하게 꾸미기 시작했다. 카펫의 해진 부분에는 의자를 갖다 놓고 벽에 묻은 얼룩은 그림 액자로 가렸다. 텅 빈 구석에는 집에서 만든 조각상들을 세워 놓았더니 온 방에 예술적 분위기가 물씬 풍겼다. 조가 여기저기 세워 둔 꽃병도 예술적 분위기에 한몫을 제대로 했다.

점심은 훌륭해 보였다. 에이미는 음식들을 살펴보며 맛도 좋기를, 그리고 빌려온 잔과 도자기 접시, 은제 식기들이 무사히 돌아가기를 간절히 바랐다. 마차도 약속이 되어 있었다. 어머니와 메그는 주빈 역할을 할 만반의 준비가 되어 있었고 베스는 보이지 않는 곳에서 해나를 돕기로 했다. 조는 마음은 딴 곳에 있고 머리도 아프고 모든 사람과 모든 것들이 못마땅했지만 최대한 활기차고 상냥하게 굴기로 약속을 했다. 에이미는 지친 몸으로 옷을 갈아입으며 점심 식사가 무사히 끝난 후 행복한 순간을 맞이할 거라 기대하며 스스로에게 기운을 불어넣었다. 오후에는 친구들과 마차를 타고 나가 그림을 그리며 예술적 기쁨을 누릴 것이다. 로런스 할아버지에게서 빌린 긴 마차와 부서진 다리 풍경은 에이미가 가장 내세울 만한 것이었다.

하지만 이 긴장은 두 시간이나 계속되었다. 그 사이 에이미는 응접실과 현관을 왔다 갔다 하며 풍향기처럼 마음을 잡지 못했다. 12시가 되었지만 소녀들은 나타나지 않았다. 11시에 내린 소나기로 길을 나설 마음이 사라진 게 분명했다. 2시가 되자 지쳐버린 가족들은 뜨거운 햇볕 아래에 앉아 상하기 쉬운 음식을 먹었다. 잃을 건 없었다.

"오늘은 분명히 날씨가 좋을 거야. 친구들이 틀림없이 올 테니 다들 서둘러 준비해야 해." 다음 날 아침, 날이 밝자 에이미가 말했다. 활기차게 말했지만 마음속으로는 화요일로 미루지 말 걸 그랬다는 생각이 들었다. 케이크처럼 에이미의 흥미도 조금씩 상했기 때문이다.

"가재가 없으니 오늘은 샐러드 없이 식사를 해야겠구나." 30분쯤 후에 집으로 돌아온 마치 씨가 실망스럽지만 차분한 표정으로 말했다.

"그럼 닭고기를 쓰죠. 좀 질기지만 샐러드니까 상관없을 거예요." 마치 부인이 조언했다.

"해나가 닭고기를 부엌 테이블에 잠깐 뒀는데 새끼 고양이들이

먹어 버렸어. 정말 미안해, 에이미." 아직도 고양이를 돌보는 베스가
말했다.

"그럼 내가 가서 가재를 사 올게. 소 혀 요리로는 부족해." 에이미
가 결심한 듯 말했다.

"내가 시내에 얼른 가서 구해 올까?" 조가 아량 넓은 순교자처
럼 말했다.

"언니는 가재를 종이에 싸지도 않고 그냥 팔에 끼고 올 거지. 내
가 어쩌나 보려고 말이야. 내가 갈게." 에이미는 화가 나기 시작했
다.

에이미는 두꺼운 베일을 두르고 기품 있는 바구니를 들고 길을
나섰다. 시원한 바람을 쐬니 엉망인 기분이 진정이 되고 하루 종일
식사 준비로 지친 마음이 풀리는 것 같았다. 조금 늦어졌지만 에이
미가 바라던 물건을 구했다. 집에서 만드는 시간을 아끼기 위해 드
레싱 한 병도 산 후 다시 집으로 출발했다. 생각이 깊은 자신이 기
특했다.

승합 마차에는 졸고 있는 노부인 한 사람이 타고 있을 뿐 아무도
없었다. 에이미는 베일을 주머니에 넣고 돈을 어디에 다 써 버렸는
지 생각하며 가는 길의 지루함을 달랬다. 카드에 적어 놓은 숫자를
힘들게 계산하느라 정신이 없어서 마차에 새로 오르는 사람을 미처
보지 못했다. 마차를 세우지도 않고 올라탄 그는 남자다운 목소리

로 "안녕하세요, 마치 양." 이라고 인사를 건넸다. 에이미가 고개를 들고 올려다보니 그는 로리의 훌륭한 대학 친구 중 한 사람이었다. 에이미는 그가 제발 자기보다 먼저 내리기를 간절히 바라며 발치에 둔 바구니는 철저하게 외면했다. 그리고 새로 산 여행용 드레스를 입고 있어 다행이라 생각하며 청년의 인사에 평소처럼 예의를 갖춰 답을 했다.

두 사람은 금방 화기애애했다. 게다가 청년이 먼저 내린다는 사실을 알게 되어 에이미의 큰 걱정거리도 해결되었다. 에이미가 특히 더 도도한 태도로 이야기를 하고 있는데 노부인이 마차에서 내리려고 일어섰다. 그런데 비틀거리며 문으로 가면서 에이미의 바구니를 엎어버리고 말았다. 아, 이런! 특대형의 싱싱한 가재가 명문 튜더 가 자제 앞에 그 모습을 들어내고 만 것이다!

"이런! 노부인, 저녁거리를 두고 가시네요." 아무것도 모르는 젊은이가 지팡이로 그 주홍빛 괴물을 찔러 제자리로 밀며 소리쳤다. 그리고는 노부인에게 바구니를 내밀려고 했다.

"저기, 아니에요, 그건- 그건 제 거예요." 에이미는 가재만큼이나 붉어진 얼굴로 더듬더듬 말했다.

"아, 그래요? 죄송해요. 그런데 가재가 너무 싱싱한데요?" 튜더는 매우 침착하게, 그리고 정말 흥미롭다는 듯 진지하게 말했다. 정말 명문가 자제다운 태도였다.

에이미는 숨을 한 번 들이 쉬어 진정한 후 바구니를 과감하게 자리 위에 올리고는 웃으며 말했다.

"매력적인 아가씨들과 함께 가재 넣은 샐러드 드시고 싶지 않아요?"

참으로 재치 있는 말이었다. 그 말은 남자들의 마음을 지배하는 두 가지 약점을 건드렸기 때문이다. 청년에게 가재는 당장 즐거운 추억이 되어 버렸고 '매력적인 아가씨들'에 대한 호기심은 조금 전 그 우스꽝스러운 상황을 모두 잊게 해 주었다.

'언젠가는 로리랑 그 일을 갖고 웃고 떠들겠지만 내가 보지 않을 테니 알게 뭐람.' 튜더가 인사를 하고 마차에서 내리자 에이미는 생각했다.

에이미는 집에 가서 이 만남에 대해서는 일절 언급하지 않았다(바구니를 넘어뜨리는 바람에 드레싱이 엎어지면서 시냇물을 이루어 새 드레스가 망가졌다는 사실을 알게 되긴 했지만 말이다). 그런데 준비하는 일이 전날보다 훨씬 귀찮게 여겨졌다. 12시 정각이 되자 다시 모든 준비가 끝났다. 이웃들이 이번 사건이 어떻게 되어 가는지 관심이 많다는 것을 느낀 에이미는 오늘 꼭 성공적으로 마쳐 어제의 실패를 만회하고 싶었다. 그래서 자신의 손님들을 위엄을 갖춰 연회에 데리고 오기 위해 로런스 씨의 긴 마차를 빌려 타고 나갔다.

"마차 소리가 들리네, 오나보다! 현관으로 가서 손님을 맞을게. 그래야 접대를 잘 하는 것처럼 보이지. 가엾은 내 딸이 그렇게 고생했으니 즐겁게 지냈으면 좋겠거든." 마치 부인은 손님을 맞으러 현관으로 갔다. 하지만 설명할 수 없는 표정으로 물러서야 했다. 커다란 마차 안에는 에이미와 소녀 하나가 앉아 있는 것이다.

"베스, 얼른 가서 해나를 도와 식탁 위에 있는 것들의 절반을 치워. 손님 하나 앞에 십이 인 분 식사가 웬말이니." 너무 당황스러워 웃을 겨를도 없이 아래층으로 허둥지둥 내려가며 조가 소리쳤다.

차분하게 들어온 에이미는 약속을 지켜 준 유일한 손님을 정중하게 대했다. 상황이 극적으로 바뀌었지만 나머지 가족들은 각자 역할을 잘 해냈다. 하지만 다들 그 당황스러움에 웃음을 주체를 할 수가 없었고 그 모습을 본 엘리엇 양은 정말 유쾌한 가족이라고 생각했다. 다시 차려진 점심을 즐겁게 먹은 후 두 사람은 화실과 정원을 둘러보며 예술에 대해 열정적인 대화를 나누었다. 에이미는 마차(로런스 씨의 긴 마차 말이다!)를 불러 타고 친구와 함께 해질녘까지 주변을 조용히 돌아보았다. 그리고 "파티는 끝났다."

에이미는 몹시 지쳐 보였지만 그 어느 때보다도 침착하게 걸어 들어왔다. 조의 입가에 진 못마땅한 주름만 빼면 불운한 축제의 흔적은 없었다.

"마차를 타고 다니기에 더없이 아름다운 오후였어." 어머니는 마치 열두 명의 손님이 모두 왔다간 것처럼 뿌듯하게 말했다.

"엘리엇 양은 무척 다정한 친구더라. 그리고 아주 재미나게 놀다 간 것 같아." 베스가 유난히 따뜻한 목소리로 말했다.

"케이크 좀 가져가도 돼? 우리 집 손님이 너무 많아서 정말 필요 하거든. 그리고 난 이렇게 맛있는 케이크를 만들지 못해." 메그가 진 지하게 말했다.

"전부 가져 가. 단 음식을 좋아하는 사람은 여기서 나 하나니까. 게다가 다 먹기도 전에 곰팡이가 필 거야." 에이미는 이렇게 끝날 일 에 그 많은 음식들을 사들였다는 생각에 한숨을 쉬며 대답했다.

"로리가 있었다면 도움이 됐을 텐데." 이틀 동안 네 번이나 아이 스크림과 샐러드를 먹기 위해 다 함께 앉을 때 조가 말했다.

그때 어머니가 더 이상 아무 말 말라는 듯한 경고의 표정을 지어 온 가족은 비장한 침묵 속에서 음식을 먹었다. 그때 아버지가 부드 럽게 말했다. "샐러드는 옛날 사람들이 좋아하는 음식 중 하나지. 그리고 이블린이 말하길"- 순간 다들 웃음이 터지는 바람에 박식 한 신사는 깜짝 놀라 '샐러드의 역사'[13]에 대해 말하려다 그만 둬야 했다.

"바구니에 음식을 모두 담아서 허멜 가족에게 갖다 줘요. 독일

---

13   영국 작가 존 이블린(John Evelyn)의 책 샐러드 담론(a discourse of Sallets)은 17세 기 영국 식문화를 이해하는 데 중요한 문헌 중 하나이다.

인들은 좋아할 거예요. 난 이제 보기만 해도 질려요. 더군다나 제가 한 바보 짓 때문에 다들 과식으로 죽을 이유가 없죠." 에이미가 눈물을 닦으며 큰 소리로 말했다.

"난 너희 둘이 그 마차를 타고 덜컹거리며 오는 걸 봤을 때 죽을 것 같더라. 어마어마하게 큰 껍질 안에 낟알 두 개 같았거든. 그런데 엄마는 어마어마한 손님을 맞을 것처럼 위엄을 갖추고 기다리고 있었으니 말이야." 웃느라 지쳐버린 조가 한숨을 쉬었다.

"에이미, 네가 너무 실망한 것 같아 속상하구나. 하지만 우린 모두 널 위해 최선을 다 했단다." 마치 부인이 엄마로서 안타까움이 묻어나는 목소리로 말했다.

"저는 만족해요. 계획한 건 다 해냈으니까요. 이렇게 끝난 건 제 잘못이 아닌 걸요. 그 정도라 다행이라 생각해요." 에이미의 목소리가 약간 떨렸다. "다들 도와주셔서 고맙습니다. 그리고 적어도 한 달 동안은 이 일을 언급하지 않아 주신다면 더욱 고마울 거예요."

모두 몇 달 동안은 그 일을 언급하지 않았지만 '파티'라는 말이 나오면 항상 모두가 미소를 지었다. 에이미의 생일에 로리는 회중시계 끈에 달 수 있도록 산호로 만든 작은 가재 참을 선물로 주었다.

4

문학 수업

운명의 여신이 갑자기 조를 향해 미소를 짓더니 조가 가는 길에 행운의 동전을 떨어뜨렸다. 정확히 황금 동전은 아니었지만 아무리 큰 돈이라 하더라도 이보다 조에게 행복을 주지 못했을 것이다.

몇 주에 한 번씩 조는 글쓰기 작업복을 입고 자기 방에 틀어박힌 채 스스로 표현한 대로 '소용돌이에 휘말려' 온 마음과 영혼을 다해 소설을 써 내려갔다. 작품이 완성되기 전에는 평온을 얻을 수 없었기 때문이다. 글쓰기 작업복은 검정색 커다란 앞마가 있어서 마음대로 펜을 닦을 수 있었다. 같은 재질로 된 모자에는 발랄하게 빨간 리본 장식이 달려있었는데 전투 준비를 할 때면 머리를 묶어 모자 속에 넣었다. 그래서 이 모자는 가족들에게 있어서 일종의 신호였다. 이 시기에는 다들 멀찍이 떨어져 이따금씩 머리만 쏙 들이밀고는 '영감이 떠오르나요, 작가님?'하고 관심있게 물어볼 뿐이었다. 늘 과감하게 이 질문을 할 수 있는 건 아니라서 때에 따라 모자의 상태를 살피면서 상황을 판단하기도 했다. 주인의 감정을 표현해 주는 이 물건이 이마까지 푹 내려와 있으면 작업이 힘들게 진행되고 있다는 뜻이었다. 흥분된 순간에는 멋지게 비스듬하게 씌워져 있었고 절망이 작가를 사로잡고 있을 때면 완전히 벗겨져 바닥에 내던져 있었는데 그런 때면 방문자들은 조용히 물러나야 했다. 그리고 빨간 리본이 재능 있는 작가의 머리 위에서 명랑하게 일어설 때까지는 감히 아무도 조에게 말을 걸지 못했다.

조는 자신이 결코 천재라고 생각하지 않았다. 하지만 영감이 떠오를 때면 모든 것을 잊은 상태로 글쓰기에 전념했다. 상상의 세계 속에 있는 동안은 가난도 걱정도, 혹은 나쁜 날씨도 까맣게 잊을 만큼 안전하고 행복했다. 그 세상에는 거의 실제처럼 자신을 사랑해 주는 친구들로 가득했다. 그 시간 동안에는 먹지도, 자지도 않았다. 오직 그때만 오는 그 행복을 즐기기에 낮과 밤은 터무니없이 짧았다. 그 사이 아무런 결실을 맺지 못한다 하더라도 그 시간들은 살아갈 가치를 충분히 느낄 수 있게 해 주었다. 신이 주시는 영감은 보통 일, 이주일 동안 계속됐는데, 그 시기가 지나면 '소용돌이' 속에서 빠져나온 조는 배가 고프고 졸리고 짜증이 나거나 혹은 낙담했다.

조가 또 한 차례 소용돌이 속에서 막 빠져나오고 있을 때였다.

크로커 양을 강의에 데려다 주는 일을 맡게 되었는데 그 선행에 대한 보답인 건지 그곳에서 새로운 아이디어를 얻게 되었다. 시민들을 위한 강좌였는데 피라미드에 대한 강의였다. 조는 일반인들이 그런 주제를 선택한 이유가 자못 궁금했다. 그런데 석탄과 밀가루 값을 따지느라 정신이 없고 스핑크스의 수수께끼보다도 더 어려운 것들을 푸느라 낑낑대는 삶을 사는 청중들에게 파라오의 영광을 펼쳐 보이면 사회의 악이 치유가 되거나 부족한 것이 채워질지도 모른다는 생각이 들었다.

두 사람은 일찍 도착했다. 크로커 양이 스타킹의 뒤꿈치를 정리하는 동안 조는 함께 앉은 사람들의 얼굴을 관찰하며 시간을 보냈다. 조의 왼쪽에 이마가 넓은 부인 두 사람이 넓은 이마에 맞는 보닛을 쓰고 여권 신장 운동과 태팅[14]에 대해서 이야기하고 있었다. 건너편 자리에는 서로 두 손을 맞잡은 꾸밈없이 소박한 연인과 종이 봉지에서 박하 잎을 꺼내 먹는 우울한 노처녀 한 사람, 노란 손수건을 덮고 수업 전 미리 잠을 자는 노신사가 있었다. 오른쪽으로는 학구적으로 보이는 한 청년이 신문을 열심히 읽고 있었다.

신문 삽화면이었는데 조는 가장 가까이 보이는 작품을 살펴보았다. 전투복을 입은 인디언이 늑대에게 목을 물린 채 절벽에서 뒹굴고 있고, 작은 발과 큰 눈이 부자연스러운 두 젊은 신사가 격분한

---

14   레이스 뜨개질의 일종.

채 맞붙어 서로 찔러대고 그 뒤에는 온통 엉망인 여자가 입을 딱 벌린 채 달아나는 그림을 보면서 대체 다음에는 어떤 내용이 연결될까 궁금했다. 다음 장으로 넘기려던 청년이 조가 보는 것을 알아채고는 남자답게 선뜻 신문 반을 내밀며 불쑥 "보실래요? 정말 최고로 재밌어요."라고 말했다.

여전히 젊은 남자들에 대해서 긍정적으로 생각하고 있던 조는 미소를 지으며 신문을 받아 들었다. 어느새 자기도 모르게 사랑과 미스터리, 살인으로 이루어진 흔한 미로 속을 헤매고 있었다. 이런 대중 소설에서는 흔히 열정을 남발하던 작가의 창의력이 고갈되면 어느 순간 대참사가 일어나 인물의 절반을 쓸어가 버리고 살아남은 나머지 절반이 그들의 몰락을 기뻐하는 것으로 막을 내리곤 했다.

"재미있죠, 안 그래요?" 조의 눈이 마지막 문단까지 훑자 청년이 물었다.

"당신이나 나나 하려고만 들면 이 정도는 쓸 수 있을 거 같은데요." 조는 이런 쓰레기 같은 글에 감탄하는 그 사람이 오히려 재미있어졌다.

"그럴 수 있다면 전 정말 행운아일 거예요. 작가는 이런 이야기로 떼돈을 벌었다고 사람들이 그러더라고요." 남자는 이야기 제목

아래 'S.L.A.N.G. 노스베리 부인[15]이라는 이름을 가리켰다.

"작가를 아세요?" 갑자기 흥미가 생긴 조가 물었다.

"아뇨, 하지만 작가의 모든 작품을 다 읽었어요. 그리고 이 신문
이 발행되는 사무실에서 일하는 사람을 알거든요."

"방금 이런 이야기로 작가가 떼돈을 번다고 하셨죠?" 조는 흥분
한 사람들의 삽화와 여기 저기 페이지를 장식하는 굵은 느낌표들
을 한층 존경스러운 눈길로 바라보았다.

"그러지 않을까요! 작가는 사람들이 좋아할 만한 것들만 골라
서 글을 쓰니 큰 돈을 버는 건 당연하죠."

이제 강의가 시작되었지만 조의 귀에는 아무것도 들리지 않았
다. 샌즈 교수가 벨조니나 쿠푸, 그리고 상형문자에 대해 설명하고
있었지만 조는 신문의 주소를 몰래 적으며 세상을 깜짝 놀랄 이야
기를 써서 상금 백 달러에 도전해 보겠다고 마음을 먹었다. 강의가
끝나고 수강생들도 잠에서 깨어날 즈음 조는 이미 큰 돈을 벌어들
일 이야기의 줄거리를 다 완성해 놓고 스스로 감탄했다. 격투 장면
을 주인공이 도망가기 전에 넣을까, 살인 사건 후에 넣을까 고민이
었다.

집에 돌아온 조는 자신의 계획에 대해 아무에게도 말하지 않고

---

15   인기가 매우 높아 돈을 많이 벌었던 19세기 미국 작가 E.D.E.N. 사우즈워스를 풍자
한 이름.

바로 다음 날 작업에 들어갔다. 조가 '영감이 불타오를 때'면 늘 걱정스러운 얼굴이 되는 마치 부인은 또다시 불안에 잠겼다. 지금까지 조는 '스프레드 이글' 신문사에 아주 가벼운 로맨스를 써 보내는 것으로 만족하고 있었기에 조로서는 새로운 도전이었다. 하지만 연극을 한 경험과 이것저것 잡다하게 읽었던 글들이 작품의 극적 효과나 구성, 표현, 의상에 있어 새로운 아이디어를 얻는 데 도움을 주었다. 절망이나 좌절을 겪어본 적 없는 조로서는 작품 속에 그런 감정을 드러내는 데 한계가 있었지만 최대한 살려냈고 결국 그런 감정이 가득한 작품으로 완성되었다. 리스본을 배경으로 한 작품의 충격적인 결말로 조는 지진이라는 재해를 선택했다.[16] 비밀리에 원고를 보내면서 조는 '작가로서 상상도 하기 싫은 일이지만 이 이야기가 상을 받지 못하게 되더라도 그 가치에 합당한 원고료를 받게 되면 아주 기쁠 것'이라고 겸손하게 적은 쪽지를 동봉했다.

육 주는 기다리기에는 긴 시간이었다. 한 소녀가 비밀을 지키기에는 더욱 그랬지만 조는 둘 다 해냈다. 자신의 원고를 다시 볼 수 있다는 희망을 모두 버리려는 순간 편지 한 통이 도착했다. 조는 거의 숨이 멎을 뻔했다. 편지를 열자마자 백 달러 수표 한 장이 조의 무릎에 떨어진 것이다. 조는 한참 동안 뱀이라도 되는 듯 수표를 뚫어

---

16   리스본 대지진. 1755년 11월 1일 포르투갈의 수도 리스본에 엄청난 규모의 지진이 발생하여 도시의 대부분이 파괴되었다.

겨라 바라보다가 편지를 읽고 울기 시작했다. 친절하게 편지를 써 준 마음 좋은 신사가 여가를 내어 와서 봤다면 자신이 어린 아가씨에게 얼마나 큰 행복을 주었는지 알 수 있었을 것이다. 조는 그 편지를 돈보다도 더 소중하게 여겼다. 용기를 주었기 때문이다. 수 년 간의 노력 끝에 그것이 겨우 통속적인 이야기를 쓰는 일이라 할지라도 뭔가를 해냈다는 사실을 알게 된 것은 아주 기쁜 일이었다.

한 손에는 편지를, 다른 손에는 수표를 쥐고 가족들 앞에 나타난 조는 그 누구보다도 당당한 모습으로 기쁜 소식을 알렸다. 깜짝 놀란 가족들은 뛸 듯이 기뻐하며 뜨겁게 축하해 주었다. 조가 소설을 꺼내자 다들 읽어 보고는 입을 모아 칭찬했다. 다만 아버지는 표현이 섬세하고 로맨스는 신선하면서도 따뜻하며 비극 역시 아주 긴장감이 넘친다고 말하더니 고개를 저으며 세상을 초월한 듯한 투로 말했다.

"조, 넌 이것보다 잘할 수 있어. 목표를 높이 가지되 돈은 생각하지 말거라."

"저는 이 중에 돈이 가장 좋은 것 같은데요. 이렇게 큰 돈으로 뭘 할 거야, 언니?" 에이미가 존경의 눈길로 마법의 종이를 바라보며 물었다.

"한두 달 정도 베스와 어머니를 해변에 보내 쉬게 할 거야." 조가 즉시 대답했다.

"아, 멋져! 아니야, 그렇게 못 해. 그건 너무 이기적이야."

야윈 두 손으로 손뼉을 치며 신선한 바닷바람을 애타게 그리듯 길게 숨을 들이쉬던 베스가 고개를 저으며 멈췄다. 그리고 조가 앞에서 수표를 흔들어 보이자 치우라는 듯 손사래를 쳤다.

"아니, 넌 가게 될 거야. 내가 그렇게 하기로 결정했거든. 내가 소설을 써서 신문사에 보낸 이유이기도 하고 성공을 하고 싶은 이유이기도 해. 나 혼자만을 생각했다면 결코 해내지 못했을 거야. 너를 위해 한 일이 결국 나를 도운 거야. 그리고 엄마도 기분 전환이 필요하신데 베스 너를 혼자 두지 않으실 테니 같이 가야지. 통통하고 발그레해져서 집으로 돌아오면 정말 좋을 것 같지 않아? 조 의사 선생님 만세! 늘 환자를 치료해 준다니까."

갑론을박 끝에 두 사람은 바닷가로 떠났다. 원하던 만큼 통통하고 발그레해지지는 않았지만 베스는 훨씬 건강해져서 돌아왔고 마치 부인은 십 년은 더 젊어진 것 같다고 자신 있게 말했다. 조는 자신의 상금이 만들어낸 결과가 만족스러워 기분 좋게 다시 작품 활동에 들어갈 수 있었고 더 많은 돈을 벌기 위해 심기일전했다. 그 해 조는 상금을 몇 번이나 탔다. 그러는 사이 집안에서 자신의 영향력을 느끼기 시작했다. 펜의 마법으로 자신의 '쓰레기 같은 글'이 온 가족에게 안락한 생활을 선사했기 때문이다. 《공작의 딸》로 고기를 샀고, 《유령의 손》으로 새 카펫을 깔았으며 《코벤트리 가의 저주》는 음식과 옷의 축복을 내려 주었다.

부는 분명 최고로 탐나는 것이지만 가난에도 햇살 같은 면은 있다. 역경을 잘 활용하면 달콤함을 맛볼 수 있는데 그것은 바로 마음을 다 해 머리나 손을 써서 일하는 데서 오는 진정한 만족감이다. 그리고 이 세상 현명하고 아름다우며 유용한 것들은 부족함에서 비롯한 영감을 통해 얻는다. 조는 이 만족감을 맛본 후 부유한 소녀들을 부러워하지 않게 되었다. 자신이 원하는 것을 스스로 쟁취하고 그 누구에게도 손을 벌리지 않아도 된다는 사실은 큰 위안이 되었다.

조의 소설은 크게 주목을 받지는 못했지만 시장성이 있었다. 이 사실에 고무된 조는 부와 명성을 위해 과감하게 작품을 만들어 보기로 마음을 먹었다. 네 번째 작품을 완성한 조는 믿을 만한 친구들에게 읽어보게 한 후 두려움과 떨리는 마음으로 세 사람의 편집자에게 보냈다. 하지만 조는 작품의 삼분의 일을 걷어 내고 특별히 좋아하는 부분을 모두 삭제해야 하는 조건에 처하게 되었다.

"이제 이 작품을 작업실로 싸 갖고 올라가 다듬어서 내 돈으로 출판을 하든가 편집자들이 원하는 대로 덜어내든가 해야 해요. 명성을 얻는 것도 중요하지만 현금이 우리 집에서는 더 소중하죠. 이건 중요한 문제이니 다 함께 의논하는 게 좋을 거 같아요." 조는 가족 회의를 소집했다.

"네 작품을 망치지 마라. 네가 생각하는 것보다 많은 것이 있을 수도 있으니 말이다. 그리고 네 생각이 잘 구현되어 있어. 잘 무르익을 때까지 기다려 보자꾸나." 아버지의 의견이었다. 자신이 말한 대로 실천하는 마치 씨는 자신의 열매가 무르익도록 삼십 년을 기다려 왔고 달콤하게 익은 지금에도 열매를 따려고 서두르지 않았다.

"기다리는 것보다는 시도를 해 보는 게 조에게는 훨씬 이득이 될 거 같아요." 마치 부인이 말했다. "이런 작업일수록 다른 사람에 비평을 받아 보는 게 가장 좋을 거예요. 조가 생각하지 못했던 장점과 결점을 보여주고 다음엔 더 잘 할 수 있도록 도와줄 테니까요. 가족은 너무 편파적이에요. 돈을 많이 벌지 못하더라도 외부의 비난이 더 유용할 거예요."

"맞아요." 인상을 찡그리며 조가 말했다. "바로 그거예요. 오랫동안 제 이야기를 가지고 야단법석을 떨었지만 솔직히 잘하고 있는 건지 잘 모르겠어요. 사람들이 제 글을 보고 어떤 생각을 하는지 냉정하고 공정하게 말해 주면 정말 도움이 될 거 같아요."

"네 글에서 한 단어도 빼지 마. 글을 망치게 될 거야. 이 이야기의 재미는 인물들의 행동보다 심리에 있어. 글을 덜어내서 충분히 설명하지 않으면 엉망진창이 될걸." 조가 쓴 이 글이 지금까지 그 어떤 이야기보다 훌륭하다고 믿고 있는 메그가 말했다.

"하지만 앨런 씨가 '설명을 생략하고 간략하고도 극적으로 만드세요. 인물들의 입을 통해 이야기가 전개되도록 하세요.'라고 말했어." 조가 편집자의 쪽지를 보며 말했다.

"그 사람이 하라는 대로 해. 그 사람은 뭐가 팔릴지 알잖아. 우리는 모르고. 재미있고 인기 있는 책을 써서 가능한 대로 돈을 벌어. 시간이 지나 언니가 명성을 얻게 되면 마음대로 쓸 수 있게 되겠지. 그럼 작품 속에 철학적이고 형이상학적인 인물을 만들 수 있잖아." 어떤 사안에 대해서든 실용적인 관점으로 접근하는 에이미가 말했다.

"음," 조가 웃으며 말했다. "내 작품 속 인물들이 철학적이거나 형이상학적이라면 그건 내 탓이 아니야. 난 그런 것들에 대해 잘 모르니까. 가끔 아버지에게서 듣는 게 다거든. 아버지의 현명한 생각들을 내 로맨스에 접목시킨다면 나로서는 훨씬 좋을 거 같아. 베스, 어떻게 생각해?"

"책으로 나온 걸 보고 싶어. 얼른." 베스는 미소를 지으며 그렇게 말했을 뿐이지만 마지막 단어가 무심결에 조의 마음에 강렬하게 남았다. 어린아이 같은 솔직함을 잃지 않은 베스의 두 눈에서 간절함을 본 조의 마음은 잠깐 서늘해졌고 알 수 없는 불길한 예감에 사로잡혀 '얼른' 책을 내겠다고 다짐했다.

그래서 이 젊은 여성 작가는 스파르타와 같은 견고한 자세로 자신의 작품을 책상 위에 놓고 가차없이 잘라냈다. 모두를 만족시키고 싶은 마음으로 모든 이의 충고를 받아들이는 바람에 이솝 우화 속 당나귀를 메고 가는 부자처럼 아무도 만족시키지 못하는 결과를 빚고 말았다.

무의식적으로 들어간 형이상학적 부분에 아버지가 만족했기 때문에 조는 뭔가 좀 미심쩍은 면이 있었지만 그대로 두기로 했다. 사소한 묘사가 너무 많다는 어머니의 지적에 모두 덜어내는 바람에 이야기에서 필요한 연결고리도 사라졌다. 비극이 좋다고 한 메그를 위해 조는 가슴 아픈 장면을 잔뜩 넣었고 장난기 있는 장면이 싫다고 한 에이미를 위해 인생 최고의 결정을 했다. 우울한 인물들에게 위안을 주는 유쾌한 사건들을 모두 없앤 것이다. 결국 이야기의 삼분의 일을 덜어 내 누더기로 만든 조는 크고 복잡한 세상 속으로 작은 새를 날려보내 운명을 점쳐 보듯 그 보잘 것 없는 로맨스를 편집자에게 보냈다.

조의 이야기는 삼백 달러에 출판되었다. 그리고 칭찬과 더불어 비난도 함께 받았다. 그런데 둘 다 예상했던 것보다 훨씬 커서 조는 몹시 당혹스러웠고 그 충격에서 회복하기까지는 시간이 꽤 많이 걸렸다.

"엄마, 비평이 도움이 될 거라고 하셨죠. 하지만 너무 상반되는 의견들이라 내가 대단한 작품을 쓴 건지 십계명을 모두 어긴 최악의 작품을 쓴 건지 저도 모르겠어요." 가엾은 조가 잔뜩 쌓인 편지를 보며 소리쳤다. 그것들을 꼼꼼히 읽으면 한 순간 자부심과 기쁨으로 차올랐다가 그 다음 순간 분노와 절망에 사로잡혔다. "이 남자는 '진실과 아름다움과 진심으로 가득한 훌륭한 책입니다. 모든 것이 아름답고 순수하고 건전합니다.'라고 말했어요." 당황한 여성 작가는 말을 이어갔다. "다음은 '이 책은 이론적으로 틀렸습니다. 게다가 병적인 상상력과 심령주의적 사상, 그리고 비현실적인 인물들로 가득해요.'라고 말했어요. 하지만 난 그 어떤 이론도 알지 못하고 심령주의도 믿지 않아요. 작품 속 인물들은 실제 있는 인물들에게서 영감을 얻었으니 이 사람의 비평이 옳은 것 같지 않아요. 다른 사람은 '최근 몇 년간 출판된 미국의 소설 중 최고'라고 말했어요(그건 아닌 것 같다). 다음 사람은 '독창적이고 대단한 힘이 느껴지지만 위험한 책이다.'라고 썼네요. 정말 말도 안 돼요. 어떤 사람은 욕하고, 어떤 사람은 지나치게 추켜세우고. 그런데 거의 대부분의 사람들이 마치 내가 깊은 이론이 있는 양 말하지만 저는 그냥 즐거움과 돈을 위해 글을 썼을 뿐이거든요. 그냥 통째로 수정 없이 출간할 걸 그랬어요. 아니면 아예 출간을 하지 말든가. 이렇게 끔찍할 정도로 오해 받는 건 정말 싫어요."

가족과 친구들은 끊임없이 위로하고 칭찬해 주었지만 예민하고 활기찬 조에게는 아주 힘든 시간이었다. 의지를 갖고 잘 해 보려던 것들이 엉망으로 끝이 났기 때문이다. 하지만 이 시간은 조에게 많은 도움이 되었다. 독자들의 의견은 정말로 가치가 있었고 작가인 조에게 산 교육이 된 것이다. 첫번째 아픔이 끝나자 조는 자신의 책에 대해 웃을 수 있을 만큼 여유를 찾았고 독자들로부터 난타를 당하는 동안 자신이 좀 더 현명해지고 강해진 것 같은 기분이 들었다.

"키츠[17]처럼 천재가 아니라고 해서 죽을 일은 아니야." 조는 당당하게 말했다. "그런데 재미있는 건 진짜 현실에서 바로 가지고 온 부분은 불가능하고 말도 안 되는 일이라고 비난받고, 내 멍청한 머리 속에서 나온 장면들은 자연스럽고 감동적이며 진실된 일이라고 칭찬을 받았다는 사실이야. 그 점을 위안으로 삼아야지. 다시 준비가 되면 털고 일어나서 새로운 작품을 쓸래."

17 영국의 낭만파 시인(1795~1821).

5

좌충우돌 신혼 생활

대부분의 젊은 기혼 여성들이 그러하듯 메그도 모범적인 가정주부가 되겠다고 결심하며 결혼 생활을 시작했다. 존은 집이 천국으로 느껴졌다. 미소 짓는 얼굴을 항상 보았고 매일 진수성찬을 먹었으며 옷에 단추가 떨어지는 일도 없었다. 메그는 사랑하는 마음으로 활기차고 쾌활하게 집안일에 임했기에 간혹 난관에 부딪힐 때도 있었지만 늘 이겨낼 수 있었다. 하지만 메그의 천국이 늘 고요한 것만은 아니었다. 작은 여자가 안달복달하며 지나치게 걱정을 하고 성경 속 마르다[18]처럼 많은 것들을 살피느라 부산을 떨었기 때문이다. 메그는 이따금 너무 피곤해 미소 지을 힘조차 없을 때도

---

18   마리아의 언니며, 나사로의 누이. 마르다 남매는 예수의 사랑을 크게 입은 자들로 예수가 이들 가정을 친히 방문하기도 했다. 예수가 방문했을 때, 동생 마리아가 주님의 말씀 듣기에 더 열심이었다면 언니 마르다는 한 집안의 여주인처럼 늘 주님을 섬기고 봉사하는 일에 힘썼다.

있는데 존은 거하게 식사를 한 후 소화가 안 될 때면 음식을 차린 정성에 감사할 줄도 모른 채 좀 소박하게 음식을 차리라고 타박을 주기도 했다. 단추만 해도 그랬다. 메그는 단추가 떨어질 때면 매번 단추들이 도대체 어디로 간 것일까 생각하며 남자들의 부주의함에 고개를 절레절레 흔들었다. 그리고 그렇게 서투른 손길로 성급하게 잡아당기면 이제 직접 단추를 달도록 하겠다고 으름장을 놓았다.

사랑 하나만으로는 살 수 없다는 것을 알게 된 후에도 두 사람은 행복했다. 존은 메그가 커피를 따르면서 환하게 웃을 때도 한결같이 아름답다고 생각했고, 메그는 매일 아침 남편이 출근할 때조차 남편의 사랑을 느꼈다. 작별 키스 후에는 으레 부드러운 음성으로 "저녁 거리로 송아지 고기나 양고기를 좀 보낼까요, 여보?" 물었기 때문이다. 작은 집은 더 이상 꿈같은 휴식처가 아니라 삶의 장이었다. 하지만 젊은 부부는 이렇게 변하는 것도 나쁘지 않다고 느꼈다. 처음에 두 사람은 소꿉놀이하는 아이들 마냥 장난치듯 살림을 살았다. 하지만 이제 존은 가장으로서의 책임을 느끼며 착실하게 일터로 나갔고 메그는 얇은 실내복을 접어 두고 커다란 앞치마를 두르고 집안일을 시작했다. 신중하기보다는 활기차고 의욕이 앞선 모습이었다.

요리에 대한 열정이 계속되는 동안 메그는 끈기와 인내로 수학 문제를 풀 듯 코넬리우스 부인의 요리책[19]을 꼼꼼히 읽어 내려갔다. 가끔 메그는 음식을 너무 많이 만드는 바람에 친정 식구들을 초대해 성공작들을 대접해야 하기도 했다. 반면 음식이 실패한 경우에는 로티가 누구의 눈에도 띄지 않게 갖고 나가 허멜 가의 아이들의 주린 배를 채워 주었다. 그런데 존과 함께 가계부를 살펴본 저녁이면 메그는 요리에 대한 열정이 일시적으로 식으면서 절약해야겠다는 의지가 생기곤 했다. 그러면 그 기간 동안 가엾은 존은 브레드푸딩과 해시, 따뜻한 커피만으로 지내야 했다. 영혼에 상처를 입을 만큼 힘든 시간이었지만 불굴의 의지로 참고 견뎌냈다. 중용의 덕을 미처 깨우치기도 전에 메그는 젊은 부부라면 없어서는 안 될 가정용품을 사고 말았다. 그것은 바로 단지였다.

집에서 만든 잼으로 저장고를 가득 채우고 싶은 주부로서의 욕망에 불타오른 메그는 커런트[20]잼 만들기에 착수했다. 집에 있는 커런트가 잘 익어 당장 만들 수 있었기 때문에 존에게 작은 단지 여남은 개와 설탕을 충분히 주문해 집으로 보내 달라고 부탁했다. 존은 '나의 아내'는 뭐든 다 해낼 수 있다고 굳게 믿고 있었고 아내의 솜씨를 은근 자랑스럽게 여기고 있었다. 그래서 아내를 만족시켜 주고 집에서 유일하게 키워 먹는 과일을 겨우내 가장 기분 좋게

19 메리 후커 코넬리우스의 《젊은 가정 주부의 친구, 알뜰하고 편안한 가정을 위한 길잡이》 1845년 출간.
20 즙이 많고 신맛이 강해 유럽에서 잼이나 주스로 많이 만들어 먹는 열매.

먹어야겠다 싶어 작은 단지 48개와 설탕 반 통, 그리고 커런트를 딸 소년까지 보내주었다. 예쁜 머리를 작은 모자 속에 감싸 넣고 팔꿈치까지 소매를 걷어 올린 메그는 깅엄 무늬 앞치마를 두르고 일을 시작했다. 해나가 하는 것을 수백 번도 더 봤던 메그는 잼 만들기 정도는 쉽게 성공하리라 자신만만했다. 처음에 단지를 늘어 놓고 보니 다소 충격적이었다. 하지만 존이 잼을 아주 좋아하는 데다 선반에 작은 단지들을 늘어 놓으면 아주 좋아 보일 것 같다는 생각이 들어 그 단지들을 다 채워 놓겠다고 다짐하고 하루 종일 열매를 따고 끓이고 채에 걸러내며 부산하게 움직였다. 메그는 최선을 다했다. 모르는 것이 있으면 코넬리우스 부인의 책을 참고하기도 했다. 해나가 한 것 중에 자신이 잊고 하지 않은 것이 무엇인지 기억을 짜내 보았다. 그런데 아무리 다시 끓이고 다시 설탕을 넣고 다시 체에 걸러도 이 끔찍한 물건은 '잼'이 되지 않았다.

메그는 본가로 달려가 어머니에게 도와달라고 하고 싶은 마음이 간절했지만 둘 만의 걱정거리나 새로운 시도, 혹은 다툼으로 가족들을 귀찮게 하지 말자고 존과 약속을 한 터였다. 마지막 '다툼'이라는 말에 두 사람은 소리 내어 웃었다. 그런 생각은 터무니없는 것처럼 여겨졌기 때문이다. 두 사람은 그들의 결심을 지켰고 도움 없이 지낼 수 있을 때는 둘이서 잘 해냈다. 그리고 애초에 그렇게 제안한 사람이 마치 부인이었기 때문에 그 계획을 방해하는 사람은 아무도 없었다. 그래서 메그는 그 뜨거운 여름 한낮에 감당하기 힘든 잼을 갖고 혼자 고군분투했고 결국 5시에는 엉망진창이 된 부엌에 주저앉아 설탕 범벅이 된 두 손을 꼭 잡고 소리 높여 엉엉 울었다.

게다가 막 신혼 생활을 시작해 행복의 단꿈에 젖어 있을 때 메그는 종종 이렇게 말했다. "당신이 원할 때면 마음대로 친구를 데리고 와도 돼요. 난 늘 손님 맞을 준비가 되어 있을 테니 염려 말아요. 허둥댈 일도 없고 원망하거나 불편할 것도 없어요. 당신의 깨끗한 집에는 쾌활한 아내, 맛있는 저녁이 있으니까요. 그러니까 존, 내 허락을 구하려 하지 말고 데리고 오고 싶은 사람이 있으면 초대해요. 난 늘 환영이니까요."

이 얼마나 매력적인 말인가! 존은 메그의 말에 더없이 기뻤고 이렇게 훌륭한 아내를 둔 것이 하늘의 축복이라도 받은 듯 새삼 뿌듯했다. 하지만 이후 때때로 손님이 오긴 해도 예고 없이 찾아온 손님은 없었기에 메그는 자신을 돋보이게 할 기회를 지금껏 한 번도 만나지 못했다. 그런데 이 요지경 세상에는 그 이유가 궁금하고 한탄이 나오기도 하지만 어쩔 수 없이 견뎌 내야 하는 일이 불가피하게 일어나곤 한다.

존이 만약 잼에 관해 모조리 잊지 않았더라면 하고 많은 날 중에 굳이 그날을 선택해 갑작스레 친구를 저녁 식사에 초대하지는 않았을 것이다. 존은 그날 아침 좋은 저녁 거리를 주문한 자신이 못내 기특했고 그 시간이면 저녁 준비가 끝났을 것이라 확신했다. 어여쁜 아내가 달려와 자신을 맞아 주는 그 모습이 얼마나 아름다울지 기대에 부푼 존은 젊은 집주인이자 남편으로서 의기양양한 모습으로 친구를 데리고 집으로 갔다.

하지만 도브코트에 도착한 존은 몹시 실망했다. 항상 활짝 열려 있던 앞문이 닫혀 있었을 뿐 아니라 굳게 잠겨져 있었고 계단에는 어제 묻은 진흙이 그대로 남아 있었다. 응접실 창문은 닫힌 채 커튼마저 내려 있었다. 하얀 옷을 입고 시선을 끄는 리본을 머리에 한 채 베란다에서 바느질을 하는 예쁜 아내의 모습이라든가 두 눈을 반짝이며 수줍은 미소로 손님을 맞는 여주인의 모습은 보이지 않았다. 커런트 나무 아래 자고 있는 험상궂게 생긴 소년 말고는 아무도 없었다.

"무슨 일이 생긴 것 같아. 아내를 찾아볼 테니 스콧 자네는 정원으로 가 보게." 인기척이라고는 느껴지지 않자 당황한 존이 말했다.

설탕 타는 냄새가 강렬하게 풍겨왔고 존은 그 냄새를 쫓아 허둥지둥 집 뒤로 쫓아 갔다. 스콧 씨는 묘한 표정을 지은 채 그 뒤를 천천히 따라갔다. 브룩 씨가 사라지자 스콧 씨는 멀찌기서 신중하게 걸음을 멈췄지만 모든 것이 다 보였다. 아직 미혼인 스콧 씨는 앞으로 벌어질 일이 몹시 기대됐다.

부엌은 한 마디로 절망과 혼돈으로 뒤덮여 있었다. 잼이 단지마다 뚝뚝 떨어지거나 바닥에 흥건하게 쏟아져 있었다. 스토브 안에서 맹렬하게 끓고 있는 잼도 있었다. 게르만인 특유의 침착함을 지닌 로티는 차분하게 빵과 커런트 주스를 먹고 있었는데 알고 보니 그건 아무리 끓여도 잼이 되지 못한 액체 상태의 커런트였다. 메그는 앞치마를 머리에 뒤집어쓰고는 절망적으로 흐느껴 울고 있었다.

"여보, 이게 무슨 일이오?" 뜨거운 김에 손을 덴 모습을 본 존이 달려가며 소리쳤다. 아내가 다친 모습이 몹시 안타까웠다. 그런데 정원에 손님이 기다리고 있다는 생각이 들자 더욱 암담했다.

"아, 존. 너무 지치고 덥고 속상해요. 그리고 걱정돼요! 하루 종일 잼을 만드느라 쓰러질 지경이고요. 와서 좀 도와줘요. 안 그러면 죽을 것 같아요." 기진맥진한 아내는 남편의 품 속으로 몸을 던졌다. 그야말로 달콤한 환영이었다. 앞치마도 바닥처럼 잼 세례를 받은 상태였기 때문이다.

"뭐가 걱정이란 말이요? 끔찍한 일이라도 있었소?" 존은 삐뚤하게 씌워진 모자 위에 입을 맞추며 걱정스럽게 물었다.

"네." 메그가 절망적으로 흐느껴 울었다.

"울지만 말고 얼른 말해 봐요. 당신이 우는 건 정말 참을 수 없으니. 다 말해요, 내 사랑."

"잼이- 굳지 않아요. 어떡해야 할지 모르겠어요!"

순간 존은 웃음을 터뜨렸지만 감히 더는 웃지 못했다. 멀찌기서 쓴웃음을 짓고 있던 스콧도 존의 따뜻한 위로를 들은 순간 자기도 모르게 미소를 지었다. 하지만 존은 메그의 비통함에 마지막 결정타를 날리고 말았다.

"그게 다요? 그까짓 샘은 창밖으로 모조리 내다 버리고 더 이상 신경쓰지 말아요. 당신이 원하는 만큼 내가 사 줄 테니. 제발 진정해요. 저녁 식사를 같이 하려고 잭 스콧을 데리고 왔-"

존은 끝까지 말을 하지 못했다. 메그가 존을 밀쳐버렸기 때문이다. 메그는 두 손을 맞잡고 비극적인 표정으로 의자에 털썩 주저 앉더니 분노와 비난과 절망이 뒤섞인 목소리로 소리쳤다.

"저녁 식사에 손님이라고요, 이렇게 모든 게 엉망인데! 존 브룩. 어떻게 그럴 수 있어요?"

"쉿, 잭이 정원에 있소. 당신이 잼을 만든다는 걸 그만 깜빡했지 뭐요. 하지만 이젠 어쩔 수 없지 않소?" 존이 걱정스러운 눈으로 손님을 살피며 말했다.

"말이라도 전했어야죠. 아침에 미리 말을 하든가. 내가 얼마나 바쁜지 기억했어야죠." 메그는 토라져서 말했다. 비둘기도 화가 나면 쪼기 마련이다.

"오늘 아침에는 일이 이렇게 될 줄 몰랐고, 집에 오는 길에 잭을 만났으니 말을 전할 시간이 없었소. 당신이 늘 내가 하고 싶은 대로 해도 된다고 말해서 허락을 구해야 한다는 생각은 전혀 하지 못했거든. 처음 있는 일이니 이해하오. 다시는 이런 일이 없도록 하겠소." 존도 화가 나서 말했다.

"정말 그러지 않기를 바라요! 당장 그를 데리고 가요. 그를 볼 상황도 아니고 저녁 거리도 없어요."

"설마! 내가 집으로 보낸 고기와 채소는 어디 있소? 그리고 당신이 약속한 푸딩은?" 존은 식품 저장실로 달려가며 큰 소리로 말했다.

"요리할 시간이 전혀 없었어요. 엄마에게 가서 저녁 먹을 생각이었고요. 미안해요, 하지만 너무 바빠서-" 메그는 다시 눈물을 흘리기 시작했다.

존은 온화한 사람이었다. 하지만 그도 사람인지라 하루 종일 일해 몸과 마음이 지친 데다 허기가 져서 잔뜩 기대에 부풀어 집에 돌아왔는데 집은 온통 엉망이고 식탁에 차려진 건 아무것도 없으며 심지어 아내는 짜증을 내고 있으니 다정한 얼굴로 아내를 대할 기분이 전혀 아니었다. 하지만 그는 꾹 참았다. 불운의 한 단어만 아니었다면 이 작은 싸움도 그냥 끝났을 것이다.

"당신이 곤란할 거라는 거 나도 충분히 잘 알고 있소. 하지만 당신이 조금만 참고 도와주면 잘 해결하고 즐겁게 보낼 수 있을 거요. 여보, 울지 말고 조금만 더 힘을 내서 먹을 걸 만들어 줘요. 우리 둘다 지금 너무 배가 고파서 맛이 어떠 하든 상관하지 않을 거요. 차가운 고기와 빵, 치즈도 괜찮소. 잼을 달라고 하지는 않을 거요."

존은 가벼운 농담으로 한 말이었지만 한 단어가 그의 운명을 결정짓고 말았다. 메그는 자신의 슬픈 실패를 언급한 남편이 너무 잔인하다 생각했고 결국 마지막 인내심이 사라지고 말았다.

"당신이 알아서 이 곤경에서 빠져나오세요. 난 너무 지쳐서 더 이상은 '낼 힘'이 없거든요. 손님에게 뼈다귀에 붙은 고기나 빵 쪼가리, 치즈를 대접할 생각을 하다니 참으로 남자답군요. 우리 집엔 그런 게 없으니 스콧을 엄마 집으로 데리고 가세요. 난 그 사람을 만나지 않을 테니 그 사람에게 나는 아프거나 죽었다고 해요. 그리고 둘이서 나나 잼에 대해서 실컷 비웃어도 좋아요. 이 집에서는 아무 것도 먹을 수 없을 테니까요." 메그는 단숨에 분노를 쏟아내더니 앞치마를 벗어 던지고는 황급하게 자리를 벗어나 자신의 방으로 들어가 버렸다.

그 사이 두 남자가 무얼 했는지 메그는 알 길이 없었지만 스콧 씨를 '엄마 집'으로 데리고 간 건 아니었다. 두 사람이 나가고 나서 내려가 보니 지저분하게 식사를 한 흔적이 남아 있었고 그걸 본 메그는 더 화가 났다. 로티는 '두 사람이 마음껏 웃으며 엄청나게 먹었으며, 주인 나리는 잼을 모두 버리고 단지들을 숨기라고 했다.'고 보고했다.

메그는 당장 가서 어머니에게 모든 것을 말하고 싶었지만 자신의 잘못이 부끄러웠고 존의 행동이 잔인하긴 했지만 누구에게도 그 사실을 알리고 싶지 않아 참았다. 대충 정리를 한 후 메그는 예쁘게 차려입고 앉아 존이 와서 용서를 빌기를 기다렸다.

하지만 존은 나타나지 않았고 상황은 가벼워 보이지 않았다. 존은 스콧과 기분 좋은 농담으로 이 일을 무마하고 자신의 어린 아내를 변명했다. 그리고 친절하게 주인 노릇을 잘 한 덕에 그의 친구는 즉석에서 차린 음식을 잘 먹은 후 다시 오겠다는 약속까지 하고는 돌아갔다. 존은 내색하진 않았지만 속으로 화가 났다. 자신을 곤경에 처하게 한 메그가 정말 도움이 필요할 때 자신을 버린 것같이 느껴진 것이다. "언제든 마음대로 친구를 데리고 오라고 해 놓고서는 정작 그렇게 하니 화를 내고 비난하다니. 남에게서 비웃음을 사든 동정을 받든 상관없다는 듯 이렇게 남편을 저버리는 건 부당한 일이야. 정말 말도 안 돼! 메그도 자신이 한 일을 알아야 해." 식사를 하는 동안 존은 속이 부글부글 끓었지만 막상 소동이 끝나고 스콧을 배웅한 후 집으로 걸어오다 보니 마음이 좀 느긋해졌다. "가엾은 메그! 그렇게 진심을 다 해 나를 기쁘게 해 주려고 했으니 얼마나 힘들었을까! 메그가 잘못한 건 맞지만 아직 어리니까 내가 참고 가르쳐야지." 존은 메그가 본가로 가 버리지 않았기를 바랐다. 뒷말이나 참견이 싫었기 때문이다. 그 생각을 하니 순간 다시 신경질이 났지만 메그가 울다 지쳤을지도 모른다는 걱정이 들자 마음이 누그러지면서 집으로 가는 걸음도 더 빨라졌다. 그리고 차분하고도 다정하지만 단호한 태도로 남편에게 어떤 잘못을 저질렀는지 알려줘야겠다고 마음먹었다.

메그 역시 '차분하고도 다정하지만 단호하게' 남편으로서의 외무를 알려주겠다 다짐했다. 메그는 응당 하는 대로 남편에게 달려나가 잘못을 빌고 키스를 받고 위로를 받고 싶었지만 그런 일은 하지 않았다. 남편이 오는 것을 본 메그는 한가한 여인처럼 응접실 흔들 의자에 앉아 콧노래를 부르며 바느질을 하기 시작했다.

존은 상냥한 니오베[21]가 나오지 않아 조금 실망했지만 먼저 사과를 받아야 자신의 위엄이 선다는 생각으로 사과를 하지 않았다. 여유있는 모습으로 들어가 소파에 앉아서는 꽤 적절하게 한마디를 던졌다.

"달이 새로 뜨는 것처럼 새로 시작해요, 우리."

"찬성해요." 메그 역시 위로하듯 말했다.

---

21   그리스 신화에 나오는 테바이의 왕비. 남부러울 것 없는 니오베는 자신이 낳은 자식 (여섯 아들과 여섯 딸이라고 하는 문헌이 있고 일곱 아들과 일곱 딸이라고 하는 문헌이 있다)을 자랑하다 결국 신에게 벌을 받아 모든 자식들을 잃고 영원히 우는 형상의 돌로 변한다.

브룩 씨가 몇몇 흥미로운 주제로 이야기를 꺼냈으나 브룩 부인은 이야기마다 찬물을 끼얹었고 이내 대화는 시들해졌다. 존은 창문으로 가 신문을 펼쳐 들더니 신문 속으로 숨어버렸다. 메그는 다른 쪽 창문으로 가서 슬리퍼에 장미꽃 무늬가 없으면 생활이 안 되기라도 하는 듯 바느질을 했다. 두 사람 모두 아무 말이 없었고 꽤 '차분하고 단호해' 보였다. 그리고 절망적일 만큼 불편했다.

"아, 엄마 말씀대로 결혼 생활이라는 게 사랑만큼이나 힘들고 끝없는 인내가 필요한 일이구나." 메그는 생각했다. '엄마' 생각을 하니 오래 전 엄마가 해 주신 충고가 떠올랐다. 그때만 해도 도무지 받아들일 수 없는 말이었다.

"존은 좋은 사람이지만 결점이 있어. 넌 그의 결점을 이해하고 참는 법을 익혀야 해. 네게도 결점이 있다는 것을 기억하면서 말이다. 존은 아주 단호하지만 네가 친절하게 이유를 설명하고 막무가내로 반대하지 않는다면 고집대로만 하려 하지는 않을 거야. 아주 정확한 데다 진실에 있어서는 특별한 사람이니까. 넌 그게 '까다롭다'고 하지만 아주 좋은 점이야. 메그, 표정이나 말로 그를 속이려고 하지 마. 그럼 그는 너를 믿고 네가 필요한 만큼 지지해 줄 거야. 그도 화를 내긴 하지만 금방 타올랐다가 사그라드는 우리와는 달라. 좀처럼 화를 내지 않지만 한 번 불이 붙으면 좀처럼 꺼지지가 않지. 화를 돋우지 않게 조심, 또 조심해. 집안의 평화와 행복은 아내가 남편으로부터 계속해서 존경을 받느냐에 달려있단다. 스스로 조심하고 둘 다 잘못한 경우라도 네가 먼저 사과 하렴. 사소한 분노나 오해, 성급한 말을 주의해. 그건 쓰디 쓴 슬픔이나 후회로 가는 길이니까."

저녁놀 속에 앉아 바느질을 하는데 어머니의 말이 떠올랐다. 특히 마지막 말들이 가슴에 사무쳤다. 존과 이렇게 심하게 싸운 건 처음이었다. 돌이켜 보니 자신이 성급하게 내뱉은 말들이 어리석고 무례했다는 생각이 들었다. 또한 화를 낸 게 유치하게 느껴졌다. 집에 왔을 때 그런 장면을 맞닥뜨린 가엾은 존의 기분을 생각하니 마음이 누그러졌다. 메그는 눈물이 맺힌 채 남편을 슬쩍 봤지만 그는 그런 메그를 보지 않았다. 메그는 바느질감을 내려놓고 일어나며 생각했다. '내가 먼저 용서를 빌겠어.' 하지만 존은 메그가 일어서는 소리도 듣지 못했다. 메그는 아주 천천히 남편을 향해 걸어갔다. 자존심을 굽히기가 쉽지는 않았기 때문이다. 남편 옆에 가서 섰지만 존은 고개를 들지 않았다. 아주 잠깐 못할 것 같았지만 '이게 시작이야. 내 할 일을 하면 나중에 비난받을 일도 없을 거야.'라는 생각이 들었다. 몸을 숙여 남편의 이마에 살짝 입을 맞추었다. 역시 효과가 있었다. 뉘우침의 키스가 백 마디 말보다 나았다. 존은 당장 메그를 무릎에 앉히더니 부드러운 목소리로 말했다.

"잼 단지를 갖고 웃은 건 정말 나쁜 짓이었소. 용서해요, 여보.

다시는 안 그러겠소!"

하지만 아, 세상에나. 존은 단지를 보고 백 번도 더 웃었다. 그건 메그도 마찬가지였다. 그 단지에는 두 사람이 함께 만든 가장 달콤한 잼이 보관돼 있었기 때문이다. 두 사람은 그 단지를 볼 때마다 행복하게 웃었다.

그 후 메그는 스콧 씨를 저녁 식사에 특별히 초대했다. 지난 번 왔을 때 봤던 녹초가 된 부인은 없었다. 유쾌하고 우아한 안주인이 식사를 대접하는 동안 모든 것들이 아름답게 보여 스콧 씨는 존에게 행복한 친구라고 말했다. 그리고 집으로 오는 내내 총각인 자신의 신세를 생각하며 고개를 저었다.

가을이 되자 메그에게 새로운 도전이 닥쳤다. 다시 가까워진 샐리 모팻은 작은 집으로 소문을 한가득 안고 달려오거나 '그 불쌍한 친구'를 자신의 큰 집으로 초대해 하루를 보냈다. 날씨가 흐리면 종종 외로움을 느끼는 메그로서는 즐거운 일이었다. 본가에서는 모두가 바빴고 존은 밤이 돼야 집으로 돌아왔다. 바느질을 하거나 책을 읽거나, 그게 아니라면 빈둥거리는 일 말고는 달리 할 일이 없었기 때문에 친구와 함께 놀러다니거나 떠도는 소문을 놓고 수다를 떠는 게 자연스러운 일과가 되어 버렸다. 샐리가 갖고 있는 예쁜 물건들을 보면 그것들이 갖고 싶어졌고 그런 것들을 가져 본 적이 없는 자신이 가여워졌다. 샐리는 아주 다정해서 친구가 탐내는 것 중에서 비싸지 않은 것들을 주기도 했다. 하지만 존이 좋아하지 않을 거라는 걸 아는 메그는 사양했다. 그런데 이 새신부는 어리석게도 존이 무진장 싫어할 일을 저지르고 말았다.

메그는 남편의 수입을 알고 있었는데, 남편이 가정의 행복뿐 아니라 남자들이 매우 중요하게 생각하는 재정적인 면에 있어서도 자신을 신뢰하고 있다는 사실이 뿌듯했다. 메그는 돈이 어디 있는지 알고 있었고 마음대로 꺼내 쓸 수 있었다. 다만 남편이 메그에게 요구한 것은 1페니까지 모두 장부에 기록할 것과 한 달에 한 번 청구서를 지불할 것, 그리고 가난한 남자의 아내임을 잊지 않는 것이었다. 지금까지 메그는 남편의 요구 사항을 빈틈없고 정확하게 잘 지켜 왔으며 작은 가계부를 깔끔하게 기록해서 한 달에 한 번 거리낌없이 남편에게 보여주었다. 하지만 그 가을, 메그의 천국으로 사탄이 들어왔고 현대의 수많은 이브처럼 메그는 사과가 아니라 드레스로 유혹당하고 말았다. 메그는 동정받거나 가난한 사람 취급받는 것이 싫었다. 그건 짜증나는 일이기도 했지만 솔직하게 말하는 것도 부끄러운 일이었다. 그래서 이따금 예쁜 것을 사서 자신을 위로했고 그 덕에 샐리는 메그가 빠듯하게 산다고 생각하지 않았다. 예쁜 물건들은 꼭 필요한 것들이 아니라 메그는 늘 죄책감을 느꼈지만 비싸지 않은 것들이라 걱정할 필요가 없었다. 하지만 그 소소한 목록들은 부지불식간에 늘어났고 쇼핑에 있어서 메그는 더 이상 소극적인 구경꾼이 아니었다.

소소한 목록들의 비용은 상상을 넘어서는 지경에 이르렀고 월말에 비용 계산을 끝내고 보니 전체 금액은 메그를 두려움에 떨게 했다. 그 달에 존은 바빠서 영수증을 모두 메그에게 맡겼다. 그 다음 달에는 존이 집에 없었다. 하지만 세 번째 달에는 분기 정산을 해야 했고 메그도 그 사실을 알고 있었다. 그 무시무시한 일을 저지르기 몇일 전에도 분기 정산을 해야 한다는 생각에 메그의 마음은 무거웠다. 샐리가 실크를 사자 메그도 새 실크 드레스가 몹시 갖고 싶었다. 파티용의 가볍고 예쁜 실크 드레스 말이다. 메그의 검정 실크 드레스는 너무 평범했고 저녁에 입는 얇은 드레스는 소녀들에게나 적당했다. 마치 할머니는 새해가 되면 늘 자매들에게 25달러씩 주었는데 한 달만 기다리면 마침 그 날이었다. 눈 앞에는 아름다운 보라색 실크가 싼값에 판매되고 있었고 사겠다고 마음만 먹으면 살 돈도 있었다. 존은 늘 자기 것이 메그 거라고 말했지만 앞으로 생길 25달러에 생활비에서 25달러를 더 써야 하는 일을 옳다고 인정해 줄까 그것이 문제였다. 샐리는 얼른 사라고 재촉하면서 원하면 돈을 빌려주겠다고 했다. 인생 최고의 호의 앞에서 메그는 뿌리칠 수 없는 유혹을 느꼈다. 그 고통의 순간에 점원은 어른어른 빛나는 고운 실크를 펼쳐 보이며 "정말 싸게 나온 거랍니다. 부인." 이라고 말했고 메그는 결국 "살게요."라고 대답하고 말았다. 점원이 실크를 재단했고 메그는 계산했다. 샐리는 몹시 즐거워했고 메그는 별 일 아니라는 듯 소리내어 웃었다. 하지만 마차를 타고 돌아오는 내내 뭔가를 훔쳐서 달아나는 자신을 경찰이 뒤에서 쫓아오는 기분이었다.

집으로 돌아온 메그는 아름다운 실크를 펼쳐 보면서 양심의 가책을 달래보려 했다. 그런데 이제 보니 왠지 실크가 덜 빛나는 것 같고 자신에게 그다지 어울리는 것 같지도 았았다. 심지어 '오십 달러'라는 글자가 실크 곳곳에 무늬처럼 찍혀 있는 듯 보였다. 메그는 실크를 치워버렸지만 실크 생각은 도무지 떨쳐지지 않았다. 게다가 새 옷에서 응당 느껴야 하는 설레는 마음은 없고 아무나 저지를 수 없는 바보 같은 짓을 했다는 생각으로 끔찍한 기분뿐이었다. 그날 밤 존이 가계부를 꺼내자 메그는 심장이 쿵 내려앉았다. 그리고 결혼 후 처음으로 남편이 두려웠다. 다정한 갈색 눈이 단호하게 보였다. 존은 여느 때보다 즐거워 보였다. 메그는 남편이 자신의 잘못을 알고 있으면서 일부러 자신을 속이고 있는 것이라 생각했다. 영수증이 모두 지불되었고 가계부는 잘 정리되어 있는 것을 확인한 존은 메그를 칭찬해 주었다. 두 사람이 '은행'이라고 부르는 낡은 지갑을 존이 열려고 했다. 지갑이 텅 빈 걸 아는 메그는 그의 손을 잡고 신경질적으로 말했다.

"당신 내 개인 지출 가계부는 아직 안 봤어요."

존은 한 번도 개인 지출 가계부를 보겠다고 한 적이 없었지만 메그는 남편이 봐 주길 원했다. 그리고 여자들이 갖고 싶어하는 특이한 물건들에 놀라는 남편의 모습을 보며 즐거워하곤 했다. '가두리 끈 장식'이 어떤 것인지 맞춰보게 하고 '허그미타이트'[22]가 무슨 뜻일지 물어보기도 했다. 존은 장미 봉오리 세 개와 약간의 벨벳 천, 끈 한 쌍이 어떻게 보닛 모자가 될 수 있는지, 그리고 그 조그만 것이 어떻게 오, 육 달러나 하는지 놀라워했다. 그날 밤 존은 속으로는 검소한 아내를 자랑스러워하면서도 종종 그러듯 아내의 사치에 놀라는 체 물건의 액수를 캐물으며 아내를 놀리고 싶었다.

메그는 천천히 작은 장부를 꺼내어 남편 앞에 내놓았다. 그리고 피곤한 이마에 생긴 주름을 만져주려는 척 남편이 앉은 의자 뒤로 가 섰다. 그리고 겁에 질린 목소리로 말했다.

"여보, 존. 내 장부를 보여주기가 민망해요. 요즘 들어 정말 낭비를 많이 했거든요. 여기저기 많이 다니니 살 것들이 많더라고요. 게다가 샐리가 자꾸 사라고 부추기는 바람에 이것저것 사고 말았죠. 하지만 할머니에게서 새해 용돈을 받으면 해결할 테니 걱정 말아요. 사실 사고 나서 후회했지 뭐예요. 당신이 나를 나쁘게 생각할 것 같아서 말이에요."

존이 소리내어 웃더니 메그를 옆으로 당기며 기분 좋게 말했다.

22   몸에 꼭 끼는 여성용 편물 상의. 보통 소매가 없다.

"그렇게 숨지 말아요. 당신이 죽여주는 장화를 샀다 하더라도 당신을 때리거나 하는 일은 없을 테니. 난 내 아내의 발마저 사랑하오. 내 아내가 장화에 팔, 구 달러쯤 쓴다 해도 무슨 상관이 있겠소. 품질만 좋다면 말이오."

장화는 메그의 마지막 '소소한 물건'이었다. 그렇게 말하는 존의 눈길이 그 항목에 가 있었다. '아, 그 오십 달러를 보면 존이 뭐라고 할까!' 메그는 몸서리를 치면서 생각했다.

"장화보다도 더한 거예요. 실크 드레스죠." 메그는 자포자기한 듯 차분하게 말했다. 그 끔찍한 순간이 끝나기를 바랄 뿐이었다.

"음, 만탈리니 씨 말대로 '빌어먹을 총액'은 얼마요?"[23]

존 답지 않은 말투였다. 존은 거짓없는 표정으로 똑바로 메그를 쳐다보고 있었다. 그것은 메그가 언제든 똑바로 바라보며 솔직하게 대답할 수 있는 얼굴이었다. 지금까지는 말이다. 페이지를 넘긴 후 총액을 가리킨 메그는 고개를 돌릴 수밖에 없었다. 50달러가 없더라도 충분히 놀라운 금액이었는데 50달러를 더하니 그야말로 등골이 오싹해지는 숫자였다. 방 안은 잠깐 정적이 감돌았다. 이윽고 존이 천천히 이야기를 시작했다. 불쾌감을 드러내지 않기 위해 각고의 노력을 하고 있다는 것을 느낄 수 있었다.

23   찰스 디킨스의 〈니콜라스 니클비〉(1838-1839) 속 만탈리니 씨는 낭비가 심한 인물로 아내의 사업도 거덜 낸다. 거의 모든 말에 '빌어먹을'이란 말을 쓴다.

"음, 그러니까, 드레스 한 벌에 오십 달러나 드는지는 몰랐소. 주름장식이랑 뭐 이런 저런 것들을 달긴 해야겠지만 말이요."

"아직 만들기 시작한 것도 아닌 걸요." 메그는 조용히 한숨을 내쉬었다. 아직 돈 들 일이 한참 남았다는 생각이 갑자기 들자 걱정에 사로잡혔다.

"이십 야드의 실크라면 작은 여자 한 사람을 덮고도 남을 것 같군. 당신이 실크 옷을 입으면 네드 모팟의 아내만큼 멋지게 보일 거라는 건 확실하지." 존이 무뚝뚝하게 말했다.

"당신이 화난 건 알지만 이젠 어쩔 수 없잖아요. 당신 돈을 낭비하려던 건 아니에요. 그저 소소한 것들을 조금씩 샀을 뿐인데 이렇게 많아질 거라고는 생각하지 못했어요. 샐리가 갖고 싶은 걸 다 사면서 아무것도 사지 못하는 나를 가엾다는 듯 보고 있으면 안 살수가 없다고요. 현실에 만족하려고 애쓰지만 힘들어요. 가난하게 사는 건 지긋지긋하다고요."

마지막 말은 아주 낮은 목소리로 말했기 때문에 남편이 듣지 못했을 거라 생각했다. 하지만 그 말을 들은 존은 깊은 상처를 받고 말았다. 메그를 위해서 많은 것들을 포기하고 있는 존이었다. 메그는 그 말을 뱉은 순간 혀라도 깨물고 싶었다. 존은 장부를 밀치고 일어나더니 조금 떨리는 목소리로 말했다. "이런 일이 생길까 두렵던 거요. 하지만 메그, 난 최선을 다 하고 있소." 존이 메그를 꾸짖거나 붙잡고 흔들었다 하더라도 존이 상처를 입은 것만큼 메그의 마음이 상하지 않았을 것이다. 메그는 존에게 달려가 후회의 눈물을 흘리며 안겼다. "아, 존! 여보, 당신은 다정하고 성실한 남편이에요. 당신의 마음을 아프게 하려던 게 아니에요! 그런 말을 하다니 난 정말 못됐고 사악하고 배은망덕한 사람이에요. 내가 그런 말을 하다니!"

존은 단 한 마디도 나무라지 않고 너그럽게 아내를 용서해 주었다. 그러나 남편이 다시 언급하지는 않겠지만 쉽게 용서되지 않을 말과 행동을 했음을 메그는 알고 있었다. 기쁠 때나 슬플 때나 그를 사랑하겠다고 맹세해 놓고는 그의 가난을 비난하다니, 그것도 그의 돈을 무분별하게 써버리고 나서 말이다. 끔찍한 일이었다. 더욱 끔찍한 건 이후에 존이 아무 일도 없었다는 듯 너무나 조용히 지낸다는 사실이었다. 존이 밤 늦게까지 시내에 머물며 일하는 날이면 메그는 울다 지쳐 잠이 들었다. 일주일을 후회로 지내다 보니 메그는 거의 앓아 누울 지경이 되었다. 새로 주문한 방한 외투를 존이 취소했다는 것을 알았을 때는 절망에 빠져 보기에도 안쓰러울 지경이었다. 메그가 깜짝 놀라 왜 취소했냐고 묻자 그는 그저 이렇게 대답했다. "외투를 살 형편이 못 되오, 여보."

메그는 더 이상 아무 말 하지 않았다. 잠시 후 존은 복도에서 메그가 낡은 외투에 얼굴을 묻고 심장이 부서질 듯 울고 있는 것을 보았다.

그날 밤 두 사람은 오래도록 이야기를 나누었고, 메그는 아무것도 가진 것 없는 남편을 더 많이 사랑하게 되었다. 그의 가난이 지금의 그를 만든 듯했다. 가난은 그에게 자신의 길을 가기 위한 힘과 용기를 주었을 뿐 아니라 사랑하는 사람의 결점과 실패를 위로해 줄 수 있는 참을성을 길러 주었다.

다음 날, 메그는 자존심을 주머니에 구겨넣고 샐리에게 가 모든 사실을 말하고 실크를 사 주는 호의를 베풀어 달라고 부탁했다. 성격 좋은 모팻 부인은 기꺼이 실크를 사 주었을 뿐 아니라 사서 바로 선물을 주지 않을 만큼의 세심함도 잊지 않았다. 메그는 집으로 외투를 주문했다. 남편이 집에 왔을 때 메그는 외투를 입고 자신의 새 실크 드레스가 어떠냐고 물었다. 남편이 어떤 대답을 했을지, 어떻게 선물을 받았을지, 얼마나 행복했을지 모두가 상상할 수 있을 것이다. 그날 이후로 존은 일찍 퇴근했고 메그는 더 이상 놀러 다니지 않았다. 그 외투는 아침이면 행복한 남편에게 입혀지고 밤에는 헌신적인 아내의 손으로 벗겨졌다. 그렇게 시간이 흘러 한여름이 되자 메그는 새로운 경험을 하게 됐다. 여자의 삶에 있어서 가장 심오하고도 소중한 순간이었다.

어느 토요일, 로리가 잔뜩 흥분된 얼굴로 도브코트의 부엌으로 살금살금 기어들어가다가 쨍 하는 소리에 멈춰 섰다. 해나가 한 손에는 스튜냄비를 다른 한 손에는 뚜껑을 들고 맞부딪친 것이다.

"어린 엄마는 어때요? 다들 어디에 있어요? 내가 집에 오기 전에 왜 소식을 전해주지 않았어요?" 로리가 속삭임치고는 큰 목소리로 물었다.

"아기 엄마는 여왕처럼 행복하죠! 다들 위층에서 아기에게 빠져 있어요. 옆에서 시끄럽게 굴면 안 돼요. 응접실로 들어가 있어요. 모두 내려 보낼게요." 해나는 두서없이 복삽하게 대답을 하면서도 좋아 죽겠다는 듯 큭큭 웃으며 사라졌다.

곧 조가 나타났다. 작은 플란넬 꾸러미 하나를 커다란 베개로 받쳐 안은 당당한 모습이었다. 얼굴은 아주 침착했지만 두 눈은 반짝였고 감정을 억누른 탓인지 목소리가 이상했다.

"눈을 감고 두 팔을 내밀어 봐." 조가 로리에게 어서 해 보란 듯 말했다.

로리가 구석으로 황급히 물러서며 애원하듯 두 손을 뒤로 감췄다. "아니, 사양할게. 안 그러는 게 좋겠어. 떨어뜨리거나 뭉개버릴 거 같아. 분명해."

"그럼 조카를 못 볼 텐데." 조는 당장 갈 것처럼 돌아서며 단호하게 말했다.

"할게, 할게! 하지만 잘못되면 네 책임이야." 로리는 조가 시키는 대로 의연하게 눈을 감고 두 팔을 내밀었다. 조와 에이미, 마치 부인, 해나, 그리고 존이 웃는 소리에 눈을 떴다. 그런데 자신이 품에 안은 것은 아기 하나가 아니라 둘이 아닌가!

이게 무슨 일이냐는 표정으로 서서는 순수한 아기들을 봤다가 법석을 떨고 있는 관객들을 봤다가 하는 로리의 모습이 어찌나 우스꽝스러운지 진지한 퀘이커 신자도 배꼽을 잡을 것 같았다. 로리의 모습을 보고 다들 웃는 것은 당연했는데, 조는 바닥에 앉아 비명까지 질러대며 웃었다.

"쌍둥이라니, 세상에!" 그 순간 로리가 할 수 있는 말은 그것뿐이었다. 그리고는 애원하는 표정으로 자매들을 보며 말했다. 그 모습은 너무 불쌍해 웃기기까지 했다. "누가 이 아기들을 좀 받아 줘! 웃다가 떨어트릴 것 같단 말이야."

아기들을 구출한 건 존이었다. 한 팔에 하나씩 안고는 이리저리 서성거리는 모습이 신비한 아기보기의 행복함 속으로 이미 빠져든 것 같았다. 그 사이 로리는 웃다가 눈물까지 흘렸다.

"최고의 사건이야, 안 그러니? 널 놀라게 해 주려고 일부러 아무 말 안하고 있었지. 결국 이렇게 성공하다니 내가 생각해도 난 정말 대단해." 조는 한숨을 돌리며 말했다.

"지금까지 이렇게 멍했던 적이 없었어. 그래도 재미있지 않았니? 둘 다 아들이야? 이름은 뭐라고 지을 거야? 다시 한 번 더 보자. 조, 나 좀 잡아줘. 내 평생 이런 일은 처음이라서." 로리는 덩치 크고 자애로운 뉴펀들랜드 구조견이 새끼 고양이를 바라보듯 아기들을 바라보며 말했다.

"아들이랑 딸이야. 정말 예쁘지 않아?" 존이 뿌듯한 아빠의 얼굴로 작고 빨간 아기들이 꼼지락거리는 모습을 보며 환하게 미소를 지었다. 그의 눈엔 아기들이 마치 날개 없는 천사라도 되는 듯했다.

"지금까지 본 아기들 중에 최고예요. 그런데 누가 누구죠?" 로리가 그 천사들을 보려고 목을 쭉 빼고 몸을 굽혔다.

"에이미가 프랑스에서 유행이라면서 남자 아기에게는 파란 리본을, 여자 아기에게는 분홍 리본을 달아 줬어. 그러니 언제든 구별할 수 있을 거야. 게다가 하나는 눈이 푸르고 또 하나는 갈색이야. 뽀뽀해 줘봐, 테디 삼촌." 조가 짓궂게 말했다.

"아기들이 안 좋아할 것 같은데." 로리가 평소와는 달리 소심하게 말했다.

"당연히 좋아하지. 이제 뽀뽀에는 익숙해졌을걸. 당장 해 보시죠." 조는 대신 자기에게 한다고 할까 봐 두려워하며 명령했다.

로리가 얼굴을 찡그리고는 그 작은 볼에 아주 신중하게 한 번씩 뽀뽀를 하자 다들 다시 한번 웃음을 터뜨렸다. 하지만 아기들은 울음을 터뜨렸다.

"거봐, 아기들은 안 좋아할 거라고 했잖아! 요 녀석이 아들이구

나. 발길질하는 것 봐! 주먹질도 제법인걸. 어린 브룩 씨, 같은 체급의 남자를 치셔야죠, 안 그래요?" 마구 파닥이는 작은 주먹에 얼굴을 찔린 로리가 즐거운 듯 소리쳤다.

"남자 아이는 존 로런스, 여자 아이는 엄마와 할머니 이름을 따마거릿으로 지을 거야. 메그가 둘 있으면 안되니까 데이지라고 부르려고. 남자 아이는 더 괜찮은 이름을 찾지 못하면 잭이라고 부를 생각이야." 에이미가 조카를 사랑하는 이모답게 말했다.

"남자 아인 데미존으로 지어. 짧게 '데미'라고 하고." 로리가 말했다.

"데이지와 데미, 괜찮은데! 테디가 뭔가 해낼 줄 알았어." 조가 손뼉을 치며 소리쳤다.

아기들은 이 책 마지막까지 '데이지와 데미'로 불렸으니 테디가 큰일을 해낸 건 분명했다.

6

이웃집 방문

"조 언니, 시간 됐어."

"무슨?"

"설마 나랑 오늘 이웃 집 여섯 군데를 방문하기로 약속한 걸 잊었다고 말하려는 건 아니겠지?"

"내가 지금까지 살면서 경솔하고 어리석은 짓을 수시로 저지르고 있긴 하지만 하루에 여섯 집을 방문하겠다고 할 만큼 미치지는 않았는데. 일주일에 딱 한 군데 가는 것도 말이 안 되는 일인데 말이야."

"아니, 언니가 약속했어. 우리 둘 사이의 거래였다고. 내가 언니에게 크레용으로 베스 언니의 초상화를 그려주면 틀림없이 나와 함께 이웃집 방문을 하겠다고 말이야."

"날씨가 좋으면- 이라고 계약에 있었어. 난 내 계약서에 적힌 글자에 따르겠소, 샤일록.[24] 그런데 동쪽 하늘에 구름이 잔뜩 끼었네. 날씨가 좋지 않으니 가지 않겠어."

"꾀부리지 마. 좋기만 한데 뭘 그래. 비가 올 기미는 전혀 없어. 언니는 약속을 어기지 않는다고 늘 자랑처럼 말했잖아. 그러니 명예를 지켜. 자, 언니, 임무를 다 하면 앞으로 여섯 달은 평화롭게 지낼 수 있을 거야."

그때 조는 드레스 만들기에 여느 때보다도 푹 빠져 있었다. 가족들의 재단사 역할을 맡은 조는 글쓰기만큼이나 바느질도 잘 해 가족들의 신임을 한몸에 받고 있었다. 그런데 가봉 단계에서 에이미에게 붙잡혀 더운 7월 한낮에 잔뜩 차려 입고 이웃집을 방문하게 생겼으니 생각만으로도 성가셔서 견딜 수가 없었다. 조는 공식적인 이웃 방문을 아주 싫어해서 에이미가 거래나 뇌물, 혹은 약속을 빌미로 내몰지 않으면 절대 나서지 않았다. 그런데 반항하듯 허공에 대고 쟁강쟁강 가위질을 하며 구름의 냄새를 맡았다고 항변하던 조도 지금으로서는 도망칠 출구가 보이지 않았기 때문에 그만 항복하고 말았다. 일감을 제쳐 두고 체념한 듯 모자를 쓰고 장갑을 끼더니 희생양은 나갈 준비를 마쳤다고 말했다.

"조 마치, 언니가 그렇게 심술을 부리면 최고의 성인도 짜증 낼 거야! 바라는데 그런 모습으로 이웃집을 방문할 생각은 말아 줘."

24 셰익스피어의 〈베니스의 상인〉(1596년 경)에 나오는 유대인 고리대금업자.

놀란 눈으로 조를 살피던 에이미가 큰 소리로 말했다.

"왜 안 되는데? 난 지금 더할 나위없이 단정하고 시원하고 편안해. 더운 날 먼지 날리는 길을 걷기엔 이것보다 더 좋은 차림이 없지. 나보다 내 옷에 더 관심이 있는 사람이라면 난 만나지 않겠어. 너나 그런 사람들 눈에 들도록 차려 입고 마음껏 우아하게 다녀. 근사하게 보이는 건 너한테나 중요한 일이지 난 아니야. 난 주름장식들이 성가시기만 해."

"아, 이런!" 에이미가 한숨을 쉬었다. "이렇게 어깃장을 놓고 나를 정신사납게 만들어서 언니를 준비해주지 못하게 할 속셈이구나. 오늘 같은 날 나가는 게 나도 즐겁지는 않아. 하지만 이건 이웃에 우리가 진 빚이야. 언니랑 나 말고는 우리 집에서 이 빚을 갚을 사람이 없어. 언니, 멋지게 차려 입고 가서 내 옆에서 점잖게 굴기만 해 줘. 그럼 언니한테 뭐든 할게. 언니는 말도 잘하는 데다가 잘 차려 입으면 귀족적으로 보이잖아. 그리고 마음만 먹으면 행동은 또 얼마나 기품이 넘치는지. 그런 언니가 난 너무 자랑스러워. 언니, 난 혼자 가는 게 두려워. 가서 나를 챙겨 줘."

"그런 식으로 알랑거려서 이 언니를 구워삶으려 하다니 요런 앙큼한 것 같으니. 내가 귀족적이고 기품 있다고? 심지어 혼자 가는 게 두렵다고? 되지도 않는 말 그만 하시지. 알았어. 가야 한다면 갈게. 그리고 최선을 다 할게. 하지만 이 원정대의 대장은 너니까 난 군소리없이 네 말을 따르기만 할 거야. 됐지?" 고집을 부리던 조가 갑자기 순한 양처럼 변해서는 말했다.

"언니는 정말 완벽한 천사야. 언니가 가진 것 중에 가장 좋은 옷을 입어. 좋은 인상을 남길 수 있도록 각 집에서 어떻게 행동할지 말해 줄게. 난 사람들이 언니를 좋아하면 좋겠어. 언니가 조금만 더 상냥하게 굴면 다들 언니를 좋아할 텐데. 머리를 예쁘게 하고 보닛 모자에 분홍색 장미를 꽂아 봐. 잘 어울린다. 평범한 옷을 입으면 언니는 너무 수수해 보이거든. 가죽 장갑이랑 수놓은 손수건도 챙겨. 메그 언니 집에 들러서 하얀색 양산도 빌릴 거야. 그러니 언니는 내 비둘기 색 양산을 써."

에이미는 옷을 입으면서 조에게 이것저것 지시를 했고 조는 그 말을 따랐다. 조는 아무런 항의를 하지는 않았지만 바스락거리며 새 드레스를 입을 때는 한숨을 쉬었고 보닛 모자를 쓰고 흠잡을 데 없이 완벽하게 나비 모양으로 끈을 묶으면서도 얼굴을 찌푸렸다. 옷깃을 세울 때는 핀과 힘겹게 씨름을 했고 손수건을 흔들어 펼칠 때도 인상을 찡그렸는데 당장의 기분만큼이나 코끝에 닿는 자수도 성가셨기 때문이다. 우아함을 완성하기 위해 단추 두 개와 테슬이 달린 꽉 끼는 장갑 속에 손을 우겨 넣은 조는 바보 같은 표정으로 에이미를 향해 돌아서서는 작은 목소리로 말했다.

"난 완벽하게 비참하지만 네가 나를 사람들 앞에 내놓을 만하다고 생각한다면 이 자리에서 행복하게 죽을 수도 있어."

"언니, 아주 만족스러워. 내가 잘 볼 수 있도록 천천히 돌아봐."
조가 한 바퀴 빙글 돌자 에이미는 여기저기를 매만져 조의 매무새
를 정리해 주고 뒤로 물러서서는 머리를 한쪽으로 갸우뚱하며 살
펴보았다. "좋아, 이만하면 됐어. 머리는 내가 생각해도 완벽해. 장
미꽃을 단 하얀 보닛이 정말 아름다워서 말이야. 어깨를 쫙 펴. 장
갑이 좀 조이더라도 손은 편하게 하고. 여기서 하나 더, 숄을 걸치는
거야. 나는 안 어울려서 할 수가 없지만 언니는 너무 멋져. 마치 할머
니가 그 아름다운 숄을 언니에게 주셔서 어찌나 다행인지. 간단하
지만 너무 멋지잖아. 그리고 팔 위로 주름을 만들면 예술적이기까
지 하지. 내 망토는 가운데로 잘 맞지? 드레스 자락을 살짝 들어 올
렸는데 비뚤지 않아? 내 코는 별로지만 발이 예쁘니까 구두를 보여
주고 싶어서 말이야."

"너는 아름다우며 영원한 기쁨이다."[25] 조가 금발 머리에 대비된
푸른 깃털을 향해 전문비평가처럼 손짓하며 말했다. "저는 드레스
를 땅에 끌까요, 아니면 들어 올릴까요, 부인?"

"걸을 때는 들어 올리고 집에서는 내려. 언니는 치마를 끌리게
하는 게 가장 잘 어울리거든. 그리고 우아하게 치맛자락을 끄는 법
을 배워야 해. 그런데 소매 단추도 아직 안 채웠구나. 당장 채워. 세

---

25   키이츠의 시 엔디미온 중 '아름다운 것은 영원한 기쁨'을 인유했다.

세한 부분까지 신경쓰지 않으면 완벽해 보일 수가 없지. 세세한 부분들이 모여 결국 전체를 완성하거든."

조는 한숨을 쉬었다. 그런데 소매 단추를 채우다가 그만 장갑 단추가 터지고 말았다. 우여곡절 끝에 두 사람은 준비를 마치고 길을 나섰다. 위층 창문에서 몸을 내밀고 두 사람을 지켜본 해나 말에 의하면 '그림처럼 예쁜' 모습이었다.

"언니, 체스터 가는 아주 품위 있는 사람들이니 예의 바르게 행동하면 좋겠어. 뜬금없는 말이나 이상한 행동은 하지 마, 알았지? 차분하고 침착하고 조용하게. 그러면 적당히 숙녀답게 보일 거야. 십오분 동안만 그러면 돼." 양쪽 팔에 아기를 하나씩 안고 있는 메그에게서 하얀 양산을 빌린 후 점검을 받고 첫번째 목적지에 다다르자 에이미가 말했다.

"그러니까 '차분하고 침착하고 조용하게'! 라는 거지. 좋아. 약속할 수 있을 거 같아. 무대에서 새침한 아가씨 역을 해 봤으니 그렇게 해 볼게. 이 언니가 얼마나 잘 하는지 두고 보면 알 거야. 동생!"

에이미는 안심이 되는 것 같았다. 하지만 짓궂은 조는 에이미가 시키는 그대로 했다. 첫 번째 방문한 집에서 옷의 주름을 반듯하게 정리하고 여름 바다처럼 차분하고 눈 쌓인 언덕처럼 침착하고 스핑크스처럼 조용하게 기품 있는 모습으로 앉아 있었다. 체스터 부인이 조의 '매력 넘치는 소설'에 대해 언급하고 그 딸들이 파티나 소풍, 오페라, 패션에 대해 이야기했지만 조는 모든 이야기에 대해 미소를 짓고 고개를 까딱하며 새침한 얼굴로 '네' 혹은 '아뇨' 라고만 대답했는데 쌀쌀함마저 느껴졌다. 에이미는 '말 좀 해'라는 신호를 보내면서 몰래 발로 차기까지 했지만 아무 소용이 없었다. 조는 아무것도 모르는 척 '얼음처럼 차갑고 눈에 띄게 무표정한 모드'[26]의 얼굴로 앉아 있었다.

"주 마치 양 말이에요, 어쩜 그렇게 건방진 데다가 시시하기까지 한지!" 문을 닫고 나오는데 불행하게도 한 숙녀의 말이 들렸다. 조는 복도를 걸어 나오는 내내 소리를 죽이며 킥킥 웃었지만 에이미는 자신의 지시를 따르지 않은 것 때문에 화가 나 조를 나무랐다.

"어떻게 내 말을 그런 식으로 해석할 수 있어? 언니한테 예의 바르고 품위있게 행동하라고 했지 그렇게 완벽하게 통나무나 바위가 되라고 하진 않았는데 말이야. 램 씨 댁에서는 좀 더 사람들이랑 어울리도록 해 봐. 다른 여자애들이 하는 것처럼 뒷말도 하고 옷이나 연애 얘기가 나오면 관심을 좀 가져 보라고. 램 씨 사람들은 상류층 사람들이랑 가까우니까 알아 두면 좋을 거야. 무슨 일이 있어도 그 댁에서는 좋은 인상을 남길 테야."

"사람들이랑 잘 어울릴게. 뒷말도 하고 킥킥거리기도 하면서 네가 좋아하는 사소한 이야기에도 무서워 덜덜 떨거나 좋아 죽으면

---

26   알프레드 테니슨의 시 '모드'(1855)에서 인용했다.

되는 거지? 재미있을 거 같아. 흔히 말하는 '매력적인 여자애'를 흉내내면 되는 거잖아. 메이 체스터를 본보기로 봤으니 잘 할 수 있어. 그 애보다 더 잘 할 자신이 있다고. 램 가 사람들이 '저기 조 마치는 정말 활발하고 멋진 사람인걸!'하고 말할 테니 두고 보라고!"

하지만 에이미는 여전히 걱정스러웠다. 조는 한번 엽기적으로 굴기 시작하면 언제 멈출지 아무도 몰랐기 때문이다. 조가 램 가의 응접실로 들어가서는 넘치는 감정으로 모든 숙녀들에게 입맞춤을 하고 신사들을 향해 환하게 웃더니 보는 이의 입이 떡 벌어질 만큼 활기찬 모습으로 수다에 끼어드는 모습을 본 에이미의 얼굴은 굳어버렸다. 에이미는 자신을 너무 좋아하는 램 부인에게 붙잡혀 루크레티아[27]의 마지막 공격에 관한 장황한 설명을 억지로 듣고 있었는데 그 동안 유쾌한 젊은 신사 셋이 에이미를 구하기 위해 이야기가 멈추는 순간만을 기다리며 호시탐탐 주변을 맴돌고 있었다. 상황이 그러한 터라 에이미는 장난기에 사로잡힌 채 할머니처럼 수다스럽게 떠들어대고 있는 조를 감시할 여력이 없었다. 에이미는 잔뜩 긴장한 채 조가 있는 쪽을 향해 신경을 곤두세웠다. 몇 마디씩 이야기가 들려올 때마다 긴장됐고 사람들의 휘둥그레진 눈과 손짓을 보니 궁금해서 괴로울 지경이었다. 간간히 웃음소리가 들리면 그쪽으로 달려가 보고 싶었다. 이런 이야기가 토막토막 들려오면 에이미는 얼

27   고대 로마 전설에 나오는 열녀. 정숙한 여자의 귀감으로 여겼다.

마나 괴로웠을까!

"그 아이는 정말 잘 타던데, 누구에게서 배운 거죠?"

"아무도 안 가르쳐줬어요. 나무에 낡은 안장을 얹고 올라타 꼿꼿하게 앉는 법을 혼자 연습했죠. 이제 그 앤 뭐든 잘 타요. 두려워하는 법이 없거든요. 마구간지기도 그 애에게는 싼값에 말을 빌려주죠. 아가씨들을 태울 수 있도록 그 애가 말을 훈련시켜 주니까요. 그 애는 열정이 대단해요. 그래서 전 종종 그 애에게 이것저것 안 되면 예쁜 조마사가 돼서 생계를 유지하면 되겠다고 말해준답니다."

이 끔찍한 말에 에이미는 견디기 힘들어졌다. 다소 품행이 나쁜 여자로 비춰질 수 있는 말이기에 몸서리치게 싫었다. 하지만 뭘 어쩔 수 있겠는가? 노부인의 이야기가 끝이 나려면 아직 한참 멀었는데 이미 새로운 이야기를 시작한 조는 훨씬 우스꽝스럽게 끔찍한 실수들을 저질러댔다.

"그래요, 그날 에이미는 절망에 빠졌죠. 좋은 말들은 모두 가 버리고 세 마리 남았는데 한 마리는 다리를 절고, 한 마리는 앞을 못 보는 말이었거든요. 나머지 한 마리는 너무 고집이 세서 달리게 하려면 입 속에 흙을 집어넣어야 할 정도였으니까요. 아주 대단한 녀석이죠, 그렇죠?"

"에이미는 어떤 말을 선택했어요?" 그 이야기를 재미있게 들으며 웃고 있던 신사 한 사람이 물었다.

"아무것도 고르지 않았어요. 대신 강 건너 농장에 아직 한 번도 숙녀를 태워보지 않은 어린 말이 있다는 걸 듣고 한번 훈련시켜 보겠다고 결심을 했어요. 그 말은 아주 잘생긴 데다가 씩씩했거든요. 에이미가 얼마나 고생했는지 이루 말할 수가 없어요. 그 말에 안장을 얹어본 사람이 아무도 없어서 에이미가 안장을 갖고 갔죠. 노를 저어 강을 건넌 에이미가 머리에 안장을 얹은 채 헛간에 뚜벅뚜벅 걸어가니 노인이 기막혀 할 수 밖에요!"

"에이미가 말을 탔나요?"

"물론 탔죠. 그리고 아주 신나게 그 시간을 보냈죠. 아주 녹초가 돼서 집에 돌아올 거라 생각했는데 말을 완벽하게 길들이고 즐거운 모습으로 나타났더라고요."

"오, 아주 용감하군요!" 젊은 램 씨가 칭찬하는 눈길로 에이미를 바라보았다. 그리고 자신의 어머니가 무슨 말을 하기에 에이미가 저토록 얼굴이 빨개져서 좌불안석으로 앉아 있는 것일까 궁금했다.

잠시 후 갑자기 대화의 주제가 옷으로 바뀌자 에이미의 얼굴은 더 빨개지고 더 좌불안석이었다. 젊은 숙녀 하나가 소풍에 쓰고 왔던 그 담갈색 모자를 어디서 샀는지 조에게 물었는데 조는 멍청하게도 2년 전 그 모자를 샀던 곳을 말하지 않고 쓸데없이 솔직하게 대답을 한 것이다. "아, 그거요? 에이미가 모자에 색을 칠했죠. 그렇게 부드러운 색조의 모자를 구할 수가 없어서 우리는 좋아하는 색을 직접 칠한답니다. 미술가 자매를 두면 편리한 점이 한두 개가 아니랍니다."

"정말 독창적인 생각이군요." 램 양은 조가 재미있는 사람이라고 생각하며 큰 소리로 말했다.

"에이미의 훌륭한 작품에 비하면 아무것도 아니죠. 그 아이가 할 수 없는 건 아무것도 없어요. 샐리의 파티에 갈 때 푸른 구두가 있으면 좋겠다고 하더니 글쎄, 흙투성이 하얀 구두를 지금껏 본 적 없는 가장 아름다운 하늘색으로 칠한 거예요. 새틴으로 만든 구두처럼 보였다니까요." 조는 동생의 재능에 한껏 자랑스러운 기분으로 말했지만 그것이 에이미를 더욱 불안하게 해 명함 지갑이라도 던져야 마음이 놓일 것 같은 기분이 들었다.

"며칠 전에 당신의 소설을 읽었어요. 아주 재미있던 걸요." 또 다른 램 양이 문학가인 조를 칭찬해 주고 싶은 마음에 말을 꺼냈다. 그때까지 조는 벌써 드러내야 했던 자신의 성격을 내보이지 않고 있었던 게 문제였다. '작품'에 대한 말이 나오기만 하면 조는 기분이 나빠져 얼굴이 굳어지고 무뚝뚝한 말투로 이야기 주제를 바꾸었다. 지금처럼 말이다. "더 재미난 읽을 거리를 찾지 못했나 보군요. 보통 사람들이 좋아해 잘 팔린다기에 그 쓰레기 같은 글을 쓴답니다. 그나저나 이번 겨울에 뉴욕에 갈 건가요?"

그 책이 재미있었던 램 양에게 이 말은 감사의 말도 칭찬의 말도 아니었다. 그 말을 한 순간 조는 자신이 실수를 했다는 걸 깨달았지만 일을 더 심각하게 몰아가고 싶지 않았다. 다음 방문할 집으로 가야한다는 생각이 떠올라 돌연 자리에서 일어서는 바람에 세 사람은 하던 이야기를 다 마치지도 못한 채 그냥 남겨지고 말았다.

"에이미, 이제 가야지. 여러분, 안녕히 계세요. 저희 집에 한 번 오세요. 손꼽아 기다리고 있을게요. 램 씨, 감히 오시란 말씀은 못 드리겠지만 만약 오신다면 두 팔 벌려 환영하겠습니다."

감정을 과장해서 표현하는 메이 체스터의 우스꽝스러운 행동을 흉내내서 말하는 조의 모습에 에이미는 순간 울음과 웃음이 동시에 터져버릴 것 같아 얼른 방을 빠져나왔다.

"나 잘 하지 않았니?" 함께 걸어가는 동안 조가 꽤나 만족스러운 기분으로 물었다.

"그 정도면 최악이지." 에이미가 한마디로 조를 뭉개버렸다. "안장이며 모자며 구두 이야기를 그렇게 떠벌리다니 도대체 무슨 생각인 거야?"

"왜, 재밌잖아. 사람들이 얼마나 즐거워했는데. 사람들은 우리가 가난한지 다 알아. 그런데 거기다 대고 우리 집에 말 관리사가 있고 한 계절에 모자를 서너개씩 사며 하고 싶은 대로 편하게 사는 척해 봐야 무슨 소용이니?"

"우리가 임시변통으로 살아가는 모습을 다 이야기해서 우리의 가난을 그렇게 쓸데없이 완벽하게 드러낼 필요는 없지. 자존심이라고는 없는 것 같아. 언제 입을 다물어야 할지 언제 말을 해야 할지 평생을 가도 모를 거야, 언닌." 에이미가 절망적인 얼굴로 말했다.

가엾은 조는 부끄러운지 뻣뻣한 손수건으로 코끝을 조용히 문질렀다. 마치 자신의 잘못을 참회하기라도 하는 것 같았다.

"이 집에서는 어떻게 행동할까?" 세 번째 집에 도착하자 조가 물었다.

"그냥 언니 마음대로 해. 난 손 뗄래." 에이미가 짧게 대답했다.

"그럼 하고 싶은 대로 할게. 이 집에 있는 남자 아이들과 편하게 있을래. 나에게 기분 전환이 필요하다는 건 신만이 아실 테지. 우아한 척하느라 괜히 성질만 나빠졌어." 에이미의 마음에 들지 못한 것이 속상했는지 조가 퉁명스럽게 대답했다.

덩치 큰 남자 아이 셋과 예쁜 어린아이 몇몇에게 열렬한 환영을 받자 엉망이었던 조의 기분도 금방 풀렸다. 우연히 방문한 튜더 씨와 여주인은 에이미에게 맡기고 조는 젊은이들과 즐거운 시간을 보내며 기분을 전환했다. 사냥개와 푸들을 쓰다듬으며 대학 이야기를 흥미롭게 들었고 적절한 칭찬인지 어떤지 신경 쓰지 않고 '톰 브라운은 좋은 녀석'[28] 이란 말에 흔쾌히 동의했다. 한 청년이 자신의 거북이 수조를 보러가자고 하자 조는 얼른 따라 나섰는데 그 모습을 본 청년의 엄마가 미소를 지었다. 그 부인은 아들을 꼭 끌어안아 주느라 -곰 같지만 애정이 듬뿍 담긴 포옹이었다- 머리가 엉망이 되어 모자를 붙잡고 있어야 했지만 조의 눈에는 솜씨 좋은 프랑스 여자의 손길에서 나온 흠잡을 데 없는 머리보다 더 사랑스러워 보였다.

에이미 역시 언니를 신경 쓰지 않고 마음껏 즐겼다. 튜더 씨의 삼촌은 영국 국왕의 팔촌 여인과 결혼을 했기 때문에 에이미는 그 가족을 대단히 우러러봤다. 에이미는 비록 미국에서 태어나고 자랐지만 그런 높은 신분을 숭배하는 마음이 있었다. 몇 년 전 노랑 머리의 왕족 청년이 왔을 때[29] 하늘 아래 최고의 민주 국가인 이곳을 들썩이게 했던 그것은 왕들에 대한 미처 알지 못했던 충성심이었다. 그것은 아무리 덩치 큰 아들이라 하더라도 작고 도도한 어머니를 사랑하는 것과 같은 이치였다. 아들을 품고 있던 어머니가 반항하는 아들을 꾸짖으며 작별을 고하듯 나이 든 나라와 젊은 나라도 이제 그 관계를 정리하는 중이었다. 멀지만 가까운 나라 영국 귀족과의

---

28   토마스 휴즈의 〈탐 브라운의 학창 시절 tom brown's school days〉(1857)의 주인공. 남학교 럭비 스쿨에서 있었던 일을 소설화 한 작품이다.

29   1860년 가을, 빅토리아 여왕의 장남 에드워드가 북미를 방문했는데 루이자 메이 올컷은 보스턴에서 그 광경을 목격했다.

이야기가 아무리 재미있어도 시간 가는 줄 모르고 정신없이 빠져 있을 에이미는 아니었다. 적당한 시간이 지나자 에이미는 어쩔 수 없이 이 귀족적 모임을 뿌리치고 일어나 조를 찾아 두리번거렸다. 제발 이 구제불능의 언니가 어디선가 마치 가의 이름에 먹칠을 하고 있지 않기를 바랄 뿐이었다.

더 심각한 상황일 수도 있었지만 그것도 충분히 나쁜 상황이었다. 조는 풀밭에서 소년들에 둘러싸여 앉아 로리가 자신에게 쳤던 장난 이야기를 하고 있었고 관중들은 감탄해 마지 않으며 듣고 있었다. 조의 치마 위에는 네 발에 흙이 잔뜩 묻은 개 한 마리가 앉아 있었다. 작은 꼬마 아이 하나는 에이미가 아끼는 양산으로 거북이를 찌르고 있었고 또 다른 아이는 조의 가장 좋은 보닛 모자를 깔고 앉은 채 생강 빵을 먹고 있었다. 또 한 아이는 조의 장갑을 끼고 공놀이를 하고 있었다. 다들 즐거운 시간을 보내고 있었다. 조가 떠나기 위해 엉망이 된 물건들을 챙기자 조의 추종자들이 따라오며 다시 와 달라고 애걸하며 말했다. "로리의 장난은 너무 재미있어요."

"멋진 소년들이야, 안 그러니? 이 아이들과 있다 보니 다시 어려지고 활발해진 기분이야." 조는 뒷짐을 지고 걸으며 말했다. 조의 습관이기도 했지만 더럽혀진 양산을 감추려는 의도이기도 했다.

"언니는 왜 항상 튜더 씨를 피하는 거야?" 엉망이 된 조의 모습에 대해서 언급하지 않은 것은 현명한 처사였다.

"그가 싫으니까. 잘난 체하고 누이들을 무시하고 아버지에게 떼를 쓰고 어머니에게는 버릇없이 말하잖아. 로리도 그 사람의 행실이 좋지 않다고 하고 나도 그가 그다지 알고 지낼 만한 사람은 아니라고 생각해. 그래서 피하는 거야."

"그래도 최소한 정중하게는 대해야지. 언넌 그 사람에게 냉랭하게 고개만 까딱했잖아. 조금 전에 식료품 집 아들 토미 체임벌린에게는 깍듯하게 고개숙여 인사하고 미소까지 지었으면서. 고개만 까딱 할 게 아니라 고개 숙여서 정중하게 인사를 해야 옳았어." 에이미가 꾸짖듯이 말했다.

"아니, 그렇지 않아." 고집이 센 조가 말했다. "그의 할아버지의 삼촌의 조카의 조카가 국왕의 8촌이라 하더라도 난 튜더 씨를 존경하지도 우러러보지도 않아. 토미는 가난하고 부끄럼이 많지만 착하고 아주 똑똑해. 내가 그 아이를 좋게 생각한다는 걸 보여주고 싶어. 누런 종이 뭉치를 들었어도 그는 신사야."

"언니랑 무슨 말을 하겠어." 에이미가 말했다.

"어림없지, 동생." 조가 끼어들었다. "그러니 우리 이제 화해하자고. 그런데 아주 고맙게도 킹 씨 가족들은 외출한 것 같으니 명함만 두고 가자."

가족 명함은 제 구실을 톡톡히 했고 자매는 계속해서 걸어 갔다.

다섯 번째 집에 도착했을 때 조는 또 한 번 감사의 말을 했다. 그 집 아가씨들이 약속이 있다고 했기 때문이다.

"이제 집으로 가자. 오늘 마치 할머니 집은 그냥 건너 뛰는 게 어때? 할머니 댁은 언제든 갈 수 있잖아. 이렇게 지쳐서 먼지 날리는 길을 가야 한다 생각하니 더 짜증나는 것 같아. 게다가 이렇게 좋은 옷을 질질 끌면서 말이야."

"그건 언니 생각이야. 잘 차려입고 방문한 사람들을 칭찬하는 걸 할머니가 얼마나 좋아하시는데. 그리고 할머니 찾아 뵙는 게 사소하지만 할머니에게는 큰 즐거움이잖아. 흙길을 걸어가야 한다 하더라도 흙 묻은 강아지나 소년들이 제 멋대로 굴게 내버려 둬서 온통 엉망이 되는 것에 비하면 아무것도 아닐 텐데. 숙여 봐. 언니 보닛에 부스러기 좀 떼어내게."

"에이미 넌 정말 착한 아이야." 조는 후회하는 눈길로 자신의 엉망이 된 옷과 여전히 얼룩 하나 없이 깨끗한 에이미의 옷을 번갈아 바라보았다. "사소하더라도 사람들을 즐겁게 해 주는 일이 내게도 너처럼 쉬운 일이라면 좋겠어. 사소한 일들을 해 볼까 생각도 하지만 그렇게 사소하게 시간을 쓰는 것보다는 큰 일을 하나 하는 게 나을 거 같아 기회를 기다리거든. 그러다 작은 것들을 놓치는데 결국에 보면 그 작은 배려들이 더 중요한 것 같더라고."

곧바로 위로를 얻은 에이미는 미소를 지으며 엄마같이 말했다.

"여자들은 남에게 상냥하게 대하는 법을 배워야 해. 특히 가난한 여자들은 더 그렇지. 남에게서 받은 친절을 갚아 줄 다른 방법이 없으니까. 그 사실을 기억하고 연습한다면 언니는 나보다도 훨씬 더 많이 인정받을 거야."

"꽤 까다로운 내 성격은 바뀔 것 같지 않아. 네 말이 맞다는 건 인정해. 하지만 내키지 않은 데 억지로 사람들을 즐겁게 해 주는 게 쉽지는 않아. 좋고 싫은 게 이렇게 강한 성격은 정말 불행해, 그렇지?"

"그런 성격을 숨길 수 없는 게 더 큰 일이지. 나도 언니만큼 튜더씨가 싫지만 굳이 그 사람에게 내 마음을 드러내지는 않아. 그 사람 때문에 나 스스로 나쁜 사람이 될 필요는 없으니까."

"하지만 여자들은 남자가 싫을 때 자신의 생각을 나타내야 한다고 생각해. 그런데 태도로 보여주는 것 말고는 어떻게 할 수 있겠니? 설교는 아무 소용없어. 테디를 겪어 봐서 알거든. 말 한마디 하지 않고도 그 아이를 어떻게 할 수 있는 소소한 방법은 많아. 가능하다면 다른 남자 애들에게도 그 방법을 써야 해."

"로리는 훌륭한 남자 애야. 평범한 남자 애들이 로리처럼 반응할 거라고 단정할 수는 없어." 에이미의 목소리는 진지했고 확신에 차 있었다. '훌륭한 남자 애'가 들었다면 포복 절도했을 목소리였다. "우리가 예쁘거나 아주 부자라면 다를 수도 있겠지. 하지만 우리 같은 평범한 여자가 싫어하는 남자들에게 얼굴을 찡그리고 좋아하는 남자들에게 미소를 지어 봤자 다들 눈도 깜빡하지 않을걸. 그냥 우리만 이상한 청교도적인 여자들이 될 뿐이지."

"우리가 예쁘지도 않고 부자도 아니라서 우리가 싫어하는 일들이랑 사람들을 참고 견뎌야 한다는 거니? 거 참 도덕적인 자세인데."

"그걸로 언니랑 말싸움하고 싶지 않아. 그게 세상 돌아가는 이치라는 거지. 그리고 그 이치에 반대하는 사람들은 비웃음만 살 뿐이야. 난 혁명가가 싫어. 언니도 혁명가가 되지 않기를 바라."

"난 혁명가들이 좋아. 할 수만 있다면 나도 혁명가가 되고 싶어. 비웃음을 살지언정 세상은 그들 덕분에 나아지고 있으니까. 넌 오래된 세상에 속해 있고 난 새로운 세상을 원하니 우리는 그 부분에서는 의견 일치를 볼 수 없겠다. 넌 최고의 세상을 살아가렴. 난 그 세상을 가장 떠들썩하게 살아갈 테니. 난 돌팔매질도 야유도 즐길거야."

"자, 이제 진정해. 언니의 새로운 생각으로 할머니를 걱정하시게하지 마."

"안 그러도록 애써 볼게. 하지만 난 늘 할머니 앞에서는 퉁명스러운 말투가 튀어나오고 반항하고 싶은 마음이 생긴다니까. 내 운명인가 봐. 어쩔 수 없지 뭐."

마치 할머니는 캐롤 숙모와 함께 무언가 정신없이 재미있게 이야기를 하다가 두 사람이 들어가니 이야기를 딱 멈췄다. 표정만 봐도 두 사람에 관련된 이야기를 하고 있었다는 걸 알 수 있었다. 조는 기분이 좋지 않았고 심통이 도졌다. 하지만 자신의 임무를 충실히 수행해 온 에이미는 화를 누르고 천사처럼 모두를 즐겁게 해 주었다. 이런 에이미의 상냥한 마음은 두 사람에게 금방 전해졌다. 두 사람은 에이미를 사랑스럽게 바라보았고 나중에는 "저 아이는 날로 어른스러워지는구나."라고 강조해서 말했다.

"애야, 넌 바자회 도울 거니?" 어른들이 좋아하는 다정한 분위기로 에이미가 곁에 앉자 캐롤 숙모가 물었다.

"네, 체스터 부인이 부탁해서 판매대 하나를 맡아 보겠다고 했어요. 제가 드릴 수 있는 건 시간뿐이거든요."

"난 싫어요." 조가 단호한 말투로 끼어들었다. "전 누가 생색내는 꼴은 딱 질색이거든요. 체스터 씨 부부는 상류층들이 오는 바자회를 도울 수 있는 기회를 우리에게 주는 걸 아주 대단한 배려라고 생각하거든요. 에이미, 네가 동의한 건지 궁금해. 그들은 그저 널 부려 먹으려 그러는 거라고."

"기꺼이 가서 일할 거야. 이건 체스터 씨 가족을 위해서 뿐 아니라 자유의 몸이 된 흑인 노예들을 위한 일이기도 하니까. 그리고 일도 하고 재미있는 경험도 할 수 있는 기회를 주어서 고맙게 생각해. 후원한 일이 좋은 결과를 가져온다면 전혀 힘들지 않을 거야."

"아주 바람직하구나. 너의 그 고마워할 줄 아는 마음이 예쁘구나. 우리의 노력을 고마워할 줄 아는 사람을 돕는 건 기쁜 일이지. 고마움을 모르는 사람을 돕는 건 쉬운 일이 아니거든." 혼자 따로 떨어져 뭔가 뚱한 표정을 지은 채 몸을 흔들고 있는 조를 안경 너머로 살피며 마치 할머니가 말했다.

만약 조가 바로 그 순간 엄청난 행운이 둘 중 한 사람을 놓고 누구를 선택할지 저울질하고 있다는 걸 알았다면 당장 비둘기처럼 유순하게 태도를 바꿨을 것이다. 하지만 불행하게도 우리 가슴에는 창문이 없어서 상대가 마음속으로 무슨 생각을 하고 있는지 모른다. 가끔은 시간과 열정을 절약할 수 있도록 한다는 점에서 모른다는 게 나을 때도 있지만 말이다. 다음의 말을 함으로써 조는 이후 몇 년 간의 행복을 스스로 내동댕이치고 말았으며 적절할 때 입을 다물 줄 알아야 한다는 교훈을 얻게 되었다.

"저는 배려 같은 건 싫어요. 스스로가 노예가 되는 기분이거든요. 저는 모든 것을 스스로 할 거예요. 완벽하게 독립적인 인간이 되는 거죠."

"흠!" 캐롤 숙모가 마치 할머니를 보며 부드럽게 기침을 했다.

"내가 그랬잖아." 마치 할머니가 결심한 듯 캐롤 숙모에게 고개를 끄덕여 보였다.

다행히 조는 자신이 무슨 짓을 했는지 모른 채 코를 높이 쳐들고 있었다. 매력적이기는커녕 잔뜩 반항적인 분위기만 느껴졌다.

"얘, 프랑스어 할 줄 아니?" 캐롤 숙모가 에이미의 손을 잡으며 물었다.

"그럼요, 마치 할머니 덕분이죠. 에스더와 마음껏 이야기할 수 있도록 해 주셨거든요." 에이미가 감사의 얼굴로 대답했고 그 덕에 마치 할머니는 상냥하게 미소를 지었다.

"넌 어떠니?" 캐롤 숙모가 조에게 물었다.

"한 단어도 몰라요. 전 뭔가 배우는 데는 젬병이거든요. 특히 프랑스어는 참을 수가 없어요. 뭔가 미끌어지는 것처럼 정말 바보 같은 언어같아서요." 참으로 퉁명스러운 대답이었다.

두 부인은 또 한 번 서로 눈길을 주고받았다. 마치 할머니가 에이미에게 말했다. "이제 꽤 건강해진 것 같은데 어떠니? 눈은 이제 괜찮은 거니?"

"네, 건강해요. 고맙습니다, 할머니. 전 아주 건강해요. 이번 겨울엔 좀 대단한 일을 해 볼 생각이에요. 언제가 될지는 모르겠지만 로마에 갈 준비를 하려고요."

"착하기도 하지! 넌 갈 자격이 있어. 언젠가는 꼭 가게 될 거라 내보장하마." 에이미가 실타래를 주워드리자 마치 할머니가 만족스러운 듯 에이미의 머리를 쓰다듬으며 말했다.

"심술쟁이야, 빗장을 당기고

불가에 앉아 실을 자아라."

의자 등받이 위에 앉은 폴리가 꽥꽥 소리를 지르더니 궁금하다
는 듯 고개를 숙여 조의 얼굴을 훔쳐보았다. 그 우스꽝스러운 모습
에 다들 웃지 않을 수가 없었다.

"관찰력이 정말 뛰어난 새야." 노부인이 말했다.

"함께 산책할까요, 자기?" 폴리가 도자기 찬장으로 폴짝폴짝
뛰어가며 소리쳤다. 각설탕을 원하는 것 같았다.

"고마워, 그러자. 그만 가자, 에이미." 그 어느 집보다도 할머니
댁 방문에서 피곤함을 느낀 조가 일어서며 말했다. 조는 남자처럼
악수를 했지만 에이미는 두 어른과 입맞춤을 나누었다. 두 자매는
빛과 그림자 같은 인상을 남기며 떠났고 마치 할머니가 멀어지는
두 사람을 보며 말했다.

"그렇게 하는 게 좋겠어, 메리. 내가 돈을 대지." 그리고 캐롤 숙
모가 결심한 듯 대답했다. "아이 부모가 허락하면 꼭 그러죠."

7

뜻밖의 결과

체스터 부인의 바자회는 우아하고 고급스러워서 판매대를 맡아 달라고 부탁받는 것은 동네 아가씨들에게 있어 대단한 영광이었다. 그리고 모든 사람이 그 일에 아주 관심이 많았다. 에이미는 판매대를 맡아 달라는 부탁을 받았지만 조는 그러지 못했다. 모든 면에서 다행이었다. 이 무렵 조는 두 손을 허리춤에 얹은 자세로 결연하게 세상을 향해 도전하는 중이었고 보다 유연한 인간이 되기 위해 세상으로부터 수없이 두드려 맞는 중이었다. '오만하고 지루한 존재' 조는 혹독하게 혼자 버려졌지만 에이미는 그 재능과 취향이 인정되어 미술품 판매대를 맡게 되었다. 에이미는 바자회 미술품 판매대에서 적절하고 가치있는 사람이 되기 위해 최선을 다 해 준비했다.

바자회 개최 전날까지 모든 것은 순조롭게 진행되었다. 그런데 나이도 다르고 각자의 생각과 감정도 다른 대략 스물 다섯 명의 여자들이 함께 일하려니 작은 충돌은 피할 수 없었다.

메이 체스터는 에이미가 자신보다 사람들에게 더 관심을 받는 것에 대해서 다소 질투를 느끼고 있었다. 그러던 중 몇 가지 사소한 가시 같은 상황들로 그 질투심은 증폭되었다. 에이미가 펜과 잉크로 그린 화사한 작품에 메이가 채색한 꽃병이 가려지고 만 것이 첫 번째 가시였다. 그 다음은 모든 것을 장악한 튜더가 늦은 밤 파티에서 에이미와 네 번 춤을 추고 메이와는 한 번 춤을 춘 것이 두 번째 가시였다. 하지만 메이의 영혼을 가장 아프게 하며 에이미에게 적대적으로 행동할 구실을 준 것은 마치 자매가 램 가에서 자신을 조롱거리로 만들었다는 소문이었다. 이 소문은 모두 조로 인한 것이었다. 조의 짓궂은 흉내가 너무도 생생해서 그것이 메이라 추측하지 않을 수 없었던 데다가 장난을 좋아하는 램 가 사람들이 그 이야기를 사방으로 퍼트린 것이다. 그런데 정작 소문을 낸 범인들에게는 아무 일도 일어나지 않았는데 에이미에게 절망적인 일이 일어나고 말았다. 바자회 바로 전 날 예쁘게 꾸며진 자신의 판매대에 마지막 마무리를 하고 있는데 딸이 조롱거리가 됐다는 사실에 분노한 체스터 부인이 나타나 냉랭한 표정과 단조로운 목소리로 이렇게 말했다.

"얘, 에이미. 이 판매대를 내 딸이 아닌 다른 사람에게 준 것을 가지고 젊은 여자애들 사이에서 말들이 많다는 걸 알게 됐단다. 이 판매대가 가장 눈에 띄는 데다가 사람들의 시선을 가장 사로잡는다고 하는 아이들도 있더구나. 바자회에서 가장 많이 팔 수 있는 판매대라는 거지. 그래서 다들 내 딸들이 이 자리를 맡는 게 좋다고 생각한단다. 너에게는 미안하게 됐다. 하지만 넌 이 바자회의 명분에 충분히 공감하고 있을 테니 조금 실망스럽겠지만 이해해 줄 거라 믿는다. 원한다면 다른 판매대를 맡아도 돼."

체스터 부인은 이런 사소한 이야기를 전하는 것쯤이야 아무렇지 않을 거라 생각했지만 막상 아무 의심 없이 자신을 바라보던 에이미의 눈이 점점 놀라움과 곤란함으로 가득해 가는 것을 보니 그리 쉬운 일은 아니라는 것을 알게 되었다.

에이미는 이 일의 이면에 자신이 모르는 뭔가가 있다는 것을 직감했지만 그게 뭔지 추측할 수 없어서 조용히 말했다. 마음이 아팠으므로 자신이 입은 상처를 숨기지 않았다.

"제가 판대매를 맡지 않기를 바라시는 건가요?"

"에이미, 부탁인데 제발 기분 나쁘게 생각하지 말아다오. 이건 그저 편의상 그렇게 하기로 한 거야. 내 딸들이 당연히 앞장서서 일을 진행하게 될 테니 다들 이 판매대는 그 애들이 맡아야 한다고 생각하는 거지. 난 이 자리가 너에게 아주 잘 어울린다고 생각하고 이곳을 아주 예쁘게 꾸며줘서 고맙게 생각해. 하지만 개인적인 욕심은 버려야지. 넌 다른 곳에서 좋은 판매대를 찾을 수 있을 거라 생각해. 꽃 판매대는 어떠니? 어린 여자 애들이 맡아 하고 있는데 힘든 모양이더라. 그곳을 예쁘게 꾸며보렴. 게다가 꽃 판매대는 늘 사람들에게 매력적이라는 거 알잖니."

"특히 신사들에게 그렇죠." 메이가 이어서 말했다. 메이의 표정을 본 에이미는 자신이 왜 갑자기 밀려났는지 이유를 알게 되었다. 에이미는 화가 나서 얼굴이 달아올랐지만 비아냥거림을 무시하고 뜻밖에 상냥하게 대답했다.

"체스터 부인, 말씀하신 대로 할게요. 여기 판매대는 지금 당장 관두고 원하신다면 꽃 판매대를 도울게요."

"원한다면 판매대에 있던 네 물건은 갖고 가도 돼." 에이미가 정성들여 만들고 품위있게 정리해 둔 예쁜 선반과 색칠 된 조개껍데기, 독특한 전등을 보던 메이가 양심의 가책을 느끼며 말했다. 메이는 마음을 쓴다고 써서 한 말이었지만 그 말을 오해한 에이미가 얼른 말했다.

"아, 그래야지. 이것들이 방해가 될 테니." 그리고는 자신의 물건들을 앞치마에 쓸어 담아서는 허둥지둥 걸어가 버렸다. 자신과 자신의 작품들이 모욕을 받은 느낌이었다.

"많이 화가 난 모양이에요. 아, 엄마에게 그런 이야기해 달라고 부탁하지 말았어야 했는데." 메이가 텅 빈 판매대를 암담한 표정으로 바라보며 말했다.

"여자 애들의 싸움은 오래 가지 않는 법이야." 이 싸움에서 자신이 한몫 제대로 한 것 같아 조금 부끄러워하며 체스터 부인이 대답했다.

어린 소녀들은 에이미와 에이미의 보물을 보자 기뻐하며 맞아주었다. 그들의 따뜻한 환영을 받으니 속상했던 마음이 조금 누그러졌다. 위안을 얻은 에이미는 꽃으로 성공하리라 다짐하며 바로 일을 시작했다. 하지만 뜻대로 되는 건 아무것도 없었다. 시간이 늦은데다 에이미는 몹시 지친 상태였고 다들 자기 일에 바빠 에이미를 도울 수가 없었다. 어린 여자애들은 방해만 될 뿐이었다. 꾸밈없는 솜씨로 완벽하게 꾸며 보겠다고 야단법석을 떨었지만 참새처럼 조잘조잘 소란스럽기만 했다. 상록수로 꾸민 아치는 에이미가 아무리 세워 봐도 단단하게 서 있지 못했는데 매달려 있는 양동이에 물을 채우자 머리위로 금방 쓰러질 듯 비틀거렸다. 에이미가 가장 아끼는 타일 작품에 물이 튀어 큐피드의 뺨에 암갈색 눈물이 흐르는 것처럼 되어 버렸다. 에이미의 손은 망치질을 하느라 멍이 들었고 외풍을 맞으며 일을 하느라 감기에 걸렸는데 그 무엇보다도 내일에 대한 걱정으로 마음이 힘들었다. 독자 중에 이런 고통을 겪어 본 소녀가 있다면 가엾은 에이미의 마음에 충분히 공감하며 잘 해 나갈 수 있기를 응원할 것이다.

그날 밤 집에 돌아온 에이미가 자신이 겪은 이야기를 하자 다들 엄청나게 분노했다. 어머니는 기분나쁜 일임에도 에이미가 제대로 대처했다고 말했다. 베스는 그 바자회에 가지 않겠다고 말했고 조는 에이미에게 그 비열한 사람들끼리 잘 해 보라고 하고 에이미의 예쁜 물건을 다 갖고 오지 그랬냐고 다그쳤다.

"그들이 비열하다고 해서 나도 그래야 할 필요는 없어. 난 그런 건 질색이야. 내가 상처받은 건 맞지만 그걸 굳이 드러내고 싶지는 않아. 말과 행동으로 화를 낼 때보다 그들이 너 많이 느낄 거야, 그렇죠, 엄마?"

"바람직한 마음가짐이야, 에이미. 때리는 사람에게는 입맞춤 한 번 해 주는 게 최선이지. 물론 때로는 그렇게 하기가 쉽지는 않지만." 어머니는 말하는 것과 실천하는 것이 다르다는 것을 배운 경험이 있는 사람처럼 말했다.

다음 날, 에이미는 화가 치밀어 앙갚음해 주고 싶은 유혹을 느꼈지만 친절을 베풀어 적들을 이기겠다는 처음의 결심을 잘 지켜 냈다. 때마침 뜻밖에도 에이미의 결심을 지킬 수 있는 일을 하게 되어 첫발을 잘 내디딜 수 있었다. 아침에 곁방에서 어린 여자 애들이 양동이를 채우고 있는 동안 판매대를 정리하고 있던 에이미는 우연히 가장 아끼는 작은 책을 꺼내 들게 되었다. 아버지가 자신이 아끼던 것들 중에서 발견했던 낡은 표지의 책이었다. 책에는 어릴 적 에이미가 예쁘게 장식을 해 놓은 페이지도 몇 장 눈에 띄었다. 저도 모르게 자부심을 느끼며 우아하게 장식된 페이지를 넘기는 동안 시 한 구절에서 눈길이 멈췄다. 주홍빛과 푸른빛, 그리고 금빛의 화려한 소용돌이 장식 테두리 속 여기 저기에는 가시와 꽃이 그려져 있었고 그 속에 서로 돕자는 선한 의지의 글이 있었다. 그 글은 바로 '네 이웃 사랑하기를 네 몸같이 하라'였다.

'그래야 했는데 하지 않았어.' 에이미는 책에서 고개를 드니 불만스러운 얼굴을 하고 있는 메이가 보였다. 메이는 커다란 꽃병들을 앞에 두고 서 있었는데 그 꽃병들은 한때 에이미의 예쁜 작품들로 채워져 있던 공간을 채우기에는 부족해 보였다. 잠시 동안 에이미는 선 채로 책장을 넘기며 무정하고 짜증스러운 마음들을 꾸짖는 달콤한 글귀들을 읽어내려 갔다. 우리는 매일 길에서, 학교에서, 사무실에서 그리고 집에서 무의식의 목사를 만나 현명하고 진실한 설교를 듣게 된다. 이치에 어긋나지 않는 선하고도 도움되는 말을 접했으니 바자회 판매대도 설교단이 될 수 있는 것이다. 에이미는 그 글을 읽고 양심의 가책을 느꼈고 바로 그 자리에서 대부분의 사람들이 하지 못하는 일을 했다. 마음으로 설교를 받아들여 곧장 실행에 옮긴 것이다.

메이의 판매대 주변에 모인 한 무리의 여자애들이 예쁜 물건들을 칭찬하면서 판매하는 사람이 바뀐 일에 대해 이야기를 나누고 있었다. 목소리를 낮추고 이야기했지만 에이미는 그들이 자신의 이야기를 한다는 것을 알 수 있었다. 그들은 한쪽 이야기만 듣고 편견에 빠져 있었다. 기분이 좋지는 않았지만 이미 좋은 마음을 먹었기에 곧 그 결심을 증명해 보이기로 했다. 메이가 슬픈 목소리로 말하는 것이 들렸다.

"다른 것들을 만들 시간이 없어서 너무 안타까워. 난 잡동사니들로 채우고 싶지는 않아. 그때 판매대가 딱 완성됐는데 이젠 엉망이야."

"네가 부탁하면 그 애가 다시 다 갖다 놓을 텐데." 한 아이가 제안했다.

"그렇게 난리를 치고 어떻게 그럴 수 있어." 메이가 채 말을 마치기 전에 복도 저쪽에서 유쾌한 에이미의 목소리가 들려왔다.

"갖고 가고 싶으면 그렇게 해도 좋아. 따로 부탁하지 않아도 돼. 사실 다시 가져다 놓을까 생각 중이었어. 그쪽 판매대에 맞춰서 만든 것들이니까. 자, 여기 있으니 갖고 가. 어젯밤에 서둘러서 갖고 간 거 용서해 줘."

에이미는 미소를 지으며 고개를 끄덕였다. 그리고 기증품들을 돌려주고는 서둘러 돌아갔다. 거기서 고맙다는 인사를 들으며 서 있는 것보다 더 수월할 것 같았다.

"정말 훌륭한 아이야, 그렇지?" 여자 애 하나가 소리쳤다.

메이의 대답은 들을 수 없었지만 레모네이드를 만드느라 기분도

시어버렸는지 여자 애 하나가 기분 나쁘게 웃으며 덧붙였다. "아주 훌륭하지. 자기 판매대에서는 팔리지 않을 거라는 걸 안 거지."

그 말은 정말 참기 힘들었다. 우리는 사소하더라도 뭔가를 희생했을 때 그에 대한 감사의 인사를 듣고 싶은 법이다. 잠깐 동안 에이미는 미덕이 늘 보상을 받는 것은 아닌 것 같아서 자신이 한 일이 후회스러웠다. 하지만 결국 에이미는 보상을 받았다. 마음을 진정시킨 에이미의 손끝에서 판매대는 아름답게 되살아났고 소녀들은 에이미에게 아주 친절했다. 작은 행동 하나가 분위기를 놀랍게 변화시킨 듯했다.

에이미에게는 아주 길고 힘든 하루였다. 어린 여자애들이 금방 자리를 비웠기 때문에 에이미는 판매대 뒤에 종종 혼자 앉아 있어야 했다. 여름에 꽃을 사는 사람은 없었고 밤이 되려면 아직 멀었는데 에이미가 만든 부케는 벌써 시들기 시작했다.

예술품 판매대가 가장 인기가 좋았다. 하루 종일 사람들이 모여들었고 판매하는 아이들도 진지한 얼굴로 돈이 든 상자를 달그락거리며 쉬지 않고 이리저리 쫓아다녔다. 에이미가 종종 부러운 눈으로 그쪽을 바라봤다. 구석에서 아무런 할 일 없이 있는 것보다 그곳에 있으면 편하고 행복할 것 같았다. 그렇게 앉아만 있는 일이 별일 아닐지 모르지만 예쁘고 명랑한 소녀에게는 지루할 뿐 아니라 아주 괴로운 일이었다. 그리고 저녁에 가족들과 로리, 로리의 친구들이 와서 자신의 모습을 볼 거라 생각하니 정말 고통스러웠다.

밤이 되도록 에이미는 집으로 가지 않고 자리를 지켰다. 말없이 창백한 에이미의 모습에 가족들은 에이미가 힘든 하루를 보냈다는 것을 느꼈다. 물론 에이미는 불평하지도 않았고 자신이 한 일을 말하지도 않았다. 어머니는 에이미에게 진심을 담아 차 한잔을 건넸고 베스는 에이미의 드레스를 만져주고 머리에는 아름다운 화관을 만들어 주었다. 조는 평소와는 다르게 차려 입고 와서 온 가족을 놀라게 해 주었다. 그리고 침울한 얼굴로 이곳 분위기가 바뀌게 될 거라고 넌지시 말했다.

"조 언니, 부탁하는데 무례한 짓은 하지 마. 소동은 벌이고 싶지 않으니 그냥 신경 쓰지 말고 얌전히 굴어 줘." 에이미가 자신의 보잘것없는 판매대를 새롭게 해 줄 꽃들을 찾아보려고 일어서며 조에게 부탁했다.

"난 그냥 내가 아는 사람들에게 멋지고 다정하게 보여서 가능한 네 판매대로 모이게 하려고 그러는 것뿐이야. 테디와 그 친구들이 도와줄 테니 즐겁게 지내보자고." 조는 로리가 오는지 보려고 문에 몸을 기대며 대답했다. 이윽고 귀에 익은 발자국 소리가 들리자 조는 그를 맞으러 달려 나갔다.

"어이, 이게 누군가?"

"내 친구 아닌가!" 로리가 조의 손을 잡더니 자신의 팔에 끼웠다. 모든 소원을 다 이룬 남자의 모습이었다.

"아, 테디, 한 번 들어 봐." 언니로서 당연히 화가 난 조가 에이미에게 있었던 일들을 이야기했다.

"내 친구들이 하나씩 몰려올 거야. 녀석들에게 에이미 판매대의 꽃을 모두 사도록 할게. 그리고 판매대 앞에 죽치고 앉아 있도록 하겠어." 로리가 조의 말을 다정하게 들어주며 말했다.

"에이미가 그러는데 꽃이 모두 시들었대. 싱싱한 꽃들은 제때 도착할 것 같지도 않고. 괜히 의심하고 싶지 않은데 아예 오지 않을지도 모른다는 생각도 들어. 사람들이 한 번 비열해지기 시작하면 더 비열해지는 건 쉽거든." 조는 정 떨어진다는 말투로 말했다.

"헤이스가 우리 정원에서 가장 좋은 꽃을 가져다주지 않았어? 내가 그러라고 말했는데."

"난 모르는 일인데. 잊었나 보지. 할아버지도 편찮으신데 그런 부탁으로 할아버지를 귀찮게 해 드리고 싶지는 않아. 꽃을 얻고 싶긴 하지만."

"그런데 조, 어떻게 부탁한다 생각을 할 수 있지? 내 꽃이 네 꽃이야. 우린 항상 모든 걸 나누지 않았던가?" 늘 조를 가시 돋게 하는 말투였다.

"고맙지만 사양할래! 네 것의 절반이 내 거라니, 가당치 않아! 아무튼 여기서 이렇게 노닥거리면 안 돼. 난 가서 에이미를 도와야 하거든. 넌 재미나게 보내. 그리고 친절하게 헤이스를 시켜 좋은 꽃을 보내준다면 평생 널 축복할 거야."

"그 축복을 지금 내려 줄 수는 없을까?" 로리가 넌지시 말하자 조가 로리의 면전에서 황급히 쌀쌀맞게 문을 닫으며 울타리 너머로 소리쳤다. "저리 가, 테디. 난 바쁘다고."

공모자들 덕분에 그날 밤 판매대의 분위기는 완전히 바뀌었다. 헤이스가 거친 솜씨지만 예쁜 바구니에 정성껏 꽃을 담아 보내와 중앙 장식품으로 쓸 수 있었고, 마치 가족들이 떼를 지어 나타난데다 조의 노력으로 판매대에 사람들이 몰려들었기 때문이다. 그들은 판매대에 주변에서 조의 재미있는 이야기에 소리 내어 웃거나 에이미의 솜씨에 감탄하며 즐거운 시간을 보냈다. 로리와 그의 친구들은 사람들 사이를 용감하게 뚫고 들어가 꽃다발을 사고 판매대 앞에 진을 쳤다. 덕분에 에이미의 꽃 판매대는 바자회에서 가장 활기찬 장소가 되었다. 에이미는 기쁘고 감사했다. 결국 미덕은 보상을 받는구나 생각하면서 더없이 활발하고 상냥한 모습으로 사람들을 대했다.

조는 본보기가 될 만큼 예의 바르게 행동했다. 에이미가 행복한 모습으로 호위대에 둘러싸여 있는 동안 조는 바자회 장소를 돌면서 다양한 소문을 들었고 결국 체스터 부인이 판매대를 바꾼 이유를 명확하게 알게 되었다. 체스터 부인이 반감을 가진 데에는 자신의 책임도 있다고 자책하며 가능한 에이미에 대한 오해를 풀어줘야 겠다고 결심했다. 그리고 그날 아침 에이미가 메이 양에게 한 일을 알고는 에이미의 아량에 놀랐다. 예술품 판매대를 지나며 슬쩍 보니 에이미의 물건들은 하나도 보이지 않았다. '보이지 않게 어디 처박아 뒀나 보네.' 조는 생각했다. 자신에 대한 잘못은 용서할 수 있었지만 가족을 모욕하는 일에는 분노가 끓어올랐다.

"안녕하세요, 조 양. 에이미는 잘 하고 있나요?" 메이가 화해 분위기로 인사를 해 왔다. 자신도 너그러울 수 있다는 것을 보여주고 싶었기 때문이다.

"팔만 한 것들은 다 팔고 지금은 즐기고 있답니다. 아시다시피 꽃 판매대는 언제나 매력적이잖아요. '특히 신사들에게' 말이죠."

조는 도저히 참을 수 없어서 조금 빈정거렸지만 메이가 아주 담담하게 받아들이는 것을 보고 자신의 행동을 후회했다. 그래서 얼른 아직 팔리지 않고 남아 있는 꽃병들을 칭찬하기 시작했다.

"에이미가 만든 전등 장식은 어디에 있어요? 아버지에게 사드리고 싶어서요." 조는 동생이 만든 작품이 어떻게 됐는지 몹시 알고 싶었다.

"에이미가 만든 건 이미 다 팔렸어요. 작품을 좋아할만한 사람들에게 보여줬더니 그 사람들도 흔쾌히 소액을 기부했답니다." 그날 에이미가 그랬던 것처럼 잡다한 유혹들을 극복한 메이가 선량하게 대답했다.

조는 몹시 기뻐하며 달려가 그 소식을 전했다. 에이미는 메이의 말과 행동에 놀라고 감동한 것 같았다.

"자, 신사 여러분, 이제 다른 판매대로 가셔서 제 판매대에서 한 것처럼 임무를 수행해 주시기 바랍니다. 특히 예술작품 판매대에서요." 에이미는 여자 애들이 '테디파'라고 부르는 테디의 대학 친구들에게 명령을 내렸다.

"그 판매대의 목표는 오로지 계산, 또 계산이죠. 하지만 남자답게 임무를 수행한단 생각으로 골라보세요. 그럼 모든 면에서 값어치 있는 작품을 얻을 테니." 성실한 결사대가 출전을 준비하는 동안 조가 혈기왕성하게 말했다.

"명령에 따르지요. 하지만 3월이 5월보다 더 화창하죠.[30]" 키가 작은 파커가 재치 있고 다정해 보이려고 애쓰며 말했지만 로리의 한마디에 그만 제압당하고 말았다. "잘 했다, 아들. 꼬마 녀석 치고는 아주 잘 했어." 그리고는 아버지처럼 머리를 쓰다듬으며 파커를 데리고 갔다.

"꽃 병을 사 줘." 에이미가 로리에게 속삭였다. 적이 뉘우칠 수 있도록 마지막으로 은혜를 베풀었다.

---

30   March is fairer far than May. '마치 가가 메이 보다 더 옳다'는 말을 동음이의어를 이용해 한 말장난이다.

로리가 꽃병을 샀을 뿐 아니라 양쪽 팔에 하나씩 끼우고 바자회를 누비고 다니자 메이는 몹시 기뻐했다. 다른 신사들도 서둘러 온갖 작고 부서지기 쉬운 것들을 사서는 로리의 뒤를 졸래졸래 쫓아다녔다. 모두 밀납으로 만든 꽃다발과 채색한 부채, 세공 작품집 같은 유용하고 적절한 것들이었다.

그곳에는 캐롤 숙모도 있었다. 모든 이야기를 들은 숙모는 구석 자리에서 기쁜 얼굴로 마치 부인에게 뭔가를 말했고, 그 말을 들은 마치 부인은 만족한 얼굴로 환하게 웃으며 뿌듯함과 걱정이 뒤섞인 얼굴로 에이미를 바라보았다. 하지만 숙모는 며칠이 지나고 나서야 기쁨의 이유를 밝혔다.

바자회는 성공적으로 끝났다. 메이가 에이미에게 "잘 가."라고 인사를 할 때 평소처럼 감정을 쏟아내지는 않았지만 "용서하고 잊어 줘."라고 말하는 듯한 표정으로 애정 어린 입맞춤을 해 주었다. 에이미는 그거면 충분하다고 생각했다. 집으로 돌아오니 벽난로 선반 위에 꽃다발이 꽂힌 꽃병들이 늘어선 것이 보였다. 로리가 과장된 몸짓을 하며 "아량 넓은 마치 양을 위한 상입니다."라고 말했다.

"에이미 넌 정말 마음이 넓고 기품이 넘쳐. 내가 생각했던 것보다 훨씬 더 훌륭한걸? 네 행동은 본받을 만했어. 진심으로 널 존경해." 그날 밤 늦게 서로 머리를 빗겨주면서 조가 따뜻하게 말했다.

"우리 모두 같은 생각이야. 쉽지 않았을 텐데 그렇게 선뜻 용서를 해 주다니. 오랫동안 직접 작업한 물건을 직접 팔고 싶었을 텐데 말이야. 난 너처럼 친절하게 해결하지 못했을 거야." 베스가 베개를 베고 누워서 덧붙였다.

"아니야, 언니. 그렇게 나를 치켜 세울 필요 없어. 그냥 난 남들이 나에게 해 줬으면 하고 바라는 대로 했을 뿐이야. 언니들은 늘 비웃었지만 난 생각과 행동 모든 면에서 진정한 숙녀가 되고 싶어. 그래서 아는 만큼 노력하는 거야. 정확하게 설명할 수는 없지만 사소한 일이나 바보 같은 실수에 연연하고 싶지 않아. 그런 것들이 많은 여자들을 망치곤 하니까. 아직 먼 이야기지만 최선을 다 해서 언젠가는 엄마처럼 훌륭한 여성이 되고 싶어."

에이미의 열정적인 말을 들은 조가 애정을 담아 꼭 안아주며 말했다.

"이제 네 뜻을 알겠어. 다시는 비웃지 않을게. 넌 네가 생각하는 것보다 훨씬 빠르게 숙녀가 되고 있어. 넌 이미 많은 것을 알고 있는 것 같으니 나도 정중한 마음으로 너에게서 배울게. 열심히 해 봐. 언젠간 보상을 받을 거야. 그 땐 누구보다도 내가 기뻐해 줄게."

일주일 후 에이미는 정말로 보상을 받았다. 하지만 조는 기뻐해 줄 수가 없었다. 캐롤 숙모에게서 온 한 통의 편지를 읽는 마치 부인의 얼굴이 환해졌다. 곁에 있던 조와 베스가 무슨 내용인지 물었다.

"캐롤 숙모님이 다음 달에 해외에 가실 건데 같이-"

"제가 함께 갈게요!" 조가 기쁨을 주체하지 못하고 의자에서 벌떡 일어나며 소리쳤다.

"아니, 조, 네가 아니라 에이미란다."

"엄마, 에이미는 너무 어려요. 제가 언니잖아요. 오랫동안 기다려 왔어요. 제게 많은 도움이 될 거예요. 정말 멋진 여행이 될 거라고요. 제가 가야 해요."

"조, 안됐지만 그건 불가능해. 숙모님이 단호하게 에이미라고 말씀하시는구나. 숙모님이 호의를 베푸시는데 거기에 우리가 토를 다는 건 예의가 아니지."

"늘 그랬어요. 에이미는 좋은 걸 다 가지는데 전 일만 하죠. 불공평해요, 불공평하다고요!" 조가 화가 나서 소리쳤다.

"안 됐지만 네 잘못도 일부분 있는 것 같구나. 요전날 숙모님이 말씀하시길 네가 퉁명스러운 데다가 너무 독립적인 기질이라 아쉽다고 하셨거든. 여기 네가 한 말을 함께 적어서 보내셨구나. '처음엔 조와 함께 가자고 할 생각이었지. 하지만 '호의가 부담스럽다'고 하고 '프랑스어가 싫다'고 하니 감히 함께 가자고 말을 할 수가 없었어. 에이미가 함께하기가 더 편할 것 같고 우리 플로에게 좋은 친구가 될 것 같아. 에이미야말로 이 여행을 고마운 마음으로 받아들일 것 같아."

"아, 이놈의 입! 이 입방정이 문제야. 난 왜 입 다무는 법을 모를

까?" 조가 신음하며 하지 말았어야 했던 말들을 떠올렸다. 조에게서 그 말들에 대한 설명을 들은 마치 부인은 슬픈 목소리로 말했다.

"네가 갈 수 있으면 정말 좋겠지만 이번에는 희망이 없구나. 그러니 즐거운 마음으로 이 사실을 받아들이렴. 그리고 비난을 하거나 후회해서 에이미의 즐거움을 반감시키지 말고."

"노력할게요." 조는 좀 전에 너무 흥분한 나머지 엎어버린 바구니를 집어 들려고 무릎을 꿇으면서 눈을 질끈 감았다. "저도 에이미를 본받아서 겉으로도 기뻐할 뿐 아니라 진심으로 기뻐할게요. 그리고 에이미의 행복을 보고 투덜대지 않을게요. 너무나 마음이 아파 쉽지는 않겠지만요." 가엾은 조가 떨어트린 눈물 몇 방울에 손에 쥐고 있던 통통한 바늘겨레가 젖어 들었다.

"조 언니, 난 정말 이기적이야. 난 언니가 없으면 안 되기 때문에 언니가 안 가서 기뻐." 베스가 조와 바구니를 같이 끌어안으며 속삭였다. 자신의 뺨을 후려 치고 싶을 정도로 후회스러운 조는 캐롤 숙모에게 가서 호의를 베풀어 주시면 감사한 마음으로 잘 해 나가겠다고 애원이라도 해 보고 싶을 만큼 아쉬웠지만 자신을 꼭 안아주는 베스의 체온과 사랑스러운 얼굴에 위로를 얻었다.

에이미가 돌아올 즈음 조는 가족들과 함께 환호할 수 있었다. 평소만큼 열렬한 마음은 아닐지도 모르지만 적어도 에이미의 행운에 불만을 갖지는 않았다. 에이미는 그 소식을 듣고 기뻐서 어쩔 줄을 몰랐다. 상기된 얼굴로 서성이던 에이미는 그 밤에 물감을 분류하고 연필을 싸기 시작했다. 옷이나 돈, 여권 같은 사소한 것들은 자신보다 예술에 덜 심취한 사람에게 맡기고 말이다.

"언니들, 이건 단순히 즐거운 여행이 아니야." 에이미는 가장 좋은 팔레트를 긁어내며 강조하듯 말했다. "난 이 여행에서 내 직업을 결정할 거야. 내게 천부적인 재능이 있다면 로마에서 발견하게 되겠지. 재능을 증명하기 위해 반드시 뭔가를 할 거야."

"네게 재능이 없다면?" 조가 충혈된 눈으로 에이미에게 줄 새 옷깃을 바느질하며 물었다.

"그럼 집으로 돌아와서 아이들에게 그림을 가르치면서 먹고 살아야지." 큰 꿈을 가진 에이미였지만 이성적인 냉정함으로 대답했다. 앞으로의 일을 생각하던 에이미는 절대 희망을 포기하지 않고 반드시 방법을 찾고야 말겠다는 듯 얼굴을 찡그리며 팔레트를 박박 문질렀다.

"과연 그럴까? 넌 힘든 일은 싫어하잖아. 아마 넌 부자와 결혼해서 평생 호사스럽게 살 거야." 조가 말했다.

"언니 예상이 가끔 맞기는 하지만 이 일은 아닐 거 같아. 화가가 되지 못한다면 난 화가들을 돕고 싶어." 에이미가 미소를 지으며 말했다. 사실 에이미에게는 가난한 그림 선생님 역할보다는 바운티풀

부인[31] 역할이 더 어울렸다.

"흠!" 조가 한숨을 쉬었다. "네가 그러고 싶다면 그렇게 될 거야. 네 소원은 언제나 이루어졌으니까. 내 소원과는 달리 말이야."

"언니도 가고 싶어?" 에이미가 팔레트를 긁던 나이프로 코를 납작하게 누르며 곰곰이 생각했다.

"당연하지!"

"그럼 일년이나 이년 후에 내가 언니를 부를게. 유물을 찾아 포로 로마노[32]를 파헤치자. 우리가 수없이 세웠던 계획을 실행해 옮기는 거야."

"고마워, 그 행복한 날이 오면 약속을 꼭 지켜야 해. 정말 그 날이 온다면 말이야." 조는 막연하지만 대단한 제안을 고마워하며 받아들였다.

준비할 시간이 많이 없었던 터라 에이미가 떠날 때까지 온 집안은 난리법석이었다. 에이미가 떠나던 날, 조는 푸른 리본이 펄럭이며 사라질 때까지 잘 참다가 자신의 은신처인 다락방으로 올라가 더 이상 눈물이 나오지 않을 때까지 펑펑 울었다. 에이미 역시 증기선이 출항할 때까지 굳건하게 버티다가 사람들이 배에 오르던 계단이 거둬들여지고 자신과 자신을 가장 사랑하는 가족이 바다를 두

31   조지 파쿼의 희극 〈멋쟁이의 계략〉(1707)에 등장하는 돈 많고 자애로운 부인.
32   고대 로마의 중심지, '로마인의 광장'이란 뜻. 정치, 상업, 종교활동을 위한 시설들이 밀집되어 있다.

고 헤어지게 된다는 생각이 드는 순간 마지막으로 남아 있던 로리를 붙잡고 흐느껴 울었다.

"우리 가족 잘 부탁해. 만약 무슨 일이 생기면-"

"걱정 마, 내가 다 알아서 할게. 만약 무슨 일이 생기면 내가 가서 널 위로해 줄 거야." 로리가 속삭였다. 자신이 한 그 말을 지키게 될 날이 얼마나 빨리 닥치게 될지 로리는 꿈에도 몰랐다.

그렇게 에이미는 젊은이의 눈에는 언제나 새롭고 아름다워 보이는 유럽을 향해 출발했다. 해안에는 아버지와 친구들이 남아 그들을 향해 손을 흔드는 이 행복한 소녀에게 행운만 가득하길 빌며 눈부신 여름 햇살이 반짝이는 바다 위로 배가 사라질 때까지 서 있었다.

8

해외 특파원 에이미

런던에서.

사랑하는 가족들에게.

난 지금 정말로 피카딜리 가의 베스 호텔 정문 창가에 앉아 있어요. 화려한 곳은 아니지만 숙부가 몇 년 전 이곳에 들르신 후로는 다른 곳에는 가지 않으려 하셔요. 하지만 오래 머무를 건 아니라 그리 문제될 일은 아니랍니다. 아, 이 모든 것들이 얼마나 즐거운지 이루 말할 수가 없어요! 절대 설명이 불가한 일이라 출발한 이후로 스케치나 메모를 해 둔 공책 몇 장을 그냥 보낼게요.

핼러팍스에서 쓴 글을 보냈는데 그땐 정말 비참했어요. 하지만 그 이후론 즐겁게 지냈어요. 아픈 곳도 없고 하루 종일 갑판에서 유쾌한 사람들이랑 재미있게 보냈어요. 다들 저에게 친절하게 대해 주는데 특히 사관들이 친절해요. 조 언니, 웃지 마. 선상에서는 신사들이 정말 필요하다고. 붙잡고 있을 수도 있고 힘든 일을 도와주기도 하니까. 게다가 그들은 딱히 할 일도 없어서 우리에게 도움이라도 주는 게 얼마나 다행인지 몰라요. 그렇지 않으면 죽어라 담배만 피워댔을 테니까요.

숙모님과 플로는 항해하는 내내 몸이 좋지 않아서 사람들과 어울리고 싶어하지 않았어요. 그래서 두 사람에게 해 줄 수 있는 걸 해 준 다음 혼자 나가서 즐겼죠. 갑판을 산책하거나 저녁놀을 감상할 때 그 파도와 상쾌한 공기란! 배가 전속력으로 나갈 때는 말을 타고 빠르게 달리는 것만큼 신 나요. 베스 언니도 왔으면 좋았을걸. 언니 건강에 아주 좋았을 텐데 말이에요. 조 언니가 왔다면 큰 돛대의 망루든 뭐든 높은 곳에 올라가 앉거나 기관사들과 친구가 되거나 선장의 확성기에 대고 뚜뚜 소리를 지르면서 한껏 들떠서 지냈을 거예요.

모든 게 천국처럼 좋았지만 특히 아일랜드의 해변이 좋았어요. 온통 초록빛으로 가득한 그곳에 햇살이 반짝이는 모습은 너무 아름다웠어요. 갈색 오두막이 여기저기 있고 언덕 곳곳에는 폐허들도 눈에 띄었어요. 계곡에는 귀족들의 시골 대저택들이 있었는데 정원에는 사슴들이 풀을 뜯고 있었죠. 그 광경을 보려고 이른 아침 일어난 게 전혀 후회되지 않았어요. 작은 배들이 빼곡하게 정박되어 있는 항구하며 그림처럼 펼쳐져 있는 해안, 그리고 장밋빛으로 붉게 물든 하늘까지. 평생 잊을 수 없는 풍경이었어요.

새로 알게 된 신사 한 분이 퀸스타운에서 내리게 됐어요. 레녹스 씨인데 내가 킬라니 호수[33]에 대해서 뭔가 이야기를 하자 그 분이 한 숨을 쉬더니 나를 바라보면서 이 노래를 부르는 거예요.

오, 케이트 커니라고 들어본 적 있나요?

그녀는 킬라니 호숫가에 살고 있지요.

그녀가 쳐다보면

위험하니 달아나세요.

케이트 커니의 눈길은 치명적이니까요.

노래가 정말 엉뚱하지 않아요?

우리 배는 리버풀에 몇 시간 정박했어요. 그곳은 더럽고 시끄러운 곳이라 떠날 때 기쁠 정도였답니다. 그곳에서 숙부님은 급하게 내려서 개가죽 장갑 한 켤레랑 볼품없고 두꺼운 신발, 우산을 사 오셨어요. 그리고 구레나룻을 양고기 모양으로 면도하더니 진짜 영국 사람처럼 보인다고 우쭐해하셨죠. 하지만 삼촌이 구두에 묻은 진흙을 닦으러 갔는데 구두닦이가 미국인이라는 것을 알아보고는

---

33 아일랜드 남서부에 있는 수로로 이어진 아름다운 세 개의 호수. 아일랜드 최고의 관광명소.

씩 웃으며 "자, 다 됐습니다. 최신 유행 미국 식으로 광을 내드렸습니다."라고 말했죠. 삼촌은 굉장히 재미있어 했어요. 아, 그 엉뚱한 레녹스 씨가 무슨 일을 했는지 이야기해 드릴게요. 우리는 레녹스 씨의 친구 와드와 함께 다녔는데 레녹스씨가 그 친구에게 시켜 나에게 줄 꽃다발을 주문한 거예요. 방에 들어갔더니 아름다운 꽃다발과 함께 '로버트 레녹스가 보냅니다.'라고 적힌 카드가 있더라고요. 재미있죠, 언니들? 이래서 여행이 좋아요.

서두르지 않으면 런던 얘기는 시작도 못 하겠어요. 뱃길 여행은 길게 이어진 미술관을 가로질러 달리는 기분이었어요. 사방으로 펼쳐진 풍경이 너무 아름다웠거든요. 특히 농가를 보는 게 큰 즐거움이었죠. 초가 지붕, 처마까지 기어올라간 담쟁이덩굴, 격자 창문, 문앞에 발그스름한 아이들을 데리고 선 뚱뚱한 여인들의 모습까지. 무릎 높이까지 오는 토끼풀 속에 선 여기 소들은 우리 소보다 좀 더 조용해 보였어요. 암탉들이 만족한 듯 꼬꼬 울었는데 미국 암탉들처럼 그렇게 신경질적이지 않은 것 같았어요. 그곳의 색깔들은 지금껏 본 적 없는 완벽한 색깔이었어요. 잔디는 완전히 초록색이었고 하늘도 너무 파랬어요. 곡식들은 아주 노랗게 익었고 숲은 어두웠어요. 저는 내내 황홀해서 넋을 잃었죠. 플로도 마찬가지였어요. 배가 시속 육십 마일로 빠르게 나아가는 동안 우리는 풍경을 놓치지 않으려고 이쪽저쪽 계속해서 뛰어다녔어요. 숙모님은 피곤해서 잠자리에 들었고 숙부님은 여행 안내 책을 읽고 있었는데 그 어떤 것에도 놀라지 않고 차분하셨어요. 그러니까 예를 들면 이런 식이었어요. 내가 깜짝 놀라 "아, 저건 케닐워스가 틀림없어. 나무들 사이에 회색 성 말이야!"하고 말하니 플로가 창가로 쫓아가며 말했어요. "정말 멋지다. 언젠가 저기에 꼭 가 봐요. 아빠." 그러자 차분하게 신발을 내려다보던 숙부님이 이렇게 말씀하셨죠. "안 돼지, 네가 맥주를 마시려는 게 아니라면 말이다. 저선 양조장이거든."

잠시 침묵. "이런, 저기 교수대가 있고 남자 하나가 올라가고 있어요." 플로가 소리쳤어요. "어디, 어디!" 내가 소리쳤죠. 그곳에는 키 큰 기둥 두 개와 그 사이에 가로놓인 들보가 있고 쇠사슬이 매달려 있었어요. 숙부님이 눈을 반짝이며 말했어요. "탄광이지." "사랑스러운 양떼가 누워있어요." 내가 말했죠. "아빠 보세요. 정말 예쁘지 않아요?" 플로가 감상적인 목소리로 덧붙였어요. "거위들이야, 아가씨들." 우리가 입을 다물게 되는 말이었어요. 결국 플로는 가만히 앉아 《캐번디시 선장의 연애》라는 책을 읽고 난 혼자서 풍경을 감상했어요.

런던에 도착했을 때는 당연히 비가 왔죠. 사방은 온통 안개로 자욱했고 보이는 거라고는 우산뿐이었어요. 우리는 짐을 풀고 좀 쉬다가 나와 소나기를 조금 맞으며 쇼핑을 했어요. 제가 너무 서둘러 떠나느라 제대로 준비를 못 한 것을 알고 숙모님이 필요한 것들을 새로 사 줬어요. 푸른 깃털이 달린 하얀색 예쁜 모자와 그에 어울리면서 눈길을 끄는 모슬린 드레스, 그리고 지금껏 본 것 중에 가장 아름다운 망토까지. 리젠트 가에서의 쇼핑은 완벽했어요. 가격들은 아주 싼 것 같았어요. 좋은 리본이 1야드에 육 펜스더라고요. 그래서 잔뜩 사 뒀지만 장갑은 파리에서 사려고요. 이렇게 말하니 굉장히 우아한 부자처럼 들리지 않아요?

숙모님과 숙부님이 외출한 동안 플로와 함께 재미삼아 핸섬 마차[34]를 불러 타고 나갔어요. 젊은 아가씨들끼리 마차를 타면 안 된다는 건 나중에 알았지만요. 우린 그 마차에서 대단한 경험을 했어요. 나무로 된 가림막을 닫고 들어가 앉았죠. 그런데 마부가 너무 빨리 달리는 바람에 플로가 겁에 질려서는 저한테 멈추게 해달라고 말하는 거예요. 하지만 마부는 뒤쪽 어딘가 바깥에 있어서 말을 전할 수가 없었어요. 내가 불러도 마부는 듣지 못했고 양산을 마구 흔들어도 보지 못했어요. 그래서 우린 엄청난 속도로 달리는 마차에 몸을 맡기고 계속해서 덜컹거리며 갈 수밖에 없었어요. 마차가 이리 돌면 이쪽 구석으로, 저리 돌면 저쪽 구석으로 몸이 마구 처박혔죠. 거의 초주검이 되어 자포자기하고 있는데 지붕에 조그만 문이 보이는 거예요. 저거다 싶어서 계속 찔러서 열었더니 빨간 눈을 한 마부가 맥주 냄새를 풍기며 묻는 거예요.

---

34   말 한 필이 끄는 2인승 마차. 20세기 초기까지 사용되었다.

"뭐요, 아가씨?"

저는 최대한 침착하게 지시를 내리고 문을 쾅 닫았어요. 늙은 마부는 "예, 예, 그럽죠." 하더니 말을 걸게 했는데 마치 장례식에 가는 것 같았죠. 난 다시 문을 푹 찔러 열어서 "조금 더 빨리요."라고 말하자 이번에는 처음처럼 헐레벌떡 달리는 거예요. 우린 그냥 체념하고 운명에 맡겨 버렸죠.

오늘은 날씨가 화창해 근처 하이드 파크로 갔어요. 우리는 보기보다 귀족적으로 지내요. 데번서 공작이 근처에 사는데 그의 하인이 뒷문에서 서성이는 것을 종종 봐요. 그리고 웰링턴 공작의 집도 그리 멀지 않아요. 내가 이런 광경을 보다니 말이에요! 벨벳 코트를 입고 실크 스타킹을 신은 멋진 하인들을 뒤에 거느리고 분을 바른 마부가 모는 빨갛고 노란 마차를 타고 나들이를 나온 뚱뚱한 귀부인을 보니 마치 펀치 잡지[35]를 보는 것 같아요. 세련된 여자 하인이 혈색 좋은 아이들을 데리고 산책 중이었는데 아이들은 잠에서 덜 깨 비몽사몽인 것 같았어요. 이상한 영국 모자를 쓴 멋쟁이들과 라벤더 향이 나는 아이들이 산책 중이었고 머핀형 모자를 한쪽으로 비뚤게 쓰고 빨간색 짧은 재킷을 입은 키가 큰 군인들도 아주 재미있어 보였어요. 그들을 그려보고 싶어요.

---

35   19세기에 인기 있던 영국의 주간 풍자 만화 잡지.

로튼 로우[36]는 '왕의 길'이라는 뜻이지만 이제는 승마 학교 그 이상은 아닌 것 같아요. 말들이 정말 훌륭해요. 남자들, 특히 마부들이 말을 잘 다루더라고요. 여자들은 몸이 뻣뻣하게 튀어 올라오는 게 우리 승마와는 다른 것 같아요. 이들에게 멋진 미국식 승마를 보여주고 싶어요. 뭔가 부족해 보이는 승마복에 높은 모자를 쓰고 진지하게 위아래로 몸을 흔드는 모습이 노아의 방주 인형에 탄 여자들 같아 보이거든요. 여긴 노인, 뚱뚱한 여자들, 꼬마 아이들 할 거 없이 누구나 말을 타요. 영국 젊은이들은 정말 서로 많이 장난치고 시시덕거려요. 남녀 한 쌍이 장미꽃 주고받는 걸 봤는데 단춧구멍에 꽃을 꽂아 주는 거예요. 정말 좋은 생각 같아요.

오후에는 웨스트민스터 사원에 갔어요. 그곳을 설명해 달라고는 말하지 마세요. 그건 불가능한 일이니까요. 그냥 웅장했다고만 말할게요! 오늘 밤 우린 페히터[37]가 나오는 연극을 보러 갈 거예요. 내 인생 가장 행복한 날의 마무리로 아주 딱일 듯해요.

한밤중에.

아주 늦은 시간이지만 어제저녁에 있었던 일을 적지 않고 이 편

36   런던의 하이드 파크 남쪽의 넓은 트랙. 18~19세기에 런던 상류층이 승마하던 곳으로 유명했다.
37   찰스 알버트 페히터(1824-1879) 영국에서 자란 프랑스 배우로 영국을 대표하는 배우 중 한 사람이다.

지를 그대로 아침에 보낼 수는 없을 것 같아 이렇게 다시 펜을 들었어요. 차를 마시고 있는데 누가 왔는지 아세요? 로리의 영국인 친구, 프레드 본과 프랭크 본이요! 너무 놀랐어요. 명함이 아니었다면 그들을 못 알아볼 뻔했지 뭐예요. 둘 다 구레나룻이 있는 키 큰 청년으로 자랐더군요. 프레드는 영국 스타일의 멋진 청년이었고 프랭크는 목발을 사용하지 않고 살짝만 다리를 저는 걸 봐서 많이 나아졌더라고요. 우리가 어디에 있는지 로리한테서 듣고 자기 집으로 초대하려고 왔는데 숙부님이 가지 않겠다고 해서 다음에 방문하기로 했어요. 그리고 함께 극장에 가서 아주 즐겁게 보냈답니다. 프랭크는 플로에게 관심을 보였고 프레드와 저는 마치 줄곧 친구로 지내왔던 것처럼 지난 시간과 지금, 그리고 앞으로의 일에 대해 이야기를 나눴어요. 베스 언니에게 프랭크가 언니 안부를 묻는다고 전해 주세요. 언니 건강이 안 좋다는 말을 듣고 프랭크가 안타까워했어요. 내가 조 언니 이야기를 하자 프레드가 소리 내어 웃으며 '언니의 그 큰 모자에 존경과 찬사'를 보냈어요. 두 사람 모두 그때 캠프에서 다 함께 즐겁게 보냈던 기억을 잊지 않았더라고요. 그렇게 많은 시간이 흘렀는데도 말이에요.

숙모님이 벌써 세 번이나 벽을 두드리네요. 이제 그만 줄일게요. 온통 예쁜 물건들로 가득한 방 안에서 공원과 극장에서 있었던 일들과 새 드레스 생각을 하며 늦은 시간까지 이렇게 편지를 쓰고 있으니 정말 방탕한 영국 귀부인이라도 된 것 같은 느낌인걸요. 게다가 영국적인 거만한 목소리로 '아!'라고 감탄하며 금발 콧수염을 매만지는 씩씩한 신사들 생각까지 머릿속이 뒤죽박죽이에요.

에이미 올림.

파리에서.

언니들에게.

지난 편지에서 런던에 갔던 일을 이야기하면서 본 형제들이 얼마나 친절한지, 함께 보내는 동안 얼마나 유쾌한 시간을 보냈는지 말했지? 난 햄프턴 궁전과 켄싱턴 박물관이 그 어느 곳보다 좋았어. 햄프턴 궁전에서 라파엘로가 그린 밑그림을 볼 수 있었고 박물관에서는 터너, 로렌스, 레이놀즈, 호가스 같은 위대한 화가들의 작품들도 감상할 수 있었거든. 우리는 영국식 소풍도 즐겼는데 리치먼드 파크가 아주 좋았어. 참나무와 사슴 떼가 어찌나 멋진지 내가 따라 그릴 수가 없을 정도였어. 나이팅게일이 우는 소리도 들었고 종달새들이 날아오르는 모습도 봤어. 프레드와 프랭크 덕에 정말 런던을 제대로 즐길 수 있었지. 두 사람이 떠날 때는 정말 아쉬웠어. 영국 사람들은 사람을 받아들이는 데는 시간이 걸리지만 한번 마음에 받아들이면 더없이 따뜻하게 대해 주는 것 같아. 본 형제들은 다음 겨울에 로마에서 다시 만나고 싶다고 했어. 두 사람을 못 만나면 난 정말 실망할 것 같아. 그레이스와도 아주 친해진 데다 두 형제들도 정말 좋은 친구인 것 같아서. 특히 프레드가 말이야.

그런데 우리가 파리에 도착해서 뭐가 뭔지 몰라 힘들어하고 있는데 글쎄, 프레드가 다시 나타난 거야. 휴가 차 파리에 왔는데 곧 스위스로 갈 거라고 말하면서 말이야. 처음에 숙모님은 정색을 했지만 프레드가 아주 멋지게 우리를 돕는 바람에 숙모님은 한마디도 할 수 없었지. 그리고 지금 우리는 아주 잘 지내. 게다가 프레드가 현지인처럼 프랑스어를 잘해서 그가 온 게 너무 다행이지 뭐야. 그가 없었으면 어쩔 뻔했나 몰라. 숙부님은 프랑스어 열 단어도 채 못해서 아주 큰 소리로 영어로만 말씀하셔. 마치 큰 소리로 말하면 사람들이 영어를 이해할 것처럼 말이야. 숙모의 프랑스어 발음은 구식이야. 플로와 나는 꽤 많이 안다고 우쭐했는데 막상 와 보니 아니라는 걸 알았어. 그래서 프레드가 와준 게 너무 고맙지.

여기서 보내는 시간들이 얼마나 즐거운지! 아침부터 밤까지 관광이라니까! 유쾌한 카페에 들러 맛있는 점심을 먹고 온갖 엉뚱한 모험을 즐기고. 비가 오는 날이면 난 루브르 박물관에서 그림 감상을 하며 시간을 보내. 조 언니는 미술적 감각이 없어서 명화를 보고도 비웃겠지만 난 감각이 있는 사람이니 예술을 보는 눈과 취향을 더욱 갈고 닦을 거야. 언니는 아마도 위인들의 유물을 더 좋아할 거야. 나폴레옹의 삼각모와 회색 코트, 그의 아기가 누웠던 요람, 그가 쓰던 칫솔도 있어. 마리 앙투아네트의 작은 신발과 성 드니의 반지, 샤를마뉴 대제의 검같이 흥미로운 것들도 많아. 집에 가면 여기서 본 것들에 대해 몇 시간이든 이야기해 줄게. 지금은 쓸 시간이 없어.

로얄궁은 천국 같은 곳이야. 보석과 사랑스러운 것들이 가득해서 거의 정신을 잃을 지경이었어. 그것들을 살 수 없으니까 말이야. 프레드가 사주겠다고 했지만 난 당연히 거절했어. 그 다음으로 간 볼로뉴 숲과 샹젤리제는 정말 대단했어. 여러 번 황실 가족 행차를 봤는데 황제는 추남이지만 단단해 보이는 남자였고 황후는 창백하고 아름다웠어. 그런데 자주색 드레스에 초록색 모자, 노란색 장갑이라니, 그 패션 취향은 정말 끔찍한 것 같았어. 어린 나폴레옹은[38] 잘 생긴 소년인데 네 마리 말이 끄는 4인승 사륜마차에 앉아 가정교사와 이야기를 하거나 사람들에게 손키스를 보냈어. 붉은 새틴 재킷을 입은 좌마기수와 함께 행렬 앞뒤로는 기마병들이 호위하고 있었지.

우린 가끔 튈르리 정원을 산책해. 그곳도 정말 아름답긴 하지만 난 고풍스러운 룩셈부르크 정원이 더 좋아. 페르 라 셰즈 공동묘지는 신비로운 느낌이야. 많은 무덤들이 작은 방처럼 되어 있고 안을

---

38   나폴레옹 3세(재위기간 1852-1870)의 외아들 외젠 루이 장 조제프 나폴레옹(1856-1879). 프랑스 최후의 황태자.

들여다보면 고인의 모습이 담긴 그림이 놓인 테이블과 함께 애도할 사람이 와서 앉을 수 있는 의자가 있어. 정말 프랑스적이야. 네 세 파?[39]

우리가 묵는 방은 리볼리 가에 있어. 발코니에 앉아 반짝반짝 길게 이어진 거리를 훑어볼 수 있지. 하루 종일 밖에서 돌아다니느라 지쳤을 때 그곳에 앉아 이야기를 나누며 저녁 시간을 보내노라면 참 기분이 좋아. 프레드는 아주 재미있어. 이것저것 봤을 때 내가 아는 젊은 남자 중에 가장 다정해. 로리는 빼고 말이야. 로리의 예의범절은 정말 매력적이지. 프레드가 조금만 더 진중한 면이 있었으면 좋겠어. 난 가벼운 남자는 싫거든. 본 가는 아주 부자에다 훌륭한 집안이니까 머리가 좀 노란 걸로 흠잡지 않을래. 내 머리는 더 노랗잖아.

다음 주에 우린 독일과 스위스로 갈 거야. 여기 저기 바쁘게 움직이게 되면 급하게 쓴 편지 밖에 못 보낼 거야. 하지만 일기는 계속 쓰고 있어. 아빠가 말씀하신 대로 '내가 보고 감탄한 것들을 정확하게 기억해서 분명하게 묘사'하려고 해. 스케치에 아주 좋은 훈련이 될 거야. 그리고 이렇게 마구 적어 내려가는 것보다 여행을 좀 더 잘 전달할 수 있을 거야.

아듀. 따뜻한 포옹을 보내며.

39   N'est ce pas? 그렇지 않아? 뜻의 프랑스어.

동생 에이미.

하이델베르그에서.

사랑하는 엄마께.

스위스 베른으로 떠나기 전에 조용한 시간이 있어서 엄마께 편지를 써요. 읽어 보면 아시겠지만 아주 중요한 일이 몇 가지 있었거든요.

배를 타고 라인강을 따라 올라간 여행은 아주 완벽했어요. 저는 그저 앉아서 그 여행을 마음껏 즐겼답니다. 아빠의 오래된 여행 안내 책을 꺼내 읽어 보세요. 저는 그 책만큼 아름답게 설명할 수가 없어요. 코블렌츠에서 정말 아름다운 시간을 보냈어요. 프레드가 본에서 온 학생들을 선상에서 사귀었는데 그들이 세레나데를 불러줬어요. 달빛이 아름다운 밤 자정이 넘은 시간이었는데 플로랑 저는 우리 방 창문 아래에서 들려오는 아름다운 음악 소리에 잠이 깼죠. 후다닥 일어나 커튼 뒤에 몸을 숨기고 살짝 내다봤더니 프레드와 그 학생들이 아래에서 노래를 부르고 있는 거예요. 전 그렇게 낭만적인 장면을 본 적이 없었거든요. 잔잔한 강물과 그 위에 줄 지어 떠 있는 보트들 그리고 강 건너에 우뚝 솟은 웅대한 요새까지, 달빛은 곳곳에 내려앉았는데 음악이 차가운 마음을 녹여주는 것 같았어요.

그들이 노래를 마쳤을 때 우리는 꽃을 던져주었어요. 그러자 그들은 앞다투어 꽃을 줍더니 보이지 않는 여인들을 향해 손키스를 날리고는 웃으며 사라졌어요. 아마 다 함께 담배를 피거나 맥주를 마셨겠죠. 다음 날 아침 프레드가 조끼 주머니에 꽂혀 있는 다 시든 꽃 한 송이를 보여주고는 아주 낭만적인 표정을 지어 보였어요. 난 소리내어 웃으며 그건 내가 아니라 플로가 던진 꽃이라고 했어요. 그 말에 언짢아신 건지 프레드가 그 꽃을 창 밖으로 던져버리고는 이성적인 얼굴로 돌아오더라고요. 그 아이와 곤란한 관계가 될까 봐 걱정스러워요. 벌써 시작된 것 같기도 하고요.

나사우에서의 온천욕은 아주 즐거웠어요. 바덴바덴에서도 아주 즐겁게 보냈는데 그곳에서 프레드가 돈을 잃어버려서 제가 좀 핀잔을 줬어요. 프레드는 프랭크가 없을 때 돌봐 줄 사람이 필요해요. 케이트가 언젠가 말했는데 자기는 프레드가 빨리 결혼을 했으면 좋겠대요. 저도 그게 좋을 거 같다고 생각해요. 프랑크푸르트에서도 즐거웠어요. 괴테의 생가와 실러의 동상, 다네커의 유명한 '아리아드네[40]' 조각도 봤어요. 조각상은 아주 아름다웠는데 그 신화를 잘 알았더라면 더 즐길 수 있었을 텐데 아쉬웠어요. 다들 그 이야기

---

40 그리스 신화에 나오는 크레타 왕 미노스의 딸. 아테네의 왕자 테세우스로 하여금 반인 반수의 괴물 미노타우로스를 무찌르고 크레타의 미궁 라비린토스를 빠져나올 수 있도록 도와주었지만 테세우스에 의해 낙소스 섬에 버려졌다가 나중에 주신(酒神) 디오니소스의 신부가 된다.

를 알거나 아는 체하는데 거기다 대고 묻고 싶지 않았어요. 조 언니라면 모두 말해줬을 텐데. 책을 좀 더 읽어야겠어요. 아는 게 없어서 창피했거든요.

이제 심각한 이야기를 시작할게요. 그 일이 좀 전에 일어났고 프레드가 방금 막 떠났거든요. 프레드는 아주 친절하고 유쾌해서 우리 모두 그를 좋아해요. 세레나데 사건이 있던 그날 밤까지 저는 그를 여행 친구 이상으로 생각해 본 적이 없어요. 그날 이후로 저와 함께 달빛 속에서 산책을 하고 발코니에서 이야기를 나누고 매일매일 모험을 하는 일이 그에게는 그 어떤 재미보다도 중요한 일이라는 걸 알게 되었어요. 엄마, 저 꼬리친 적 없어요. 정말이에요. 그냥 엄마가 하신 말씀을 기억하고 최선을 다했을 뿐이에요. 사람들이 저를 좋아하는 건 제가 어쩔 수 없는 거잖아요. 저를 좋아하게 하려고 애쓴 것도 아니고요. 조 언니는 저더러 심장도 없다고 하겠지만 그들의 마음에 답할 수 없을 때는 나도 마음이 아파요. 엄마가 고개를 절레절레 흔들고 언니들은 '돈만 밝히는 속물'이라고 하더라도 저는 마음을 정했어요. 만약 프레드가 청혼하면 전 받아들일래요. 미친 듯 그를 사랑하는 건 아니지만 그가 좋아요. 함께 있으면 편하고요. 그는 잘생기고 젊고 충분히 영리해요. 그리고 아주 부자죠. 로리보다도 훨씬 더 많이요. 그의 가족들도 저를 반대하지는 않을 거라 아주 행복해요. 친절하고 교양 있고 마음이 넉넉한 사람들인데다가 모두 저를 좋아해요. 프레드는 쌍둥이 중 큰 아들이니 집과 땅을 물려받을 거예요. 얼마나 훌륭한 집인지! 도시 번화가에 있는 집인데 우리의 저택처럼 화려하지는 않지만 두 배는 쾌적하죠. 그리고 보통 영국의 집처럼 집 안은 정말 호화로운 것들로 가득해요. 접시, 가보가 모두 진품이라 마음에 쏙 들었어요. 늙은 하인들도 있었고 넓은 대지와 저택, 아름다운 땅과 훌륭한 말들이 있는 시골 풍경을 그린 그림도 봤어요. 성낼 더 바랄 게 없죠! 좋은 직함보나 너 좋아요. 여자애들이 직함을 보고 덥석 결혼을 하곤 하지만 결국 아무것도 남는 게 없다는 걸 알게 되거든. 제가 돈만 밝히는 속물로 보일 수도 있지만 전 가난이 지긋지긋해요. 할 수만 있다면 단 일 분도 더 견디고 싶지 않아요. 우리 자매 중 한 사람쯤은 결혼을 잘 해야 해요. 메그 언니는 이미 틀렸고 조 언니는 하지 않을 거고 베스 언니는 할 수 없으니 제가 할게요. 그래서 모두를 편하게 해 줄게요. 내가 싫어하거나 경멸하는 남자와는 결혼하지 않을 거라는 거 엄마도 잘 아실 거예요. 물론 프레드가 이상형은 아니지만 그는 좋은 사람이에요. 그가 저를 무척 좋아해 주고 제가 하고 싶은 대로 하게 해 준다면 저도 곧 그를 많이 좋아하게 될 거예요. 그래서 지난 주에 마음을 먹었어요. 프레드가 저를 좋아하는 걸 눈치채지 않을 수가 없었거든요. 말은 하지 않지만 소소한 증거들이 있죠. 절대 플로와는 다니지 않고 마차를 타거나 식탁에 앉거나 산책을 갈 때는 언제나 제

곁에 있죠. 우리 둘만 있을 때는 아주 감상적인 사람이 되고 누가 저에게 말이라도 걸면 인상을 써요. 어제저녁 식사를 하는데 오스트리아 사관 한 사람이 우리를 보고 있다가 난봉꾼처럼 생긴 자기 친구한데 독일어로 '굉장한 금발 소녀'에 대해 이야기하자 프레드는 사자처럼 사나운 표정을 지으며 거칠게 고기를 마구 자르는 바람에 하마터면 접시가 날아갈 뻔했지 뭐예요. 그는 냉정하고 뻣뻣한 여느 영국 남자와는 달리 화를 잘 내는 편이에요. 아름다운 푸른색 눈을 보면 짐작하겠지만 그는 스코틀랜드 혈통이거든요.

어제저녁 해질 무렵 우리는 모두 성으로 올라갔어요. 프레드는 편지를 찾아서 나중에 올라오기로 했고요. 우리는 폐허가 된 유적지와 커다란 술통이 있는 아치형 천장, 그리고 아주 옛날 영국인 아내를 위해 독일인 제후들이 만든 아름다운 정원을 다니며 즐거운 시간을 보냈어요. 저는 전망이 훌륭한 넓은 테라스가 좋았어요. 다른 사람들이 성 안 방을 보러 간 사이 저는 그곳에 앉아 벽에 붙어 있는 회색 돌로 만든 사자 머리와 그 주변에 뻗어 있는 주홍색 인동덩굴을 스케치하고 있었어요. 그곳에 앉아 있으니 왠지 곧 사랑에 빠질 것 같은 기분이었어요. 저 아래에서부터 오스트리아 밴드가 연주하는 음악이 들리는데 계곡을 이루는 네카어 강을 바라보고 있노라니 소설 속 소녀처럼 연인이라도 기다리는 것 같았거든요. 무슨 일이 일어날 것 같은 느낌이 들어 준비를 했어요. 부끄럽거나 당황스럽지 않았고 차분하면서도 조금은 흥분됐어요.

이윽고 프레드의 목소리가 들리는가 싶더니 그가 큰 아치문을 지나 허둥지둥 달려 나에게로 왔어요. 그가 너무 걱정스러워 보여 저는 조금 전 상상하던 건 다 잊고 무슨 일이냐고 물었죠. 프랭크가 너무 아프니 얼른 집으로 와 달라는 편지를 받았다는 거예요. 밤기차로 당장 떠나야 할 것 같아 작별 인사를 할 시간도 그때뿐이라고 하더군요. 그가 너무 안 되기도 하고 저 자신은 너무 실망스럽기도 하고 그랬죠. 하지만 그런 생각도 잠깐뿐, 프레드가 악수를 하며 이렇게 말하는 거예요. 도저히 오해할 수 없는 말이었죠. 뭐라고 말했냐면, "난 곧 돌아올 거야. 날 잊지 않을 거지, 에이미?"

전 약속을 하진 않고 그저 그를 바라보기만 했는데 그는 만족한 듯 보였어요. 제대로 인사를 나눌 새도 없이 그가 떠나자 다들 몹시 아쉬워했죠. 그가 뭔가 정확하게 저에게 말하고 싶어했다는 걸 알지만 그가 언젠가 넌지시 했던 말로 가늠해 보면 아마도 당분간은 결혼에 관한 일을 결정하지 않겠다고 아버지에게 약속한 것 같아요. 그의 아버지는 그를 경솔하다고 생각하는 데다 외국인을 며느리로 맞고 싶지 않은 것 같아요. 우린 곧 로마에서 만날 거예요. 그때까지도 제 마음이 변하지 않는다면 그의 청혼을 받아들이려고 해요.

물론 이건 아주 개인적인 일이지만 어떻게 일이 돌아가고 있는지 엄마가 아셨으면 해서요. 걱정은 접어두세요. 엄마의 '신중한 딸'이라는 거 잊지 마시고요. 경솔한 행동은 절대 하지 않을게요. 저에게 하고 싶은 말씀이 있다면 뭐든 해 주세요. 엄마의 충고를 따를게요. 엄마를 만나 이야기를 나누고 싶어요. 사랑하고 믿어주세요.

영원한 막내 에이미 올림.

9

미묘한 엇갈림

"조, 베스가 걱정이구나."

"왜요, 엄마. 조카들이 태어난 이후로는 눈에 띄게 건강해진 것 같은데요."

"지금 내가 걱정하는 건 베스 몸 상태가 아니야. 마음을 걱정하는 거야. 베스 마음 속에 뭔가 있는 게 분명한데. 그게 뭔지 알고 싶구나."

"왜 그렇게 생각하시는데요?"

"혼자 앉아 있는 시간이 많고 예전처럼 아빠와 많이 이야기를 나누지도 않는구나. 요 전날에는 아기들을 보면서 하염없이 울고 있는 모습을 본 적도 있단다. 노래를 하지만 그 노래들은 늘 슬프고 이따금 베스 얼굴에서 알 수 없는 표정을 본단다. 베스 같지 않아. 그래서 걱정돼."

"왜 그러는지 물어보셨어요?"

"한두 번 물어봤지만 내 질문을 피하거나 괴로워하는 것 같아서 그만 뒀지. 난 자식들에게 날 믿고 모든 걸 이야기하라고 강요하지 않아. 오래 기다릴 필요가 없이 속내를 털어놓곤 하니까."

마치 부인은 이야기를 하면서 조의 표정을 살펴보았지만 베스의 걱정스러운 비밀에 대해 전혀 모르는 눈치였다. 잠깐 생각에 잠겨 바느질을 하던 조가 말했다.

"베스가 어른이 되고 있는 것 같아요. 그래서 꿈을 꾸고, 희망과 두려움과 걱정이 생기기 시작한 거죠. 왜 그런지도 모르고 설명도 할 수 없지만 말이에요. 엄마, 베스도 이제 열여덟 살이에요. 우리가 그 사실을 깨닫지 못하고 아이처럼 대했어요. 베스도 이제 여자인데 말이에요."

"그렇구나, 세상에. 너희들 모두 얼마나 빨리 자라는지." 마치 부인은 한숨을 내쉬며 미소를 지었다.

"어쩔 수 없죠, 엄마. 그러니 걱정은 그만 하시고 엄마의 아기 새들이 차례차례 둥지 밖으로 날아가게 해 주세요. 저는 그리 멀리 날아가지 않을 거라고 말하면 엄마에게 위안이 될까요? 약속해요."

"큰 위안이지, 조. 네가 집에 있으면 늘 든든하단다. 이제 메그는 집에 없고, 베스는 너무 연약하고, 에이미는 의지하기엔 아직 어리니까. 하지만 기회가 오면 너도 언제든 날아가렴."

"엄마도 아시다시피 저는 힘든 일도 마다하지 않아요. 그리고 어느 집안에나 힘든 일을 도맡아 하는 사람은 늘 있어야 하니까요. 에이미는 미술에 조예가 깊지만 전 아니잖아요. 저는 카펫을 걸 때라든지 가족들이 한꺼번에 아플 때 병간호를 하는 그게 제 일이라는 생각이 들어요. 에이미는 해외에서 저렇게 잘 지내고 있으니 집에 무슨 일이 있으면 제가 곁에 있을게요."

"그럼 베스를 너에게 맡길게. 베스가 아마 다른 사람은 몰라도 조, 너에게는 곧 그 작고 연약한 마음을 열 거야. 다정하게 대해주렴. 대신 누군가 지켜보고 있거나 신경 쓴다는 걸 눈치채지 못하게 해. 베스가 다시 건강하고 명랑해진다면 난 이 세상에서 더 바랄 게 없을 거다."

"엄만 행복한 사람이군요! 전 바라는 게 엄청나게 많은데 말이에요."

"세상에, 바라는 게 뭔데?"

"베스 문제를 해결하고 나면 제 고민을 말씀드릴게요. 고민이 닳는 것도 아니니 기다려 주세요." 조가 고개를 한 번 끄덕이고는 바느질을 이어가자 그 모습에 엄마는 안심이 되었다. 적어도 지금은 말이다.

조는 자신의 일에 집중하면서도 한편으로 베스를 지켜보았다. 여러가지 일들로 이렇게 저렇게 추측해 본 조는 마침내 베스의 변

166

화를 설명해 줄 수 있을 것 같은 한 가지 이유를 찾았다. 아주 사소한 사건이 조에게 실마리를 제공했고 생생한 상상력과 사랑하는 마음이 나머지 이야기를 완성했다. 어느 토요일 오후 베스와 단 둘이 있던 조는 바쁘게 글을 쓰는 척했다. 글을 휘갈겨 쓰면서도 유난히 조용해 보이는 베스에게서 눈을 떼지 않았다. 창가에 앉은 베스는 종종 바느질감을 무릎에 떨어트리고는 한 손으로 턱을 괴고 잔뜩 풀이 죽은 채 모든 것이 흐릿한 가을 풍경을 바라보고 있었다. 그때 누군가 창문 아래에서 오페라 풍으로 휘파람을 불며 지나가다 소리쳤다.

"이상 무! 오늘 밤에 들를게."

베스가 깜짝 놀라며 몸을 앞으로 내밀고는 미소를 짓고 고개를 끄덕였다. 그리고 그 사람의 빠른 발자국 소리가 들리지 않을 때까지 지켜보다가 혼잣말처럼 나직하게 속삭였다.

"얼마나 건강하고, 잘나고 행복해 보이는지!"

"흠!" 조는 계속해서 동생의 얼굴을 살폈다. 밝은 빛은 그새 사라지고 미소도 희미해지더니 이윽고 눈물 한 방울이 반짝이며 창턱에 떨어졌다. 베스는 얼른 눈물을 닦아내며 걱정스러운 얼굴로 조를 슬쩍 쳐다봤다. 조는 〈올림피아의 맹세〉에 몰두한 척하며 엄청난 속도로 써내려 갔다. 베스가 다시 돌아앉자 조는 다시 베스를 지켜보았다. 베스는 여러 번 눈물을 닦아 내었다. 반쯤 돌린 동생의 얼굴에서 슬픔을 본 순간 조의 눈에도 눈물이 차올랐다. 눈물을 들킬까 두려웠던 베스는 웅얼웅얼 종이가 필요하다고 얼버무리며 방을 나갔다.

"세상에! 베스가 로리를 사랑하고 있어!" 조는 자신이 방금 알아낸 사실에 충격을 받고 하얗게 질린 채 주저앉고 말았다. "이런 일이 일어날 거라곤 상상도 못 했어! 엄마는 뭐라고 하실까? 만약에 로리가-" 조는 거기서 말을 멈췄다. 갑자기 떠오른 생각에 얼굴이 붉어졌다. "로리가 사랑을 받아주지 않으면 얼마나 끔찍할까. 로리가 사랑을 받아줘야 해. 내가 그렇게 만들겠어!" 그리고 조는 벽에서 자신을 향해 장난스러운 표정으로 웃고 있는 소년의 그림을 보며 머리를 흔들었다. "아, 이런, 우리가 벌써 이렇게 자랐구나. 메그 언니는 결혼해서 엄마가 됐고 에이미는 파리에서 잘 지내고 있고 베스는 사랑에 빠졌어. 인생의 장난에 빠지지 않을 만큼 분별력 있는 건 나뿐이야." 조는 그림에 시선을 고정한 채 한동안 곰곰이 생각하더니 주름진 이마를 매만지며 그림 속 얼굴을 향해 단호하게 고개를 끄덕였다. "아니, 됐어. 넌 아주 매력적이지만 풍향계만큼이나 불안해. 그러니 감동적인 글을 써서 보낼 필요도, 환심을 사기 위해 미소를 지을 필요도 없어. 아무 소용없을 테니까. 난 그 어떤 것도 받지 않겠어."

그리고 조는 한동안 몽상에 잠겨 있었다. 해질녘 아래층으로 내려간 조는 자신의 의심에 확신을 심어주는 새로운 장면을 목격했다. 로리는 에이미와도 장난을 치고 조와도 농담을 나눴지만 베스에게만은 언제나 유난히 친절하고 깍듯했다. 하지만 다들 베스에게는 친절했기 때문에 그 누구도 로리가 다른 사람들보다 베스를 더 챙긴다고는 생각하지 못했다. 게다가 마치 가 사람들은 '우리 로리'가 조를 점점 더 좋아하고 있다는 생각들을 하기 시작했다. 물론 조는 그 일에 관해서라면 한마디도 들으려고 하지 않았고 누군가 그런 말을 꺼내려 하면 불같이 화를 냈다. 하지만 지난 한 해 로리가 조를 위해 얼마나 다양한 시도를 했는지 알면 다들 흡족한 얼굴로 '내가 뭐랬어.'라고 말할 것이다. 하지만 그 시도들은 싹이 나기도 전에 잘려 나가고 말았다. 조는 '장난삼아 하는 연애'는 딱 질색이었고 조금의 틈도 주지 않았다. 로리가 마음을 표현하려는 낌새가 조금이라도 느껴지면 농담으로 받아치거나 얼굴을 찌푸렸다.

로리가 처음 대학에 갔을 때 그는 한 달에 한 번 꼴로 사랑에 빠졌다. 하지만 이러한 작은 불꽃들은 열정적인 만큼 금방 사그라들었으며 아무런 상처도 남기지 않았다. 로리는 매주 조를 만날 때마다 자신의 사랑 이야기를 털어놓았고, 조는 희망과 절망, 포기의 모습을 번갈아 드러내는 로리의 모습이 무척 흥미로웠다. 하지만 어느 순간 로리는 수많은 신전을 숭배하는 것을 멈추더니 누군가 한 사람에게 온통 마음을 빼앗겼음을 넌지시 암시했다. 때로 비장한 기분에 사로잡혀 우울함에 빠지기도 하더니 철학적인 주제의 글을 써서 조에게 보내기도 했다. 갑자기 학구적으로 변해서는 졸업식에 영광스러운 모습으로 서기 위해 '책만 파겠다'는 말까지 했다. 이 상황이 조는 더 좋았다. 황혼녘 감정이 흘러 넘치는 두 눈으로 바라보며 손을 꼭 잡고 비밀을 털어놓는 것보다는 말이다. 가슴보다는 머리가 먼저 발달한 조는 현실의 남자보다 상상의 영웅이 더 좋았다. 상상의 영웅은 지겨워지면 원고를 보관하는 양철 반사 오븐에 넣어 뒀다가 다시 꺼내면 되지만 현실의 남자는 다루기 힘드니 말이다.

이런 상황에서 조는 그 엄청난 사실을 알게 된 것이다. 그날 밤 조는 전혀 다른 시선으로 로리를 지켜봤다. 조에게 새로운 생각이 없었다면 베스는 아주 조용하고 로리가 베스에게 아주 친절하다는 사실 말고는 특별한 것을 보지 못했을 것이다. 하지만 고삐가 풀린 조의 상상력은 엄청난 속도로 달려나갔다. 오랫동안 연애소설을 쓰느라 이성적인 상식이 다소 약해진 탓에 해결책도 없어 보였다. 평소처럼 베스는 소파에 누워 있었고 로리는 바로 옆 낮은 의자에 앉아 항간에 떠도는 온갖 소문들을 들려주며 베스를 즐겁게 해 주고 있었다. 베스는 매주 그 시간을 기다렸고 로리는 베스를 실망시키는 법이 없었다. 그런데 그날 밤, 조의 눈에는 베스가 유난히 즐거운 시선으로 활기차고 가무잡잡한 얼굴을 응시하고 있는 것처럼 보였다. 그리고 베스는 로리가 해 주는 어느 흥미진진한 크리켓 경기 설명을 재미있게 듣고 있었다. '타이스를 잡았다'거나 '위켓을 배트로 터치한다'거나 '레그바이로 점수를 땄다'거나 하는 말은 산스크리스트어만큼이나 난해한 말들이었지만 베스는 로리의 이야기에 집중했다. 그렇게 보기로 마음을 먹은 조의 눈에는 로리의 모든 것이 달라 보였다. 한결 상냥해진 것 같고 소리내어 웃는 일도 평소보다 덜했다. 이따금 목소리를 낮추기도 하고 좀 멍한 표정을 지을 때도 있었다. 베스의 발을 담요로 정성스레 덮어주는 모습은 정말 다정해 보였다.

"세상일 누가 알겠어? 더 희한한 일들도 일어나는데." 조는 방 안을 서성이며 생각했다. "베스는 로리의 천사가 될 테고 로리는 사랑하는 사람이 편하고 즐겁게 살 수 있도록 해 주겠지. 서로 사랑하게만 된다면 말이야. 로리도 사랑에 빠지지 않을 수 없을 거야. 방해되는 것들만 없다면."

조는 자신만 없으면 방해될 것이 없으니 어서 빨리 태도를 정해야 할 것 같았다. 하지만 어디로 가야 한단 말인가? 동생을 위해서라면 제단에 몸을 바쳐 스스로를 불사르겠다는 심정으로 앉아서 고민하기 시작했다.

조가 앉은 소파는 마치 가의 원조 소파로 길고 나지막하면서도 널찍하고 쿠션이 좋았다. 오래된 소파는 낡고 초라했는데 그도 그럴 것이 자매들이 아기 때는 소파 위에서 자고 기어다녔고 꼬마 아이 때는 등받이에서 낚시질을 하거나 팔걸이에 올라타기도 하고 동물 쇼도 하면서 놀았다. 소녀가 돼서는 지친 몸을 누이거나 꿈을 꾸고 함께 모여 앉아 이야기를 나누었다. 모두가 가족의 안식처인 소파를 아꼈다. 특히 조는 소파의 안쪽 구석에 앉아 빈둥거리는 것을 좋아했다. 낡아빠진 소파를 장식하는 많은 쿠션 중 까끌까끌한 말갈기로 덮인 둥근 모양에 딱딱하고 양 끝에는 혹처럼 단추가 달린 쿠션을 가장 아꼈다. 이 불편한 쿠션은 방어의 무기나 장애물로 쓰일 때도 있었고 너무 긴 낮잠을 막아주는 도구가 되기도 했다.

로리는 이 쿠션을 잘 알고 있었는데 깊은 반감마저 갖고 있었다. 어린 시절 요란스럽게 놀다가 이 쿠션으로 무자비하게 맞기도 했는데 지금은 이 쿠션이 가로막고 있어서 로리가 가장 탐을 내는 소파 구석 조의 옆자리에 앉지 못하고 있기 때문이다. 두 사람은 이 쿠션을 '소시지'라고 불렀다. 조가 이 소시지를 소파 끝에 세워 놓으면 로리가 가까이 와서 앉아도 좋다는 뜻이지만 옆으로 뉘어 놓으면 아무도 방해하지 말라는 뜻이었다. 누구라도 조를 방해했다가는 남녀노소 할 거 없이 화를 입게 된다. 그날 밤 조는 쿠션으로 자리를 막아 두는 것을 잊었다. 조가 앉고 오 분도 되지 않아 덩치 큰 사람이 나타나더니 옆에 앉아 두 팔을 소파 등받이에 펼치고 긴 두 다리를 앞으로 쭉 뻗으며 만족한 듯 한숨을 쉬며 소리쳤다.

"이 정도면 꽤 괜찮은 남자일 텐데!"

"듣기 싫어." 조가 버럭 소리지르며 쿠션을 내려놓았지만 이미 늦었다. 쿠션이 들어갈 자리가 없었던 것이다. 쿠션은 바닥으로 미끄러졌고 어디론가 사라져 버렸다.

"조, 제발, 그렇게 까칠하게 굴지 마. 일주일 내내 머리가 부서져라 공부하고 온 사람 좀 위로해 주면 얼마나 좋아."

"베스가 위로해 줄 거야. 난 바빠."

"아니, 베스를 그런 일로 귀찮게 하면 안 되지. 하지만 넌 그런 일 좋아하잖아. 혹시 이제 싫어진 거야? 이제 네 절친한 친구가 싫어져서 쿠션이라도 던지고 싶어진 거야?"

로리가 이토록 감동적으로 호소하며 누군가를 구슬리는 모습을 본 적이 없지만 조는 단호한 질문으로 '절친한 친구'의 기를 팍 죽였다.

"이번 주에 랜들 양에게 꽃다발을 얼마나 보냈어?"

"맹세코 하나도 안 보냈어. 랜들 양은 이제 약혼했거든."

"다행이구나. 네가 전혀 좋아하지도 않는 여자들에게 꽃다발 나부랭이를 보내는 것만큼 어리석은 낭비도 없을 테니." 조가 꾸짖듯 말했다.

"내가 좋아하는 똑똑한 소녀들은 '꽃다발 나부랭이'를 못 보내게 하니 난 어쩌지? 내 마음을 받아줄 사람이 없어."

"엄마는 재미로라도 시시덕거리는 걸 싫어하셔. 그런데 넌 정말 못 말리게 시시덕거리지, 테디."

"'너도 마찬가지야.'라고 답할 수 있으면 얼마나 좋을까. 하지만 그럴 수 없으니 이렇게 변명하지. 그냥 놀이라고. 다들 이해해 준다면 그건 그저 아무런 해가 없는 즐겁고 사소한 게임일 뿐이라고."

"글쎄, 즐거워 보이기는 하지만 그게 어떻게 가능한지 난 잘 모르겠어. 사람들 앞에서 어색할 때 다들 하는 것처럼 한 번 해 봤지만 쉽지 않던데 말이야." 조는 로리를 설득 중이라는 걸 잊고 말했다.

"에이미에게 배워보지 그래. 에이미는 진짜 재능이 있는데."

"그건 그래. 에이미는 지나치지 않으면서도 훌륭하게 잘 하지. 어떤 사람들은 특별한 노력 없이도 사람들을 즐겁게 해 주는데 어떤 사람은 늘 엉뚱한 곳에서 엉뚱한 일을 벌이거든."

"네가 그런 재능이 없어서 다행이야. 똑똑하면서 솔직한 여자애를 보면 정말 신선한 기분이 들어. 자신을 바보로 만들지 않고도 유쾌하고 친절하니까. 우리끼리 얘긴데 자신을 바보로 만들면서 친절하게 구는 여자애들을 보면 정말 창피해. 나쁜 의도를 가진 건 아니라는 거 알아. 하지만 나중에 뒤에서 우리 남자들이 그 아가씨들을 놓고 어떻게 이야기하는지 알면 아마 다시는 그러지 않을 텐데 말이야."

"여자 애들도 똑같을걸. 그들의 혀가 얼마나 매서운데. 아마 너희 남자애들도 욕을 얻어먹을 거야. 어리석은 짓을 하는 걸로 따지면 너희들도 그들 못지않으니까. 너희가 예의 바르게 군다면 그들도 그렇게 대해 줄 거야. 너희가 좋아하니까 그들은 그냥 맞춰줬을 뿐인데 그건 생각하지 않고 여자애들을 비난하는구나."

"네가 남자들에 대해 뭘 안다고!" 로리가 거만하게 말했다. "까불고 놀면서 시시덕거리는 것처럼 보일지 모르지만 우린 그런 거 좋아하지 않아. 예쁘고 정숙한 여자애들에 대해선 뒷말을 하지 않지. 찬사의 말만 할 뿐이야. 딱 한 달만 내 입장이 돼 보면 아마 깜짝 놀랄걸. 네 생각이 다가 아니라는 걸 알게 될 테니까. 그렇게 행실이 나쁜 여자애를 보면 우리 친구 코크 로빈과 함께 이렇게 말해주고 싶어. '저리 가, 꼴도 보기 싫어, 뻔뻔스럽기는!'라고 말이야."

여자들에 대해 나쁜 말을 하지 않으려는 기사도 정신과 여성답지 못하고 어리석은 짓을 하는 사교계 여성을 싫어하는 마음이 상충하는 로리의 모습이 어찌나 재미있는지 조는 웃지 않을 수가 없었다. 세상 이치에 밝은 엄마들이 '젊은 로런스'를 결혼 상대에 적격으로 여기고 있으며 그 딸들은 로리에게 수시로 미소를 보낸다는 것을 조는 잘 알고 있었다. 모든 연령대의 여성들이 듣기 좋은 말로 로리를 추켜세우고 있었다. 그래서 조는 혹시 로리가 자만하지 않을지 걱정하는 한편 다소 시기심 어린 눈으로 지켜보고 있었기에 로리가 여전히 정숙한 아가씨들을 염두에 두고 있다는 것을 알고 무엇보다 기뻤다. 조는 충고하는 말투로 목소리를 낮추어 말했다.

"테디, '마음을 받아 줄 곳'이 꼭 필요하다면 네가 가장 존경하는 '예쁘고 정숙한 아가씨' 중 하나에게 전념해 봐. 바보 같은 여자 애들에게 시간 낭비하지 말고."

"정말 그렇게 생각해?" 걱정과 즐거움이 뒤섞인 묘한 표정으로 로리가 조를 바라봤다.

"응, 정말이야. 하지만 대학을 마칠 때까지 기다리면서 너 스스로 준비하는 시간을 갖는 건 어떨까 싶어. 그 정숙한 아가씨가 누구인지는 모르지만 그 사람을 위해 아직 네가 준비가 다 된 건 아니니까." 조의 표정이 약간 어색해졌다. 하마터면 이름 하나가 튀어나올 뻔했기 때문이다.

"그건 그래." 로리가 시선을 떨구고 조의 앞치마에 달린 술을 손가락으로 만지작거리며 겸손하게 동의했다. 로리에게선 보기 힘든 일이었다.

"세상에, 이래선 될 일도 안 되겠다." 조는 생각하며 큰 소리로 말했다. "가서 노래 불러 줘. 노래가 듣고 싶어 죽을 지경이야. 네 노래는 항상 좋아."

"그 말은 고마운데 여기 있을래."

"얼른 가. 여긴 비좁아. 가서 네 할 일 해. 여기 장식품으로 있기엔 네 덩치는 너무 큰걸. 여자 앞치마 끈에 묶여 있는 걸 싫어하는 걸로 아는데," 조는 로리가 했던 반항적인 말을 인용해 비꼬았다.

"아, 그건 누구 앞치마냐에 따라 다르지!" 로리는 앞치마 술을 넉살 좋게 잡아당겼다.

"안 갈 거야?" 조가 쿠션을 찾아 몸을 굽히며 물었다.

로리는 얼른 달아나서는 '보니 던디의 깃발 아래 일어나라' [41]라는 노래를 불렀다. 조는 살짝 빠져나가서 방에 돌아오지 않아 결국 로리는 잔뜩 화가 나서 돌아가 버렸다.

그날 밤 조는 한참을 뒤척이다가 막 잠이 들려던 순간 숨죽여 우는 소리를 듣고 벌떡 일어났다. 그리고 베스의 침대로 달려가 걱정스럽게 물었다. "무슨 일이야, 베스?"

"언니가 잠든 줄 알았어." 베스가 흐느끼며 말했다.

"예전에 아팠던 곳이 아픈 거야?"

"아니, 새로운 문제야. 하지만 참을 수 있어." 베스는 눈물을 참으려 애썼다.

"말해 봐. 전에도 그랬으니 이번에도 고쳐 줄게."

"언니가 할 수 있는 게 아니야. 치료법이 없어." 베스는 무너지는 듯한 목소리로 말했다. 그리고는 조에게 기대서는 흐느껴 울기 시작했다. 그 절망적인 울음에 조는 덜컥 겁이 났다.

"어디가 아픈 거야? 엄마 모셔올까?"

베스는 아무 말 없이 마지못해 어둠 속에서 한 손을 심장으로 가

41   월터 스콧(1771-1832)의 작품 '데버고일의 파멸' 말미에 나오는 민요.

져갔다. 마치 아픈 곳이 그곳이라는 듯 말이다. 그리고 다른 한 손으로 조를 단단히 잡더니 간절하게 속삭였다. "아니, 엄마를 부르지 마. 엄마한테 말하지 말아 줘! 곧 나아질 거야. 여기 누워서 내 머리를 쓰다듬어 줘. 조용히 있다가 잠들게. 정말 그럴게."

조는 베스의 말을 따랐다. 하지만 베스의 뜨거운 이마와 젖은 눈썹을 어루만지는 동안 조는 가슴이 벅차올라 속에 있는 말을 털어놓고 싶어졌다. 아직 어린 조였지만 마음이란 꽃송이와 같아서 함부로 다루면 안 되고 자연스럽게 열릴 때까지 기다려야 한다는 것을 알고 있었다. 베스가 괴로워하는 이유를 알 것 같았지만 궁금하다는 듯 물어볼 뿐이었다. "무슨 고민 있니, 베스?"

"응, 언니." 한참 뜸을 들이다 베스가 대답했다.

"나한테 말하고 나면 후련하지 않을까?"

"지금은 아니야."

"그럼 묻지 않을게. 하지만 엄마와 이 언니는 언제든 네 고민을 듣고 도와줄 준비가 되어 있다는 사실을 잊지 마."

"나도 알아. 곧 말할게."

"아프던 건 이제 좀 괜찮아졌어?"

"어머, 응, 훨씬 괜찮아. 언니랑 있으면 정말 편안해!"

"이제 자. 내가 옆에 있을게."

그렇게 두 사람은 꼭 붙어서 잠이 들었다. 다음 날 베스는 다시

제 모습을 되찾은 듯했다. 본디 열여덟 살에는 골치 아픈 일이건 마음 아픈 일이건 오래 가지 않는 법이고 대부분의 고통에는 사랑의 말 한마디가 약이 되곤 하기 때문이다.

하지만 조는 이미 마음을 먹었고 여러 날 동안 깊이 생각한 끝에 엄마에게 계획을 털어 놓았다.

"요 전날 제 소원이 뭐냐고 물으셨죠? 소원 하나를 말씀드릴게요, 엄마." 엄마와 단 둘이 앉으며 조가 말했다. "기분 전환도 할 겸 이번 겨울엔 어디 멀리 가고 싶어요."

"무슨 일이니, 조?" 조의 말에 다른 뜻이 있다는 걸 눈치 챈 엄마가 얼른 고개를 들어 물었다.

조는 바느질감에서 시선을 떼지 않고 차분하게 대답했다. "뭔가 새로운 걸 느끼고 싶어요. 지금보다 더 많은 것을 보고 배우고 또 경험해 보고 싶어요. 자잘한 일들을 너무 많이 안고 있었더니 좀 벗어나고 싶어졌어요. 그래서 이번 겨울에 좀 멀리 날아가 보려고요."

"어디로 날아갈 거니?"

"뉴욕이요. 어제 불현듯 떠올랐는데 좋을 것 같아요. 커크 부인이 자신의 아이들을 가르치고 바느질을 해 줄 착실한 젊은이를 찾아봐 달라고 편지를 보냈잖아요. 저한테 딱 맞는 일이라고는 생각하지 않지만 노력하면 잘 할 수 있을 거예요."

"세상에, 그렇게 큰 하숙집에서 일하겠다니!" 마치 부인은 놀란 것 같았지만 언짢아 보이지는 않았다.

"정확히 말해서 일하는 건 아니죠. 커크 부인은 엄마 친구이고 정말 다정한 분이니 즐겁게 일할 수 있을 거예요. 또 커크 부인의 가족들은 따로 있으니 저를 알아볼 사람도 없고요. 알아본다고 해도 상관없는 일이지만요. 정직한 일이니 조금도 부끄럽지 않아요."

"엄마도 그렇게 생각해. 그런데 네 글은 어떡하니?"

"오히려 잘 됐죠. 새로운 것들을 보고 들으면 새로운 생각도 날 거예요. 그곳에서 시간이 많지는 않겠지만 글 쓸 소재는 많이 얻어 올 수 있을 거예요."

"그럴 것 같구나. 그런데 이렇게 갑작스럽게 결정한 이유가 단지 그거니?"

"아뇨, 엄마."

"다른 이유에 대해 말해 줄래?"

조는 고개를 들었다가 숙였다. 그리고 갑자기 얼굴을 붉히며 천천히 말했다. "제 생각이 틀렸을 수도 있지만, 로리가 저를 점점 더 좋아하는 것 같아서요."

"그럼 넌 그런 식으로는 로리를 좋아하지 않는다는 거니?" 마치 부인은 걱정스러운 얼굴로 물었다.

"세상에, 절대 아니에요! 전 늘 그래 왔던 대로 로리를 좋아하고 무척이나 그를 자랑스럽게 생각해요. 하지만 그 이상은 절대 불가능해요."

"다행이구나, 조!"

"무슨 말씀이세요?"

"내 생각엔 너희 두 사람은 서로 맞지가 않아. 친구로서는 둘이 잘 맞고 종종 싸우더라도 금방 화해하지. 그런데 평생 반려자로 만나면 늘 부딪힐 거 같아서 걱정했단다. 두 사람 모두 다혈질에 고집이 센 건 말할 것도 없고 너무 자유로운 성향인 것까지 비슷해서 함께 행복할 수 없을 거야. 결혼 생활에는 사랑뿐 아니라 무한한 인내와 참을성이 필요하니까."

"정확하게 설명할 수 없었지만 제가 느낀 게 바로 그거예요. 로리가 이제 막 저를 좋아하기 시작해서 다행이에요. 그를 불행에 빠지게 할까 몹시 괴로웠거든요. 단순히 고마운 마음 때문에 오래된 친구와 사랑에 빠질 수는 없는 거잖아요, 안 그래요?"

"로리가 너를 좋아한다고 확신하니?"

조의 얼굴이 한층 더 붉어지더니 여느 젊은 아가씨들이 첫사랑에 대해 이야기할 때의 즐거움과 자부심과 고통이 섞인 얼굴로 대답했다.

"그런 거 같아요, 엄마. 로리가 딱히 무슨 말을 한 건 아니지만 얼굴만 봐도 알죠. 정말 무슨 일이 생기기 전에 제가 멀리 가 버리는 게 좋을 것 같아요."

"나도 네 생각에 동의해. 정리될 수 있다면 가려무나."

조는 마음이 놓이는 것 같았다. 그리고 잠시 후 미소를 지으며 말했다.

"모팻 부인은 이 상황에 엄마가 이런 생각을 한다는 걸 알면 얼마나 의아하게 생각할까요? 그리고 애니에게 아직 기회가 있다는 걸 알면 또 얼마나 기뻐할까요."

"아, 조, 엄마들은 각자 자기만의 방식이 있단다. 하지만 원하는 건 모두 같아. 자식들의 행복한 모습을 보고 싶은 바람뿐이란다. 메그는 행복하니 엄마는 메그에 대해서는 만족해. 너에게는 네가 질릴 때까지 자유를 즐길 수 있도록 해 주고 싶어. 그래야 자유보다 달콤한 게 있다는 걸 알게 될 테니까. 에이미가 현재로서는 가장 걱정이지만 감각 있는 아이니까 잘 해 나갈 거야. 베스는 건강해지는 것 말고는 다른 바람이 없어. 그런데 최근 며칠 동안 표정이 밝아 보이던데 네가 베스랑 이야기를 한 거니?"

"네, 베스가 고민이 있나 봐요. 곧 저한테 털어놓겠다고 약속해서 더 이상 아무 말 안 했어요. 뭔지 알 것 같거든요." 그리고 조는 간단하게 얘기를 했다.

마치 부인은 고개를 저었다. 그렇게 낭만적인 일만은 아닌 것 같았기 때문이다. 그리고 심각한 얼굴로 조에게 로리를 위해 당분간 멀리 가 있는 게 좋겠다는 말만 되풀이해서 말했다.

"계획이 정해질 때까지 로리에게는 아무 말하지 말기로 해요. 로리가 정신을 차리고 슬퍼하기 전에 도망갈래요. 베스에게는 내가 좀 쉬고 싶어서 가는 걸로 해 두죠. 로리 문제를 베스에게 말할 수는 없을 것 같거든요. 제가 가고 나면 베스가 로리를 위로해 줄 수 있을 거고, 그러면 로리도 이 연애 감정에서 좀 벗어날 거예요. 로리는 이런 소소한 일은 많이 겪어 봐서 익숙할 테니 실연의 아픔을 금방 이겨낼 거예요."

조는 씩씩하게 말했지만 로리에게 이 '소소한 일'이 그 어느 때보다 힘들어서 예전처럼 쉽게 '실연의 아픔'을 극복하지 못할 거란 두려운 예감을 지울 수가 없었다.

가족 회의에서 마치 가족은 조의 계획에 대해 이야기를 나누었고 동의했다. 커크 부인은 기꺼이 조를 받아들이며 조에게 집처럼 편안하게 지낼 수 있도록 해 주겠다 약속했다. 조는 그곳에서 아이들을 가르치며 경제적 독립을 할 수 있을 것이고 여유 시간에는 글을 써서 돈을 벌 수도 있을 것이다. 새로운 환경에서 지내는 것은 유익하고 기분 좋은 일이 될 것이다. 조는 이런 기대에 들떠 얼른 떠나고 싶었다. 집이라는 둥지가 활동적이고 모험심 강한 성격에는 너무 좁게 느껴지고 있었다. 모든 것이 결정된 후 두려움에 떨리는 목소리로 로리에게 말했다. 그런데 놀랍게도 로리는 그 사실을 아주 차분히 받아들였다. 로리는 최근 들어 많이 점잖아지면서도 상냥해졌다. 새롭게 살아 보기로 마음을 고쳐먹기라도 한 거냐고 농담으로 물으니 로리는 진지하게 대답했다. "그래, 맞아. 그리고 이번에는 변하지 않을 거야."

조는 로리가 마침 착하게 변해서 무척 안심이 되었다. 게다가 베스까지 훨씬 유쾌해 보여서 한결 가벼운 마음으로 떠날 준비를 할 수 있었다. 부디 모두를 위한 최선의 선택이기를 바랐다.

"특별히 너에게 부탁할 게 있어." 떠나기 전날 밤 조가 말했다.

"신문 말이야?" 베스가 물었다.

"아니, 로리 말이야. 로리를 잘 부탁해. 잘 대해 줄 거지?"

"물론이지. 하지만 내가 언니의 빈 자리를 채울 수는 없을 거야. 로리는 언니를 엄청나게 그리워할걸."

"로리는 괜찮을 거야. 그러니 잊지 마. 너한테 맡길 테니 잔소리도 하고 다독여 주면서 이것저것 좀 챙겨 줘."

"언니를 위해 최선을 다 해 볼게." 조가 왜 자신을 이렇게 묘한 표정으로 바라보는지 궁금해하며 베스가 약속했다.

로리가 작별 인사를 하며 의미심장하게 속삭였다. "이런다고 소용없어, 조. 난 언제나 널 지켜볼 테니까. 그러니 언제나 몸가짐 신경 써. 안 그러면 가서 집으로 데리고 올 테니까.'"

10

조의 이야기

뉴욕, 11월.

사랑하는 엄마, 그리고 베스에게.

정기적으로 편지를 보낼게요. 비록 유럽 대륙을 여행하는 우아한 숙녀는 아니지만 할 이야기가 많으니까요. 아빠의 얼굴이 시야에서 사라지고 나자 조금 우울해져서 눈물을 떨어트릴 뻔했는데 다행히 한 아일랜드인 아주머니가 데리고 탄 꼬마 넷이 앙앙 울어 대는 바람에 정신이 사나워져 눈물까지 흘리는 일은 없었어요. 대신 꼬마들이 울려고 입을 벌릴 때마다 생강 비스킷을 넣어주면서 재미있게 여행길을 갔답니다.

곧 구름이 걷히고 해가 나오더군요. 왠지 좋은 징조인 것 같아 저도 기분이 좋아져 여행을 마음껏 즐겼어요.

커크 아주머니는 아주 친절하게 저를 맞아 주셨어요. 그 큰 집은 낯선 사람들로 가득했지만 아주머니 덕분에 전 금방 편안해졌어요. 아주머니는 저에게 조그맣고 재미있게 생긴 다락방을 내 주셨어요. 그 방 밖에 남지 않았거든요. 하지만 난로도 있고 햇볕이 드는 창가에는 좋은 테이블도 있어서 언제든 그곳에 앉아 글을 쓸 수 있어요. 창밖 전망이 좋았는데 특히 맞은편 교회 탑을 보니 다락방까지 많은 계단을 올라온 보람이 느껴졌어요. 저는 금방 내 방이 좋아졌죠. 아이들을 가르치고 바느질을 할 보육실은 커크 아주머니의 개인 응접실 옆방인데 아주 쾌적했어요. 작은 여자 아이 둘은 아주 예쁘장했지만 조금 버릇이 없는 것 같았어요. 하지만 제가 '못된 돼지 일곱 마리' 이야기를 해 줬더니 저를 좋아한답니다. 꼭 모범적인 가정교사가 될게요.

전 아이들과 함께 식사를 해요. 아무도 안 믿겠지만 수줍어서 지금으로선 큰 테이블에서 낯선 이들과 식사하는 것보다 그게 더 좋아요.

커크 아주머니께서 엄마처럼 인자하게 말씀하셨어요. '조, 편안히 지내거라. 짐작하겠지만 이렇게 큰 식구들을 보살피느라 난 아침부터 밤까지 정신 없이 바쁘단다. 하지만 네가 아이들을 잘 보살펴 준다면 한시름 놓을 것 같구나. 언제든 내 방에 들어와도 좋아. 그리고 최선을 다 해서 네 방을 편안하게 꾸며줄게. 집에는 좋은 사람들이 많으니 저녁 시간에 자유롭게 그들과 어울려도 좋아. 뭔가 잘못된 게 있으면 언제든 나에게 와서 말해 다오. 우리 즐겁게 지내보자. 차 시간 종이 울리는구나. 얼른 가서 모자를 바꿔 써야겠다.' 아주머니가 서둘러 나가는 바람에 저는 새 보금자리에 혼자 남게 되었죠.

잠시 후 계단을 내려가다가 훈훈한 장면을 목격했어요. 이 집은 천장이 높아 계단이 아주 긴데 세 번째 계단 위에서 어린 여자 하인 하나가 무거운 짐을 지고 지나가길래 기다리며 서 있었죠. 그런데 뒤에서 이상하게 생긴 남자가 따라오더니 아이 손에서 무거운 석탄통을 앗아 가는 거예요. 그리고는 석탄통을 들고 가 문 가에 놓아 두고는 친절한 얼굴로 고개를 끄덕이며 외국인 억양으로 이렇게 말하더라고요.

"이러는 게 낫지. 그 작은 등으로 이렇게 무거운 짐을 어떻게 들겠다고."

너무 좋은 사람이지 않아요? 정말 보기 좋은 모습이었어요. 아빠가 말씀하신 대로 사소한 일들로 성격이 드러나는 법이니까요. 그날 밤 커크 아주머니에게 그 이야기를 했더니 큰 소리로 웃으며 말씀하셨어요.

"바에르 교수님이었을 거야. 그 분은 늘 그러거든."

커크 아주머니 말씀으로 그 분은 베를린 출신인데 아주 박식하고 좋은 사람이지만 교회 쥐만큼 가난하대요. 학교에서 강의를 하며 고아가 된 두 조카를 돌본다더군요. 미국인과 결혼한 누이의 생전 소원에 따라 두 조카를 이곳 학교에 보낸대요. 그다지 낭만적이지는 않지만 저는 흥미롭게 느껴졌어요. 커크 아주머니가 그분이 제자들을 가르칠 수 있도록 응접실을 빌려준다는 이야기를 들으니 기뻤어요. 그 응접실과 제 보육실 사이에는 유리가 달린 문이 있는데 그 창으로 그 분을 훔쳐볼 작정이에요. 그 분이 어떻게 생겼는지 이야기해 줄게요. 거의 마흔 살은 되어 보이는 분이니 괜찮을 거예요, 엄마.

차를 마시고 아이들을 재우느라 한바탕 전쟁을 치른 후 커다란 바느질 바구니를 꺼내 바느질을 했어요. 그리고 새로 사귄 친구와 조용히 수다를 떨며 저녁 시간을 보냈어요. 이제부터 일기 쓰듯 편지를 써서 모아뒀다가 일주일에 한 번 부칠게요. 안녕히 주무세요.

화요일 저녁.

오늘 아침 저의 교실은 아주 난리도 아니었답니다. 아이들이 마치 산초처럼 굴었거든요. 아이들 모두를 마구 흔들어주고 싶단 생각이 들 정도였어요. 그런데 어떤 착한 천사가 아이들에게 운동을 시켜 보라고 해서 그 말대로 실컷 운동을 시켰더니 놀랍게도 아이들이 자리에 앉아 가만히 있지 뭐예요! 점심 식사 후 그 천사 아가씨가 아이들을 데리고 산책을 나갔고 저는 메이블처럼 '기꺼이 기쁜 마음으로[42] 바느질을 했어요. 단춧구멍 만드는 법을 잘 배워 둔 걸 하늘에 감사하고 있는데 응접실 문이 열렸다 닫히며 누군가의 노랫소리가 들리기 시작하는 거예요.

'당신은 아시나요 그 땅을'[43]

커다란 호박벌처럼 시끄러운 소리였죠. 정말 버릇없는 짓인 건 알지만 전 유혹을 견디지 못하고 그만 유리 창 앞 커튼 끝자락을 들어 올리고 몰래 훔쳐보고 말았어요. 그곳에는 바에르 교수님이 있었어요. 그 분이 책을 정리하는 동안 저는 그 분을 자세히 볼 수 있었답니다. 전형적인 독일인의 모습이었어요. 다소 건장한 체격에 갈색 머리는 온통 헝클어져 있었어요. 턱수염은 덥수룩하고 코는 우스꽝스러웠으며 눈은 지금까지 본 눈 중 가장 다정하더군요. 날카롭게 되는 대로 마구 지껄이는 미국인의 목소리만 듣다가 그분의 멋진 목소리를 들으니 귀가 호강하는 것 같더라고요. 옷은 낡았고 손은 컸어요. 가지런한 치아 말고는 잘 생긴 구석이라고는 없는 얼굴이었죠. 하지만 머리가 좋은 것 같아 저는 그 분이 좋아요. 그 분의 리넨 옷이 아주 멋져서 신사처럼 보였어요. 코트의 단추 두 개가 떨어지고 구두 한쪽에 덧댄 자국이 있었지만 말이죠. 노래를 흥얼거리는데도 얼굴은 진지해 보였어요. 창가로 가서 히야신스 꽃을 햇

---

42   영국 시인 Mary botham howitt의 시 '여름날의 메이블' 중 마지막 구절을 인용했다.
43   괴테의 소설 《빌헬름 마이스터의 수업 시대》에 나오는 노래.

빛을 향해 돌려주고 고양이를 쓰다듬어주자 고양이가 오랜 친구인 냥 그의 손길을 받아 주었어요. 그 모습에 그 분은 미소를 지었죠. 그때 문 두드리는 소리가 들렸고 교수님은 크고 활기찬 목소리로 말했어요.

"들어와요!"

저는 달아나려 했죠. 그런데 커다란 책을 들고 오는 여자아이의 모습이 언뜻 보여 무슨 일인가 보려고 그 자리에 섰어요.

"우리 바에르 선생님을 만나고 싶어요." 꼬마가 책을 쾅 내려 놓으며 말했어요. 그리고는 교수님을 향해 쪼르르 달려갔죠.

"여기 바에르 선생님이 있으니 이리 오렴. 선생님이 꼭 안아 줄게. 티나." 교수님은 웃으며 아이를 머리 위로 번쩍 안아 올렸고 아이는 조그만 얼굴을 숙여 그에게 입을 맞추었어요.

"자, 이제 공부할 시간이에요." 그 조그맣고 재미난 것이 말하자 교수님은 아이를 테이블에 올려놓고 아이가 갖고 온 커다란 사전을 펼쳤어요. 그리고 종이와 연필을 주자 아이는 책장을 넘겨 가며 뭔가를 써내려 가더군요. 아이가 심각한 얼굴로 단어를 찾는 듯 작고 통통한 손가락으로 책장을 짚어 내려가는 모습을 보고 하마터면 웃음을 터뜨릴뻔 했어요. 서서 아빠 같은 얼굴로 아이의 예쁜 머리를 쓰다듬고 있는 바에르 씨의 모습에 저는 아이가 그 분의 딸이라고 생각했어요. 그 아이가 독일인이라기보다는 프랑스인처럼 생겼지만 말이에요.

또 다시 문 두드리는 소리가 나더니 이번에는 젊은 아가씨 둘이 들어오는 거예요. 저는 얼른 자리로 돌아가 바느질감을 집어 들었죠. 문틈으로 떠드는 소리가 들려왔지만 전 고결하게 자리를 지켰어요. 그런데 한 아가씨가 짐짓 꾸민 듯 소리 내어 웃더니 애교 섞인 목소리로 '교수님.'이라고 말하는 거예요. 그러자 이번에는 다른 아가씨가 바에르 씨가 견디기 힘들 정도로 형편없는 악센트로 독일어로 말했어요.

두 사람은 바에르 씨의 인내심을 시험하는 듯했어요. 바에르 씨가 여러 번 "아니, 아니, 그렇게 하면 안 되죠. 내가 말하는 걸 잘 들어요."라고 하고는 또박또박 강조해서 말하는 걸 들었거든요. 한 번은 그가 책으로 테이블을 내려치는 것처럼 커다란 소리가 쿵 들리더니 "이런! 오늘은 엉망이야."라고 절망적으로 외치는 소리가 들리기도 했죠.

가엾은 사람. 그가 가여웠어요. 아가씨들이 모두 가고 나자 저는 그가 잘 견뎌냈는지 보려고 다시 한번 더 몰래 들여다봤죠. 그는 완전히 지쳐서는 의자에 털썩 주저앉아 두 눈을 감고 있었어요. 그런데 시계가 두 시를 알리자 그는 벌떡 일어나더니 마치 다른 수업이 있는 것처럼 책들을 싸서 주머니에 챙겨 넣고는 소파에 기대어 잠든 꼬마 소녀 티나를 두 팔로 안고는 조용히 나갔어요. 그 분은 정말 힘들게 사는 것 같아요.

커크 아주머니가 5시에 저녁 식사를 함께 가지 않겠냐고 물으셨어요. 조금 외롭기도 하고 한 지붕 아래 어떤 사람들이 함께 살고 있는지 봐야할 것 같아서 그러기로 했죠. 그래서 좀 고상하게 차려입고 커크 아주머니 뒤에서 눈에 띄지 않게 들어가려 했죠. 하지만 아주머니는 키가 작고 난 키가 커서 아주머니 뒤에 숨어 있으려는 내 노력은 결국 실패로 끝나고 말았어요. 아주머니가 내어준 옆 자리에 앉아 흥분을 가라앉히고 용기를 내어 주위를 둘러보았죠. 긴 식탁은 빈 자리 없이 사람들로 꽉 찼는데 모두들 식사에만 열중하고 있었어요. 특히 신사들은 시간에 맞춰서 식사를 하기라도 하려는 듯 허겁지겁 식사를 하더니 끝나자마자 사라져 버렸어요. 늘 그렇듯 젊은 남자들은 자기들끼리 모여 이야기를 했고 젊은 연인들은 서로에게 빠져 있었어요. 아기 엄마들은 아기들에, 노신사들은 정치 이야기에 빠져 있었고요. 전 그들 중 누구와도 친해질 것 같지 않았지만 딱 한 사람 상냥한 얼굴의 젊은 아가씨와는 친해지고 싶었어요. 왠지 사연이 있어 보였거든요.

식탁 끝자리에 앉은 바에르 씨는 한쪽에 앉은 가는귀먹은 노신사의 끊임없는 질문에 큰 소리로 대답을 하랴, 다른 쪽에 앉은 프랑스 남자와 철학 이야기를 하랴 바빠 보였어요. 에이미가 여기 있었다면 다시는 그를 보려 하지 않았을 거예요. 슬프게도 그는 식성이 좋아서 음식을 퍼먹었기 때문에 그 모습을 봤다면 '귀부인' 같은 이미지는 아마 끔찍하게 여겼을 거예요. 하지만 저는 상관없어요. 해나가 말했듯 저는 '먹성 좋은 사람 보는 걸 좋아'하니까요. 게다가 가엾은 교수님은 하루 종일 멍청이들을 가르쳤으니 많이 먹는 것도 당연한 일이죠.

저녁을 먹고 올라가는데 젊은 두 남자가 복도 거울 앞에서 수염을 매만지고 서 있었어요. 그 중 한남자가 낮은 목소리로 상대방에게 묻는 걸 들었어요.

"새로 온 사람은 누구지?"

"가정교사나 뭐 그런 사람이겠지."

"왜 우리 식탁에 앉은 거야?"

"노부인의 친구라던데."

"머리는 좋은 것 같지만 좀 촌스럽던데."

"정말 그렇지? 이 집엔 언제 빛이 좀 들려나 몰라."

처음엔 화가 났지만 곧 아무렇지 않았어요. 가정교사는 점원이나 마찬가지니까요. 담배나 뻑뻑 피우며 시끄럽게 떠들어대는 우아한 사람들의 말에 따르면 난 촌스럽지만 머리가 좋다니 그나마 다행이죠. 그저 그런 평범한 사람들은 딱 질색이라니까요!

목요일.

어제는 조용한 하루였어요. 아이들을 가르치고 바느질을 하고 내 작은 방에서 글을 쓰면서 보냈죠. 내 방은 햇빛과 난롯불로 아주 아늑하답니다. 새로운 사실 몇 가지를 알게 됐고요, 교수님과 인사도 나눴어요. 티나는 이곳 세탁소에서 다림질을 아주 잘 하는 프랑스 여인의 아이예요. 그 꼬마가 그만 바에르 씨에게 마음을 온통 빼앗겨 그가 집에 있을 때면 강아지처럼 온 집안을 쫓아다니는데 바에르 씨는 그게 좋은가 봐요. 그는 아직 미혼이지만 아이를 아주 좋아해요. 키티 커크와 미니 커크 역시 바에르 씨를 좋아해서 그 분이 만들어 낸 놀이나 그 분이 준 선물, 그리고 그 분이 해 준 훌륭한 이야기들에 대해 재잘재잘 떠들고 다녀요. 젊은 남자애들은 그를 '늙은 독일인'이나 '라거 맥주', '큰곰자리'로 부르기도 하고 그의 이름을 가지고 온갖 장난을 치지만 그 분은 그 일을 즐기는데 마치 소년 같다고 커크 아주머니가 말해요. 그리고 아무렇지 않게 넘어가니 다들 그 분을 좋아한답니다. 그 분이 좀 엉뚱한 면이 있는 것 같아요.

내가 친해지고 싶었던 그 젊은 아가씨는 노턴 양이에요. 부자에 교양 있고 친절하죠. 오늘 저녁 식사시간에 노턴 양이 저에게 말을 걸더니(네, 다시 식사에 참석했어요. 사람들을 지켜보는 건 아주 재미있으니까요.) 자기 방에 놀러 오라고 초대하는 거예요. 노턴 양은 좋은 책과 그림을 갖고 있었고 재미있는 사람들을 알고 있을 뿐 아니라 다정한 것 같아요. 그래서 나도 상냥하게 행동했어요. 에이미가 원하는 그런 상류사회는 아니더라도 좋은 사람들과 어울리고 싶으니까요.

어제저녁 응접실에 있었는데 바에르 씨가 커크 아주머니에게 줄 신문을 가지고 들어왔어요. 하지만 아주머니는 계시지 않았고 맏이인 미니가 아주 상냥하게 저를 소개시켜 주었죠. "이 분은 엄마의 친구 마치 양이에요."

"네, 마치 양은 아주 유쾌해서 우리가 아주 좋아한답니다." '범상치 않은 악동' 키티가 덧붙여 설명해 주었죠.

우리는 함께 고개 숙여 인사를 하고는 소리 내어 웃었어요. 새침한 소개와 대조되는 퉁명스러운 부연 설명이 다소 우스꽝스러웠거든요.

"아, 이 개구쟁이 아가씨들이 당신을 귀찮게 한다는 말을 들었어요, 마치 양. 또 그러면 저를 부르세요. 그럼 제가 당장 달려 올게요." 바에르 씨가 겁을 주듯 얼굴을 찌푸리자 꼬마 녀석들이 즐거워했어요.

내가 그러겠다고 약속하자 그는 응접실을 나갔죠. 그런데 오늘은 그를 자주 만날 운명인가 봐요. 외출하려고 그의 방 앞을 지나는데 실수로 우산으로 문을 두드리고 말았어요. 그러자 문이 확 열리면서 실내복을 입은 바에르 씨가 한 손에는 푸른색 커다란 양말을,

다른 한 손에는 짜깁기 바늘을 들고 나타난 거예요. 바에르 씨는 전혀 부끄러워하지 않는 것 같았어요. 내가 문을 두드린 건 실수였다고 허둥지둥 설명을 하고 지나가려 하자 그는 양말과 바늘을 든 손을 흔들면서 큰 소리로 유쾌하게 말했거든요.

"산책하기 좋은 날씨예요. 잘 다녀와요, 마드무아젤."

계단을 내려가는 동안 웃음이 나왔어요. 그런데 자신의 옷을 꿰매는 가난한 남자의 처지를 생각하자 측은한 마음도 들었어요. 독일 남자들이 수를 놓는다는 건 알지만 양말을 꿰매는 건 다른 문제죠. 보기도 안 좋고요.

토요일.

오늘은 노턴 양 방에 놀러간 것 말고는 쓸 거리가 없네요. 그 방에는 예쁜 것들로 가득했어요. 노턴 양은 참 다정한 사람이에요. 자신의 보물들을 나에게 보여줬거든요. 그리고 강의나 음악회를 좋아한다면 가끔 함께 가지 않겠냐는 거예요. 커크 아주머니가 우리 집 사정에 대해서 말했을 텐데 호의로 저에게 친절을 베푼 거죠. 난 자존심이 강하지만 그렇게 다정한 사람이 베푸는 호의는 부담스럽지 않아서 고맙게 받아들였어요.

보육실로 갔는데 옆방에서 우당탕 난리가 난 거예요. 그래서 문을 열고 들여다봤더니 바에르 씨가 무릎을 꿇고 엎드린 채 등에 티나를 태우고 있고 키티가 줄넘기 줄로 그를 묶어 끌고 있었어요. 미니는 의자로 만든 우리 안에서 소리 지르고 날뛰는 남자 애 둘에게 씨가 박힌 과자를 먹이고 있었고요.

"우린 조련사 놀이하는 중이에요." 키티가 설명했어요.

"이건 내 코끼리예요!" 티나가 바에르 씨의 머리채를 잡고 덧붙였죠.

"엄마는 토요일 오후에 프란츠와 에밀이 오면 늘 우리가 하고 싶은 대로 하게 해 주세요. 그렇죠, 바에르 선생님?" 미니가 말했어요.

그 누구보다도 열심히 제 역에 몰두하고 있던 '코끼리'가 일어나 앉더니 내게 아주 차분하게 말하더라고요.

"아이 말이 맞아요. 혹시 우리가 너무 시끄러우면 '쉿!'하고 말해요. 그럼 우리가 좀 조용히 놀게요."

난 그러겠다고 약속했지만 문을 열어 두고 그들이 노는 모습을 구경했어요. 그렇게 신나게 노는 건 본 적이 없거든요. 그들은 술래잡기, 병정놀이를 하고 춤도 추고 노래도 했어요. 그리고 어둑어둑해지기 시작하자 소파에 앉은 바에르 씨 곁으로 다들 몰려들었고 바에르 씨는 굴뚝 꼭대기 황새 이야기, 눈송이를 타고 내려오는 코볼드[44] 이야기를 들려주었어요. 우리 미국인들도 독일인들처럼 단순하고 자연스러우면 얼마나 좋을까요?

44　독일 민간 전승의 작은 도깨비.

글 쓰는 게 너무 좋아요. 경제적인 이유로 그만 써야 하는 게 아니라면 끝도 없이 계속해서 이 편지를 쓰고 싶어요. 얇은 종이에 글씨도 작게 썼지만 이 긴 편지에 우푯값이 얼마나 할지 생각하면 떨리거든요. 에이미의 편지도 읽는 대로 꼭 보내주세요. 에이미의 편지를 읽은 후엔 제 소식은 시시하게 들리겠지만 그래도 나름 재미있을 거예요. 테디는 공부하느라 친구에게 편지 쓸 시간도 없나 보죠? 베스, 나 대신 로리 잘 보살펴 줘. 그리고 우리 조카 이야기도 좀 해주고. 모두들 무지무지 사랑해요.

언제나 든든한 조.

추신. 편지를 다시 읽어보니 온통 바에르 씨에 대한 이야기뿐이란 생각이 드네요. 하지만 전 언제나 특이한 사람들에게 흥미를 느끼니까요. 그리고 딱히 쓸 거리도 없었어요. 정말이에요. 모두에게 축복을.

소중한 베시.

두서없이 마구 써내려가겠지만 내가 어떻게 지내는지 들려주면 네가 재미있어 할 거 같아서 너에게 이렇게 편지를 써. 아이들은 조용하면서도 재미있어. 그리고 내게 큰 기쁨이기도 하지. 정신적으로, 그리고 도덕적으로 각고의 노력 끝에 어떡하면 아이들을 잘 다룰 수 있는지 방법들이 떠오르기 시작했고 결국 내가 원하는 방향으로 꼬마들을 휘어잡을 수 있게 됐어. 그 아이들은 티나나 남자애들만큼 재미있지는 않지만 난 내 맡은 바 의무를 다 하고 있어. 그 애들은 나를 좋아해. 프란츠와 에밀은 활달한 아이들인데 독일인 기질과 미국인 기질이 섞여서 그런지 끊임없이 떠들썩한 상태이지만 그 아이들이 꽤 마음에 들어. 토요일 오후는 집 안에서 보내건 야외에서 보내건 난리법석이지. 날씨가 좋으면 교수님과 난 아이들을 모두 데리고 산책을 나가서 재미있게 지내고 온단다!

이제 우리 두 사람은 아주 좋은 친구가 됐어. 게다가 교수님에게 수업을 듣기 시작했어. 정말 어쩔 수 없는 상황이었고 그렇게 된 과정이 아주 재미있어서 너한테 말하지 않을 수가 없구나. 처음부터 말해 줄게. 어느 날 내가 교수님 방 앞을 지나가는데 커크 아주머니가 그 방을 뒤지고 있다가 나를 부르시는 거야.

"이런 소굴 본 적 있니, 조? 와서 이 책들을 정리하는 걸 도와 다오. 내가 모두 뒤집어 놨거든. 얼마 전에 내가 손수건 여섯 장을 줬는데 교수님이 그걸 어쨌는지 도무지 찾을 수가 없구나."

방으로 들어 갔어. 아주머니와 함께 찾으면서 주변을 보니 정말 '소굴'이더라. 책과 서류가 여기저기 흩어져 있고 벽난로 선반에는 부서진 메르샤움[45]과 낡은 플루트가 올려져 있었어. 창가에는 꼬리

45   고급 파이프 담배.

가 잘려 나가고 깃털이 지저분한 새 한 마리가 창가 자리에서 지저 귀고 있었고 다른 창가에는 흰 쥐가 담긴 상자가 놓여 있었어. 반쯤 완성한 배가 보였고 원고지 사이에는 잘려 나간 끈들이 끼여 있었 지. 난로 앞에는 먼지투성이 신발이 말라가고 있더라. 그리고 교수 님 스스로 노예가 된, 사랑하는 소년들의 흔적들도 방 안 여기저기 보였어. 대대적으로 뒤진 후에야 손수건 세 장을 발견했어. 한 장은 새장 위에 있었고 또 한 장은 잉크가 잔뜩 묻어 있었고 나머지 한 장은 받침대로 썼는지 갈색으로 물들었더라고.

"정말 못 말리는 남자구나!" 성격 좋은 커크 아주머니가 찾아 낸 손수건을 헝겊 주머니에 넣으며 웃으셨어. "다른 손수건들도 배 를 만들거나 손가락을 다쳐 동여 맸거나 연 꼬리로 썼을 테지. 어이 없지만 그를 나무랄 수는 없어. 그렇게 얼이 빠지고 순하니 그 꼬마 녀석들이 제멋대로 등에 올라타도 아무 말 않는 거지. 내가 옷 세탁 이며 바느질을 해 주겠다 했지만 그는 자기 옷을 내놓는 것을 깜빡 잊고 또 나는 살펴보는 것을 잊어서 가끔 곤란한 일이 생긴단다."

"그럼 제가 바느질을 할게요." 내가 말했어. "저는 괜찮아요. 교 수님에게 알릴 필요도 없어요. 제가 하고 싶어서 그러는 거니까요. 친절하게 편지도 갖다 주시고 책도 빌려주시니까요."

그래서 내가 그 분의 물건을 정리하는 일을 하게 됐어. 그리고 양 말 두 켤레의 뒤꿈치도 꿰맸어. 교수님이 서툰 솜씨로 꿰매느라 양말 모양이 엉망이었거든. 난 그 분이 몰랐으면 해서 따로 알리지는 않았어. 하지만 지난 주 어느 날 결국 그 분이 알게 됐지. 티나가 들락날락하면서 문을 열어 두는 바람에 옆방에서 나는 소리가 다 들리는 상황이었어. 교수님이 다른 사람에게 해 주는 수업을 듣고 있으니 너무 흥미롭고 재미있어서 나도 배우고 싶어진 거야. 그래서 문 옆에 앉아 마지막 양말 한 짝을 꿰매며 나만큼이나 멍청한 새로 온 학생에게 교수님이 하는 이야기들을 이해하려고 애쓰고 있었지. 수업이 끝나고 그 학생이 가고 나자 난 교수님도 갔다고 생각했어. 아주 조용했거든. 그래서 몸을 앞뒤로 흔들며 독일어 동사를 중얼거렸는데 아마도 세상 가장 웃긴 모습이었을 거야. 그때 조그맣게 웃는 소리가 들려서 고개를 들어보니 바에르 교수님이 티나에게 조용히 하라고 손짓을 보내며 슬며시 웃는 거야.

내가 바느질을 멈추고 멍하게 바라보니까 교수님이 말했어. "당신도 나를 훔쳐봤으니 나도 당신을 훔쳐봤어요. 그래야 공평하죠. 그런데 독일어를 배우고 싶은지 물어도 되나요?"

"네, 하지만 교수님이 바쁘시잖아요. 게다가 전 머리가 나쁘거든요." 그렇게 머뭇머뭇 말하는데 얼굴이 막 화끈거리는 거야.

"상관없어요! 시간이야 내면 되죠. 그리고 언어 감각이 없지 않을 거 같은데요. 저녁 시간에 잠깐이라도 기꺼이 가르쳐 드리겠어요. 마치 양, 그리고 난 당신에게 갚아야 할 빚이 있잖아요." 그러고는 내가 바느질하던 양말을 가리켰어. "그래요, 친절한 여인들이 서로 하는 이야기를 들었죠. '그 늙은 홀아비는 멍청해서 우리가 이 바늘로 뭘 하는지 모를 거야. 그는 아마 단추가 떨어지면 새로 자라난다 생각할 거고 끈도 절로 달린다 믿을 테지.' 아! 하지만 나도 눈이 있어 다 볼 수 있습니다. 그리고 마음이 있어서 고마움도 느낄 수 있죠. 자, 그럼 지금부터 간단하게 공부를 시작하죠. 그렇지 않으면 요정처럼 몰래 저를 위해 해 주는 일을 거절하겠습니다."

그 말에 난 반박할 수 없었어. 게다가 아주 좋은 기회였기 때문에 수업과 바느질을 서로 주고받기로 했어. 네 번 수업을 받았는데 나는 곧 문법 문제에 부딪혔지. 교수님은 인내심을 갖고 나를 가르쳤지만 아마 무척 괴로우셨을 거야. 이따금 좀 절망스러운 표정으로 나를 바라보기라도 하면 난 웃어야 할지 울어야 할지 어찌할 바를 모르겠더라. 극심한 굴욕감과 비통함으로 코를 훌쩍거리자 교수님은 문법책을 바닥에 던지고는 밖으로 나가 버렸어. 창피한 데다 영원히 버려진 것 같은 기분이 들었지만 교수님을 탓할 생각은 조금도 없었어. 위층으로 얼른 올라가 마음을 추스르며 종이를 챙기고 있는데 교수님이 환한 얼굴로 씩씩하게 들어왔어.

"자, 그럼 새로운 방법으로 한 번 해 봐요. 이 재미있는 동화책을 같이 읽어요. 고생만 시키는 그 재미없는 책은 구석에 처넣어 버리죠."

교수님은 다정하게 말한 다음 함께 읽어보자는 듯 내 앞에서 안데르센의 동화책을 펼쳤어. 그 어느 때보다도 부끄러워진 나는 죽기를 각오하고 공부했고 교수님은 그 모습을 굉장히 재미있어 하셨어. 난 창피함도 잊고 온 힘을 다 해 수업에 매달렸어(다른 적당한 표현을 찾을 수가 없어서 말이야). 긴 단어를 읽다 실수를 하기도 하고 즉흥적으로 떠오르는 대로 발음하기도 하면서 최선을 다했지. 첫 페이지를 다 읽은 다음 숨을 돌리려고 멈추자 교수님은 박수를 치며 진심을 담은 목소리로 소리쳤어. "아주 좋았어요! 그렇게 하면 될 거 같아요! 이번엔 내 차례예요. 내가 읽을 테니 잘 들어봐요." 그리고 교수님은 굵은 목소리로 크게 읽었어. 그 모습도 멋있었지만 목소리도 듣기 좋았지. 다행히 그 이야기는 '장난감 병정'이었는데 너도 알다시피 우스꽝스러운 이야기라 웃을 수 있었어. 물론 이야기의 절반은 이해하지 못했지만 말이야. 하지만 어쩔 수 없었어. 교수님은 너무 진지하신 데다가 난 너무 흥분돼서 모든 것들이 우스꽝스러웠거든.

그 후로 수업은 더 잘 되었고 이제 난 꽤 잘 읽을 수 있게 됐어. 이런 수업 방식이 나에게 맞나 봐. 젤리 속에 알약을 넣는 것처럼 이야기와 시 속에 문법을 넣는 거지. 난 독일어 수업이 아주 좋고 교수님은 나를 가르치는 일에 아직 지치지 않은 것 같아. 정말 좋은 분이야, 그렇지? 크리스마스에 교수님에게 뭔가 선물을 하고 싶어. 돈을 드릴 수는 없으니까. 엄마, 뭐가 좋을지 이야기해 주세요.

로리가 아주 행복하고 바쁘게 지내는 것 같아 기뻐요. 담배를 끊고 머리를 기른다고요? 보세요, 나보다 베스가 로리를 더 잘 챙길 거라고 했잖아요. 질투하는 게 아니야, 베스. 계속 최선을 다 해 줘. 다만 로리를 성인saint으로 만들지는 말아 줘. 재미있게 장난 안 치는 로리는 좋아할 수 없을 거 같으니까. 내 편지를 로리에게도 읽어 줘. 따로 편지 쓸 시간이 없어서 그러니 로리도 이해할 거야. 베스 네가 잘 지낸다니 하늘에 감사드릴 뿐이야.

1월.

모두들 새해 복 많이 받으세요, 사랑하는 우리 가족 여러분. 물론 로런스 할아버지와 테디라는 이름의 젊은 친구도 포함이에요. 크리스마스 선물을 받고 얼마나 기뻤는지 이루 말할 수가 없어요. 편지는 아침에 왔는데 소포에 대해서는 아무 말이 없었으니까요. 저를 놀라게 해 주려 그런 거겠지만 처음에는 무척 실망했거든요. 다들 나를 잊었나 보다 하는 기분이 들었어요. 차를 마신 후 내 방에서 좀 울적한 기분으로 앉아 있는데 오랜 시간 이리 치이고 저리 치인 것처럼 보이는 커다란 진흙투성이 꾸러미 하나가 제 앞으로 온 거예요. 난 그 꾸러미를 안고 여기저기 성큼성큼 활보했죠. 집에 온 듯 신이 나서 바닥에 주저 앉아 꾸러미를 풀어 편지를 읽고 선물을 보고 먹으며 웃다가 울다가 했죠. 저의 그 우스꽝스러운 행동은 여전하거든요. 모든 것들은 딱 내가 갖고 싶었던 것들이었어요. 게다가 사지 않고 만든 것들이라 훨씬 좋았답니다. 베스가 만든 '잉크 받침대'는 정말 마음에 쏙 들었어요. 해나가 만든 생강 과자 상자는 보물이 될 거예요. 엄마가 보내주신 멋진 플란넬 드레스도 잘 입을 게요. 아빠가 표시해 놓은 부분을 주의해서 책을 읽을게요.

책 얘기가 나와서 말인데요, 갑자기 책 부자가 된 것 같거든요. 새해 첫 날, 바에르 교수님이 셰익스피어 작품집을 주셨어요. 교수님이 아끼는 책인데, 독일어 성경과 플라톤, 호메로스, 밀턴과 함께 서가 명예의 전당에 꽂혀 있는 그 책을 종종 감탄하면 쳐다봤거든요. 그러니 교수님이 그 책을 꺼내주었을 때 내 기분이 어땠을지 상상해 보세요. 게다가 표지 속에는 '친구 프리드리히 바에르'라는 글귀와 함께 내 이름이 적혀 있었다니까요.

"늘 당신만의 서재를 갖고 싶다고 말했죠. 여기 책 한 권을 드리겠어요. 이 책 한 권 속에는 수많은 책들이 있거든요. 찬찬히 읽으면 많은 도움이 될 거예요. 이 책 속의 인물들을 연구하면 당신의 펜으로 당신의 이야기를 쓰는데 도움이 될 겁니다."

난 교수님에게 몇 번이나 고맙다고 인사를 했어요. 그리고 이제 수백 권의 책이 있기라도 한 듯 '나만의 서재'에 대해 이야기해요. 전에는 셰익스피어에 얼마나 많은 것들이 담겨 있는지 전혀 몰랐는데 그때는 그걸 설명해 줄 바에르 교수님도 없었기 때문이죠. 그런데 그 분의 이름을 가지고 웃지 마세요. 사람들이 '베어'라 하기도 '비어'라고 하기도 하는데 그 둘 다 아니에요. '베어'와 '비어'의 중간 어디쯤인데 그건 독일인들만이 발음할 수 있죠. 엄마 아빠 모두 내가 그 분에 대해 하는 이야기를 좋아해서 다행이에요. 언제 한 번 두 분이 교수님을 만나면 좋겠어요. 엄마는 그 분의 따뜻한 마음씨에, 아빠는 그 분의 똑똑함에 놀라실 거예요. 저도 그분의 마음씨과 똑똑함에 놀랐거든요. 새 친구 '프리드리히 바에르' 덕분에 제 마음이 풍요로워졌어요.

돈도 많이 없고 교수님이 뭘 좋아하는지도 몰라서 자그마한 것들 몇 가지를 사서 교수님이 뜻밖의 장소에서 선물을 발견하도록 방 여기 저기에 두었어요. 유용하고 예쁘고 재미있는 것들인데 책상에 놓을 새 잉크스탠드나 꽃을 꽂아 둘 꽃병 같은 거요. 교수님은 유리컵에 늘 작은 풀이라도 꽂아 두거든요. 그래야 기분이 좋다면서요. 그리고 손수건을 태우지 않도록 담배 파이프 꽂이도 만들었어요. 베스가 말한 대로 뚱뚱한 몸체에 검고 노란 날개와 실로 된 더듬이, 구슬 눈이 달린 커다란 나비 모양이에요. 교수님이 굉장히 마음에 들어 하더니 미술 작품처럼 벽난로 선반에 올려 두었어요. 결국 제 역할을 못한 선물인 셈이죠. 교수님은 가난하지만 집안의 하인 하나, 꼬마 하나까지 잊지 않고 선물을 했어요. 그리고 프랑스인 세탁 아주머니부터 노턴 양까지 이곳에 사는 사람들도 교수님을 잊지 않고 챙겼죠. 전 그 점이 아주 기뻐요.

한 해의 마지막 저녁에는 가장무도회를 열고 즐거운 시간을 보냈어요. 저는 드레스가 없어서 내려가고 싶지 않았지만 무도회 직전에 커크 아주머니가 오래된 양단 드레스를 생각해 내고 노턴 양이 레이스와 깃털을 빌려줘서 맬러프롭 부인[46]처럼 급하게 꾸미고 가면을 쓰고 무도회장으로 갔죠. 아무도 나를 못 알아봤어요. 목소리도 꾸며서 냈기 때문에 그 누구도 말없고 콧대 높은 마치 양이(그들은 내가 그 누구보다도 뻣뻣하고 냉정하다고 생각해요. 잘난 체하고 건방진 사람에게는 그렇게 굴었거든요.) 차려 입고 춤을 추고 '묘비명을 멋지게 뒤죽박죽으로' 쏟아낼 거라고는 생각하지 못했죠. 아주 실컷 즐겼어요. 다 함께 가면을 벗었을 때 사람들이 깜짝 놀라 나를 뚫어져라 보는 모습은 정말 잊을 수가 없었어요. 젊은 남자 하나가 다른 이에게 내가 여배우인줄 알았다고 말하는 것을 들었어요. 어느 작은 연극에서 나를 봤다고 생각한 거죠. 메그 언니라면 그 농담을 좋아했을 거예요. 바에르 교수님는 닉 보텀, 티나는 티타니아였는데[47] 교수님에 안긴 완벽한 요정이었죠. 두 사람이 춤추

---

46   리처드 브린슬리 셰리든의 희극 〈연적 the rivals〉(1775)에 나오는 인물 맬러프롭 부인은 단어를 우스꽝스럽게 왜곡해서 사용하는데 여기서 조가 맬러프롭 부인을 흉내 낸 것으로 여겨진다.

47   셰익스피어의 희곡 〈한여름 밤의 꿈〉에 등장하는 인물. 닉 보텀은 베를 짜는 직공, 티타니아는 왕비 요정이다.

는 모습은 테디 말을 빌리면 '장관'이었어요.

새해 첫날을 이렇게 행복하게 보냈어요. 내 방에서 곰곰이 생각해 보니 실수를 많이 하긴 하지만 그럼에도 불구하고 꽤 잘 지내고 있는 것 같아요. 생활도 즐겁고 일도 열심히 하고, 특히 예전보다 타인에게 관심이 더 많아졌는데 그 점이 아주 만족스러워요. 우리 가족 모두에게 축복이 있기를.

영원히 사랑하는 조.

11

친구

조는 주변의 분위기 덕에 행복했지만 밥벌이를 하느라 아주 바빴다. 그래도 글 쓰기 위한 노력은 게을리하지 않았다. 지금 조를 사로잡고 있는 목표는 가난하지만 야망 있는 소녀에게는 당연한 것이었지만 목표를 달성하기 위한 수단은 최선이라고 볼 수 없었다. 조는 돈이 권력을 만들어내는 것을 보았다. 돈이 곧 권력이기에 돈을 벌겠다 마음먹었다. 돈은 혼자만을 위해서가 아니라 사랑하는 사람들을 위해서 벌고 싶었다. 조는 온 집 안을 안락하게 꾸미고 겨울에 딸기부터 침실에 오르간까지 베스가 원하는 건 뭐든 해 주는 게 꿈이었다. 또 자신은 해외 여행을 가고 마음껏 남들을 도울 수 있을 만큼 풍족하게 사는 것이 조가 몇 년 동안 소중하게 꿈꿔온 상상의 성이었다.

글을 써서 상을 탄 경험이 길을 열어준 것 같았다. 길고도 힘든 작업 후 〈에스파냐의 성〉이란 재미있는 작품이 탄생했다. 하지만 이 소설이 불러온 재앙은 한동안 조의 용기를 꺾고 말았다. 독자들의 반응은 콩나무에 올라탄 불굴의 잭을 공포에 떨게 한 거인처럼 무서웠다. 이야기 속 그 불멸의 주인공 잭이 첫번째 시도에서 굴러 떨어져 거인의 보물은 아무것도 갖지 못했던 것처럼 실패 후 한동안 글을 쓸 수 없었다. 하지만 잭의 '다시 올라가 다른 것을 갖고 오자'는 강한 정신으로 조는 어두운 쪽으로 다시 올라가 더 많은 보물을 갖고 오려 했다. 그런데 이번에는 하마터면 돈주머니보다 훨씬 더 소중한 것을 두고 올 뻔했다.

그래서 조는 통속적인 이야기를 쓰기 시작했다. 그런 암울한 시대에는 모든 면에서 완벽한 미국인들도 쓰레기 같은 글을 읽기 때문이다. 아무에게도 말하지 않고 '긴장감 넘치는 이야기'를 지어낸 조는 대담하게도 '위클리 볼케이노'의 편집자 대시우드 씨에게 직접 가지고 갔다. 조는 〈의상 철학〉[48]을 읽어본 적은 없지만 옷이 성격이나 예의범절보다도 더 큰 영향력을 갖고 있을 거라는 여자로서의 직감으로 가장 좋은 옷으로 차려 입었다. 그리고 흥분도, 긴장도 되지 않았다고 스스로 주문을 걸며 어둡고 더러운 계단을 용감하게 올라갔다. 담배연기로 자욱한 지저분한 방에는 세 명의 신사들이 모자보다 높이 발을 올린 채 앉아 있었는데 조의 모습을 보고 애

48   영국의 역사가, 비평가, 사상가인 토마스 칼라일(1795~1881)의 자서전적 책.

써 번거롭게 모자를 벗거나 하는 사람은 아무도 없었다. 손님을 맞는 그들의 태도에 다소 기가 눌린 조는 머뭇거리며 입구에 서서는 잔뜩 주눅 든 목소리로 웅얼거렸다.

"실례지만 '위클리 볼케이노'의 사무실을 찾고 있어요. 대시우드 씨를 만나고 싶습니다만."

가장 높이 있던 두 발이 내려오더니 담배 연기를 가장 많이 내뿜고 있던 신사가 일어섰다. 손가락 사이에 담배를 조심스레 끼우고 고개를 한번 끄덕하고는 걸어왔는데 그저 졸립기만 한 표정이었다. 어찌 됐든 일을 끝내야겠다는 생각으로 조는 원고를 꺼냈다. 자신이 쓴 문장들을 본 순간 얼굴이 점점 더 붉어지던 조는 미리 준비했던 말을 더듬더듬 하기 시작했다.

"제 친구 하나가 대신 갖다 주라고, 이 이야기 말이에요, 그냥 한 번 써 본 거라고, 의견을 주시면, 좀 더 써 볼 수 있을 거라고……."

조가 얼굴을 붉히며 더듬거리는 동안 대시우드 씨가 원고를 받아 들었다. 그리고는 더러운 손가락으로 깨끗한 원고지를 넘기며 비평가의 눈길로 훑어보았다.

"처음 쓴 글은 아니죠?" 페이지가 매겨져 있고 맨 앞에만 표지가 있고 끈으로 묶지도 않은, 누가 봐도 풋내기의 것 같은 원고를 살피며 물었다.

"네, 아니에요. 몇 번 써 본 적 있어요. 그리고 '블라니스톤' 공모전에서 상을 받은 적이 있어요."

"오, 그래요?" 대시우드 씨는 조가 입고 온 모든 것을 기억해 두려는 듯 보닛의 리본에서부터 부츠의 단추까지 얼른 훑어보았다. "그럼, 원한다면 원고를 두고 가도 좋아요. 지금 이런 원고들이 산더미처럼 쌓여 있어서 어떻게 해야 할지 모를 정도랍니다. 하지만 어쨌든 살펴보고 다음 주에는 연락할게요."

조는 원고를 두고 가고 싶지 않았다. 대시우드 씨가 영 마음에 들지 않았기 때문이다. 하지만 그 상황에서 인사를 하고 걸어 나갈 수밖에 없었다. 조는 초조하거나 창피할수록 어깨를 쫙 펴고 당당하게 걷는 경향이 있었는데 지금 딱 그런 모습이었다. 신사들이 아는 체하는 눈빛을 서로 주고받는 것으로 보아 '내 친구'의 그 이야기는 재미있는 농담거리로 치부되고 있는 게 분명했다. 그리고 편집장이 문을 닫으면서 뭔가 알아들을 수 없는 말을 하자 큰 웃음이 터졌다. 그 웃음 소리를 들으니 조는 자신의 패배가 확실해진 느낌이었다. 다시는 사무실에 오지 않겠다 다짐하며 집으로 돌아온 조는 앞치마 바느질에 몰두하며 짜증을 떨쳐냈다. 그리고 한두 시간이 지나자 그 일에 웃을 수 있을 만큼 냉정해졌고 다음 주가 기다려지기 시작했다.

조가 다시 사무실을 찾았을 때 그곳에는 대시우드 씨 말고는 아무도 없었다. 대시우드 씨가 전보다는 훨씬 잠이 깬 상태인 데다 상냥하기까지 해서 조는 기뻤다. 대시우드 씨는 예의를 차리지 못할 만큼 담배에 깊이 중독된 것은 아니었다. 두 번째 만남은 처음보다 훨씬 더 편했다.

"우리는 이 글을 싣기로 했습니다." (편집자들은 절대 '나는'이라고 말하지 않는다) "당신이 몇 가지 수정에 대해 반대하지 않는다면 말입니다. 너무 길어요. 내가 표시한 대로 삭제하면 딱 적당한 길이가 될 겁니다." 편집장이 사무적인 어조로 말했다.

하도 구겨지고 여기저기 밑줄이 그어져 있어 조는 자신의 원고를 알아볼 수가 없을 지경이었다. 새 요람에 맞추려면 아기의 다리를 잘라야 한다는 말을 들은 부모의 심정이 되어 원고를 살펴보던 조는 모든 도덕적 반성 부분이 잘려 나간 걸 보고 깜짝 놀랐다. 그런 연애 소설에는 균형감을 잡아 줄 뭔가가 필요할 거 같아 조가 조심스레 넣은 것이었다.

"그런데, 편집장님. 모든 이야기에는 도덕적인 교훈이 있어야 한다고 생각해요. 그래서 작품 속 죄인들이 뉘우치는 내용을 넣은 거예요."

편집자적 진지함이 가득하던 대시우드 씨의 얼굴에 미소가 번졌다. 조가 '친구'를 잊고 작가만이 할 수 있는 말을 했기 때문이다.

"사람들은 설교가 아니라 재미를 얻고 싶어 해요. 도덕적 교훈은

213

이제 팔리지 않아요." 하지만 그다지 옳은 말은 아니었다.

"그럼 이렇게 바꾸면 팔릴 거란 말씀이세요?"

"그럼요. 구성도 새롭고 아주 잘 쓰여졌어요. 표현도 좋아요." 대시우드 씨가 상냥하게 대답했다.

"그럼, 얼마나, 그러니까 원고에 대한 대가는 얼마나……."

조는 어떻게 표현해야 할지 몰라 허둥댔다.

"아, 알았어요. 우린 이런 글에는 이십 오 달러에서 삼십 오 달러까지 드려요. 글이 실리면 지불합니다." 대시우드 씨는 마치 그 점은 잊고 있었다는 듯 대답했다. 편집자들은 그런 사소한 일은 종종 잊는다고 말했다.

"좋아요. 그렇게 하죠." 조는 흡족한 듯 원고를 다시 건네며 말했다. 일 달러를 받고 글을 쓴 적도 있었던 터라 이십 오 달러는 아주 괜찮은 원고료인 것 같았다.

"친구가 더 괜찮은 글을 쓰게 되면 편집자 님이 그 글도 실어줄 거라고 친구에게 전할까요?" 자신의 성공에 대담해진 조는 아까 말 실수는 전혀 모르고 물었다.

"글쎄요, 그건 그때 가서 보죠. 약속할 수는 없어요. 친구에게 전해요. 좀 더 짧고 자극적인 작품을 쓰라고요. 도덕적 교훈에 대해서는 신경 쓰지 말고요. 친구 이름을 어떻게 넣어 드릴까요?" 편집장은 개의치 않고 물었다.

"괜찮으시면 익명으로 할게요. 친구가 이름이 밝혀지는 걸 원하지 않아서요. 그리고 필명도 없거든요." 조는 저도 모르게 얼굴을 붉히며 말했다.

"물론 친구가 원하는 대로 하죠. 글은 다음 주에 실릴 거예요. 직접 와서 원고료를 받으시겠어요, 아니면 제가 부쳐드릴까요?" 새로운 기고가가 누군지 알고 싶어진 대시우드 씨가 물었다. 그건 자연스러운 바람이었다.

"제가 올게요. 그럼 안녕히 계세요."

조가 떠나자 대시우드 씨가 두 발을 책상에 올리며 우아하게 말했다. "늘 그렇듯 가난하면서도 당당한 글쟁이군. 하지만 저이는 잘해 나갈 거야."

대시우드 씨의 조언을 잘 기억하고 노스베리 부인을 본보기 삼아 조는 거품 가득한 통속 소설의 바다 속으로 성급하게 뛰어들었다. 하지만 친구가 던져 준 구명기구 덕분에 조는 물에 빠지지 않고 다시 올라올 수 있었다.

대부분의 젊은 문학도들처럼 조 역시 인물과 배경을 외국에서 가지고 왔다. 도적, 백작, 집시, 수녀, 공작 부인을 무대에 세워 제 몫의 역할을 하도록 했다. 조의 독자들은 문법이나 구두점, 개연성 같은 사소한 것들에 까다롭게 굴지 않았다. 대시우드 씨도 가장 싼 값이긴 해도 흔쾌히 조의 글을 실어 주었다. 사실 그가 호의를 베푸는

215

진짜 이유는 고용했던 작가 중 하나가 더 많은 임금을 받고 그를 떠나버렸기 때문이었는데 그 사실을 굳이 조에게 말할 필요는 없었다.

조는 곧 자신의 일에 재미를 붙이게 되었다. 홀쭉하던 지갑이 두둑해졌기 때문이다. 이번 여름에 베스를 산에 데리고 가려고 저금하던 돈이 차곡차곡 쌓여가는 것을 보니 흐뭇했다. 한 가지 마음에 걸리는 일은 가족들에게 사실대로 말하지 않았다는 것이다. 부모님이 찬성하지 않을 것 같았기 때문에 일단 먼저 일을 벌이고 나중에 용서를 구하는 편이 나을 것 같았다. 비밀을 유지하는 것은 어렵지 않았다. 조의 글에는 조의 이름이 없었기 때문이다. 물론 대시우드 씨는 그 사실을 금방 알아챘지만 아무에게도 말하지 않겠다고 약속했고 놀랍게도 약속을 지켰다.

조는 그 일로 자신이 해를 입는 일은 없을 거라 생각했다. 자신이 부끄러워할 일은 절대 쓰지 않을 작정이었고, 자신이 번 돈을 가족들에게 보여주면서 비밀을 털어 놓고 크게 웃는 행복한 순간을 상상하노라면 양심의 가책도 어느새 사그라들었다.

그런데 대시우드 씨는 긴장감 넘치는 이야기 이외의 것들은 거절했다. 스릴은 독자들의 영혼을 괴롭히지 않고서는 만들어질 수 없었기 때문에 그에 관련한 소재를 얻으려면 역사와 로맨스, 땅과 바다, 과학과 예술, 경찰 기록과 정신병원을 샅샅이 뒤져야 했다. 자신의 경험들은 너무 순수해서 사회에 내재되어 있는 비극적인 세계를 아주 살짝 맛본 것에 불과하다는 것을 금방 알게 되었다. 글을 써서 돈을 벌기로 마음먹은 조는 자신의 부족한 경험을 특유의 에너지로 보완하기 시작했다. 이야기의 소재를 찾고 그것들을 독창적으로 구성하기 위해 열중했고 제대로 전개되지 않으면 사건, 사고, 범죄를 찾기 위해 신문을 뒤졌다. 독의 효과에 대해 묻고 다니는 바람에 도서관 사서들의 의심을 사기도 했으며 인물들의 좋거나 나쁘거나 무심한 성격들을 연구하느라 거리에 지나가는 사람들의 얼굴을 살피기도 했다. 먼지 케케묵은 고대의 시간도 파고 들었다. 역사적 사실이나 이야기는 너무 오래 돼서 새로운 것이나 다름없었기에 고대의 시간 속에서 현재는 알 수 없는 인간의 어리석음이나 죄, 수수께끼도 알게 됐다. 그런데 조는 자기도 모르는 사이 여성 인물들의 여성적 특징을 파괴하기 시작했다. 조가 그리는 세상은 나쁜 세상이었고 조는 그 세상에서 살고 있었다. 그것이 설령 상상이라 할지라도 조는 그 세상으로부터 영향을 받고 있었다. 위험하고도 비현실적인 이야기의 영향 속에서 조의 마음과 생각이 자라면서 누구나 언젠가는 알게 될 인생의 어두운 면을 너무 일찍 알아버린 탓에 조의 순수함은 빠르게 사라지고 있었다.

조는 글을 쓰면서 사람들의 열정과 감정을 묘사할 기회가 많았다. 그러다 보니 자신의 감정에 대해 살펴볼 기회도 많아 자신의 변화를 느끼기 시작한 것이다. 그것은 건강하고 젊은 영혼이라면 쉽게 빠지지 않는 병적인 즐거움이었다. 잘못된 행동은 언제나 대가가 따르기 마련이고 조 역시 그 벌을 받은 셈이었다.

조가 인물들을 이해하는데 셰익스피어가 도움이 됐는지, 혹은 인물의 정직함과 용감함과 강함을 묘사하는 것이 여성으로의 자연스러운 본능인지는 모르겠다. 하지만 조가 글 속에서 세상 모든 완벽함을 지닌 상상의 주인공을 탄생시킬 수 있었던 것은 살아있는 주인공을 발견했기 때문이다. 그는 인간적으로 불완전한 면이 많았음에도 불구하고 조의 관심을 끌었다. 바에르 씨는 조에게 어디서든 단순하고 진실하고 사랑스러운 인물을 만나면 작가로서 좋은 훈련이니 그들을 연구하라고 조언했다. 조는 그의 말을 받아들여 냉정하게 주위를 돌아보다가 바에르 씨를 관찰하기 시작했다. 그 사실을 알았다면 바에르 씨는 무척 놀랐을 것이다. 훌륭한 바에르 씨는 제 딴에는 아주 겸손한 사람이었기 때문이다.

처음에 왜 다들 바에르 씨를 좋아하는지 조는 당황스러웠다. 부자도, 대단한 사람도 아니고 젊지도 잘생기지도 않았기 때문이다. 매력적이라든가 인상적이라든가 하는 면도, 화려한 면도 없었다. 하지만 사람들이 난롯불의 따뜻함을 찾아 모여드는 것처럼 그의 매력에 이끌린 사람들이 자연스럽게 주변으로 모이는 것 같았다. 그는 가난했지만 사람들에게 늘 뭔가를 내주었다. 이방인이었지만 모두가 그의 친구였고 젊지 않았지만 소년처럼 마음이 행복했다.

평범하다 못해 이상하게 생기기까지 했지만 많은 사람들의 눈에 그의 얼굴은 아름답게 보였다. 그의 기이함은 다행스럽게도 아무렇지 않게 받아들여졌다. 조는 그의 매력을 찾아보려고 가끔 그를 관찰했다. 그리고 그런 기적을 이룬 것은 그의 착한 마음이라는 것을 마침내 알게 되었다. 바에르 씨는 슬픔이 있어도 '날개 아래 머리를 묻고 앉아' 밝은 모습만 보여주었다. 이마의 주름은 그가 타인에게 얼마나 친절했는지를 기억한 세월이 그를 부드럽게 어루만진 흔적 같았다. 부드러운 입꼬리는 다정한 말과 기분 좋은 웃음들이 남긴 추억이었고 두 눈은 절대 냉랭하거나 무정한 적이 없었다. 그가 그 큰 손으로 따뜻하게 꽉 잡아 주면 그 어떤 말보다도 큰 힘이 되었다.

그가 입은 옷마저 그의 친절한 성격을 나타내는 것 같았다. 옷이 편안해 보이니 바에르 씨도 편안한 사람처럼 느껴졌다. 품 넓은 양복 조끼 속에 넉넉한 마음이 있을 것 같고 빛 바랜 외투는 많은 사람들과 두루두루 잘 지내고 있는 증거처럼 느껴졌다. 커다란 주머니는 고사리 손들이 종종 들어와 뭔가를 가득 쥐고 나갔던 게 분명했다. 그의 신발도 자비로웠고 옷깃은 다른 사람의 옷깃처럼 빳빳하거나 까칠하지 않았다.

"바로 그거야!" 조가 혼잣말을 했다. 음식을 입에 쓸어 담아 먹고 양말을 꿰매고 바에르라는 이름으로 이따금 놀림을 받는 건장한 독일인이지만 인간을 향한 진정한 선의가 그를 아름답고 품위

있어 보이게 한다는 사실을 마침내 깨달은 것이다.

조는 선함을 높이 평가했지만 지성에 대해서도 깊이 존경하고 있었다. 바에르 씨에 대해 몇 가지 알고 나자 그에 대한 존경심이 더 커졌다. 그는 절대 자신의 이야기를 하지 않았기 때문에 고국에서 학식과 도덕적인 면에서 그가 얼마나 존경받는 인물인지 아무도 몰랐다. 그런데 그를 만나러 왔던 고국 사람이 노턴 양과 대화를 하다가 그 사실을 말해 버렸고, 노턴 양에게서 그 이야기를 들은 조는 그가 그 사실을 말하지 않았다는 점에서 바에르 씨가 더 좋게 느껴졌다. 미국에서는 그저 가난한 독일어 교사일 뿐이지만 베를린에서는 존경받는 교수라는 사실을 알고 나니 뭔가 아련한 감정이 더해져 그의 소박하고도 근면한 생활이 한결 아름답게 여겨졌다.

조는 지성보다 더 훌륭한 가치가 있음을 예상치 못한 기회로 알게 되었다. 노턴 양은 문학계 모임에 드나들고 있었는데 노턴 양이 아니라면 조는 경험해 볼 수 없는 그런 모임이었다. 야심만만한 소녀에게 흥미를 느끼고 있던 외로운 아가씨는 조와 교수님에게 이것저것 많은 호의를 베풀었다. 어느 날 밤, 노턴 양은 두 사람을 데리고 초대받은 사람만 갈 수 있는 유명 인사 토론회에 갔다.

조는 멀리서 열광적으로 동경하기만 하던 유명 인사들을 직접 만나면 허리 숙여 인사할 준비를 하고 갔다. 하지만 천재들을 향한 조의 존경심은 그날 밤 심하게 타격을 입었다. 위대한 인물들도 결국에는 그저 남자고 여자라는 사실을 알아버린 충격에서 회복하기까지는 꽤 시간이 걸렸다. 시를 보면 '영혼과 불, 그리고 이슬'[49]만 먹고 사는 천상의 존재인 것 같아 존경심으로 수줍게 훔쳐보기만 하던 시인이 그 지적인 얼굴을 붉히면서 열정적이고도 게걸스럽게 저녁을 먹는 모습을 봤으니 조의 실망이 어떠했겠는가. 추락한 우상에게서 눈을 돌리니 이번에는 낭만적인 환상이 와르르 무너져 내리고 말았다. 위대한 소설가가 진자처럼 규칙적으로 두 개의 포도주 병 사이를 오가는 광경을 목격한 것이다. 또 유명한 성직자는 이 시대 스타엘 부인[50] 같은 여자와 대놓고 시시덕거렸다. 그녀는 코린느 같은 여자를 도끼눈으로 노려보고 있었다. 심오한 철학자를 두고 코린느와 이미 한바탕 기싸움을 벌였지만 철학자를 빼앗겨 버렸고 코린느는 싸움에서 진 그녀를 얄밉게 비아냥댔다. 그 심오한 철학자는 존슨[51]처럼 차를 마시며 선잠에 빠질 것 같았다. 코린느가 재잘재잘 떠드는 바람에 말할 기회가 없었기 때문이다. 과학자들은 연체동물과 빙하시대를 잊고 열정적으로 굴과 얼음을 먹으면서 미

49   로버트 브라우닝의 시집 〈남과 여〉(1855) 중 '이블린 호프' 20행에서 인용했다.

50   프랑스 살롱 문화를 주도했던 작가(1766~1818). 나폴레옹의 독재에 대항하여 논쟁하다 독일로 추방당하기도 했다. 그의 작품 〈코린느〉(1807)는 유명 시인과 그의 연애사를 담은 이야기이다.

51   보스웰은 〈life of johnson〉에서 새뮤얼 존슨이 대단한 차 애호가였다고 묘사했다.

술에 대한 잡담을 했다. 제2의 오르페우스[52]처럼 온 도시를 매료시킨 젊은 음악가들은 말에 대해 이야기하고 있었다. 영국 귀족은 어쩌다 보니 파티에서 가장 평범한 남자였다.

저녁이 반도 지나지 않았는데 조는 완전히 실망해서 한쪽 구석에 앉아 마음을 추슬렀다. 곧 바에르 씨가 다가왔는데 그도 그곳이 거북한 듯 보였다. 곧 철학자 몇 사람이 각자 좋아하는 주제를 갖고 지식 경연을 벌이는 곳으로 다들 모여들었다. 조는 그들의 말을 도무지 이해할 수 없었지만 그런 식의 대화를 즐겼다. 칸트니 헤겔은 조에게 있어 미지의 신이고 주관론이니 객관론이니 하는 말도 알 수 없는 용어였다. 모두 끝났을 때 '내적 인식으로부터 진화된' 것은 심각한 두통뿐이었다. 하지만 세상이 산산이 분해되어 해로운 모습으로 진화 중이라는 사실을 조는 어렴풋이 알게 되었다. 철학자들에 따르면 이전보다 훨씬 더 좋은 원칙을 바탕으로 세상은 발전하고 있었다. 종교는 아무것도 아닌 것이 될 것이며 지성이 유일신이 될 것이다. 조는 철학이나 형이상학 같은 것들에 대해서는 아무것도 몰랐지만 반쯤은 즐겁고 반쯤은 고통스러운 흥미가 느껴졌다. 휴일 날 아이가 놓쳐 버린 풍선처럼 낯선 시간과 공간 속으로 밀려들어가는 느낌이었다.

---

52   그리스 신화에 나오는 음유 시인. 리라의 명수. 음악으로 저승의 신들을 감동시켜 죽은 아내를 지상으로 데리고 가도 좋다는 허락을 받아 냈지만 뒤돌아보면 안 된다는 신들의 경고를 지키지 못해 아내를 데리고 오지 못한다.

바에르 씨는 어떻게 느끼는지 보려고 조가 둘러보았다. 그런데 바에르 씨는 지금까지 본 적 없는 어두운 표정으로 조를 바라보고 있었다. 그는 고개를 저으며 이리 오라고 손짓을 했지만 그때 막 사변철학[53]의 자유로움에 매료된 조는 현명한 신사들이 낡은 신념을 전멸시킨 후 어떻게 대처할 건지 알고 싶어 그냥 자리를 지키고 있었다.

내성적인 바에르 씨는 자신의 의견을 앞서서 내세우지 않았다. 그 의견들이 확고하지 않아서가 아니라 너무 소중하고 진지해서 가볍게 말할 수가 없는 것이다. 철학의 불꽃같이 화려한 면에 매료된 조와 몇몇 젊은이들을 바라보던 바에르 씨는 눈살을 찌푸렸다. 불 붙기 쉬운 젊은 영혼들이 폭죽에 이끌려 길을 잃고 헤매다 폭죽 놀이가 끝나면 손에는 다 타버린 막대와 불에 그을린 상처만 남게 될까 두려워 무슨 말이든 그들에게 해 주고 싶었다.

그는 참을 만큼 참다가 의견을 달라는 말을 듣고는 솔직하게 분노를 드러내며 불타올랐다. 유창한 말로 종교를 옹호했다. 그 유창함에 그의 어눌한 영어가 음악처럼 들렸고 평범한 얼굴이 아름다워 보였다. 자신의 주장을 잘 펼치는 훌륭한 토론자들 사이에서 바에르 씨는 힘겹게 토론해야 했다. 하지만 그는 토론에서 질 줄 몰랐

---

53   경험철학에 대하여, 사변을 인식의 근거나 방법으로 하는 철학. 즉 경험에 의하지 않고 순수한 논리적 사고만으로 현실 또는 사물을 인식하는 철학.

고 남자답게 자신의 주장을 고수했다. 그런데 어찌된 일인지 바에르씨가 말하는 동안 조는 세상이 다시 제대로 서는 느낌이었다. 오랫동안 지켜왔던 낡은 신념이 새 것보다 더 나은 것 같았다. 신은 맹목적인 권력이 아니었고 불멸성은 예쁘게 포장된 동화가 아니라 축복받은 사실이었다. 조는 다시 단단한 땅에 발을 디디고 선 기분이었다. 바에르 씨가 잠깐 쉬었다가 다시 토론을 시작했을 때 조금도 흔들리지 않는 모습에 조는 손뼉을 치며 그에게 감사하고 싶었다.

조는 아무것도 행동으로 보이지는 않았지만 마음속으로는 바에르 씨에게 진심 어린 존경을 보냈다. 그런 장소에서 그렇게 열띤 토론을 벌이기 위해서는 많은 노력이 필요하다는 것을 조는 알고 있었다. 또한 그의 양심이 침묵하도록 내버려 두지 않았을 것이다. 조는 돈이나 사회적 지위, 지성, 혹은 미모보다 인품이 더 훌륭한 덕목임을 깨달았다. 그리고 위대함이라는 것이 '진실, 존경, 그리고 선의'로 정의된다면 조의 친구 프리드리히 바에르는 선할 뿐 아니라 위대한 사람이라는 생각이 들었다.

이 믿음은 날이 갈수록 단단해졌다. 조는 그의 판단을 높이 샀고 그로부터 몹시 인정받고 싶었다. 그와 우정을 나눌 수 있는 사람이 되고 싶었다. 그 소망이 간절해졌을 때 하마터면 모든 것을 잃을 뻔한 사건이 있었다. 모든 것은 삼각모에서 시작되었다. 어느 날 저녁 바에르 씨는 조에게 독일어 수업을 해 주기 위해 들어왔다. 티나가 씌워 준 종이 모자를 벗는 것을 깜빡 잊고 그대로 쓴 채였다.

'내려오기 전에 거울도 한 번 안 본 게 분명해.' 조는 미소를 띠며 생각했다. 바에르 씨는 인사를 하며 차분하게 앉아 자신의 수업 내용과 모자가 얼마나 우스꽝스러운 대조를 이루는지 느끼지 못하고 〈발렌슈타인의 죽음〉[54]을 읽으려고 했다.

조는 처음에는 아무 말을 하지 않았다. 재미난 일이 일어났을 때 바에르 씨의 호탕한 웃음 소리를 좋아했기 때문에 조는 그가 스스로 알아내도록 내버려 둔 것이다. 그런데 독일어로 쉴러를 읽는 소리에 푹 빠져 버려 조는 그에 관한 것들을 모두 잊어버렸다. 낭독이 끝나고 수업이 계속되는 동안에도 조는 삼각모 때문에 줄곧 즐거운 기분이었다. 조가 무엇 때문에 그렇게 즐거운지 몰랐던 바에르 교수는 급기야 수업을 멈추더니 이렇게 물었다.

"마치 양, 선생님의 얼굴을 보고 웃는 건가요? 선생님을 존경하는 마음이 없는 나쁜 사람이었나요?"

"선생님이 종이 모자를 쓰고 있는데 어떻게 존경할 수 있겠어요?" 조가 말했다.

바에르 교수는 멍한 얼굴로 손을 머리로 가져가서는 작은 삼각모를 벗어 잠깐 보더니 머리를 뒤로 젖히며 굵은 소리로 껄껄 즐겁게 웃었다.

---

54   30년 전쟁에 관한 쉴러의 3부작 희곡 중 일부.

"아, 이제야 봤어요. 그 장난꾸러기 티나가 나를 놀리려고 모자를 씌웠군요. 아무것도 아니니 수업을 하죠. 수업이 제대로 안 되면 이 모자를 마치 양에게 씌울 겁니다."

하지만 한동안 수업은 제대로 되지 않았다. 모자 위의 사진을 본 바에르 교수가 모자를 펼쳐 역겹다는 듯 말했다.

"이런 종이는 집에 있으면 안 되는데 말이에요. 이런 그림은 아이들이 보면 안 되고 젊은이들이 읽어서도 안 돼요. 이렇게 해로운 것들을 만든 사람을 참을 수가 없군요."

조는 그 종이를 힐끗 보았다. 정신병 환자, 시체, 악당, 독사로 이루어진 그림이었다. 조도 그 그림이 마음에 들지 않았지만 종이를 뒤집고 싶은 충동을 느낀 건 불쾌함 때문이 아니라 두려움 때문이었다. 잠깐 동안 그 잡지가 '볼케이노'일지도 모른다고 상상한 것이다. 하지만 그건 '볼케이노'가 아니었고 그게 설령 자신의 글이 실린 그 잡지라 하더라도 자신의 이름이 없다는 사실을 떠올리자 두려움이 가라앉았다. 하지만 조는 붉어진 얼굴로 걱정을 스스로 드러내고 말았다. 바에르 교수는 별 생각이 없어 보였지만 사람들이 생각하는 것보다 많은 것을 보고 있었다. 그는 조가 글을 쓰는 것을 알고 있었다. 신문사들이 있는 거리에서 몇 번 조를 보았기 때문이다. 하지만 조가 그에 대해 전혀 말하지 않아서 조의 작품을 보고 싶은 마음이 굴뚝같으면서도 글에 대해서는 한마디도 묻지 않았다. 이제 어쩌면 조가 말하기 부끄러운 일을 하고 있을지도 모른다는 생각이 들자 바에르 씨는 고통스러웠다. 그는 많은 사람들처럼 '이건 내가 상관할 일이 아니야. 나는 참견할 권리가 없어.'라고 생각하지 않았다. 조가 어리고 가난한 데다 엄마의 사랑과 아버지의 보살핌으로부터 멀리 떨어져 있는 소녀라는 생각이었다. 웅덩이에 빠진 아기를 구하기 위해 손을 내미는 것이 지극히 당연한 것처럼 가능한 빨리 도와주고 싶은 마음이 충동적으로 들었다. 이 모든 생각이 순간적으로 그의 마음을 스쳤지만 그의 얼굴에는 전혀 그런 기미가 나타나지 않았다. 조가 종이를 치우고 바늘에 실을 꿰자 바에르 씨는 준비한 듯 자연스럽게, 하지만 아주 진지하게 말했다.

"그래요, 그런 건 멀리 치워 둬요. 착하고 어린 소녀들은 그런 것들을 보면 안 된다 생각해요. 어떤 이들에게는 즐거움일지 모르지만 내게 아들이 있다면 이런 쓰레기를 주느니 차라리 화약을 주겠어요."

"모두 나쁜 것만은 아니에요. 그냥 좀 어리석은 내용일 뿐이죠. 그런 걸 찾는 사람들에게 판매한다고 해서 아주 나쁜 일은 아니라고 생각해요. 훌륭한 사람들 중에는 통속 소설이라고 하는 것을 팔아서 정직하게 생계를 유지하는 사람들도 많거든요." 조는 힘차게 주름을 잡고 핀으로 뚫어 한 줄로 구멍을 냈다.

"위스키를 사겠다는 사람들이 있어요. 그렇다고 해서 당신이나 나는 위스키를 팔지 않아요. 훌륭한 사람들은 자신들이 어떤 해를 끼치는지 안다면 절대 정직하게 살고 있다고 생각하지 않을 거예요. 그들에게는 사탕 속에 독을 넣어 아이들에게 먹일 권리가 없어요. 절대 안 됩니다. 제발 생각을 좀 하고 자신들이 저질러 놓은 일에 뒤처리나 잘 해야 할 텐데요!"

바에르 씨는 따뜻한 목소리로 말하며 손에 들린 종이를 구겨 난롯불가로 걸어갔다. 조는 가만히 앉아 있었지만 마치 자신이 난롯불에 다가선 것 같았다. 삼각모가 아무런 해를 끼치지 않고 불에 타 연기가 되어 굴뚝으로 사라진 뒤 한참 동안 조의 두 볼이 달아올랐기 때문이다.

"나머지 잡지들도 모두 태워버리고 싶군요." 바에르 씨는 마음이 놓인다는 듯한 얼굴로 자리로 돌아오며 중얼거렸다.

조는 위층에 있는 자신의 원고 더미에 불을 붙이면 어떻게 될까 생각했다. 그 순간 힘들게 번 돈이 양심을 무겁게 짓누르는 듯했다. 조는 위로하듯 스스로에게 속으로 말했다. '내가 쓴 글은 그런 글과는 달라. 그냥 내용이 좀 어리석을 뿐 나쁜 글은 아니야. 그러니 걱정하지 않을래.' 그리고는 책을 들고 학구적인 표정을 지으며 말했다.

"계속해서 수업할까요, 선생님? 이제는 아주 착하고 올바르게 공부할게요."

"그러면 좋겠군요." 바에르 씨는 그렇게 말했을 뿐이지만 그 말 속에는 조가 상상하는 것 이상으로 많은 의미가 내포되어 있었다. 그리고 교수는 진지하고 다정한 얼굴로 조를 바라보았다. 교수의 그 표정을 보니 조는 '위클리 볼케이노'라는 글씨가 자신의 이마에 큰 글씨로 박히기라도 한 듯한 기분이 되었다.

조는 방으로 올라가자마자 잡지를 꺼내 자신의 이야기를 한 줄 한 줄 조심스레 다시 읽어 보았다. 바에르 씨는 약간 근시라 가끔 안경을 썼다. 조는 그의 안경을 써 보고는 책의 자잘한 글씨들이 아주 크게 보여서 미소를 지은 적이 있었다. 그런데 지금 조는 바에르 씨의 정신적, 혹은 도덕적 안경을 쓴 것 같았다. 이 형편없는 이야기 속 오류들이 커다랗게 드러나 자신을 끔찍하게 노려보는 것 같아 비참한 기분이 들었다.

"진짜 쓰레기구나. 이런 식으로 계속 쓰다간 언젠가 쓰레기보다 더 끔찍한 것들이 나올 거야. 지난 번 글보다 더 통속적인 걸 보니 말이야. 돈에 눈이 멀어 나 자신과 타인에게 상처를 주었어. 잘 알면서 말이야. 지금 보니 도무지 진지하게 읽을 수 없는 끔찍한 글이군. 창피해. 가족들이나 바에르 씨가 보면 어쩌지?"

이 생각만으로도 조는 얼굴이 벌겋게 달아올랐다. 조는 잡지 뭉치를 난로 속에 쑤셔 넣었다. 불이 굴뚝에 붙을 정도로 크게 타올랐다.

"이렇게 불붙기 쉬운 엉터리 쓰레기에게는 여기가 최고의 장소야. 내가 만든 화약으로 다른 사람들을 파괴시키느니 차라리 집을 불태우는 편이 낫겠어." 조는 〈쥐라 산맥의 악령〉이 활활 타올라 검은 재 한 줌으로 변하는 모습을 성난 눈으로 지켜보며 생각했다.

하지만 석 달 간 애쓴 결과가 잿더미가 된 것을 본 조는 심란한 표정으로 바닥에 앉아 원고료로 받은 돈을 어떻게 해야 하나 고민에 빠졌다.

"아직 해로운 일을 한 건 없으니 이 돈은 내 시간에 대한 보상이라 생각할래." 조는 한참을 생각한 후에 말했다. 그리고 견딜 수 없다는 듯 덧붙였다. "양심이란 게 없다면 얼마나 좋을까? 아주 편할 텐데 말이야. 옳은 행동인지 고민이 없다면 잘못된 행동을 할 때도 불편하지 않고 그저 재미나게 살 수 있을 텐데 말이야. 가끔은 아빠와 엄마가 잘잘못에 대해 그렇게 끔찍하게 까다롭지 않으면 얼마나 좋을까 싶어."

아, 조, 그런 것을 바라는 대신 '아빠와 엄마가 까다롭다는 사실'을 신에게 감사하고, 원칙을 세워 보호해 줄 보호자가 없는 사람을 가엾게 여겨야 하거늘. 그 원칙이 참을성 없는 젊은이들에게는 교도소 담장처럼 느껴지겠지만 제대로 된 여성성을 세울 수 있는 토대가 될 것이다.

조는 더 이상 통속 소설을 쓰지 않았다. 통속 소설을 쓰는 대가로 받는 돈이 양심의 가책을 보상해 주지는 않는다고 판단했기 때문이다. 대신 정반대의 길을 선택해서 자신과 비슷한 특징을 보이는 셔우드, 에지워스, 해나 모어[55]의 과정을 따르기로 했다. 그리고 에세이나 설교집이라고 불리는 게 더 적당할 것 같은 이야기를 만들었다. 지극히 도덕적인 내용으로 말이다. 하지만 조는 처음부터 자신이 없었다. 새로운 스타일의 글에 조의 생생한 상상력과 소녀다운 로맨스는 전혀 어울리지 않았다. 마치 뻣뻣하고 다루기 힘든 지난 세기의 옷을 입고 가면무도회를 하는 듯 말이다. 조는 이 교훈적인 글을 몇몇 출판사에 보냈지만 채택하는 곳은 없었다. 도덕적인 글은 팔리지 않는다는 대시우드 씨의 말을 받아들이지 않을 수 없게 됐다.

그 다음으로 조는 어린이를 위한 글에 도전했다. 하지만 돈을 벌겠다는 상스러운 목적이 아니었다면 쉽게 포기했을 일이었다. 어린이를 위한 글을 쓰는 동안 출판해 보겠다고 제안한 사람은 돈 꽤나 있는 신사 한 사람뿐이었는데 그는 자신의 특별한 신념으로 온 세상을 바꾸는 것을 사명으로 여기는 사람이었다. 아이들을 위해 글쓰는 게 좋았던 조는, 그러나 안식일 학교에 가지 않은 장난꾸러기 소년들이 곰에게 잡아먹히고 성난 황소에게 들이받히고, 안식일 학

---

55   마르타 셔우드(1775~1851), 해나 모어(1745~1833)은 영국 작가로 어린이를 위한 교훈적이고 도덕적인 작품을 썼다.

교에 간 착한 아이들은 금박 입힌 생강과자 빵에서부터 이 세상을 떠날 때 찬송가를 부르는 천사들의 호위를 받는 것에 이르기까지 온갖 축복을 받는다는 식으로는 도저히 글을 쓸 수가 없었다. 그렇게 해서 이번 시도도 실패로 끝났다. 조는 잉크 병뚜껑을 닫으면서 굴욕적으로 말했다. 하지만 조가 느끼는 그 굴욕감은 바람직한 것이었다.

"아무것도 모르겠어. 좀 기다렸다 다시 해 볼래. 더 잘 하지 못할 바에야 '그동안 저지른 일에 뒤처리나 해야겠어.' 그게 정직한 일이야." 이렇게 결정한 것으로 보아 콩나무에서 두 번째 굴러 떨어진 일이 조에게 약이 되었던 모양이다.

이렇게 내면에서 엄청난 변화가 일어나는 동안 조의 외적인 생활은 평소처럼 바쁘면서도 무사평온했다. 가끔 조가 심각하거나 다소 슬퍼 보이는 때도 있었지만 그건 바에르 씨말고는 아무도 알아채지 못했다. 바에르는 조가 자신의 질책을 받아들이고 질책으로부터 뭔가를 배웠는지 아주 조용히 살펴보았지만 조는 그 사실을 전혀 몰랐다. 아무튼 조는 바에르 씨의 시험에 무사히 통과했고 그는 만족했다. 둘 사이에 아무 말도 오가지는 않았지만 그는 조가 글쓰는 것을 포기했다는 것을 알았다. 조의 오른쪽 검지에 더 이상 잉크가 묻어 있지 않았을 뿐 아니라 이제는 저녁이면 아래층으로 내려와 함께 시간을 보냈고 신문사가 있는 거리에서 부딪히는 일도 없었으며 고집스럽게 공부를 했기 때문이다. 그는 조가 즐겁고 유용한 일에 열중한다고 확신했다.

바에르 씨는 여러모로 조를 도와주며 진정한 친구임을 확인시켜 주었고 조는 그만큼 행복했다. 펜을 내려놓고 글을 쓰지 않는 동안 조는 독일어 말고도 다른 것들을 배우며 자신의 삶에 관한 이야기에 토대를 만들고 갔다.

그해 겨울은 유난히 길었지만 행복한 시간이었다. 조는 6월이 되어서야 커크 아주머니 곁을 떠났다. 조가 떠날 시간이 되자 다들 서운해하는 눈치였다. 아이들은 의기소침했고 바에르 씨의 머리는 온통 하늘을 향해 쭈뼛쭈뼛 서 있었다. 그는 마음이 어지러울 때면 머리를 마구 헝클어트렸기 때문이다.

"집으로 간다고요! 아, 돌아갈 집이 있어서 행복하겠어요." 조가 떠나기 전날 밤 열린 작은 송별회에서 바에르 씨가 구석에 조용히 앉아 수염을 당기며 조에게 말했다.

조는 아침 일찍 떠나야 했기 때문에 모두에게 작별인사를 했다. 바에르 씨의 차례가 되자 조는 따뜻하게 말했다.

"우리 집 쪽으로 여행할 일이 있으면 집에 들르셔서 우리 가족들을 만나는 걸 잊지 마세요. 네? 잊으시면 용서 안 할 거예요. 우리 가족들에게 내 친구를 꼭 소개하고 싶거든요."

"그래요? 정말 가도 될까요?" 바에르 씨가 간절한 표정으로 조를 내려다보며 물었다. 조는 그의 표정을 미처 보지 못했다.

"그럼요. 다음 달에 오세요. 그때는 로리가 졸업을 하니 새로운 시작을 함께 축하해요."

"당신이 말했던 가장 친한 친구 말이죠?" 바에르 씨의 어조가 바뀌었다.

"네, 제 친구 테디요. 전 그 친구가 아주 자랑스러워요. 선생님도 그 친구를 만나면 좋을 텐데요."

두 사람을 서로 소개할 생각으로 기쁨에 들뜬 조가 아무 생각 없이 고개를 들었다. 그때 조는 바에르 씨의 얼굴에서 자신이 로리를 친구 이상으로 여기는 건 아닌가 하는 생각을 하고 있음을 읽었다. 그래서 그저 아무것도 아닌 것처럼 보이고 싶은 마음이었는데 자기도 모르게 얼굴이 붉어지기 시작했다. 그러지 않으려 애쓸수록 얼굴은 더욱 빨개졌다. 무릎에 티나가 앉지 않았더라면 어쩔 뻔했는지. 다행히 티나가 몸을 돌려 조를 안으려 한 덕분에 조는 얼굴을 숨길 수 있었다. 바에르 씨가 부디 자신의 얼굴을 보지 않았기를 바라면서 말이다. 하지만 그는 조의 얼굴을 보았고 그 순간 걱정스러운 얼굴을 감추며 아무렇지 않은 표정으로 다정하게 말했다.

"졸업식에 갈 시간이 없을 것 같네요. 하지만 친구분의 성공을 빌어요. 그리고 당신 가족들의 행복도요. 신의 축복이 있길!" 바에르 씨는 따뜻하게 악수를 나누고 티나를 무등 태우고는 가 버렸다.

아이들이 모두 잠든 후 바에르 씨는 난롯가에 한참을 앉아 있었다. 얼굴에는 피곤함이 역력했으며 마음은 향수병으로 무거웠다. 바에르 씨는 잠시 두 손으로 머리를 괴고 앉아 조를 생각했다. 티나를 무릎에 앉히고 앉아 있던 조의 부드러운 얼굴이 떠올랐다. 그리고 일어나서는 마치 찾을 수 없는 뭔가를 찾는 듯 방 여기저기를 서성거렸다.

"내 것이 아니야. 이제 욕심 내서는 안 돼." 바에르는 거의 신음에 가까운 한숨을 내쉬며 혼자 중얼거렸다. 그러고는 억누를 수 없는 갈망을 하는 자신을 나무라기라도 하는 듯 두 아이의 헝클어진 머리에 입을 맞추고는 좀처럼 사용하지 않는 메르샤움을 꺼내고 플라톤을 펼쳤다.

그는 최선을 다 했고, 용감하게 견뎠다. 하지만 귀여운 조카와 고급 담배, 플라톤 책이 있다 하더라도 그것들이 아내와 자신의 아이, 그리고 행복한 가정을 대신할 수 없다는 것을 알았다.

다음 날 아침, 이른 시간이었지만 바에르 씨는 역까지 나가 조를 배웅했다. 바에르 씨 덕분에 조는 자신을 배웅하며 미소 짓는 친구에 대한 즐거운 추억과 제비꽃 한 다발을 갖고 외로운 여정을 시작할 수 있었다. 무엇보다도 이런 행복한 생각을 할 수 있었다.

"뭐, 겨울은 끝났고 책은 한 권도 못 썼고, 돈도 못 벌었지만 친구가 생겼잖아. 저 사람은 평생을 두고 보고 싶은 사람이야."

12

마음 앓이

동기가 무엇이었든지 간에 그해 로리는 모종의 목적을 위해 책을 '파고들었고' 결국 우등으로 졸업을 했다. 그의 친구들 말에 의하면 로리는 필립스[56]처럼 우아하게, 데모스테네스[57]처럼 달변으로 졸업식에서 라틴어 연설을 했다. 모두 졸업식에 참석했다. 할아버지가 로리를 얼마나 자랑스러워했는지! 마치 부부와 존, 메그, 조, 베스 모두 진심 어린 찬사를 보내며 환호해 주었다. 이런 환호를 그 시기 소년들은 가볍게 여길 수도 있겠지만, 어떤 값진 승리를 이뤄 내도 세상으로부터 이렇게 애정과 응원의 마음이 가득 담긴 축하를 받기는 어려운 법이다.

"이 빌어먹을 저녁식사 때문에 난 남아 있어야 해. 하지만 내일

---

56   웬델 필립스(1811-1884) 미국의 사회 운동가. 노예제 폐지 운동과 여성 인권 운동에 앞장 섰다.
57   데모스테네스(B.C. 384~B.C. 322) 고대 그리스의 정치가, 웅변가.

아침 일찍 집으로 갈 거니 평소처럼 날 만나러 와 줄 거지, 아가씨들?" 그날의 행사가 모두 끝난 후 자매들을 마차에 태우면서 로리가 말했다. 말로는 '아가씨들'이라고 했지만 사실은 조를 향한 메시지였다. 조만 유일하게 예전처럼 로리를 만나러 다녔기 때문이다. 훌륭하고 멋진 친구를 거절할 마음이 없는 조는 따뜻하게 대답했다.

"갈게, 테디. 비가 오든 햇빛이 쏟아지든 갈게. 주즈 하프[58]로 '보라, 승리의 용사 돌아온다'[59]를 연주하면서 행진해 갈게."

로리는 고맙다고 말했다. 그런데 그 표정에 조는 화들짝 놀라며 생각했다.

'아, 이런! 로리가 내게 뭔가 말할 것 같은데 정말 그러면 어쩌지?'

저녁 내내 고민하고 아침에는 일을 하고 났더니 어쩐지 두려움이 가라앉았다. 자신이 어떤 대답을 할지 뻔히 알고 있을 로리가 고백을 해 올거라 생각하다니 참 쓸데없는 걱정을 하고 있다는 생각이 들었다. 그저 테디의 마음에 상처를 주지 않게 되길 바라며 약속된 시간에 집을 나섰다. 먼저 메그 언니의 집에 들러 데이지와 데미존을 안고 아기 냄새를 맡으니 왠지 기분이 새로와지면서 기운마저

---

58   이 사이에 물고 손가락으로 현을 퉁겨 소리를 내는 원시적 현악기.
59   헨델이 '오라토리오 조슈아'에 삽입한 곡.

나는 것 같았다. 하지만 멀리서 건장한 형체가 어렴풋이 나타나자 조는 당장 돌아서서 달아나고 싶었다.

"주즈 하프는 어디 있어, 조?" 서로 목소리가 들릴 만큼 가까워지자마자 로리가 소리쳤다.

"깜빡했어." 조는 다시 한번 더 자신감을 얻었다. 그 인사는 연인들이 나눌 만한 인사가 아니었기 때문이다.

이런 경우 조는 늘 로리의 팔짱을 끼곤 했지만 지금은 하지 않았다. 로리도 그것에 대해 아무런 불평을 하지 않았는데 그건 나쁜 징조였다. 로리는 아무 관련도 없는 온갖 이야기들을 빠르게 떠들어댔다. 그러다 작은 숲을 지나 집으로 이르는 오솔길로 접어들자 로리의 걸음이 느려지는가 싶더니 청산유수처럼 이어지던 말이 갑자기 뚝 끊기며 두 사람 사이에 이따금 끔찍한 침묵이 흘렀다. 침묵의 우물 속으로 점점 빠지는 대화를 끌어 올리기 위해 조가 성급하게 말했다.

"이제 즐겁고 긴 방학을 보내게 되겠구나!"

"그래야지."

뭔가 결심한 듯한 말투에 조가 얼른 고개를 들어보니 로리가 조를 내려다보고 있었다. 로리의 표정을 보고 마침내 끔찍한 순간이 왔다는 것을 확신한 조가 손을 내밀고는 애원하듯 말했다.

"안 돼, 테디- 제발 그러지 마!"

"아니, 할 거야. 내 말을 들어 봐. 이젠 소용없어, 조. 이젠 결판을 낼 때야. 우리 둘을 위해서 빠르면 빠를수록 좋아." 로리가 갑자기 얼굴까지 붉어지며 흥분해서 대답했다.

"좋아, 무슨 말을 하고 싶은 건지 해 봐. 들을게." 조가 포기한 듯 가까스로 참으며 말했다.

어리지만 사랑에 있어서만큼은 열정적인 로리는 죽는 한이 있더라도 '결판'을 낼 작정이었다. 성격이 급해 곧장 이야기를 시작한 로리는 흥분하지 않으려고 무던히 애썼지만 이따금 숨이 막혀 목이 메였다.

"처음 봤을 때부터 널 사랑했어, 조. 어쩔 수 없었어. 넌 내게 너무 잘해 줬으니까. 내 마음을 표현하고 싶었지만 네가 허락하지 않았어. 그러니 지금 이렇게 내 마음을 말하는 거야. 이제 답을 줘. 더 이상은 이대로 지낼 수가 없어."

"네가 이런 말을 하는 걸 막고 싶었어. 네가 이해할 거라 생각했는데." 조는 예상했던 것보다 훨씬 더 힘들다는 사실을 깨달으며 간신히 입을 열었다.

"네 마음을 조금은 알고 있었어. 하지만 여자애들 속마음이란 알 수가 없으니 말이야. 아니라고 말하지만 진짜 속내는 반대일 경우가 있거든. 그냥 재미로 남자를 당황스럽게 하기도 하지." 로리가 부정할 수 없는 사실로 단단히 무장한 채 대답했다.

"난 그러지 않아. 그런 식으로 네 관심을 받고 싶은 적 단 한 번도 없었어. 할 수만 있다면 너를 멀리 하려고 떠났던 거야."

"그럴 거라 생각했어. 너다운 방법이었지만 소용없었어. 기다리는 동안 오히려 너를 더 사랑하게 된걸. 널 기쁘게 해 주려고 열심히 공부했고 당구든 뭐든 네가 싫어하는 건 모두 관뒀어. 널 기다리는 게 전혀 힘들지 않았어. 난 네 사랑을 받고 싶었으니까. 비록 많이 부족하지만……" 중간중간 로리는 목이 메여 통제할 수 없자 '빌어먹을 목구멍'을 가다듬으면서 애꿎은 미나리아재비만 꺾어 댔다.

"아니야, 넌 충분해. 오히려 나한테 과분하지. 그래서 너에게 고마운 마음이 커. 네가 자랑스럽고 너를 많이 좋아해. 그런데 내가 왜 널 사랑할 수 없는지는 나도 모르겠어. 노력해 봤지만 감정이 바뀌지 않아. 사랑하지도 않으면서 사랑한다고 말하는 건 거짓말이지."

"정말이야? 진심이냐고. 조."

로리는 조의 두 손을 잡았다. 조가 평생 잊지 못할 표정이었다.

"정말이야. 진심이고."

어느새 두 사람은 작은 숲에 들어와 층계로 된 울타리 바로 옆에 서 있었다. 조의 입에서 마지못한 듯 마지막 말이 떨어지자 로리는 조의 손을 놓고 가려는 듯 돌아섰다. 하지만 평생 처음으로 그 울타리가 높게 느껴진 로리는 이끼 긴 기둥에 머리를 기대고 가만히 섰다. 조는 그 모습에 더럭 겁이 났다.

"아, 테디, 미안해. 정말 미안해. 네 마음이 풀릴 수 있다면 목숨이라도 내놓을게! 너무 심각하게 생각하지 말아 줘. 내 입장에서는 어쩔 수 없잖아. 마음에도 없는 사람을 억지로 사랑할 수는 없으니까." 조의 말은 그다지 멋있지는 않았지만 후회하고 있다는 게 느껴졌다. 그리고 오래 전 로리가 자신을 위로해 줬던 때를 떠올리며 그의 어깨를 다독여 주었다.

"사랑하게 될 수도 있어." 기둥 쪽에서 꽉 잠긴 목소리가 들렸다.

"그게 제대로 된 사랑은 아니라고 생각해. 난 그런 사랑은 하고 싶지 않아." 단호한 대답이었다.

한참 동안 침묵이 흘렀다. 강가 버드나무에서 찌르레기가 울고 웃자란 풀들이 바람에 바스락거렸다. 이윽고 울타리 층계에 앉아 있던 조가 아주 침착하게 말했다.

"로리, 하고 싶은 말이 있어."

로리는 총이라도 맞은 듯 화들짝 놀라더니 고개를 번쩍 쳐들고 격앙된 목소리로 외쳤다.

"안 돼, 하지 마, 조. 이제 참을 수 없어!"

"무슨 말을 하지 말라는 거야?" 화를 내는 로리의 모습에 놀라며 조가 물었다.

"그 노인네를 사랑한다는 말이잖아."

"무슨 노인네?" 조는 로리가 자기 할아버지를 말하는 거라 생각하며 물었다.

"네가 늘 편지에 썼던 그 악마 같은 교수 말이야. 네가 그 사람을 사랑한다고 말하면 내가 무슨 짓을 할지 몰라." 분노로 이글거리는 두 눈에 꽉 쥔 두 주먹까지, 로리는 정말 무슨 짓을 할 것처럼 보였다.

조는 소리내어 웃고 싶었지만 꾹 참고 다정하게 말했다. 조 역시 이 모든 일에 흥분하기 시작했기 때문이다.

"함부로 말 하지 마, 테디! 그는 늙지도 않았고 나쁜 사람도 아니야. 착하고 다정한 사람이야. 그리고 내 최고의 친구야. 너 다음으로 말이야. 그러니 제발 무턱대고 화부터 내지 마. 너에게 다정하고 싶은데 네가 그렇게 교수님을 욕하면 나 화낼 거야. 그리고 난 그 분을 조금도 사랑하지 않아. 그 누구도."

"하지만 언젠가는 누군가와 사랑할 거잖아. 그럼 난 어떡해?"

"너도 다른 누군가를 사랑하면 되지. 넌 현명하니 이런 일은 잊어버릴 거야."

"난 다른 사람은 절대 사랑할 수 없어. 그리고 절대 널 잊지 못할 거야. 절대! 절대!" 로리는 열정적으로 마지막 단어를 강조하기 위해 발을 굴렀다.

"내가 널 어쩌면 좋으니?" 감정이란 게 생각보다 다루기 힘들다는 것을 알게 된 조가 한숨을 쉬었다. "내가 하고 싶은 말이 있다고 했는데 너 아직 안 들었어. 앉아서 들어 봐. 정말이지 제대로 결론을 짓고 네 마음을 편하게 해 주고 싶어." 조는 이성을 갖고 이해시키면 로리를 위로할 수 있을 거라 생각했다. 이것만 봐도 조가 사랑에 대해서는 얼마나 무지한지 알 수 있을 것이다.

마지막 말에서 희망의 빛을 본 로리는 조의 발치 잔디밭에 앉아 울타리 낮은 계단에 팔을 기대고 잔뜩 기대에 부푼 얼굴로 조를 쳐다봤다. 로리의 이런 모습을 보니 조는 이성적으로 생각할 수도 차분하게 말을 할 수도 없었다. 두 눈 가득 사랑과 간절함을 담고 자신을 쳐다보고 있는 친구에게 어떻게 매정한 말을 할 수 있겠는가? 자신의 매정한 말 때문에 로리의 눈에는 아직도 씁쓸한 눈물 한두 방울이 맺혀 있는데 말이다. 조는 로리의 시선을 피했다. 그리고 물결치는 로리의 머리칼을 쓰다듬으며 말했다. 로리가 조를 위해 기른 머리칼이라니 이 얼마나 감동적인가!

"엄마가 우리가 서로 맞지 않는다고 하셨는데 그 말씀이 맞는 것 같아. 왜냐면 둘 다 똑같이 성질이 급하고 고집이 세서 서로가 불행해질 뿐이라는 거지. 만약 우리가 어리석게도⋯⋯." 조는 차마 마지막 말을 하지 못하고 있는데 로리가 좋아 죽을 것 같은 얼굴로 그 말을 했다.

"결혼한다면 말이지. 아니야, 그렇지 않아! 네가 나를 사랑하면 난 완벽한 성인聖人이 될 거야. 왜냐면 난 네가 원하는 대로 될 거니까!"

"아니야, 못 해. 이미 해 봤지만 실패했어. 그런 심각한 실험을 하느라 우리 사이를 망치지 않을래. 우리는 맞지 않아. 절대 맞지 않을 거야. 그러니 평생 좋은 친구로 지내자. 경솔한 짓은 하지 말자."

"아니야, 기회만 주어지면 우린 잘 할 수 있을 거야." 로리가 고집을 꺾지 않았다.

"제발 이성적으로 굴어. 정신 차리고 보라고." 조가 어찌할 바를 몰라 하며 애원했다.

"이성적이지 않을래. 네 말대로 정신차리고 보고 싶지도 않아. 내게는 전혀 도움이 되지 않고 너만 더 힘들어져. 넌 마음이란 게 없는 사람 같아."

"차라리 없었으면 좋겠어!"

조의 목소리가 약간 떨렸다. 좋은 징조라는 생각이 든 로리는 돌아서더니 전에는 들어본 적 없는 달콤한 어조로 온갖 감언이설을 해 가며 조를 설득하기 시작했다.

"조, 모두를 실망시키지 마! 다들 우리 둘의 결혼을 기대하고 있어. 할아버지는 이미 마음을 정하셨고, 너희 가족도 좋아할 거야. 난 너 없이는 살아갈 수 없어. 그러겠다고 말해. 우리 행복하게 살자! 얼른! 응?"

그 이후 조는 자신이 어떻게 그렇게 바로 결심을 할 힘이 생겼는지 스스로도 이해할 수가 없었다. 하지만 로리를 사랑하지 않으며 앞으로도 절대 사랑할 수 없을 거라는 마음은 확고했다. 결심을 미뤄봤자 소용없으며 오히려 서로에게 잔인한 일임을 알기에 쉽지 않은 일이었음에도 조는 결단했다.

"그러자고 말할 수 없는 게 내 진심이야. 그러니 마음에도 없는 말은 하지 않을래. 언젠가 너도 내가 옳았다는 걸 알고 고마워하게 될 거야." 조가 진지하게 말했다.

"절대 아니야!" 로리가 생각만으로도 화가 나 견딜 수 없다는 듯 잔디밭에서 벌떡 일어났다.

"그럴 거야!" 조도 맞섰다. "시간이 지나면 이 일을 극복하고 너를 사랑해 줄 사랑스럽고 교양 있는 아가씨를 만날 거야. 훌륭한 저택에 어울리는 훌륭한 아가씨겠지. 난 저택에 어울리지 않아. 못 생기고 솜씨도 없고 이상한 데다 나이도 많아. 넌 나를 부끄럽게 생각할 거고 그러다 서로 싸우겠지. 지금도 그러잖아. 난 우아한 사교 모임을 싫어하는데 넌 좋아하잖아. 난 글을 쓰지 않고는 살 수가 없는데 넌 내가 글 쓰는 걸 싫어할 거야. 우리는 불행할 거고 결혼하지 말았어야 한다고 후회할 거야. 얼마나 끔찍하니!"

"더 없어?" 로리가 이런 예언을 더 이상 참고 들어줄 수 없다는 듯 물었다.

"한 가지만 더. 난 결혼 같은 건 하지 않을 거야. 지금 이대로 충분히 행복하거든. 이렇게 마음껏 자유를 누리고 사는 게 좋아. 고작 남자를 위해 이 자유를 포기하고 싶지 않아."

"과연 그럴까?" 로리가 끼어들었다. "지금이야 그렇게 생각하겠지. 하지만 언젠가 너도 누군가를 좋아하고 죽을 만큼 사랑하면 그 사람 때문에 살기도 하고 죽기도 할 거야. 네가 그럴 거라는 거 알아. 그게 네 방식이니까. 그때는 내가 옆에서 지켜볼 거야." 절망에 빠진 로리는 모자를 바닥에 내동댕이 쳤다. 그의 표정이 그렇게 비극적이지만 않았다면 그 모습은 우스꽝스럽게 보였을 것이다.

"그래, 나도 모르게 내 곁에 다가와서 사랑에 빠지게 하는 사람이 있다면 난 그 사람을 위해 살기도 하고 죽기도 할 거야. 너도 최선을 다 해 보지 그래!" 조가 더 이상 참지 못하고 소리쳤다. "난 최선을 다 했어. 그런데 넌 이성적으로 생각해 보지도 않고 내가 줄 수 없는 것만 계속해서 졸라대니 너무 이기적이야. 난 언제나 널 좋아할 거야. 정말 좋아해. 친구로서 말이야. 하지만 너랑 결혼은 절대 하지 않아. 우리 둘을 위한 최선의 결정이란 걸 곧 알게 될 거야."

그 말은 화약에 불을 붙인 격이었다. 로리는 어떻게 할지 정말 모르겠다는 듯 조를 바라보더니 절망적인 어조로 말하며 휙 돌아섰다.

"언젠가 후회할 거야, 조."

"로리, 어디 가려고?" 로리의 얼굴에 겁이 난 조가 소리쳤다.

"지옥에!" 참으로 위안이 되는 대답이었다.

로리가 휘청휘청 강둑을 내려가 강을 향해 걸어가는 걸 본 조는 잠깐 동안 심장이 멎는 것 같았다. 젊은 남자를 죽음으로 내모는 건 어리석고 불행한 죄악이었다. 하지만 로리는 한 번 실패했다고 좌절하는 나약한 사람이 아니었다. 로리는 신파 속 주인공처럼 물속으로 뛰어 들 생각은 없었다. 알 수 없는 어떤 맹목적인 본능으로 모자와 코트를 보트 속에 내던지고는 보트에 올라타더니 온 힘을 다 해 노를 젓기 시작했다. 그리고 그 어떤 경기에서 보다 빠른 속도로 강을 거슬러 올라갔다. 조는 가엾은 친구가 마음 속에 담고 있는 고민을 떨쳐내기 위해 애쓰는 모습을 보며 길게 숨을 내쉬었다. 그리고 꼭 움켜쥐고 있던 손을 살며시 놓았다.

"저러면 좀 나아질 거야. 좀 마음이 누그러지면 잘못을 뉘우치며 집으로 오겠지. 난 감히 그의 얼굴을 볼 수는 없겠지만." 조는 천천히 집으로 돌아가며 생각했다. 아무 잘못이 없는 뭔가를 죽여서 나뭇잎 아래 묻어 버린 것 같은 기분이었다.

"로런스 할아버지께 가서 가엾은 로리에게 다정하게 대해 주시라고 미리 말씀드려 놔야겠어. 난 정말 로리가 베스를 사랑하기를 바랐어. 물론 시간이 지나면 그렇게 되겠지. 그런데 혹시 내가 베스에 대해서 오해하고 있는 건 아닌가 하는 생각도 들어. 아, 세상에! 다른 여자애들은 어떻게 사랑을 하고 또 거절하기도 하는 거야. 이

건 정말 끔찍한 일인 것 같아."

　이 일은 누구보다도 자신이 해야 하는 일이라 확신하며 조는 곧장 로런스 씨에게 갔다. 힘겨운 이야기를 용감하게 털어놓다 보니 자기도 모르게 그만 울음이 터져버렸다. 자신의 무신경함을 탓하며 슬프게 우는 조를 보며 다정한 노신사는 몹시 실망스러웠지만 한마디도 비난하지 않았다. 어떻게 이 소녀가 로리를 사랑하지 않는지 이해하기 힘들었다. 마음 한 켠으로는 조가 마음을 바꾸면 좋겠다고 바라면서도 사랑은 강요할 수 없다는 사실을 그 누구보다 더 잘 알고 있었기에 그는 슬픈 얼굴로 고개를 저으며 손자가 상처를 입지 않도록 보살펴야겠다 마음먹었다. 불 같은 성격의 젊은 로리가 헤어지면서 했던 말을 조를 통해서 들으니 그에게서 직접 듣는 것보다 더 마음이 쓰였기 때문이다.

　집으로 돌아온 로리는 몹시 지쳤지만 아주 차분해 보였다. 할아버지는 아무것도 모르는 체 손자를 맞이했다. 그리고 한두 시간 동안은 아주 성공적으로 잘 대해 주었다. 그런데 두 사람이 아주 좋아하는 해질녘이 되어 함께 앉아 있는데 노인은 평소처럼 이것저것 두서없이 이야기하는 게 힘들었고 젊은 로런스 역시 성공적인 학교 생활에 대한 칭찬을 계속 듣고 있기가 힘들었다. 그 모든 것이 사랑을 얻기 위한 노력이었는데 이젠 아무 소용없어졌으니 말이다. 로리는 견디다 못해 피아노로 가서 연주를 하기 시작했다. 마침 창문이 열려 있어서 베스와 함께 산책을 하고 있던 조가 로리의 연주를 듣게 되었다. 조가 처음이자 마지막으로 베스보다 더 음악을 잘 이해할 수 있었던 순간이었다. 로리가 연주하는 '비창 소나타'는 그 어느 때보다도 슬프게 들렸다.

"아주 훌륭한 연주구나. 그런데 너무 슬퍼서 눈물이 날 것 같아. 좀 더 즐거운 곡을 연주해 보렴." 로런스 씨가 말했다. 연민으로 가득한 자신의 마음을 보여주고 싶었지만 어떻게 해야 할지 몰랐다.

로리는 곧바로 보다 활기찬 곡을 연주하기 시작했다. 한참을 폭풍우 몰아치듯 훌륭하게 피아노 연주를 했고 마치 부인의 목소리가 들려오지 않았다면 잠시나마 진정이 됐을 것이다.

"조, 이리 좀 와. 네가 있어야겠구나."

뜻은 달라도 그건 바로 로리가 간절하게 하고 싶은 말이었다! 그 말을 듣는 순간 로리는 어찌할 바를 몰랐다. 연주는 불협화음으로 끝났고 연주자는 어둠 속에 조용히 앉아 있었다.

"더는 못 보겠다." 노신사는 중얼거리며 일어나더니 더듬더듬 피아노 쪽으로 걸어가 다정하게 손자의 어깨에 손을 얹었다. 그리고 부드럽게 말했다.

"네 마음 다 안다."

잠깐 아무 대답도 않고 있던 로리가 날을 세워 물었다.

"누구한테 들으셨어요?"

"조한테서 직접 들었다."

"그럼 정말 끝인 거네요!" 로리는 견딜 수 없다는 듯 할아버지의 손을 뿌리쳤다. 할아버지의 마음은 고마웠지만 남자로서의 자존심이 동정심을 견딜 수 없었다.

"꼭 그렇지는 않아. 끝을 내더라도 내 말을 듣고 끝을 내어라." 로런스 씨가 유독 다정하게 말했다. "지금 당장은 집에 있고 싶지 않겠지, 아마도?"

"여자를 피해 달아날 생각은 없어요. 여기서 오랫동안 조를 지켜볼 거예요. 그건 조도 막을 수 없어요." 로리가 반항적인 어조로 말했다.

"신사라면 그래선 안 되지. 나도 실망이지만 조가 원하지 않으니 어쩌겠니? 내 생각엔 네가 한 동안 멀리 가 있으면 좋을 것 같은데 어디로 가고 싶으냐?"

"어디든 좋아요. 전 어떻게 되든 상관없어요." 로리가 일어서더니 큰 소리로 마구 웃어댔다. 웃음소리가 할아버지 귀에 거슬렸다.

"남자답게 받아들여. 그리고 제발 경솔한 짓은 하지 말아라. 외국으로 가서 모두 잊고 정리하면 어떻겠니?"

"갈 수 없어요."

"몹시 가고 싶어 했잖아. 대학을 마치면 가도 된다고 내가 약속도 했었고."

"아, 혼자 갈 생각이 아니었어요!" 로리는 빠른 걸음으로 방 안을 걸어갔다. 할아버지는 로리가 어떤 표정을 짓고 있는지 볼 수가 없었다.

"혼자 가라고는 하지 않았다. 이 세상 어디든 너와 함께 갈 사람이 기꺼이 준비하고 있거든."

"누군데요?" 로리가 대답을 들으려고 멈춰섰다.

"바로 나다."

로리는 얼른 할아버지에게로 와서 손을 내밀며 쉰 목소리로 말했다.

"전 정말 이기적인 놈이에요. 하지만, 할아버지……."

"그래, 나도 알아. 나도 젊었을 때 다 겪어 본 일이니까. 그리고 네 애비 일도 있었고. 자, 로리, 좀 앉아서 내 계획을 들어 봐라. 모두 결정된 거라 당장이라도 실행할 수 있단다." 로리가 제 아버지처럼 도망이라도 칠까 두려운 듯 로런스 씨는 로리를 붙잡고 말했다.

"어떤 계획인데요?" 로리가 자리에 앉았다. 표정이나 목소리에서는 관심이라고는 느껴지지 않았다.

"런던에 내가 하고 있는 사업이 있는데 네가 맡아서 해 줬으면 했다. 하지만 당장은 내가 직접 가서 살피는 게 더 나을 것 같아. 여기 일은 브룩이 맡아서 잘 해 줄 테니까. 동업자들이 거의 모든 것들을 다 하고 있으니 난 네가 완전히 내 자리를 대신할 수 있을 때까지만 챙기다가 언제든 손을 뗄 생각이다."

"하지만 할아버지는 멀리 여행하는 걸 싫어하시잖아요. 연세 많으신 할아버지께 폐를 끼치고 싶지 않아요." 할아버지가 희생하시려는 마음에 대해서는 고마웠지만 정말 가게 된다면 혼자 가고 싶었다.

노신사는 손자의 마음을 잘 알고 있었지만 손자 혼자 보내고 싶지 않았다. 그런 기분의 손자를 홀로 두는 것은 현명한 처사가 아니라고 확신했다. 편안한 집을 두고 떠날 생각을 하니 가슴이 답답해졌지만 완강하게 말했다.

"로리, 내가 아직 그렇게 노쇠하지는 않아. 그리고 난 이 계획이 마음에 들어. 내게도 도움이 될 거야. 요즘 여행은 의자에 앉아만 있어도 될 만큼 쉬우니 몸에도 그리 무리될 것도 아니고."

로리가 안절부절못하는 걸 보니 이유는 둘 중 하나였다. 로리가 앉은 의자가 편하지 않거나 계획이 마음에 들지 않거나. 그 모습을 본 노신사는 얼른 덧붙여 말했다.

"쓸데없이 간섭하거나 부담이 되지 않을 거다. 내가 혼자 집에 남아 있으면 네 마음이 불편할 것 아니냐. 너랑 같이 다닐 생각은 없다. 넌 너 가고 싶은 곳 어디든 마음대로 가거라. 난 내 방식대로 즐길 테니. 난 런던과 파리에 있는 친구들을 찾아갈 거야. 그동안 넌 이탈리아나 독일, 스위스 어디든 가서 마음껏 그림과 음악, 풍경, 그리고 모험을 즐기거라."

그때까지 로리는 가슴 속 심장은 산산조각 났고 온 세상은 거친 바람만 불어오는 황무지같이 느껴졌다. 하지만 할아버지의 멋진 계획들을 듣는 순간 부서졌던 심장이 뜻밖에 다시 뛰고 황무지에 푸른 오아시스 한두 개가 갑자기 모습을 드러냈다. 로리는 한숨을 쉬더니 내키지 않는 어조로 말했다.

"좋으실 대로 하세요. 어디로 가서 뭘 하든 전 상관없어요."

"그건 나도 마찬가지야, 로리. 그런데 이 점은 기억해. 난 너에게 전적으로 자유를 줬어. 난 네가 그 자유를 잘 활용할 거라 믿는다. 약속해, 로리."

"좋으실 대로 하세요."

'좋아!' 로런스 씨는 생각했다. '지금은 아무래도 상관없겠지만 그 약속이 나쁜 일로부터 너를 지켜줄 날이 올 거야. 그게 아니면 내가 큰 실수를 하는 것일 테고.'

추진력이 좋은 로런스 씨는 로리가 응했을 때 서둘러 일을 진행했다. 상처 입은 로리가 다시 기력을 회복해 어깃장을 놓기 전에 떠나기 위해서였다. 떠날 준비를 하는 동안 로리는 실연의 아픔을 겪는 젊은 남자들이 흔히 하는 것처럼 우울했다가 짜증냈다가 수심에 잠겼다 하기를 반복했다. 입맛을 잃었고 아무렇게나 옷을 입고 다니고 미친 듯 피아노 연주에 몰두하기도 했다. 조를 피하면서도 창문에서 조를 바라보는 것으로 위안 삼았다. 그 얼굴이 어찌나 애처로운지 조는 밤이면 꿈에서 그 얼굴을 보고 낮에는 죄책감에 시달려야 했다. 그런데 실연의 아픔을 겪는 여느 사람들과는 달리 로리는 자신의 아픔에 대해 일절 말하지 않았다. 그 누구에게서도, 심지어 마치 부인에게서조차 위로나 동정을 받으려 하지 않았다. 어떤 면에서 로리 친구들은 안심이 되기도 했다. 그래도 로리가 떠나기 전 몇 주 동안 친구들의 마음은 아주 불편했고 "가엾은 친구가 고통을 잊기 위해 떠나지만 행복하게 돌아올 것"이라며 다들 응원해 주었다. 하지만 로리는 친구들의 착각을 보며 우울한 미소를 지었다. 조에 대한 자신의 마음이 변하지 않을 것임을 누구보다도 잘 알고 있었기 때문이었다.

이별의 시간이 되었다. 로리는 불쑥불쑥 고개를 드는 불편한 감정들을 숨기기 위해 기분이 좋은 체했다. 이런 로리의 모습에 속는 사람은 아무도 없었지만 다들 로리를 위해 모르는 체했다. 잘 견디는 듯 보였던 로리는 마치 부인이 입맞춤을 해 주며 엄마처럼 걱정스러운 마음을 속삭이자 마음이 급해지기 시작했다. 서둘러 모두와 포옹을 나누었다. 물론 슬퍼하는 해나도 잊지 않았다. 그리고 목숨이라도 걸린 듯 계단을 달려 내려갔다. 잠시 후 조는 로리가 돌아보면 손이라도 흔들어 주려고 따라 갔다. 그런데 로리가 돌아보더니 조에게 돌아가 계단 위에 서 있는 조를 두 팔로 안으며 애원하듯 슬픈 표정으로 올려다보았다.

"오, 조, 정말 안 되겠어?"

"테디, 나도 그럴 수 있으면 좋겠어!"

잠깐 침묵이 흘렀다. 하지만 그게 다였다. 로리가 조를 놓아주며 말했다. "좋아, 신경 쓰지 마." 그리고 더 이상 아무 말 없이 가 버렸다. 아, 하지만 괜찮지 않았고 조는 정말 마음이 좋지 않았다. 힘겹게 대답한 후 자신의 팔에 기댄 곱슬머리를 보는 동안 자신이 가장 사랑하는 친구를 칼로 찌르기라도 한 것 같이 느껴졌기 때문이다. 한 번도 돌아보지 않는 로리의 뒷모습을 보며 소년이었던 친구는 이제 다시 볼 수 없으리라는 것을 느꼈다.

13

베스의 비밀

그 봄, 집으로 돌아온 조는 베스의 달라진 모습을 보고 충격을
받았다. 하지만 아무도 그 사실에 대해 말하지 않았고 깨닫지도 못
하는 것 같았다. 그도 그럴 것이 그 변화는 서서히 진행되어서 매일
베스를 보는 사람들은 느끼지 못한 것이다. 하지만 베스를 오랜만
에 보는 조의 눈에는 그 변화가 아주 뚜렷했기에 동생의 얼굴을 본
조의 가슴은 철렁 내려앉고 말았다. 가을보다 좀 더 야위었을 뿐이
지만 얼굴에 낯설고 분명한 변화가 느껴졌다. 죽음이 서서히 모습
을 갖춰 가고 있고 연약한 살결에는 불멸의 빛이 반짝이는 것 같았
다. 그 아름다움이 형용할 수 없이 애달프게 느껴졌다. 조는 금방 느
꼈지만 아무 말도 하지 않았다. 베스는 행복해 보였기에 처음의 그
느낌은 곧 잊혔고 다들 베스가 건강해지고 있다고 믿고 있었다. 조
역시 이런저런 다른 걱정들로 베스에 대한 염려는 잊어버렸다.

하지만 로리가 떠나고 다시 평화가 찾아오자 왠지 모를 걱정이 조를 괴롭혔다. 조는 가족들에게 자신이 쓴 글들을 고백하고 용서를 받았다. 자신이 모은 돈을 보여주며 산으로 여행을 가라고 하자 베스는 진심으로 고마워했다. 하지만 집을 떠나 그렇게 멀리 가고 싶지는 않다고 했다. 대신 바닷가로 한 번 더 잠깐 다녀오는 것도 좋겠다고 말했다. 할머니인 마치 부인이 아기들을 두고 떠날 수는 없었기에 대신 조가 베스를 데리고 조용한 바닷가로 가기로 했다. 탁 트인 곳에서 지내면서 신선한 바닷바람을 쐬면 베스의 창백한 얼굴이 조금이나마 제 빛깔을 되찾을 것 같았다.

아주 화려한 곳은 아니었지만 그곳에도 유쾌한 사람들은 있었다. 그렇지만 자매는 친구를 만들지 않고 둘이서만 지냈다. 베스는 여전히 수줍음이 너무 많아 사람들과 어울리지 못했고 조는 베스를 돌보느라 다른 사람을 신경 쓸 겨를이 없었다. 그렇게 함께 붙어 다니는 동안 두 사람은 사람들이 자신들을 흥미롭게 지켜보고 있다는 사실을 눈치채지 못했다. 사람들은 건강한 언니와 연약한 동생이 늘 함께 다니는 것을 동정어린 시선으로 보고 있었다. 두 사람 사이의 긴 이별이 멀지 않았음을 직감적으로 느끼며 말이다.

조와 베스도 느꼈지만 둘 다 아무 말 하지 않았다. 가장 가깝고 다정한 사람들 사이에도 종종 극복하기 아주 어려운 부분들이 있기 마련이다. 조는 자신과 베스의 마음 사이에 장막이 쳐진 것 같은 기분을 느꼈다. 하지만 손을 내밀어 그 장막을 걷으면 아무 말할 수 없는 신성불가침의 뭔가가 있을 것 같아서 베스가 먼저 말해주기를 기다렸다. 자신이 보는 것을 부모님이 보지 못하는 것이 이상하기도 했지만 일면 고맙기도 했다. 그리고 조용하게 몇 주를 보내는 동안 베스에게 드리운 그림자가 점점 더 명확하게 보였지만 집에 있는 부모님에게는 아무 말 하지 않았다. 베스가 돌아가면 다들 알게 될 것 같았기 때문이다. 조는 베스가 힘겨운 진실을 느끼고 있는지 궁금했다. 바람이 기분 좋게 불어오고 파도가 음악처럼 밀려오는 바닷가 따뜻한 바위 위에서 조의 무릎을 베고 누워 있는 동안 베스가 무슨 생각을 하는지도 궁금했다.

어느 날 베스가 말했다. 그날 눈을 감고 가만히 누운 베스가 잠이 든 줄 알고 조는 책을 내려놓고 수심 가득한 눈으로 바라보았다. 베스의 얼굴에 희미하게나마 희망의 흔적이 있는지 찾아보았다. 베스의 두 볼은 너무 야위었고 두 손은 너무 연약해서 함께 주워 온 작은 조가비도 들 수 없을 것 같았다. 베스가 천천히 멀리 떠나가고 있다는 생각에 그 어느 때보다 가슴이 아파 자신도 모르게 가장 아끼는 보물을 두 팔로 꽉 끌어안았다. 한동안 조는 눈물이 앞을 가려 제대로 볼 수 없었다. 잠시 후 눈물을 닦고 보니 베스가 다정하게 조를 올려다보고 있었다. 조가 굳이 말을 꺼낼 필요가 없었다.

"언니, 언니가 알고 있어서 다행이야. 언니에게 말하려고 했지만 할 수가 없었어."

조는 대답 대신 베스의 볼에 자신의 볼을 갖다 댔다. 눈물조차 나오지 않았다. 조는 아픔이 깊을수록 울 수가 없었다. 베스가 조를 안아 주며 위로의 말을 속삭였다.

"언니, 난 이미 오래 전부터 알고 있었어. 익숙해져서 그런지 이제 그 생각을 해도 힘들지 않아. 그냥 그러려니 해 줘. 나 때문에 힘들어하지 마. 그게 최선이야. 정말이야."

"그래서 가을에 그렇게 혼자서만 끙끙대며 울적해했던 거야?" 조가 물었다. 그게 최선은 아니었지만 베스가 로리 때문에 고통스러워한 게 아닌 것은 그나마 다행이었다.

"응, 그때는 아예 희망을 버렸지. 그러면서도 현실을 인정하고 싶지 않았어. 그냥 내 망상일 뿐이라고 생각하려고 애써 봤어. 다른 사람을 힘들게 하고 싶지 않았거든. 그런데 나 빼고 다들 건강하게 잘 지내면서 행복한 미래를 위해 계획을 세우는 걸 보니 내가 다른 사람들처럼 될 수는 없겠다는 생각이 들었어. 정말 비참한 기분이었지."

"아, 베스. 왜 말하지 않았니? 위로해 달라고, 도와 달라고 말하지 그랬어! 어떻게 나한테조차 한마디 않고 혼자 그 모든 걸 견딘 거야?"

조는 안타까운 나머지 원망 가득한 목소리로 말했다. 베스가 건강과 사랑, 그리고 생에 작별 인사를 하고 이렇게 씩씩하게 받아들이는 법을 배우는 시간 동안 혼자 외롭게 싸웠을 생각을 하니 가슴이 미어지는 것 같았다.

"아무도 말해 주는 사람이 없으니 확신이 없었지만 잘 해 보고 싶었어. 그리고 내가 잘못 알고 있었으면 하고 바라기도 했지. 엄마는 메그 언니 때문에 걱정이 많고 에이미는 멀리 가 있고 언니는 로리와 행복한데 내가 모두를 걱정시키면 그건 이기적인 일이잖아. 적어도 그때는 그런 생각이었어."

"베스, 난 네가 로리를 사랑한다 생각했어. 그래서 멀리 떠난 거야." 조가 소리쳤다. 모든 진실을 말하게 되어 기뻤다.

그 말에 깜짝 놀란 베스를 보며 조는 애써 미소를 지으며 부드럽게 덧붙였다.

"그러니까 넌 아니었다는 거지? 네가 로리를 좋아할까 봐 걱정했어. 네가 사랑 때문에 가슴앓이를 한다고 생각했거든."

"말도 안 돼, 언니! 로리가 언니를 그렇게 좋아하는 걸 아는데 내가 어떻게?" 베스는 아이처럼 천진난만하게 말했다. "나 로리를 좋아해. 그렇게 나에게 잘해주는데 어떻게 좋아하지 않을 수 있겠어? 하지만 친오빠 같은 느낌일 뿐이야. 그리고 언젠가 정말 한 가족이 되면 좋겠어."

"하지만 내가 로리를 가족으로 만들지는 않을 거야." 조가 단호하게 말했다. "에이미가 있잖아. 두 사람은 정말 잘 어울려. 난 지금은 그런 일엔 관심이 없어. 너 말고 다른 사람이 어떻게 되든 상관없어. 베스, 건강을 되찾아야 해."

"나도 그러고 싶어. 아, 정말 간절한 마음이야! 하지만 매일 조금씩 기운을 잃어가는 느낌이고 다시는 회복이 안 될 거 같아. 언니, 마치 썰물 같아. 돌아서서는 천천히 가 버려. 멈출 수가 없어."

"멈추게 될 거야. 네 썰물은 그렇게 빨리 가 버리지 않아. 열아홉은 너무 어리니까. 베스, 난 널 보낼 수 없어. 일하고 기도하면서 맞서 싸울 거야. 어떡해서든 널 지키고 싶어. 분명히 방법이 있을 거야. 아직 늦지 않았어. 하나님은 나에게서 널 데려가실 만큼 잔인하지 않아." 베스보다 신앙심이 훨씬 약한 조가 저항하듯 소리쳤다.

성실하고 진실한 사람은 자신의 신앙심에 대해서 말하지 않는다. 신앙심은 말보다는 행동으로 드러나는 법이고 훈계나 항의보다 영향력이 있었다. 베스는 자신에게 생을 포기하고 씩씩하게 죽음을 기다릴 용기와 인내심을 준 믿음을 설명할 수 없었다. 순종적인 아이처럼 아무것도 묻지 않고 모든 것을 우리 모두의 아버지와 어머니인 하나님과 자연에게 맡겼다. 그리고 이 생과 다음 생을 살아 갈 마음과 정신을 단련시켜 줄 수 있는 존재는 하나님과 자연뿐이라고 믿었다. 베스는 신앙 깊은 말로 조를 비난하지 않았다. 자신에 대한 조의 애정을 보니 언니를 더욱 사랑하게 되었고 인간의 사랑에 더욱 집착하게 됐다. 하나님은 우리를 인간의 사랑에서 떼어놓으려한 게 아니라 인간의 사랑을 통해 우리를 당신에게로 더 가까이 이끈 것이다. 베스에게 삶은 너무 달콤했기에 '떠나는 것이 행복하다'고 말할 수 없었다. 그저 조의 품에 안겨 '기꺼이 노력할 거야.'라며 흐느낄 뿐이었다. 두 사람이 함께 첫번째 슬픔의 파도를 부서트린 순간이었다.

이윽고 베스가 진정하고 말했다.

"집에 가면 가족들에게 말할 거야?"

"말하지 않아도 알 거 같은데," 조가 한숨을 쉬었다. 이제 베스는 하루가 다르게 변하고 있었다.

"아마 아닐 거야. 어디서 들었는데 사랑하는 사람들은 정작 이런 일에는 종종 눈이 멀어 눈치채지 못한대. 가족들이 모르면 언니가 나 대신 이야기해 줘. 이제 더 이상 나 혼자만의 비밀로 하고 싶지 않아. 그리고 가족들이 준비할 수 있도록 배려해 주고 싶어. 메그 언니야 형부나 아기들이 있어 위로가 되겠지만 언니는 아빠 엄마 곁에 있어 드려야 해. 그럴 거지, 언니?"

"그럴게. 하지만 베스, 난 널 아직 포기하지 않았어. 난 이 모든 게 그저 망상이라고 생각할래. 그러니 너도 사실이라고 생각하지 마." 조는 애써 활기차게 말했다.

베스가 잠깐 생각을 하더니 특유의 조용한 목소리로 말했다.

"어떻게 말해야 할지 모르겠는데 이제 언니한테 털어 놓을래. 아직 아무에게도 이런 말 안 했어. 입 밖에 낼 수가 없었거든. 사실 난 오래 살지 못할 운명인 것 같아. 난 다른 사람들이랑 달라. 어른이 돼서 뭘 할 건지 계획을 해 본 적이 없어. 다른 사람들처럼 결혼할 생각도 해 본 적 없어. 집에서 종종거리며 돌아다니는 어린 베스 이외의 내 모습을 상상할 수 없어. 멀리 가 보고 싶었던 적도 없어. 지금 가장 힘든 건 모두를 두고 떠나야 하는 사실이야. 두렵지는 않지만 천국에서도 모두가 그리워서 향수병에 걸릴 것 같거든."

조는 아무 말 할 수 없었다. 한동안 한숨 같은 바람 소리와 철썩이는 파도 소리만 들릴 뿐이었다. 하얀 날개의 갈매기가 은빛 가슴에 햇살을 품고 날아갔다. 갈매기가 사라질 때까지 지켜보던 베스의 두 눈이 슬픔으로 가득 차올랐다. 회색 물새가 모래밭을 날아와 작은 소리로 삐삐 소리를 내며 울었다. 마치 햇살과 바다를 즐기고 있는 것처럼 보였다. 그 새가 베스에게 다가오더니 다정한 눈길로 바라보고는 따뜻한 바위에 앉아 젖은 깃털을 부리로 다듬었다. 아주 편안해 보였다. 베스는 미소를 지었고 위안을 받았다. 그 작은 생명체는 아직 세상이 살만 한 곳이라는 것을 베스에게 상기시켜 주는 것 같았다.

"예쁘기도 하지! 언니! 이 새 좀 봐, 정말 순해. 난 갈매기보다 이런 물새가 더 좋아. 그렇게 거칠지도, 멋지지도 않지만 행복해 보이거든. 조그만 게 의심도 없어. 지난 여름에 저 물새들을 내 새라고 했더니 엄마가 저 새들이 나를 닮았다는 거야. 부지런하고 퀘이커교도처럼 회색인 데다 멀리 가지 않고 늘 해안에서 저만의 노래를 지저귄다고 말이야. 언니는 갈매기야. 강하고 거칠면서 폭풍과 바람을 좋아하지. 그리고 바다에서 멀리까지 날아가고 혼자서도 충분히 행복하니까. 메그 언니는 멧비둘기, 에이미는 종달새 같아. 구름 속으로 날아오르려고 하지만 늘 둥지로 떨어지고 말지. 귀여운 내 동생! 에이미는 정말 야심만만해. 하지만 마음은 착하고 다정해서 아무리 높이 날아오르더라도 절대 집을 잊지 않을 거야. 에이미가 보고 싶은데 너무 멀리 있어서 볼 수가 없어."

"에이미는 봄에 올 거야. 그때쯤 너도 다 나아서 에이미를 만날 수 있을 거야. 내가 널 꼭 건강하게 만들어 놓을 거니까."

말하는 데 있어서 베스가 많이 변한 것 같다고 생각하며 조가 말했다. 수줍음 많은 베스답지 않게 크게 애쓰지 않고도 생각을 입 밖에 내어 말하고 있으니 말이다.

"언니, 더 이상 기대하지 마. 소용없다는 거 난 잘 알아. 슬퍼하지 말고 기다리는 동안 즐겁게 지내자. 난 그렇게 고통스럽지 않으니 행복하게 보낼 수 있을 거야. 그리고 언니가 도와준다면 썰물도 편안하게 밀려나갈 거야."

조는 몸을 숙여 베스의 평온한 얼굴에 입을 맞추었다. 그리고 몸과 영혼을 다 바쳐 베스를 돌보겠다고 마음으로 다짐했다.

조의 생각이 옳았다. 집으로 돌아 갔을 때 베스에 대해 따로 말할 필요가 없었다. 그 누구도 보지 않기를 기도했던 것들을 부모님이 보고 말았던 것이다. 짧은 여행에도 몹시 지친 베스는 집에 와서 얼마나 기쁜지 모르겠다고 말하고는 바로 잠자리에 들었다. 조는 힘들지만 부모님께 베스의 비밀을 털어 놓아야 한다는 생각을 하며 아래층으로 내려갔다. 아버지는 벽난로 선반에 머리를 기댄 채 조가 들어와도 돌아보지 않았고 어머니는 위로가 필요하다는 듯 두 팔을 내밀었다. 조는 아무 말없이 어머니에게 가 안겼다.

14

새로운 모습

오후 세 시가 되면 니스의 '영국인 산책로'[60]는 화려한 세상으로 변신한다. 그곳은 아주 매력적이었다. 양쪽으로 야자나무와 열대성 관목이 늘어선 넓은 산책로인데 한쪽으로는 바다에, 다른 한쪽은 호텔과 빌라가 늘어선 커다란 도로에 접해 있고 그 너머로는 오렌지 과수원과 언덕이 있다. 그곳에는 다양한 국가에서 온 많은 사람들이 있어서 온갖 언어가 들리고 각국의 의상도 볼 수 있다. 햇빛 쏟아지는 날이면 축제라도 하는 듯 풍경은 즐겁고 화려하다. 거만한 영국인, 활기찬 프랑스인, 진지한 독일인, 잘생긴 스페인인, 못생긴 러시아인, 유순한 유대인, 자유로운 미국인 등 많은 사람들이 마차를 몰거나 앉아 쉬거나 여기저기 산책을 한다. 새로운 소식을 가

---

60   니스 해변가를 따라 만들어진 산책로. 우기를 피해 휴양 왔던 영국인들이 이 길을 만드는 데 많은 돈을 기부해서 영국인 산책로 promenade des anglais라는 이름이 붙었다.

지고 수다를 떨거나 방금 이곳에 온 리스토리[61]나 디킨스, 비토리오 에마누엘레[62]나 샌드위치 섬[63]의 여왕 같은 유명인사에 대해 트집을 잡기도 한다. 그곳을 지나는 마차들은 사람들만큼 다양했는데 특히 숙녀들이 직접 모는 나지막한 사륜 마차가 많은 관심을 끌었다. 위풍당당한 조랑말 두 마리가 끄는 작은 마차에는 숙녀들의 치마 주름이 흘러 넘치는 것을 막기 위해 그물을 쳐 두었고 마차 뒤 높은 자리에는 어린 시종이 앉아 있었다.

크리스마스 날, 키가 훤칠한 젊은 청년이 약간 멍한 표정으로 뒷짐을 진 채 산책길을 따라 천천히 걷고 있었다. 그는 이탈리아인처럼 생겼지만 영국인처럼 차려 입었고 미국인의 독립적인 분위기가 풍겼다. 이런 청년의 모습에 수많은 여인들의 시선이 그의 뒤를 쫓았고, 검은 벨벳 정장에 장밋빛 넥타이를 매고 가죽 장갑을 끼고 단춧구멍에는 오렌지 꽃을 꽂은 신사들도 어깨를 으쓱하며 부러운 눈길로 그를 쳐다보았다. 그곳에는 예쁜 아가씨들이 많았지만 그 청년은 관심이 없었다. 오직 푸른 드레스의 금발머리 아가씨가 보일 때면 이따금 흘깃 쳐다볼 뿐이었다. 산책로를 벗어나 걷던 청년이 교차로에 이르렀다. 공원으로 가서 밴드의 음악을 들을지, 캐슬 힐

---

61   이탈리아의 여배우(1822-1906).

62   비토리오 에마누엘레 2세(1820-1878) 초대 이탈리아 국왕.

63   하와이 섬의 다른 이름. 하와이 섬을 발견한 영국의 탐험가 쿡 선장이 후원자였던 샌드위치 백작의 이름을 따 샌드위치 섬이라고 명명했다.

을 향해 해변을 따라 걸을지 결정을 못한 듯 잠시 머뭇거리며 서 있었다. 그때 조랑말 발자국 소리가 나자 청년은 그쪽을 향해 고개를 돌렸다. 금발에 푸른 드레스를 입은 숙녀를 태운 작은 마차 한 대가 빠르게 달려오고 있었다. 잠깐 숙녀를 뚫어져라 보던 청년의 얼굴이 금방 환해지더니 소년처럼 모자를 흔들며 얼른 숙녀를 맞으러 갔다.

"아, 로리, 정말 로리 맞아? 안 오는 줄 알았어!" 마차가 서자 에이미는 고삐를 내던지고 두 손을 내밀었다. 이 모습을 본 한 프랑스 엄마가 이런 '정신 나간 영국인'들의 방종한 태도를 딸이 보고 배울까 아연실색하며 딸의 걸음을 재촉했다.

"오는 길에 좀 늦어졌어. 하지만 크리스마스를 너와 보내겠다고 약속했으니 이렇게 왔지."

"할아버지는 어떠셔? 언제 온 거야? 어디에 묵어?"

"아주 잘 지내셔. 난 어젯밤에 왔고 쇼팽 텔에서 묵어. 네가 묵는 호텔로 갔는데 네가 나가고 없었어."

"몽듀,[64] 할 얘기가 정말 너무 많아. 어디서부터 시작해야 할지 모르겠다. 얼른 타. 마차에서 편하게 이야기해. 마차로 좀 달리고 싶었는데 같이 있을 사람이 필요했거든. 플로는 오늘 밤을 위해 아껴 뒀지."

64　Mon dieu, '이런.'이란 뜻의 프랑스어.

"무슨 일이야, 무도회라도 있는 거야?"

"우리 호텔에서 크리스마스 파티가 열릴 거야. 그곳엔 미국인들이 많아서 함께 크리스마스를 축하하려고. 같이 갈 거지? 숙모님이 좋아하실 거야."

"고마워! 지금은 어디로 가?" 로리가 팔짱을 끼고 뒤로 기대며 물었다. 에이미는 말을 모는 것을 좋아했다. 푸른 고삐를 쥐고 양산을 채찍처럼 하얀 조랑말 등에 휘두르며 무한한 만족을 느꼈다.

"먼저 우체국에 가서 편지를 찾은 다음에 캐슬 언덕으로 갈 거야. 그곳 전망이 정말 아름답거든. 공작새 먹이 주는 것도 재미있어. 거기 가 본 적 있어?"

"몇 년 전에 자주 갔어. 지금 또 가도 괜찮아."

"이제 그동안 무슨 일이 있었는지 좀 들려줘 봐. 마지막 소식은 할아버지 편지에서 읽었어. 베를린에 갔었다면서?"

"응, 그곳에서 한 달 지냈지. 그리고 파리에서 할아버지를 만났어. 할아버지는 파리에서 겨울을 나셨거든. 그곳에 친구들도 계시고 재미있는 일들이 많았나 봐. 그래서 나도 가서 함께 보냈지."

"아주 재미있었겠다." 에이미는 정확히는 알 수는 없지만 로리의 태도에서 뭔가 달라진 걸 느꼈다.

"너도 알다시피 할아버지는 여행을 싫어하셔서. 하지만 난 가만 있는 걸 못 견디지. 그래서 각자 자기에게 맞는 걸 하기로 했지. 그러니 아무 문제가 없더라. 난 종종 할아버지를 찾아 가서 내가 겪은 일들을 말씀드리면 할아버지는 재미나게 들으시지. 여기저기 돌아다니다 돌아갔을 때 나를 반겨 주는 사람이 있어서 좋더라. 그런데 이건 무슨 냄새지?" 로리가 역겨운 듯 코를 킁킁거리며 말했다. 두 사람이 탄 마차는 오래된 도시의 큰 길을 지나 나폴레옹 광장을 향하고 있었다.

"좀 지저분하지만 도시의 풍경이 그림 같아서 괜찮아. 강과 언덕도 너무 멋지지. 좁고 엉킨 길들을 보는 것도 큰 기쁨이야. 이제 저 행렬이 지나갈 때까지 기다려야 해. 성 요한 교회로 가는 행렬이거든."

로리가 차양 아래 사제들과 하얀 베일을 쓰고 촛불을 든 수녀들, 그리고 푸른 옷을 입은 남자들이 성가를 부르며 지나는 행렬을 무심하게 바라보았다. 그런 로리의 모습을 지켜보던 에이미의 마음에 슬며시 수줍은 마음이 일었다. 난생처음 느껴보는 감정이었다. 로리는 변해 있었다. 에이미가 떠날 때 봤던 즐거운 얼굴의 소년은 보이지 않았고 왠지 우울해 보이는 한 남자가 앉아 있었다. 전보다 더 멋있어졌고 많이 성숙해진 것 같았다. 하지만 에이미를 만난 흥분이 사라진 그의 얼굴은 지치고 기운 없어 보였다. 아프지도, 그렇다고 불행해 보이지도 않았지만 한두 해 화려한 생활을 한 것 치고는 그리 즐거운 얼굴은 아니었다. 에이미는 이해할 수는 없었지만 감히 그 이유를 물어보지는 않았다. 행렬이 아치형 다리를 건너 교회 안으로 사라지자 에이미는 고개를 저으며 가볍게 채찍질을 해 다시 마차를 몰았다.

"아 꾸아 빵스 뛰?"[65] 에이미가 프랑스어로 말했다. 외국에 온 이후 에이미의 프랑스어 실력은 질적 성장은 아니지만 양적으로는 많이 나아지고 있었다.

"아가씨, 그동안 공부를 많이 하셨군요. 실력이 훌륭하십니다." 로리가 손을 가슴에 올리고 놀라는 표정으로 고개를 숙이며 대답했다.

에이미는 기뻐서 얼굴이 달아오르는 것 같았다. 그런데 어쩐지 예전에 에이미가 집에 있을 때 로리가 칭찬해 줄 때만큼 기쁘지는 않았다. 파티가 있을 때면 로리는 에이미 곁에서 산책을 하면서 활짝 미소를 지으며 '너 정말 즐겁구나.'라고 말하며 머리를 쓰다듬어 주었는데 무심한 것 같아도 어딘지 다정함이 느껴지는 말이었다. 그런데 방금 그 말투는 표정과는 달리 냉담하게 들려 마음에 들지 않았다.

'어른이 돼서 그런 걸까? 그런 거라면 그냥 로리가 계속 소년이라면 좋겠어.' 실망과 불편함이 섞인 낯선 감정을 느끼며 에이미가 생각했다. 하지만 겉으로는 편하고 즐거워 보이려 애썼다.

65   À quoi penses-tu? '뭘 생각해?'라는 뜻의 프랑스어.

우체국으로 가 집에서 온 소중한 편지를 찾은 에이미는 고삐를 로리에게 맡기고 우아하게 편지를 읽었다. 두 사람이 탄 마차는 월계화가 싱그럽게 피어 있는 6월의 초록 울타리 사이 그늘진 길을 구비구비 달렸다.

"베스 언니가 많이 안 좋대. 집에 가야하나 싶은데 다들 그냥 여기 있으라고 하시네. 이런 기회가 다시 오지 않을 거라면서." 에이미가 진지한 얼굴로 편지를 보며 말했다.

"그 말이 맞는 것 같아. 집에 간다고 해서 네가 할 수 있는 일이 없어. 네가 여기서 행복하고 즐겁게 잘 지내는 걸 알면 집에서도 다들 안심하실 거야."

로리가 가까이 다가와 그렇게 말하자 옛날 다정한 로리 같아 보이면서 에이미의 마음을 짓누르던 두려움도 사라졌다. 로리의 표정과 행동, 그리고 오빠처럼 '에이미' 하고 부르는 그 목소리를 들으니 어떤 문제가 생기더라도 이 낯선 땅에서 혼자이지는 않을 것 같아 마음이 놓였다. 곧 에이미는 웃으며 조가 그린 작은 그림을 로리에게 보여주었다. 리본 매듭이 아무렇게나 달려 있는 모자를 쓴 조의 입에서 나온 말풍선에는 '영감이 불타올라!'라고 쓰여 있었다.

로리가 미소를 지으며 그 그림을 받아 들더니 '혹여나 날아갈세라' 조끼 주머니에 넣고는 에이미가 읽어주는 편지에 흥미롭게 귀를 기울였다.

"내게 이번 크리스마스는 정말 특별해. 아침에는 선물을 받고 오후에는 로리를 만났지. 거기에 편지도 받았고. 그리고 저녁엔 파티까지." 낡은 요새에 도착해 마차에서 내리면서 에이미가 말했다. 멋진 공작새 한 무리가 먹이라도 달라는 듯 모여들었다. 에이미가 강둑에 올라가 그 눈부신 새들에게 빵부스러기를 던져주었다. 강둑 아래에 선 로리는 서로 만나지 못하고 지낸 시간 동안 에이미에게 생긴 변화들을 호기심 어린 눈으로 살펴보았다. 당황스럽거나 실망스러운 모습은 없었다. 오히려 훌륭하게 변한 모습에 감탄이 나올 정도였다. 말투나 행동에 있어 약간 과장하는 것만 빼면 에이미는 더없이 훌륭했다. 쾌활하고 기품이 흘렀으며 옷차림과 몸가짐은 우아했다. 언제나 나이에 비해 성숙했던 에이미는 태도와 말투에서 침착함이 느껴졌는데 그 때문에 실제보다 훨씬 여성스럽게 보였다. 하지만 이따금 토라지는 모습은 여전했고 고집도 셌으며 솔직함은 외국 생활 중에도 변함이 없었다.

에이미가 공작새에게 먹이주는 그 짧은 시간에 로리가 그 모든 것을 세세하게 다 알 수는 없었지만 그 변화는 충분히 느낄 수 있었고 에이미에게 마음이 끌렸다. 그리고 햇살 아래 그림처럼 서 있는 환한 얼굴의 소녀에게 넋을 빼앗기고 말았다. 쏟아지는 햇살에 드레스가 은은하게 그 빛깔을 드러냈고 두 뺨은 발그레했으며 금발 머리가 물결처럼 흘러내리는 에이미는 아름다운 풍경 속에서도 빛났다.

두 사람은 돌로 된 언덕 고원에 올랐다. 에이미가 자신이 자주 가는 곳이라며 손짓으로 로리를 불렀다. 그리고 여기저기를 가리키며 말했다.

"저 성당이랑 코르소 길 기억 나? 만에서 그물을 끌어당기던 어부들과 빌라 프랑카로 이어지는 아름다운 길, 그리고 그 바로 아래 슈베르트 탑은 어때? 누가 뭐래도 최고의 풍경은 바다 저 멀리 점처럼 보이는 섬 코르시카지."

"기억해. 별로 변한 게 없구나." 로리가 심드렁하게 말했다.

"저 유명한 섬을 보면 조 언니가 얼마나 좋아할까?" 에이미가 신이 나서 말했다. 로리도 기분이 좋으면 얼마나 좋을까 생각했다.

"그렇지." 로리의 대답은 이게 다였다. 그리고 돌아서서 섬을 찬찬히 살펴보았다. 나폴레옹보다도 더 위대한 정복자가 로리의 시선을 끌기라도 한 듯 말이다.

"언니를 위해 잘 봐 둬. 그리고 이리 와서 그동안 어떻게 지냈는지 이야기해 줘." 에이미가 이야기를 나누려고 자리를 잡고 앉았다.

하지만 이야기를 하는 동안 에이미가 알게 된 것이라곤 로리가 유럽 대륙과 그리스를 돌아다녔다는 것뿐이었다. 한 시간 정도 빈둥거리다 두 사람은 다시 숙소로 돌아왔다. 로리는 캐롤 부인에게 인사를 하고 저녁에 다시 오겠다는 약속을 한 후 떠났다.

그날 밤 에이미는 일부러 한껏 맵시를 부렸다. 에이미로서는 기록적인 일이 분명했다. 오랜 시간 서로 보지 않은 동안 두 사람에게는 많은 일이 일어났고 에이미는 오래된 친구를 새로운 시선으로 보게 되었다. 로리는 이제 '이웃 집 소년'이 아니라 잘생기고 다정한 남자가 되어 있었다. 그러니 에이미로서는 그에게 예쁘게 보이고 싶은 것은 당연했다. 에이미는 자신의 장점을 잘 알고 있었고 그 장점을 잘 활용했다. 예쁘지만 가난한 여자에게 미적 취향과 솜씨가 있다는 건 큰 행운이었다.

니스에서 탈러턴과 튈[66]은 비싸지 않았기 때문에 특별한 일이 있을 때면 에이미는 그것들로 온몸을 치장했다. 단순한 드레스를 입어 실용적인 영국 패션을 따르면서 싱싱한 꽃이나 작은 장신구로 약간의 장식을 곁들였다. 그 모든 장식들은 비싸지 않으면서도 효과적이었다. 예술적 취향이 있는 에이미는 옛날 머리형, 고전적인 태도, 고전적인 휘장에 흠뻑 빠졌다. 사람은 누구나 조금씩 약점을 가지고 있다. 그러니 아름다움으로 우리의 눈을 만족시켜 주는 젊은 이들의 꾸밈없는 허영심 정도는 용서해 줄 수 있을 것이다.

"로리에게 예쁘게 보이고 싶어. 로리가 집에 돌아가서 가족들에게 말해 줄 수 있도록 말이야." 에이미가 플로의 하얀색 낡은 실크 무도회복을 입고 구름 같은 베일로 감싸며 혼잣말을 했다. 베일 위

66   얇은 명주 망사.

로 드러난 하얀 어깨와 금발 머리가 예술적 효과를 냈다. 물결치는 머리칼을 뒤에서 묶어 틀어 올리고 보니 헤베 여신처럼 아름다웠다.

"유행은 아니지만 나한테 어울리는 머리를 할래. 괜히 유행을 따르다가 엉망이 되고 싶지 않거든." 최신 유행대로 곱슬곱슬하게 지지거나 부풀리거나 땋으라는 충고를 받을 때면 에이미는 이렇게 말하곤 했다.

이렇게 중요한 날에 할 수 있을 만큼 좋은 장신구가 없던 에이미는 진달래 꽃송이로 풍성한 치맛자락을 장식했고 하얀 어깨에는 초록색 덩굴을 얹었다. 장화를 칠했던 일을 떠올리며 하얀 새틴 구두를 만족스럽게 살펴보았다. 그리고 이 구두를 신은 자신의 당당한 발에 감탄하며 방 안을 돌아다녔다.

"새로 산 부채는 꽃 장식과 잘 어울리고 장갑은 참 장식과 어울려. 숙모가 주신 손수건에 있는 진짜 레이스 덕에 내 드레스 전체가 돋보이는 것 같아. 내 코와 입이 좀 더 고전적이었더라면 완벽하게 행복했을 텐데." 뭐 하나라도 트집을 잡으려는 눈으로 자신을 살펴보며 양손에 초를 하나씩 들었다.

코와 입이 마음에 안 들었지만 미끄러지듯 유유히 걸어가는 에이미는 유난히 즐겁고 우아해 보였다. 에이미는 절대 달리는 법이 없었다. 자신에게 어울리지 않는다 생각했기 때문이다. 허리를 펴고 당당하고 기품 있게 걷는 것이 활기차게 달리는 것보다 적절했다. 에이미는 로리를 기다리는 동안 넓은 응접실을 왔다 갔다 했다. 머리가 예뻐 보일 것 같아 샹들리에 아래에 서 있다가 관두고 저쪽으로 걸어갔다. 예쁘게 보이려고 애쓰는 자신의 노력이 부끄러워진 듯했다. 하지만 오히려 잘 된 일이었다. 로리가 조용히 들어오는 바람에 그 소리를 듣지 못한 에이미가 저 멀리 창가에서 반쯤 고개를 돌린 채 한 손으로 드레스 자락을 살짝 들어올리고 서 있었는데 호리호리하고 하얀 에이미의 모습이 빨간 커튼에 대비되어 좋은 곳에 위치한 조각상 같이 아름답게 보이는 효과가 났다.

"안녕, 디아나![67]" 로리가 에이미를 불렀다. 에이미는 자신을 바라보는 로리의 두 눈에 흡족함이 가득하다는 걸 알고 기뻤다.

"안녕, 아폴로!" 에이미가 미소를 지으며 로리를 맞아 주었다. 로리 역시 유난히 멋있었기 때문이다. 이렇게 잘생긴 남자의 팔짱을 끼고 무도회장에 들어갈 생각을 하니 데이비스 가의 평범한 네 자매에 대한 동경심이 가슴 밑바닥에서부터 끓어올랐다.

"자, 여기 꽃다발을 받아 줘. 네가 좋아하던 꽃들을 기억해서 내가 직접 만들었어." 로리가 예쁜 꽃다발을 내밀었다. 꽃다발에는 카르디글리아 상점 진열장을 지나갈 때마다 몹시 갖고 싶었던 은팔찌

---

67   디아나(아르테미스)와 아폴로(아폴론)는 제우스와 레토 사이에서 난 쌍둥이 남매. 디아나는 달의 여신이자 사냥의 여신. 아폴로는 태양의 신.

가 꽂혀 있었다.

"로리, 내 마음을 어떻게 알고!" 에이미는 고마운 마음으로 소리쳤다. "로리가 오는 걸 알았다면 뭐라고 준비했을 텐데. 이렇게 예쁜 건 아니었겠지만 말이야."

"고마워. 마음만 받을게. 그런데 네가 하니까 팔찌가 훨씬 예쁜 걸." 에이미가 팔목에 은팔찌를 차자 말했다.

"제발 그러지 마!"

"그런 말 좋아하는 줄 알았는데!"

"너한테서는 듣고 싶지 않아. 자연스럽지가 않거든. 예전에 솔직하게 해 주던 말들이 더 좋아."

"다행이네!" 로리가 안도의 표정으로 말했다. 그리고 에이미의 장갑에 단추를 채워주고 자신의 타이가 제대로 됐는지 물었다. 고향에서 함께 파티에 갈 때 하던 것처럼 말이다.

그날 밤 넓은 식당에 모인 이들은 유럽 대륙에서나 볼 수 있는 각양각색의 사람들이었다. 사교성 좋은 미국인들이 니스에서 알게 된 사람들을 모두 초대했고 직함에 편견이 없었기 때문에 몇몇 귀족들도 파티를 빛내 주었다.

러시아 왕자는 겸손하게 구석자리에 앉아서 햄릿의 엄마처럼 검정 벨벳 드레스를 입고 진주 목걸이를 한 육중한 부인과 한 시간 동안 이야기를 나누었다. 열여덟 살인 폴란드 백작은 자신을 '매력적인 백작님'이라고 불러주는 아가씨들에게 정신이 팔려 있었고 독일의 아무개 전하는 혼자 저녁을 먹으러 온 건지 뭘 먹어치울까 찾으며 여기저기 돌아다녔다. 바론 로스차일드의 개인 비서인 코가 큰 유대인은 딱 붙는 부츠를 신고 사람들을 향해 환하게 웃었다. 자신이 모시는 주인의 이름이 금빛 후광이라도 되는 듯했다. 프랑스 황제와 알고 지낸다는 어느 건장한 프랑스 남자는 춤에 빠져 있는지라 춤을 추러 왔고, 영국인 존스 부인은 여덟 명이나 되는 가족을 대동하고 나타나 파티를 빛내 주었다. 발걸음이 가볍고 목소리가 날카로운 미국인 소녀들과 예쁘지만 생기 없어 보이는 영국인 소녀들, 평범한 듯하지만 매력 있는 프랑스 아가씨들도 있었다. 늘 그렇듯 여행 중인 젊은 신사들은 신나게 파티를 즐겼고 각국에서 온 엄마들은 벽에 줄지어 서서 그 젊은 신사들이 딸들과 함께 춤을 추는 모습을 흐뭇하게 지켜보고 있었다.

그날 밤 에이미가 로리의 팔짱을 끼고 '무대에 올랐을 때' 그 심정이 어땠을지 어린 소녀라면 누구든 짐작할 수 있을 것이다. 에이미는 자신이 예뻐 보인다는 걸 잘 알고 있었다. 게다가 춤추는 것을 무지 좋아해서 무도회에서는 두 발이 고향 땅에 선 듯 자유로웠다. 에이미는 어린 소녀가 자신의 아름다움과 젊음, 그리고 여성스러움으로 지배할 수 있는 새롭고 아름다운 왕국을 처음 발견했을 때 느낄 수 있는 기쁨을 마음껏 즐겼다. 그리고 호위해 줄 사람도 없이 무서운 아버지와 더 무서운 노처녀 고모 세 사람과 함께 온 데이비스가의 평범하고 서투른 자매들이 정말 가여웠다. 에이미는 그들에게 한껏 다정하게 인사를 하며 지나갔는데 아주 효과 만점이었다. 자신의 드레스를 자매들에게 보여줄 수 있었을 뿐 아니라 눈에 띄게 잘 생긴 그 친구가 누구인지 알고 싶은 호기심으로 그들을 달아오르게 할 수 있었기 때문이다. 첫 연주가 시작되자 에이미의 얼굴이 달아오르고 두 눈은 반짝이기 시작했으며 두 발은 견딜 수 없다는 듯 박자에 맞춰 바닥을 두드렸다. 자신이 춤을 잘 춘다는 사실을 로리에게 알리고 싶었다. 그런데 로리가 완전히 차분한 어조로 이렇게 말했을 때 에이미가 받은 충격은 이루 설명할 수가 없었다.

"춤추고 싶어?"

"사람들은 춤추려고 무도회에 오는 거지!"

에이미의 놀란 얼굴과 다급한 대답에 그제야 자신이 실수를 했다는 사실을 깨달은 로리는 얼른 고쳐서 말했다.

"춤 신청을 하려는 거였어. 처음 춤 추는 영광을 차지해도 될까?"

"백작님이 양해를 해 준다면 그럴 수 있지. 백작님은 춤을 정말 잘 추거든. 하지만 네가 내 오랜 친구이니 이해해 줄 거야." 에이미는 백작이라는 단어가 로리를 자극해 주기를 바라며 말했다. 자신이 시시한 사람이 아니라는 사실을 로리에게 보여주고 싶었다.

"괜찮은 친구지. 하지만 '신들의 딸이자 천상의 아름다움을 지닌 키 큰 아가씨'[68]의 스텝을 맞춰 주기엔 폴란드 친구의 키가 좀 작을 것 같은데."

자신의 인기를 뽐내고 싶었던 에이미에게는 부족한 대답이었지만 그걸로 만족해야 했다.

두 사람은 어쩌다 보니 영국인들로 이루어진 무리 속에 끼게 되었다. 에이미는 우아하게 코티용을 춰야 했는데 타란툴라 춤[69]이라도 내내 신나게 출 수 있을 것 같은 기분이었다. 로리는 에이미를 '괜찮은 친구'에게 양보하고 다음 춤 약속도 하지 않은 채 플로에게 가 함께 춤을 추었다. 괘씸한 생각이 든 에이미는 곰곰이 생각 끝에 복수를 해 줘야겠다고 마음먹고 저녁 때까지 춤 약속을 다 잡아버렸다. 그렇지만 로리가 조금이라도 후회하는 것이 보이면 마음이 풀릴 것 같았다. 드디어 로리가 폴카 레도바를 신청하려고 에이미에게 다가왔다. 하지만 전혀 급한 마음이 없다는 듯 느긋하게 걸어오는 모습을 본 에이미는 약이 올라 자신에게 춤을 신청한 사람들의 명단을 새치름하게 보여주었다. 로리는 후회하는 것 같았지만 그 형식적인 태도에서 전혀 진심이 느껴지지 않았다. 에이미는 보란 듯이 백작에게로 가 함께 신나게 춤을 추었다. 그런데도 로리는 속 편한

68   테니슨의 시 〈미녀들의 꿈〉에서 나오는 표현.

69   타란텔라 춤(이탈리아 나폴리의 민속 무곡과 그 춤)을 의미한다. 타란툴라에게 물리면 이 춤을 추게 된다고 한다.

얼굴로 숙모 옆에 가 앉는 것이다.

도무지 용서할 수가 없었다. 에이미는 춤추는 사이 핀이 필요하거나 잠깐 쉬러 숙모님에게 가서 이따금 한마디씩 하는 것 말고는 한동안 로리를 무시했다. 그런데 에이미의 분노는 좋은 효과를 가져왔다. 미소 속에 분노가 숨겨져서 그런지 에이미의 얼굴은 유난히 밝고 쾌활했고 로리의 시선은 줄곧 에이미를 쫓았다. 에이미는 우아하게 춤을 추며 한껏 즐겁게 보냈다. 그 순간 로리의 눈에 에이미는 새롭게 보이기 시작했고 곧 '소녀 에이미가 아주 매력적인 여인이 되었다'는 사실을 깨닫게 되었다.

무도회장은 아주 활기찼다. 크리스마스의 흥겨운 분위기에 사로잡힌 사람들의 얼굴은 빛나고 마음은 행복했으며 춤을 추는 발걸음은 가벼웠다. 연주자들도 바이올린을 켜고 나팔을 불며 마음껏 즐겼다. 춤출 수 있는 사람들은 춤을 추고 못 추는 사람들은 잘 추는 사람들을 향해 열렬한 박수 세례를 보냈다. 데이비스 가의 분위기는 어두웠지만 존스 가의 아이들은 어린 기린 떼처럼 우르르 뛰어다녔다. 금빛 후광이 비치는 비서는 분홍색 새틴 치맛자락으로 바닥을 휩쓸고 다니는 위풍당당한 프랑스 여인과 함께 혜성처럼 방 안을 쏘다녔다. 독일인 전하는 저녁 식사가 차려진 것을 보고는 행복해하며 부지런히 음식을 먹었는데 그가 먹고 난 자리가 초토화된 것을 보고 급사들은 경악을 금치 못했다. 황제의 친구는 알든 모르든 모든 사람들, 모든 것들과 춤을 추었고 춤출 상대가 없을 때면 즉흥적으로 발끝 돌기를 하기도 했다. 건장한 남자가 소년처럼 거리낌 없이 노는 모습을 보는 재미도 쏠쏠했다. 그는 육중한 몸이었지만 고무공처럼 춤을 추었는데 달리고 뛰고 껑충거리느라 얼굴과 대머리가 빛났고 코트 자락이 미친 듯 휘날렸으며 구두는 공중에서 반짝거렸다. 음악이 멈추자 그는 이마에 맺힌 땀을 닦으며 안경을 안 쓴 프랑스인 픽윅처럼 친구들을 향해 환하게 미소를 지었다.

같은 열정이지만 훨씬 더 우아하고 민첩하게 춤을 추는 에이미와 폴란드인 백작은 단연 돋보이는 한 쌍이었다. 두 사람이 날개라도 달린 듯 지치지 않고 날아다니는 동안 로리는 저도 모르게 하얀 구두의 움직임에 따라 박자를 맞추고 있었다. 마침내 백작이 '이렇게 일찍 떠나게 되어 유감'이라고 말하고 에이미를 놓아주자 에이미는 쉬면서 자신을 배신한 기사가 벌을 잘 받고 있는지 살펴보았다.

에이미의 계획은 성공적이었다. 사랑을 잃은 23살 젊은이는 자신에게 우호적인 사람들에게서 위안을 찾으려 한다. 그리고 아름다움과 빛, 음악, 그리고 춤에 매료되면 젊은이의 신경은 떨리고 피가 끓어오르며 혈기왕성해지는 법이다. 로리는 정신을 차리고 일어나 에이미에게 자리를 내어주고는 에이미의 식사를 챙겨주러 서둘러 갔다. 에이미는 만족스러운 미소를 지으며 혼자 중얼거렸다.

"로리에게 득이 될 줄 알았지!"

"넌 발자크의 작품 제목처럼 '혼자 화장한 여자'처럼 보여." 로리가 한 손에는 커피잔을 들고 다른 한 손으로 부채질을 해주며 말했다.

"내 화장은 묻어나지 않아." 에이미가 반짝이는 볼을 문질러 하얀 장갑을 보여주었다. 에이미의 단순한 모습에 로리가 웃음을 터뜨리고 말았다.

"이건 뭐라고 불러?" 로리가 에이미의 무릎을 덮고 있는 드레스 자락을 만지며 물었다.

"비단 망사."

"좋은 이름이구나. 아주 예뻐. 새로 나온 거지, 그렇지?"

"오래 전부터 있던 거야. 다른 여자 아이들도 많이 하고 있었을 텐데 예쁜 걸 이제야 안 거야? 바보!"

"네가 한 건 처음 보니까. 네가 하니까 예뻐 보인 거지."

"그러지 말라고 했잖아. 그런 칭찬보다 지금은 커피가 좋겠어. 그렇게 비스듬히 앉지 마. 신경 쓰여."

로리가 똑바로 앉더니 얌전히 에이미의 빈 접시를 치웠다. '어린 에이미'가 이것저것 지시하는 게 기분 나쁘지 않아 그냥 내버려 두었다. 에이미는 이제 수줍어하지 않았고 로리를 마음대로 쥐락펴락 하고 싶어졌다. 여자가 주도권을 쥐게 되면 그런 즐거움을 누리도록 창조주께서 만드셨으니 말이다.

"이런 건 어디서 배운 거야?" 로리가 좀 놀란 얼굴로 물었다.

"'이런 거'라는 말은 좀 모호한 표현인데 좀 자세히 설명해 줘봐." 짓궂은 에이미는 로리의 말을 알아들었으면서 애써 설명하도록 내버려 두었다.

"그러니까 그 우아함이나 그 침착함, 그리고 비단…… 망사 말이야." 어찌할 바를 몰라 하며 웃던 로리가 간신히 새 단어를 떠올렸다.

에이미는 뿌듯했지만 물론 내색하지 않았다. 그리고 새치름하게 대답했다.

"외국에서 살다보니 나도 모르게 몸에 뱄어. 난 놀기도 하지만 공부도 하거든." 그리고 에이미는 드레스를 살짝 들어올렸다. "튈은 비싸지도 않고 작은 꽃다발이야 돈이 없어도 만들 수 있으니까. 난 하찮은 것들로 뭐든 잘 만들어 내거든."

존경스러웠다. 에이미는 로리가 왜 자신을 그토록 다정한 눈길로 바라보는지 알 수 없었다. 그리고 왜 춤 신청 명단에 로리 이름으로 다 채웠는지, 왜 그날 저녁 내내 에이미에게 흠뻑 빠져 즐거워했는지도 알지 못했다. 두 사람은 부지불식간에 서로에게서 새로운 모습을 보았고, 그래서 기분 좋은 변화가 일어나고 있었다. 에이미는 마지막 말은 하지 말 걸 그랬다는 후회가 들었다. 궁색하게 보일 것 같았기 때문이다. 하지만 로리는 그래서 에이미가 좋았다. 모든 기회를 잘 활용하는 꿋꿋한 인내심과 꽃으로 가난을 꾸밀 수 있는 건강한 정신이 대단하고 생각했다.

15

생활, 그 지난함

프랑스에서 젊은 아가씨들은 결혼할 때까지 빈둥빈둥 시간을 보내다 막상 결혼을 하면 '자유 만세!'가 모토가 된다. 반면 미국에서는 다들 알다시피 소녀들은 일찌감치 독립을 선언하고 자유를 만끽한다. 하지만 결혼을 한 순간 젊은 여성들은 모든 것을 포기하고 은둔 생활을 하게 된다. 프랑스 수녀원처럼 꽉 막힌 가정은, 그러나 결코 수녀원처럼 조용하지만은 않다. 결혼식의 흥분이 사그라지고 나면 좋든 싫든 그들은 생활 속에 묻히고 만다. 한때 아주 아름다웠던 여자들은 이렇게 외칠지도 모르겠다. "난 지금도 여전히 예쁜데 내가 결혼했다는 이유만으로 이제 아무도 거들떠보지도 않는구나."

예쁘지도 않고 화려하지도 않았던 메그는 아이들이 첫돌이 될때까지는 이런 고민을 하지 않았다. 메그의 작은 세상 속에는 예전의 관습이 그대로 남아 있었고 그 관습을 따르는 것이 당연하게 여겨졌다. 그 속에서 메그는 그 어느 때보다 사랑과 찬사를 받았다.

메그는 여성스러운데다 모성 본능이 강해서 오롯이 아기들에게 온 정신을 쏟고 이외의 모든 일들은 안중에도 없었다. 밤낮으로 쉼 없이 정성을 쏟으며 아이들을 돌보느라 남편인 존의 일은 부엌일을 도맡아 하는 아일랜드인 아주머니에게 일임해 둘 수밖에 없었다. 가정적인 남자인 존은 아내의 익숙한 손길이 몹시 그리웠지만 그 역시 아기들을 사랑하였기에 한동안은 자신의 편안함을 포기하기로 마음먹었다. 육아에 대해서는 무지한 남자가 생각하기에 곧 다시 예전의 평화가 찾아올 것 같았기 때문이다. 하지만 석 달이 지나도록 원래의 생활로 돌아가지 못하고 있었다. 메그는 지치고 예민해 보였고 아기들은 한시도 메그를 놓아주지 않았다. 온 집안은 엉망이었고 요리를 해 주는 키티는 매사 태평한 성격인지라 음식을 대충 해서 내놓았다. 아침에 출근할 때면 아기들에게 붙잡힌 아내가 하는 소소한 부탁들에 존은 정신이 없었고, 저녁이 되면 기대에 찬 마음으로 집으로 돌아가 아기들을 안아 보고 싶어도 "쉿! 하루 종일 칭얼대다가 좀 전에 잠들었어요."라는 아내의 말에 저지당하고 말았다. 집에서 작은 오락거리라도 해 보자고 제안하면 아내는 "안 돼요. 아기들이 깰 거예요."라고 말했다. 강의나 음악회에 가자고 하면 메그는 비난 가득한 표정으로 이렇게 대답했다. "우리 즐겁자고 애들을 두고 가다니, 절대 안 돼요!". 밤이면 아기들의 울음 소리와 조용히 유령처럼 이리저리 서성이는 아내의 모습에 잠을 설쳤다. 식사 시간에도 메그는 아기들에게 젖을 주기 위해 남편을 버려두고 수시로 위층과 아래층을 오갔다. 존이 저녁에 신문을 펼치면 데미의 배앓이로 선적 목록은 이미 뜯겨져 사라지고 없었고 주식 면은 데이지가 굴러 구겨져 있었다. 메그는 가정 생활에 관한 기사에만 관심이 있었다.

가엾은 남자 존은 아주 불편했다. 아내는 아이들에게 빼앗겼고 집은 단지 탁아소였으며 끊임없는 '쉿!' 소리 때문에 신성한 아기왕국을 들어갈 때마다 자신이 마치 무자비한 침입자가 된 듯한 기분이었다. 6개월 동안 참을성 있게 잘 견디던 존은 개선의 기미가 전혀 보이지 않자 다른 아버지처럼 탈출구를 찾았다. 다른 곳에서 작은 위안 거리를 찾은 것이다. 스콧이 결혼을 하여 멀지 않은 곳에 살고 있었는데, 아내의 자장가 소리가 끝나지 않을 것 같은 저녁이면 한두 시간 동안 스콧의 빈 서재에 가 있기로 한 것이다. 스콧의 부인은 생기있고 예쁜데다 상냥하기 그지없었다. 집안일도 척척 잘 했다. 응접실은 언제나 밝고 예쁘게 꾸며 놓았고 체스판도 늘 준비되어 있었다. 피아노도 조율되어 있고 재미있는 얘깃거리와 함께 맛있는 저녁 식사가 마련되어 있었다.

존은 외롭지만 않다면 자기 집 난롯가가 더 좋았다. 하지만 집에서는 너무 외로웠기 때문에 차선책을 선택해서 친구와의 저녁식사를 즐기기로 했다.

매그도 처음에는 이런 상황이 나쁘지 않았다. 남편이 응접실에서 혼자 꾸벅꾸벅 졸고 있거나 집안 여기저기를 쿵쿵거리며 걸어다니다 아기들을 깨우는 것보다는 즐겁게 시간을 보내는 게 다행이라 생각했다. 그러나 시간이 흘러 아이들이 젖니가 나고 제 시간에 잠이 들면서 엄마에게도 쉴 시간이 생기자 메그는 존이 그리워지기 시작했다. 메그는 남편이 낡은 실내복을 입고 맞은편에 편안하게 앉아 벽난로 흙받기에 실내화를 올려놓고 말리고 있지 않으면 바느질도 지루하다는 걸 깨달았다. 남편에게 집에 있으라고 말하지는 않았지만 남편을 원하고 있는 자신의 마음을 몰라주는 남편 때문에 속상했다. 자신이 남편을 기다리게 했던 수많은 저녁 시간은 까마득히 잊고는 말이다. 메그는 아기들을 돌보느라 신경이 곤두서고 지쳐 있었다. 그런 비이성적 상황 속에서는 최고의 엄마들일수록 집안일을 잘 해야 한다는 압박을 느끼게 된다. 그렇게 집에만 있다 보니 운동 부족 현상을 겪게 되고, 운동을 못하다 보니 생기가 사라진다. 또 아이들에게 너무 헌신하다 보면 신경질적이고 무기력하게 느껴지기도 한다.

"그래." 메그가 거울을 들여다보며 말했다. "난 늙고 못생겼어. 존이 이제 내게서 매력을 느끼지 못하는 거야. 늙어가는 아내 곁에 있는 것보다 골칫거리 없는 예쁜 이웃을 만나러 가는 것이 당연하지. 괜찮아. 내겐 아이들이 있으니까. 아이들은 내가 말랐든 창백하든 상관하지 않아. 시간이 없어 머리를 다듬지 않아도 뭐라고 하지 않지. 아이들은 나의 위안이야. 언젠가는 존도 내가 아이들을 위해서 기꺼이 희생했다는 걸 알 거야. 그렇지, 애들아?"

이 애처로운 호소에 데이지와 데미가 옹알옹알 대답을 했고 메그는 엄마로서의 기쁨에 젖어 잠시나마 탄식을 접어 두고 외로움을 달랠 수 있었다. 하지만 메그의 마음은 모른 채 존이 정치에 빠져 함께 토론을 벌이기 위해 매일 밤 스콧에게 달려가자 메그의 고통은 커져만 갔다. 하지만 메그는 일절 그에 대해 말하지 않았다. 그러다 어느 날 눈물 짓는 모습을 마치 부인에게 들키고 말았다. 침울한 딸의 모습을 놓치지 않은 마치 부인은 무슨 일인지 캐물었다.

"엄마에게만 말씀드릴게요. 사실 엄마의 조언이 정말로 필요하거든요. 존이 계속해서 저렇게 지낸다면 차라리 과부가 되는 게 낫겠어요." 한껏 상심한 메그가 데이지의 턱받침으로 눈물을 닦으며 말했다.

"대체 어떻게 지낸다는 거니?" 마치 부인이 걱정스럽게 물었다.

"존은 낮이고 밤이고 나가 있어서 볼 수가 없어요. 늘 스콧 씨 집에 가 있거든요. 나만 이렇게 놀지도 못하고 힘들게 애를 키우는 건 공평하지 않아요. 남자들은 너무 이기적이에요. 착한 남자조차도 그렇다고요.”

“이기적인 건 여자도 마찬가지지. 네 잘못을 알기 전까지는 존을 비난하지 마.”

“하지만 나를 무시하는 건 옳지 않아요.”

“넌 존을 무시하지 않았니?”

“엄마, 엄만 제 편인 줄 알았어요!”

“공감하는 데까지는 네 편이야. 하지만 네 잘못도 어느 정도는 있다고 생각해, 메그.”

“어째서 그런지 모르겠어요.”

“내가 말해 줄게. 항상 저녁시간을 존과 함께 보냈는데도 네가 말한 대로 존이 너를 무시했니?”

“아뇨, 하지만 지금은 그럴 수가 없어요. 아기들을 돌봐야 하는 걸요.”

“넌 할 수 있어, 메그. 그리고 해야 해. 좀 터놓고 얘기해도 될까? 엄마는 네 편이기도 하지만 널 꾸짖기도 해야 한다는 걸 기억해 줘.”

“물론이에요! 어린 메그에게 하던 것처럼 꾸짖어 주세요. 아기들이 전적으로 의지하는 눈으로 나를 올려다보고 있으면 내가 아직도 배워야 할 게 많구나 하고 생각하게 되거든요.”

메그는 낮은 의자를 당겨 엄마 곁으로 바짝 다가 앉았다. 무릎을 맞대고 다정하게 이야기를 나누는 동안 두 모녀는 모성이라는 끈이 두 사람을 더욱 단단하게 결속해 주고 있음을 느꼈다.

"넌 대부분의 젊은 아내들이 하는 실수를 저질렀어. 아이들에 대한 사랑 때문에 남편에 대한 의무를 잊은 거지. 충분히 있을 수 있고 이해해줄 만한 실수지만 메그, 좀 더 생각했으면 좋았을 걸 그랬어. 아이들이 너에게 달라붙어 떨어지려 하지 않았겠지. 아이들이 마치 네 것 같았을 거야. 존은 그저 부양하는 일 말고는 달리 할 수 있는 일이 없었고. 내가 몇 주 동안 지켜보면서 아무 말 하지 않았던 건 시간이 지나면 괜찮아질 거라 생각했기 때문이야."

"괜찮아지지 않을까 걱정이에요. 집에 있으라고 내가 말하면 존은 내가 질투한다 생각할 거예요. 하지만 난 질투 같은 걸로 존을 모욕할 생각은 없어요. 존은 내가 자기를 원하고 있다는 걸 전혀 모르는데, 사실 난 어떻게 하면 말하지 않고도 내 마음을 표현할 수 있을지 모르겠어요."

"존이 나가고 싶어 하지 않도록 즐겁게 해 주면 되지. 존도 자신의 집을 간절히 원할 거야. 하지만 네가 없으면 집이 아니지. 그런데 넌 늘 아이들하고만 있으니."

"그러면 안 돼요?"

"늘 그럴 필요는 없지. 너무 애들에게 매어 있다 보면 예민해지고 그러다 보면 아무것도 적응할 수 없게 돼. 그리고 넌 아이들에게도 의무가 있지만 존에게도 의무가 있어. 아이들 핑계로 남편에 대한 의무를 게을리하면 안 돼. 육아에서 남편을 밀어내지 말고 어떻게 육아를 도울지 가르쳐 줘. 육아에는 네 역할뿐 아니라 존의 역할도 있으니. 그리고 아이들에게도 아빠가 필요하단다. 존이 자신도 해야 할 일이 있다고 느끼게 해 줘. 존은 기꺼이 성실하게 제 역할을 해낼 거야. 그게 너희 두 사람에게 더 좋을 거다."

"정말 그렇게 생각하세요, 엄마?"

"그럼. 예전에 내가 겪으면서 알게 된 거지. 실질적으로 도움이 되지 않을 것 같으면 난 조언하지 않아. 너와 조가 어렸을 때 나도 딱 너처럼 했지. 너희들에게 모든 정성을 다 하지 않으면 내 의무를 다하지 않은 것처럼 느꼈단다. 가엾은 네 아빠는 독서에만 빠졌어. 내가 모든 도움을 거절했거든. 내가 할 수 있는 건 다 했지만 조는 내게 너무 힘겨운 아이였어. 제 마음대로 하게 내버려뒀다가 하마터면 버릇없이 키울 뻔했어. 네가 몸이 너무 약해서 난 네 걱정을 하다가 결국 병이 났지. 그때 아빠가 나타나 엄마를 구해 줬어. 조용히 모든 것을 정리하며 도와주는 모습을 보는 동안 난 내 실수를 깨달았고 그 후로는 아빠 없이는 아무것도 제대로 할 수 없었어. 그게 우리 집안 행복함의 비결이란다. 아빠는 일을 핑계로 우리에 대한 의무나 보살핌을 저버린 적이 없었고 나 역시 집안일 때문에 아빠의 일을 소홀히 하지 않으려 노력했지. 우리는 각자 자기 일을 하면서도 집에서는 늘 함께 일을 해."

"그렇군요. 엄마, 저도 존과 아이들을 대할 때 엄마처럼 하고 싶어요. 어떻게 하면 될지 가르쳐 주세요. 엄마가 말씀하시는 건 뭐든 할게요."

"넌 언제나 착한 딸이었지. 자, 메그, 내가 너라면 난 존에게 데미를 맡길 거야. 아들은 몸으로 단련하며 키워야 하는데 그 시기가 곧 닥칠 거야. 그리고 내가 종종 말했던 대로 해나를 오게 해서 돕도록 해. 해나는 최고의 유모이니 아이들을 믿고 맡길 수 있어. 그러니 넌 다른 집안일도 하고 운동도 하렴. 해나가 나머지를 알아서 할 거고 존은 다시 아내를 되찾게 되겠지. 밖으로 나가 즐겁고 바쁘게 지내. 넌 가족들에게는 빛과 같은 존재니까 네가 우울하면 집엔 먹구름이 끼는 것과 같을 거야. 그리고 나라면 존이 좋아하는 거라면 뭐든 관심을 가질 거야. 그것에 관해 함께 이야기 나누고 신문도 읽으며 생각을 나눌 거야. 여자라고 집 안에만 널 가두지 마. 무슨 일이 어떻게 돌아가는지 이해하고 세상에 내 몫을 할 수 있도록 공부해. 모든 것들이 너와 네 가정에 필요한 거니까."

"존은 너무 똑똑한 사람이라 내가 정치 같은 것에 대해 질문하면 바보같이 생각할까 두려워요."

"존은 그럴 사람이 아니야. 사랑은 수많은 단점을 감싸줄 거다. 그리고 존이 아니면 네가 누구에게 자유롭게 질문할 수 있겠니? 한번 해 봐. 스콧과 저녁을 먹는 것보다 너와 함께 있는 게 훨씬 더 즐거운 일이란 걸 존이 알게 될 테니.”

“그럴게요. 가엾은 존! 그를 무시하고 내가 옳다고만 생각했으니. 그런데도 그는 아무 말도 하지 않았어요.”

“이기적으로 굴지 않으려 애쓴 거지. 하지만 그도 좀 외로웠을 거야. 지금이 딱 그때야. 젊은 신혼부부가 멀어지는 시기가 오지만 그럴수록 함께 있어야 하지. 처음의 그 애틋한 마음도 보살피지 않으면 곧 사라지거든. 그리고 부모에게 있어서 아이들을 기르는 때만큼 아름답고 소중한 시간도 없단다. 아이들에게 아빠가 낯선 사람이 되도록 하지 마. 시련과 유혹이 많은 이 세상에서 그 누구보다도 아빠를 안전하고 행복하게 지켜줄 수 있는 이들이 바로 아이들이니까. 그리고 너희 두 사람은 아이들을 통해서 서로를 사랑하는 법을 배우게 될 거야. 자, 메그. 이제 그만 가 봐야겠구나. 엄마의 이야기를 잘 생각해 보고 괜찮다 싶으면 그대로 해 보렴. 너희 가족에게 신의 축복이 있길!”

메그는 엄마가 해 준 말들을 잘 생각해 보고 괜찮다는 생각이 들어 그대로 해 보았다. 하지만 첫번째 시도는 메그의 계획대로 되지 않았다. 어느 새 발로 차고 울어대면 원하는 것을 얻을 수 있다는 것을 알게 된 아이들은 맹위를 떨치며 엄마와 온 집안을 장악해 버렸다. 엄마는 아이들의 변덕 앞에 가련한 노예가 되고 말았지만 아빠는 그리 쉽게 정복되지 않았다. 오히려 아빠는 다루기 힘든 아들을 훈육하느라 이따금 아내를 마음 아프게 하기도 했다. 데미는 아빠의 확고부동한 성격-그것을 고집이라고 하지는 않겠다-을 물려받았는데, 그 작은 것이 뭔가를 가지거나 하려고 일단 마음을 먹으면 그 누구도 그 집요함을 꺾을 수 없었다. 엄마는 데미가 너무 어려 그 고집을 무리하게 꺾으면 안 된다 생각했지만 아빠는 복종을 배우는 것은 빠를수록 좋다고 믿고 있었다. 마침내 데미는 아빠에게 맞서면 늘 진다는 것을 일찌감치 깨달았다. 하지만 영국인답게 데미는 자신을 정복한 사람을 존경할 줄 알았고 그래서 아빠를 사랑했다. 아빠가 근엄하게 "안 돼."라고 하는 말이 사랑을 담은 엄마의 토닥거림보다 효과가 있었다.

엄마와 이야기를 나누고 며칠이 지나자 메그는 존과 함께 저녁 시간을 함께 보내야겠다고 마음을 먹었다. 맛있는 저녁 식사를 준비하고 응접실을 정리했다. 예쁘게 차려 입은 메그는 아무도 자신의 계획을 방해하지 않도록 아이들을 일찍 잠자리에 들게 했다. 하지만 불행하게도 가장 다루기 힘든 데미의 고집은 잠자리에 드는 것이었는데 그날 밤도 여지없이 데미는 떼를 쓰기 시작했다. 가엾은 메그는 자장가를 부르며 흔들어 재워 보기도 하고 이야기도 들여주며 잠을 재우기 위한 온갖 시도를 해 보았지만 모든 것은 허사였다. 통통하고 착한 데이지가 잠든 지 한참이 지났건만 개구쟁이 데미의 두 눈은 말똥말똥 감길 줄 몰랐다. 데미는 완전히 잠이 깬 얼굴로 불빛을 노려보며 누워 있었다.

"데미, 엄마가 얼른 가서 아빠한테 차 드리고 올 테니 얌전하게 누워 있을 거지?" 현관 문이 조용히 닫히고 익히 잘 아는 발걸음이 살금살금 식당으로 향하는 소리가 들리자 메그가 말했다.

"나도 차!" 데미가 따라 나설 준비를 하며 말했다.

"안 돼. 데이지처럼 안녕하고 코 자면 엄마가 아침에 케키 줄게. 알았지?"

"넷!" 데미가 마치 잠을 자는 듯 두 눈을 꼭 감았다. 내일을 위해서는 서둘러야 했다.

절호의 기회를 놓치지 않고 메그는 살짝 빠져나와 아래층으로 달려 내려가 미소 띤 얼굴로 남편을 맞았다. 머리에는 남편이 특히 좋아하는 작고 푸른 리본을 매고 있었다. 존은 금방 리본을 알아보고는 기쁘기도 하고 놀라기도 해서 물었다.

"이런, 오늘 저녁은 신나 보이는데, 누구 기다리는 사람이라도 있소?"

"물론 당신이죠."

"오늘이 생일이나 기념일이라도 되는 거요?"

"아뇨, 지저분한 차림이 지겨워서 기분전환도 할 겸 차려 입었어요. 당신은 아무리 피곤해도 식사할 때는 늘 차려 입잖아요. 그러니 시간이 있으면 나도 그러려고요."

"당신을 존중하는 마음에서 그러는 거요. 내 사랑." 고지식한 존이 말했다.

"나도 그래요, 브룩 씨." 웃으며 말하는 메그는 다시 어리고 예뻐진 것 같았다. 메그는 차를 따른 후 존을 향해 고개를 끄덕였다.

"모처럼 아주 즐겁군. 옛날 생각도 나고 말이요. 이 차도 아주 맛있구려. 자, 당신의 건강을 위해 건배!" 기쁨에 젖은 존은 차분하게 차를 한 모금 마셨다. 하지만 그 순간은 오래 가지 않았다. 존이 찻잔을 내려놓는데 문 손잡이가 달각거리더니 안달이 난 듯 외치는 조그만 목소리가 들려왔다.

"문, 열어, 데미, 왔쪄!"

"장난꾸러기 우리 아들이네요. 혼자 자라고 말해 뒀는데 계단을 내려왔군요." 메그가 문을 열며 말했다.

"이제 아침이야." 데미가 한껏 들떠 말했다. 데미는 긴 잠옷을 팔에 감고 곱슬 머리를 유쾌하게 흩날리며 들어와서는 '케키'를 찾아 식탁 여기저기를 활보하고 다녔다.

"아니, 아직 아침이 아니야. 가엾은 엄마 그만 괴롭히고 자러 가. 그래야 설탕 없은 케이크 먹을 수 있어."

"데미는 아빠 사랑해요." 그 깜찍한 것이 아빠 무릎에 기어올라가 야단법석을 떨 준비를 하며 말했다. 하지만 존은 고개를 저으며 메그에게 말했다.

"아이에게 방에서 혼자 잠들라고 말했다면 그렇게 하도록 해요. 안 그러면 당신 말은 앞으로도 안 들을 거니."

"네, 당연하죠. 데미, 이리 와!" 메그가 아들을 데리고 나갔다. 옆에서 마구 뛰어다니는 녀석의 작은 볼기를 때려주고 싶은 마음이 굴뚝같았지만 애써 감추며 방에 가면 케이크를 주겠다며 꾀었다.

데미는 실망하지 않았다. 실은 생각이 짧은 엄마가 각설탕을 쥐어 주고 이불을 덮어주며 아침까지 밖으로 나오면 안 된다고 말했기 때문이다.

"넷!" 데미는 거짓말을 했다. 행복하게 설탕을 빨며 자신의 첫번째 시도가 완전히 성공했다고 생각했다.

메그는 아래층으로 내려와 즐겁게 저녁을 차렸다. 그때 작은 유령이 다시 걸어 들어와서는 용감하게 요구했다.

"설탕 더 주세요, 엄마."

"이제 안 되겠군." 존은 애교를 부리는 작은 악동을 보며 마음을 단단히 했다. "이 아이가 제 시간에 잠자리에 드는 걸 배울 때까지는 저녁 시간에 평화는 없을 거요. 당신은 충분히 봐 줄 만큼 봐 줬으니 이제 녀석에게 따끔하게 가르쳐야 해요. 그래야 끝이 날 거요. 녀석을 침대에 눕히고 나와요, 메그."

"내가 옆에 앉아 있지 않으면 절대 혼자 있으려 하지 않아요."

"그럼 내가 나서야겠군. 데미, 엄마가 말씀하신 대로 위층으로 가서 침대로 들어가 누워."

"싫어!" 꼬마 악동은 그렇게 먹고 싶었던 '케키'를 찾아내 대담하게도 마음껏 먹어 대기 시작했다.

"아빠한테 그런 말 하면 못 써. 자꾸 이러면 아빠가 널 안고 갈 거야."

"저리 가. 아빠 싫어." 데미가 도와 달라는 듯 엄마의 치맛자락 속으로 숨어 들었다.

하지만 그 피난처는 아무 소용이 없었다. "존, 너무 심하게 대하지는 말아요."라고 말하며 엄마가 데미를 존에게 넘겨주었기 때문이다. 엄마가 자신을 버리는 그 날이 곧 심판의 날이라는 사실을 아는 악동은 절망했다. 결국 케이크를 빼앗기고 장난도 금지당한 채 강한 손에 이끌려 그렇게 싫은 침대로 가야 했다. 가엾은 데미는 분노를 참지 못하고 아빠에게 반항했다. 위층으로 올라가는 내내 발길질을 하고 괴성을 질러댔다. 아빠가 침대에 내려놓은 순간 데미는 침대 반대편으로 굴러가 문으로 달려갔지만 굴욕스럽게도 옷자락이 잡혀 다시 침대로 붙잡혀 들어갔다. 이러기를 수없이 반복한 후 기운이 빠진 악동은 결국 목청껏 울기 시작했다. 보통 이렇게 울면 엄마는 항복하곤 했지만 아빠는 귀라도 먹었는지 꼼짝 않고 앉아 있었다. 달래주지도 않았을 뿐 아니라 설탕도, 자장가도, 이야기도 없었다. 심지어 불도 꺼 버려서 '큰 어둠'을 밝히는 불이라고는 벽난로 불빛뿐이었다. 큰 어둠도 데미에게는 두려움이 아니라 궁금함의 대상이었다. 데미는 이 새로운 방식에 마음에 들지 않아 '엄마'를 슬프게 불러댔다. 그 사이 화가 가라앉으면서 뭐든 다 해주던 다정한 엄마가 보고 싶어졌다. 그토록 격렬한 울음이 어느새 애처로운 울음으로 잦아들자 메그는 마음이 아파 위층으로 달려 가 간청하듯 말했다.

"내가 데미랑 있을게요. 그럼 이제 얌전해질 거예요, 존."

"안 되오, 당신이 말한 대로 잠자리에 들라고 내가 말했소. 그러니 데미는 그렇게 해야 하오. 내가 여기 밤새 지키고 있는 한이 있더라도 말이오."

"하지만 혼자 울다 아플지도 몰라요." 메그는 아이를 내버려 둔 자신을 책망하며 애원했다.

"아니, 그러지 않을 거요. 지쳐서 금방 잠이 들 테고 그럼 문제도 해결될 거요. 그러다 보면 부모 말을 들어야 한다는 걸 깨우치겠지. 간섭하지 말아요. 내가 알아서 할 테니."

"내 아들이에요. 그렇게 엄하게 다루다가 기가 꺾이게 할 순 없어요."

"내 아들이기도 하오. 응석을 다 받아 주다가 버릇없는 아이로 만들지 않을 거요. 자, 이제 내려 가요. 아이는 나한테 맡기고."

존이 그렇게 남편다운 근엄함으로 말하면 메그는 늘 순종했고 남편 말을 따른 것을 후회한 적이 없었다.

"뽀뽀라도 하게 해 줘요. 네?"

"물론이요. 데미, 엄마에게 '안녕히 주무세요' 인사하고 가서 쉬시라고 하자. 하루 종일 너희들 돌보느라 몹시 피곤하시거든."

메그는 입맞춤이 큰 효과가 있다고 늘 주장했는데, 정말로 입맞춤을 하고 나니 괴로움으로 꼼지락대던 데미는 어느새 울음을 그치고 침대 발치에 가만히 누워 있었다.

"가엾은 녀석! 잠이 오는데도 우느라 이제 지쳤구나. 녀석을 재우고 가서 메그를 위로해 줘야겠어." 존은 악동이 잠들었기를 바라며 침대 곁으로 살금살금 다가갔다.

하지만 데미는 잠들지 않았다. 존이 살짝 엿보자 데미는 눈을 반짝 뜨고 턱을 떨면서 두 팔을 뻗고는 딸꾹질까지 하며 참회의 목소리로 "안아줘요."라고 말했다.

방을 나가 계단에 앉은 메그는 울음 소리가 그치고 긴 침묵이 이어지자 온갖 종류의 불가능한 일들이 머릿속에 떠오르기 시작했다. 메그는 불안을 달래려고 몰래 방으로 들어가 보았다. 데미는 잠들어 있었다. 그런데 평소처럼 두 팔을 쫙 편 자세로 자지 않고 아빠의 품 속에서 둥글게 몸을 말고 잠들어 있었다. 그리고 마치 아빠의 정의로운 마음에 자비심이 더해진 것을 느끼는 듯 훌쩍 자란 얼굴로 아빠의 손가락을 꼭 쥔 채 잠들어 있었다. 손가락을 잡힌 존은 아들의 손이 느슨해지기를 기다리다 깜빡 잠이 들어 버린 모양이었다. 하루 종일 고된 바깥일보다 어린 아들과의 드잡이가 더 힘들었던 것이다.

나란히 잠이 든 부자의 얼굴을 보며 서 있던 메그는 미소를 지으며 조용히 방을 빠져나왔다. 그리고 흐뭇한 표정으로 중얼거렸다.

"존이 아이들에게 너무 엄하게 굴면 어쩌나 걱정할 필요가 없었어. 존은 아이들을 어떻게 다뤄야 하는지 잘 알고 있으니 말이야. 이제 데미가 버거워지려던 참인데 존이 아주 큰 도움이 되겠어."

존은 메그가 수심에 잠겨 있거나 비난하는 표정을 짓고 있을 거라 생각하며 아래층으로 내려왔다. 하지만 차분하게 앉아 보닛을 손질하던 메그가 자신을 맞아 주며 피곤하지 않으면 선거에 관한 기사를 읽어 달라고 부탁하자 존은 놀랐다. 뭔가 큰 변화가 일어났음을 단박에 눈치챘지만 현명하게 아무것도 묻지 않았다. 메그는 꾸밈없이 솔직한 사람이라 비밀을 숨기고 있을 수 없으므로 곧 단서를 찾게 되리라는 것을 알고 있었기 때문이다. 존은 상냥한 얼굴로 논쟁에 관한 긴 기사를 읽고 명쾌하게 해석해 주었다. 메그는 정치에 아주 관심이 많은 것처럼 애쓰며 질문도 했다. 그리고 나라에 대한 걱정이 보닛을 걱정하는 마음으로 돌아가지 않게 하려고 정신을 바짝 차렸다. 마음속으로는 정치란 수학만큼 지겹고 정치인들의 일이란 서로 욕하는 게 다라고 생각이 드는 건 어쩔 수 없었지만 그런 생각은 접어 두었다. 존이 잠깐 이야기를 멈추는 동안 메그는 고개를 저으며 전략적으로 애매모호하게 말했다.

"난 정말 우리가 어디로 가고 있는 건지 모르겠어요."

존이 웃으며 잠깐 메그를 바라보았다. 메그는 틀과 꽃을 손에 들고 예쁜 것을 만들 준비를 하고 있었는데 존의 열변도 관심을 돌리지 못할 만큼 메그는 그것들에 푹 빠져 있었다.

'메그는 나를 위해 정치를 좋아하려 애쓰고 있어. 그러니 나도 메그를 위해 여자 모자에 관심을 가져 봐야겠어. 그래야 공평하지.' 존은 그렇게 생각하면서 큰 소리로 물었다.

"아주 예쁘군. 이게 아침 식사할 때 쓰는 모자요?"

"이런, 여보. 이건 보닛이에요. 내가 가진 모자 중 최고라 음악회나 극장에 갈 때 쓴답니다."

"미안하오. 너무 작아서 가끔 가볍게 쓰는 모자라고 착각했소. 어떻게 쓰는 거요?"

"이 끈은 턱 아래에서 묶고 장미꽃 봉오리는 이렇게 달고요." 메그가 보닛을 쓰며 설명했다. 그리고 거부할 수 없는 흡족한 표정으로 남편을 바라보았다.

"아주 아름다운 보닛이요. 하지만 그 안에 있는 얼굴이 난 더 좋소. 다시 젊고 행복해 보이거든." 그리고 존은 미소 짓는 메그에게 입을 맞추었다. 그 덕에 턱 아래 장미꽃 봉오리가 찌그러지고 말았지만 말이다.

"당신이 마음에 든다니 다행이에요. 당신이 언젠가 나를 데리고 음악회에 가줬으면 하고 있거든요. 정말 음악이 듣고 싶어요. 그래 줄 거죠?"

"물론이요. 꼭 그러리다. 어디든 당신이 원하는 곳에 데리고 가겠소. 너무 오랫동안 집 안에만 있었으니 당신에게 아주 좋은 시간이 될 거요. 물론 나도 즐거울 테지만 말이오. 어떻게 그렇게 좋은 생각을 해 낸 거지?"

"그게, 며칠 전에 엄마와 이야기를 했어요. 내가 얼마나 예민하고 짜증스러운지, 얼마나 기분이 엉망진창인지 말했죠. 엄마는 내가 아이 돌보는 일은 좀 줄이고 기분전환을 할 필요가 있다고 했어요. 해나가 나를 도와 아이를 돌봐 줄 테니 다른 집안일도 챙기고 재미있는 일을 찾아 보라고 하셨죠. 이대로 가다간 늙기도 전에 까다롭고 망가진 노파가 될지도 모른다면서요. 존, 시험 삼아 그냥 한 번 해 보는 거예요. 나도 나지만 당신을 위해서라도 해 보고 싶어요. 부끄러운 일이지만 내가 최근에 당신을 외롭게 했으니까요. 다시 예전의 우리 집으로 만들게요. 설마 반대하지 않겠죠?"

존이 뭐라고 말했는지, 혹은 작은 보닛이 완전히 망가졌는지 아닌지는 신경 쓸 필요가 없다. 우리가 알아야 할 일이라면 이 집과 이 집에 살고 있는 사람들에게서 서서히 일어난 변화로 짐작컨대 존은 반대하지 않았던 것으로 보인다는 사실이다. 그렇다고 그곳이 결코 천국이 된 것은 아니다. 집안일을 나누는데 있어서 모든 것이 보다 효율적으로 변한 것이다. 아이들은 부모의 규칙 아래서 자랐다. 정확하게 말하면 확고한 존이 아기 왕국에 질서와 복종을 가지고 온 것이다. 그 사이 메그는 운동도 하고 소소한 즐거움도 누리고 분별력 있는 남편과 비밀스러운 대화도 나누면서 기력을 회복하고 안정도 되찾았다. 집은 다시 집다워졌고 존은 메그와 함께 하는 게 아니면 외출하는 일이 없었다. 이제는 스콧 부부가 브룩 부부를 찾아왔고 두 사람 모두 그 작은 집이 행복과 사랑이 가득한 즐거운 곳이라고 느꼈다. 명랑한 샐리 모펫조차 메그 집에 오는 것을 좋아했다. "여기는 언제나 평화롭고 즐거워. 정말 마음에 들어, 메그." 샐리는 이 집 매력의 비결이 뭔지 찾아보기라도 하려는 듯 부러운 눈으로 구석구석 둘러보며 말하곤 했다. 그리고 화려하지만 쓸쓸함으로 가득한 자신의 저택에 그 비결을 쓸 수도 있을까 생각했다. 그러나 샐리의 집에는 소란을 피우거나 방긋방긋 웃는 아기도 없고 남편 네드는 샐리를 위해 내어 줄 자리도 없이 자신만의 세상에 살고 있었다.

　이 가정의 행복은 갑자기 찾아온 게 아니었다. 이제 존과 메그가 행복의 열쇠를 찾았으니 해를 거듭하여 살아가는 동안 그 행복을 활용하는 법을 배우게 될 것이다. 가난한 이들만 가질 수 있는 이 행복은 돈이 많다고 해서 살 수 있는 것이 아니다. 이런 행복한 가정이야 말로 젊은 아내와 엄마들이 만족할 수 있는 곳이다. 세상의 불안으로부터 안전하게 지켜줄 그 곳에서는 슬퍼도, 가난해도, 혹은 세월이 흘러도 곁을 지켜 줄 자식들이 있다. 그리고 날이 맑든 폭풍우가 치든 나란히 걸어 갈 충실한 친구인 남편도 있다. 메그가 깨달은 대로 여자가 가장 행복을 느낄 수 있는 왕국은 가정이며, 그 가정을 지휘하는 것이 여자에게는 가장 큰 영광이다. 여왕이 아니라 현명한 아내이자 엄마로서 말이다.

16

게으름뱅이 로런스

로리는 니스에 일주일 머무를 생각으로 갔지만 결국 한 달을 지내게 됐다. 혼자서 이곳저곳 돌아다니는 것도 지쳤고 낯선 타국에서 만난 에이미의 친근한 모습에 고향에 온 듯 따뜻함을 느꼈기 때문이다. 로리는 고향에서 주목받던 생활이 그리웠는데 그 기분을 니스에서 다시 만끽하게 된 것이다. 사실 낯선 이에게서 아무리 입에 발린 말을 들어도 고향에서 누이 같은 마치 가 자매들에게 칭찬을 받는 즐거움에 비하면 아무것도 아니었다. 에이미는 다른 사람들처럼 로리를 떠받들지는 않았지만 만나면 아주 반가워하면서 곁에 딱 붙어 있었다. 말로 다 표현할 수 없을 만큼 그리운 가족에 대한 사랑을 로리에게서 대신 느끼는 것 같았다. 두 사람은 함께 말을 타거나 산책을 하기도 하고 춤을 추었다. 니스에서 즐거운 계절을 보내는 동안 열심히 일하는 사람은 없었다. 두 사람은 함께 빈둥거리는 동안 서로가 너무 편하게 느껴졌다. 하지만 스스럼없이 격식을 차리지 않고 즐겁게 지내면서도 속으로는 서로를 의식하며 관찰했다. 로리는 날이 갈수록 에이미를 높이 평가하게 됐지만 에이미는 로리에 대해서 실망했다. 겉으로 표현하지는 않았지만 두 사람은 그 사실을 서로 느꼈다. 로리로 인해 여러모로 즐거웠던 에이미는 고마운 마음에 정성을 다 해 로리를 즐겁게 해 주려고 애썼고 꽤 성공적이었다. 반면 로리는 아무런 노력을 하지 않았다. 그저 편할 대로 스스로를 아무렇게나 방치했다. 한 여자에게서 매몰차게 버림받은 아픔을 잊으려 애쓰는 한편으로 자신이 힘든 만큼 다른 여자들이 자신에게 다정하게 대해야 한다고 생각하는 것 같았다. 로리는 인심 좋고 통이 커서 에이미가 원했다면 니스의 모든 장신구를 사주었을 것이다. 하지만 그러더라도 자신에 대한 에이미의 생각을 바꿀 수 없을 것임을 알고 있었다. 그 예리하고도 푸른 눈이 비난하듯 슬프게 자신을 보고 있는 게 끔찍하게 느껴졌기 때문이다.

"다들 오늘 모나코로 떠났어. 난 그냥 여기서 편지 쓰려고 가지 않았어. 이제 다 쓰고 발로사로 그림 그리러 갈 거야. 같이 갈래?" 어느 화창한 정오 무렵 평소처럼 빈둥거리고 있는 로리에게 에이미가 물었다.

"좋아, 그러지 뭐. 그런데 오랫동안 걷기엔 좀 덥지 않아?" 로리가 천천히 대답했다. 그늘 하나 없는 바깥을 보니 그늘진 응접실이 매력적으로 느껴졌다.

"마차를 타고 갈 거야. 바티스트가 말을 몰 거니까 넌 우산이나 들면 돼. 장갑을 더럽힐 일은 없으니 염려 마." 에이미가 얼룩 하나 없이 깨끗한 가죽 장갑을 빈정거리듯 흘깃 바라보며 대꾸했다. 어찌나 아끼는지 그 장갑은 로리의 약점이 되고 말았다.

"그럼 기꺼이 가지." 로리가 스케치북을 들려고 손을 내밀었다. 하지만 에이미가 잽싸게 스케치북을 팔에 끼웠다.

"고생스럽게 그러지 마. 이런 거 들 기운도 없어 보이는데 괜히 고생 마. 나한텐 아무것도 아니니까."

로리는 눈썹을 치켜 뜨고는 계단을 달려 내려가는 에이미 뒤에서 느긋한 걸음으로 따라갔다. 하지만 막상 마차에 타자 로리가 직접 말을 몰았고 어린 바티스트는 팔짱을 끼는 것 말고는 아무것도 할 것이 없어 자기 자리에 앉아 잠이 들었다.

두 사람은 싸우는 일이 없었다. 에이미는 아주 예의 발랐고 로리는 너무 게을렀기 때문이다. 잠시 후 로리가 모자 아래로 '갈까?' 하고 묻는 듯한 눈길로 쳐다보자 에이미가 미소로 대답했고 그렇게 두 사람은 다정하게 출발했다.

아주 기분 좋은 나들이 길이었다. 구불구불한 길을 따라 이어진 그림 같은 풍경에 눈이 즐거웠다. 어느 오래된 수도원에서 수도승들이 엄숙한 송가를 부르며 이쪽으로 내려오고 있었다. 맨발에 나무 신발을 신은 목동 하나가 뾰족한 모자를 쓰고 한쪽 어깨에 윗옷을 걸친 채 돌 위에 앉아 피리를 불고 있었다. 목동의 염소들은 바위 사이를 뛰어다니거나 그의 발치에 누워 있었다. 잿빛의 유순한 당나귀가 갓 뜯은 풀을 한가득 싣고 지나갔고 풀더미 사이에는 망토를 입은 예쁜 여자 아이 하나가 앉아 있었다. 옆에는 어느 노파가 실패를 돌리며 지나가고 있었다. 눈매가 부드럽고 피부가 까무잡잡한 아이들이 돌로 지은 오두막집에서 달려나오더니 꽃다발이나 오렌지를 가지째 내밀었다. 울퉁불퉁 옹이투성이 올리브나무들이 무성한 잎으로 언덕을 덮었고 과수원에는 황금빛 과일들이 열려 있었다. 길가에는 진홍색 아네모네가 피어 있었고 그 뒤로 초록 산비탈과 험준한 바위산 너머로 눈 덮인 마리팀 알프스[70]가 푸른 이탈리아 하늘을 배경으로 하얗게 솟아 있었다.

발로사는 이름값을 하는 곳이었다. 늘 여름 날씨가 이어져 가는 곳마다 장미가 만발해 있었다. 장미꽃은 흐드러지게 피어 아치길 위를 덮거나 대문의 격자 사이로 얼굴을 내밀고 지나가는 사람을 따뜻하게 맞아주었다. 언덕 위 대저택까지 이어지는 길가 레몬 나무와 야자수 사이에도 장미는 줄지어 피어 있었다. 그늘진 구석자리마다 꽃이 만발하여 발걸음을 멈추게 했다. 시원한 석굴에는 꽃으로 이루어진 베일이 드리워져 있었고 그 사이로는 대리석이 빛나

---

70   프랑스 동남부와 이탈리아 서북부에 걸쳐 있는 알프스 산맥의 일부.

고 있었다. 샘물에는 빨간색, 하얀색, 연분홍색 장미들이 제 얼굴을 비춰보며 아름다움에 미소를 지었다. 집 벽과 담장, 처마 할 것 없이 장미꽃이 덮여 있었고 넓은 테라스의 난간까지 장미꽃 천지였다. 그리고 그곳 테라스에서는 햇살 비치는 지중해와 하얀 담장의 해안가 도시가 내려다보였다.

"신혼 여행으로 오면 천국일 거 같아, 그렇지 않아? 이렇게 아름다운 장미를 본 적 있어?" 전망을 보기 위해 테라스에 잠시 멈춰 선 에이미가 바람결에 실려오는 장미향을 맡으며 물었다.

"아니, 이렇게 가시 많은 꽃도 본 적 없지." 로리가 엄지를 입에 물며 대꾸했다. 손이 닿지 않은 곳에 핀 붉은 장미 한 송이를 꺾으려다 가시에 찔린 모양이었다.

"아래쪽에서 가시 없는 꽃을 꺾으면 되지." 에이미가 뒤쪽 벽에 피어 있는 작은 하얀색 장미 세 송이를 능숙하게 꺾으며 말했다. 그리고 화해를 청하는 듯 로리의 옷 단춧구멍에 꽂아 주었다. 한동안 로리는 의미심장한 표정으로 그 꽃들을 내려다보았다. 상상력이 풍부한 젊은 남자들은 사소한 것에서도 낭만적인 것을 찾아내곤 했는데 달콤하면서도 씁쓸한 감정에 빠진 로리는 가시 돋은 빨간 장미를 꺾으면서 조를 떠올렸다. 조가 빨간 옷을 입고 고향 온실에서 나오던 모습이 떠오른 것이다. 그런데 에이미가 하얀색 장미를 주자 이상한 기분이 들었다. 이탈리아에서는 하얀 장미를 고인의 손에 쥐어 주지 절대 신부의 화관에 쓰지 않았다. 이탈리아인의 피가 섞인 로리는 이것이 조와 자신의 관계를 암시하는 일이 아닐까 하는 생각이 들었다. 하지만 바로 다음 순간 미국인의 기질이 발동한 로리는 기분이 좋아져 소리 내어 웃었다. 로리를 만난 이후로 에이미가 한 번도 들어 보지 못한 기분 좋은 웃음이었다.

"알아 두면 좋은 거잖아. 잘 기억해 뒀다가 이제 손가락 다치지 마." 에이미는 로리가 자신의 말을 듣고 웃는 거라 생각했다.

"고마워, 그렇게!" 로리는 농담처럼 말했다. 하지만 몇 달 후 에이미의 말을 진지하게 실천하게 될 줄은 몰랐다.

"로리, 할아버지에겐 언제 갈 거야?" 에이미가 통나무 의자에 앉으며 물었다.

"곧."

"지난 삼 주 동안 열두 번도 더 그렇게 말했어."

"대답은 짧을수록 좋지."

"할아버지가 기다리실 테니 가 보는 게 좋지 않을까?"

"다정하기는! 나도 알아."

"그럼 왜 안 가는 건데?"

"내가 원래 나쁜 놈이잖아."

"게을러서겠지. 정말 끔찍한 게으름뱅이지."

"하지만 그렇게 나쁜 것만도 아니야. 내가 가면 할아버지가 귀찮

314

아지실 테니 차라리 여기 있으면서 너를 좀 더 괴롭히는 게 낫지. 네가 좀 더 잘 견딜 테니까. 사실 난 그게 네 성미에 아주 잘 맞다고 생각하거든." 로리는 난간의 넓은 턱을 걸으려고 조심스레 올라섰다.

에이미는 졌다는 듯 고개를 저으며 스케치북을 펼쳤다. 하지만 말 나온 김에 '저 소년'에게 충고를 마저 해 줘야겠다는 생각에 다시 입을 열었다.

"지금 뭐하는 거야?"

"도마뱀 보고 있어."

"아니, 내 말은 어쩔 계획이냐고. 뭘 하고 싶냐고."

"네가 허락하면 담배를 피우고 싶어."

"자꾸 화나게 할래! 담배는 절대 안 돼. 하지만 내 그림의 모델이 되어 준다면 허락할게. 모델이 필요하거든."

"내 인생에 가장 큰 영광이지. 어떤 자세를 보여 줄까? 전신 아니면 반신? 물구나무서기를 할까, 아니면 일어설까? 기대고 누운 자세를 진지하게 추천할게. 그 그림에 너도 같이 그려 넣고 이렇게 제목을 붙이는 거야. '게으름의 즐거움.'"

"그냥 그대로 있어. 잠을 자도 좋아. 난 열심히 작업을 할 테니까." 에이미가 활기차게 말했다.

"정말 열정적이군!" 로리는 흡족한 표정으로 큰 항아리에 기대어 섰다.

"조 언니가 이 모습을 보면 뭐라고 할까?" 자신보다 훨씬 활기찬 언니의 이름을 말해서 로리를 자극하고 싶은 마음에 성급하게 물었다.

"언제나 그러듯 '저리 가, 테디, 난 바빠!'라고 하겠지." 로리가 큰 소리로 웃으며 말했다. 하지만 그 웃음은 어색했고 얼굴에는 그늘이 스쳤다. 익숙한 이름이 아직 낫지 않은 상처를 건드렸기 때문이다. 한 번도 들어 본 적 없는 말투와 본 적 없는 얼굴의 그늘에 순간 에이미는 깜짝 놀라고 말았다. 그리고 다시 로리의 얼굴에서 새로운 표정을 보았다. 그 힘들고 씁쓸한 표정은 고통과 불만과 후회로 가득했다. 하지만 에이미가 자세히 살펴보기 전에 그 표정은 금방 사라졌고 다시 아무 의욕 없는 얼굴이 되었다. 에이미는 잠시 예술적 시선으로 로리를 살폈다. 모자를 벗고 꿈꾸는 듯한 눈을 하고 햇살 아래 누운 로리는 정말 이탈리아 사람 같았다. 로리는 옆에 에이미가 있다는 사실을 잊고 몽상에 빠진 것 같았다.

"로리, 자신의 무덤 위에서 잠든 젊은 기사의 조각상 같아." 에이미가 잘 빚어진 옆모습을 조심스레 따라 그리며 말했다. 어두운 돌에 대비되어 얼굴 윤곽이 뚜렷하게 보였다.

"정말 그랬으면 좋겠다."

"바보 같은 소원이야. 인생을 망칠 생각인 거야? 너는 너무 변해서 가끔은-" 말을 멈춘 에이미의 표정이 수줍기도 하고 갈망하기도 하는 듯 보였다. 미처 마치지 못한 말보다 훨씬 의미심장한 표정이었다.

로리는 에이미가 미처 표현하지 못한 애정 어린 걱정을 보았고 또 이해했다. 그리고 예전에 마치 부인에게 말했던 것처럼 에이미의 눈을 똑바로 보며 말했다.

"괜찮아요, 부인!"

그 말에 에이미는 만족했고 최근 들어 에이미를 괴롭히던 걱정도 사라졌다. 에이미는 흐뭇한 마음을 따뜻한 말투로 표현했다.

"정말 다행이야. 네가 나쁜 사람이라고 생각하진 않았지만 혹시 그 사악한 도시 바덴바덴에서 돈을 흥청망청 쓰거나 매력적인 프랑스인 유부녀에게 마음을 빼앗기기라도 하면 어떡하나 걱정했어. 그게 아니면 젊은 남자들이 외국 여행을 가면 흔히들 저지르는 나쁜 짓을 하는 건 아닌지. 햇볕 속에 있지 말고 여기 풀밭으로 와서 누워. 우리 친해지자. 그리고 다 털어 놔 봐. 기억 나? 우리가 소파 구석 자리에서 비밀을 이야기하면 조 언니가 그랬잖아. '우리 친해지자. 그리고 다 털어놔 봐.'라고."

로리는 고분고분 풀밭으로 와 드러눕더니 옆에 놓여 있던 에이미의 모자 리본에 데이지 꽃을 재미삼아 꽂기 시작했다.

"난 비밀 얘기 들을 준비 다 됐어." 로리가 흥미진진한 눈으로 에이미를 올려다보았다.

"난 비밀이 없어. 로리가 시작해."

"나도 없는데. 집에서 새로운 소식이라도 들었나 보다 했어."

"최근 소식은 다 아는 거 아니었어? 조 언니가 자주 편지 보낼 거라 생각했어."

"조는 바쁘고 난 여기저기 돌아다니고 있으니 서로 연락하기가 힘들어. 그런데 화가 선생님은 언제 작품 활동 시작하실 건가요?" 로리는 에이미가 자신의 비밀을 알고 있는지 궁금했고 비밀에 대해 이야기를 하고 싶은 마음도 있었지만 왠지 갑작스레 화제를 바꾸었다.

"절대 하지 않을 거야!" 에이미는 풀 죽은 목소리였지만 단호하게 말했다. "로마가 내게서 모든 허영심을 거둬 갔어. 그곳에 있는 경이로운 작품들을 보고 났더니 난 살아 있을 가치도 없는 듯 절망스러워졌어. 결국 내 바보 같은 희망을 모두 내려놓게 됐어."

"넌 충분히 재능이 있고 또 열정도 넘치는데 왜?"

"바로 그거야. 재능이 천재성은 아니거든. 그리고 열정만으로 화가가 되는 것도 아니고. 위대한 화가가 되지 않을 바에야 아무것도 하지 않을래. 어정쩡한 환쟁이는 되고 싶지 않아. 그래서 이제 더 이상은 애쓰지 않으려고."

"그럼 이제 어떻게 할 생각인지 물어봐도 될까?"

"다른 재능을 키워서 기회가 된다면 사교계에서 빛을 발하고 싶어.”

　이야말로 에이미의 대담한 성격이 드러나는 말이었다. 이런 호방함은 젊은 사람들에게 어울렸고 에이미에게는 야망을 이룰 만한 자질이 충분했다. 로리는 미소를 지었다. 오랫동안 소중히 갖고 있던 목표가 사라졌어도 한탄하고 있을 겨를도 없이 새 목표를 세우는 에이미의 정신이 마음에 들었다.

　“좋아, 갑자기 프레드 본이 생각나는군.”

　에이미는 고개를 숙인 채 아무 말 하지 않았다. 하지만 로리의 말에 꽤 신경이 쓰인 표정이었다. 로리는 그 모습을 보고 고쳐 앉더니 진중하게 말했다.

　“이제부터 친오빠라 생각하고 물어 볼게. 그래도 돼?”

　“대답하겠다는 약속은 못 해.”

　“말은 그렇지만 표정은 아닌데? 넌 아직 자신의 감정을 속일만큼 세상 물정 밝은 여자가 아니니까. 작년에 너와 프레드에 관한 소문을 들었어. 내 개인적인 생각인데 그가 그렇게 갑자기 집으로 호출돼서 오랫동안 붙잡혀 있지 않았다면 너희 둘 사이에 무슨 일이 일어났을까?”

　“내가 대답할 수 있는 문제는 아니야.” 에이미가 새침하게 대답했지만 입술은 미소를 띠고 있었다. 게다가 두 눈은 반짝 빛나기까지 했다. 에이미는 자신의 힘을 알고 그 사실을 즐겼다.

"두 사람이 약혼한 건 아니지, 설마?" 로리가 갑자기 아주 큰 오빠처럼 근엄하게 물었다.

"안 했어."

"하지만 프레드가 다시 와서 청혼을 한다면 받아 줄 거구나, 그렇지?"

"아마도."

"그 늙은 프레드가 좋아?"

"노력하면 좋아할 수도 있지."

"하지만 적절한 순간이 올 때까지는 그럴 마음이 없는 거지? 이런 일이 일어날 거라곤 예상 못 했어! 프레드가 좋은 사람이긴 하지만 네가 좋아할 만한 사람은 아니야."

"부자에, 신사야. 그리고 성격도 유쾌하고." 에이미는 침착하고 당당하려 했다. 하지만 진심임에도 불구하고 조금 창피했다.

"이해해. 돈이 없으면 사교계의 여왕이 되는 것도 불가능하니까. 그래서 그런 식으로 결혼하려는 거야? 세상에 발 맞춰서 참 적절하고 올바르게 선택하는구나. 그런데 마치 부인의 딸 입에서 나온 말이라고는 상상하기 어려운걸."

"아무리 그래도 현실은 어쩔 수 없으니까!"

짧은 한마디였지만 그 말에서 느껴지는 결심은 어린 소녀답지 않게 차분하고도 단호했다. 로리는 설명할 수 없는 실망감을 느끼며 다시 드러누웠다. 스스로도 자신의 생각이 불만스러웠던 에이미는 아무 말 없는 로리의 표정을 보니 마음이 더욱 혼란스러웠고 결국 한마디 해야겠다고 마음먹었다.

"조금 기분 나쁠 수도 있는 말을 하려는데 들어줬으면 좋겠어." 에이미가 날 선 목소리로 말했다.

"내 말이나 들어줘, 아가씨!"

"애써 볼게." 에이미는 금방이라도 그렇게 할 듯했다.

"그럼 해 봐. 허락할 테니." 로리는 아주 오랜만에 누군가를 놀리는 일이 즐거웠다.

"오 분만에 화낼 텐데."

"난 절대 너한테 화내지 않아. 불을 피우려면 부싯돌 두 개가 필요한 법이야. 그런데 넌 눈처럼 차갑고 부드러운걸."

"날 몰라서 하는 소리지. 눈도 제대로 다루면 빛이 나기도 하고 얼얼하기도 해. 네가 무관심한 척해도 어느 정도 애정이 있다는 거 알아. 제대로 파 보면 금방 알지."

"네가 아무리 들쑤셔도 난 괜찮아. 덩치 큰 남편이 작은 아내한테 맞는 것처럼 나를 남편이나 카펫이라 생각하고 지칠 때까지 때려 봐. 재미있을지도 모르지."

에이미는 로리가 그토록 바뀐 건 냉담함 때문이라 생각했다. 로리가 그 냉담함을 떨쳐버리는 모습을 꼭 봐야겠다고 에이미는 각오를 다졌다.

"플로와 내가 너에게 별명을 붙여 주기로 했어. '게으름뱅이 로런스'[71]야. 어때?"

에이미는 이 말에 로리가 화를 낼 거라 생각했지만 로리는 두 손으로 턱을 괴고는 침착한 얼굴로 말했다. "나쁘지 않은데! 아가씨들, 고마워."

"내가 솔직히 널 어떻게 생각하는지 말해 줄까?"

"부디 말해 줘."

"경멸해."

에이미가 토라진 말투나 애교 섞인 말투로 '미워해.'라고 말했다면 로리는 가볍게 여기며 웃고 말았겠지만 슬픔에 빠진 듯 진지한 목소리로 경멸한다고 말하자 로리는 정신이 번쩍 들어 얼른 물었다.

"왜? 이유가 뭐야?"

"남에게 도움이 되는 착하고 행복한 사람이 될 기회가 많은데도 게으르고 비참한 결점투성이로 사니까."

"좀 강한 충고군, 아가씨."

"괜찮으면 계속할게."

"그래. 계속해 봐. 꽤 흥미롭군."

71   마리아 에지워스의 〈부모의 조수 the parent's assistant〉(1800)에 수록된 단편 제목.

"그렇게 생각할 거 같았어. 이기적인 사람들은 늘 자신에 대해 말하는 걸 좋아하니까."

"내가 이기적이야?" 로리는 놀라서 저도 모르게 물었다. 로리는 스스로 아주 관대하다고 자부하고 있었기 때문이다.

"응, 아주 이기적이지." 에이미는 차분하고 냉정한 목소리로 말했는데 화난 목소리보다도 두 배는 효과적이었다. "같이 지내는 동안 가만히 봤더니 도무지 이해가 안 돼. 외국에서 거의 육개월이나 지내면서 한 일이라곤 돈과 시간을 낭비하면서 친구들을 실망시키는 것뿐이었잖아."

"사 년 동안 고생하면서 공부한 친구가 그 정도 즐기는 것도 안 돼?"

"그만큼 즐겼으면서 아직도 부족해 보여. 전혀 나아지는 게 없는 것 같아. 처음 만났을 때 어른스러워졌다고 말했는데, 지금 그 말은 취소할래. 내가 고향을 떠났을 때보다 오히려 더 나빠진 것 같아. 끔찍하리만큼 게을러진데다 소문거리 좋아하고 하찮은 일에 시간을 낭비하지. 어리석은 사람들이 떠받들어 주는 것에 만족해서는 우쭐해. 현명한 사람들에게 사랑받고 존경받을 생각은 못한 채 말이야. 넌 돈, 재능, 지위, 건강, 외모 이 모든 것들을 다 가졌으니 할 수 있는 게 얼마나 많아? 지금보다 훨씬 나은 사람이 될 수 있으면서 아무것도 하지 않고 빈둥거리기만 해. 넌 그저-" 에이미는 고통스럽고도 안쓰러운 표정을 지으며 더 이상 말을 잇지 못했다.

"석쇠 위에서 죽어가는 성 로런스[72]지." 로리가 에이미의 말에 온화하게 덧붙여 말했다. 그런데 에이미의 쓴소리는 벌써 효과가 나타나기 시작했다. 로리의 두 눈이 반짝이기 시작했고 앞서의 무심한 표정 대신에 화나고 상처받은 얼굴이 보였다.

"그렇게 받아들일 거라 생각했어. 남자들은 여자들을 천사라고 하면서 뭐든 시키는 대로 다 할 수 있을 것처럼 하지만 정작 우리가 쓴소리를 하면 비웃으면서 들으려 하지 않지. 그걸 보면 남자들이 하는 아부는 믿을 수가 없어." 에이미가 신랄하게 말했다. 그리고 발치에서 분노하는 순교자에게서 등을 돌리고 돌아섰다.

잠시 후 스케치북으로 손 하나가 불쑥 나타나 에이미는 그림을 그릴 수가 없었다. 로리가 후회하는 아이의 목소리를 우스꽝스럽게 흉내 내며 말했다.

"착해질게요! 정말이에요, 착해질게요!"

하지만 에이미는 웃지 않고 연필로 로리의 손을 톡톡 치며 진지하게 말했다.

"이런 손이 부끄럽지 않아? 여자 손처럼 하얗고 부드러운데다 고급 장갑을 끼고 여자들에게 꽃을 꺾어주는 일 말고는 아무것도 해 본 적 없는 것 같은 이 손 말이야. 그래도 멋 부리는 남자가 아니

---

72 성 로런스는 로마의 순교자로 구전에 의하면 석쇠 위에서 불타 죽었다고 한다.

라 얼마나 고마운지. 다이아몬드나 인장이 새겨진 큰 반지는 안 꼈으니 말이야. 옛날에 조 언니가 준 낡은 반지뿐이네. 세상에! 언니가 와서 나를 좀 거들어야 하는데 말이야.”

“그러게 말이야!”

로리가 얼른 손을 감추었다. 그런 로리의 모습을 보니 불현듯 지금껏 해 보지 못한 생각이 에이미의 머리를 스쳤다. 로리는 모자로 얼굴을 반쯤 가린 채 누워 있었다. 입은 콧수염에 가려 보이지 않았고 가슴이 오르락내리락하는 것만 보였는데 길게 한숨을 쉬는 것 같았다. 로리는 반지를 낀 손이 무척 소중한 듯 풀 속으로 감췄다. 그 순간 여러가지 사소한 일들이 에이미의 머릿속에서 이야기를 엮어 내었다. 언니에게서 한 번도 들어보지 못한 일들이었지만 의미 있는 이야기가 되어 갔다. 그리고 에이미는 로리가 한 번도 조의 이야기를 먼저 꺼낸 적이 없다는 사실을 생각해 냈다. 지금 그의 얼굴에 드리워진 그늘과 바뀐 성격, 멋진 손에 어울리지 않는 작고 오래된 반지도 뭔가 의미심장하게 다가왔다. 여자들은 보통 그런 징후를 금방 알아차리게 마련이다. 에이미는 로리가 변한 이유가 어쩌면 사랑의 괴로움 때문일지도 모른다고 어렴풋이 생각했는데 이제 확신하게 되었다. 에이미의 날카로운 두 눈은 확신으로 가득했고 에이미의 목소리는 더없이 부드럽고 다정해졌다.

“내가 이런 말 할 자격이 없다는 건 알아, 로리. 네가 그렇게 다정한 사람이 아니었다면 아마 나한테 아주 많이 화를 냈겠지. 하지만 우린 모두 너를 좋아하고 자랑스럽게 생각해. 그런데 가족들 중 누군가 나처럼 너에게 실망할 거라 생각하니 참을 수가 없었어. 나보다도 그들이 로리의 변화를 더 잘 이해할 텐데 말이야."

"나도 그렇게 생각해." 모자 아래에서 어두운 목소리가 들렸다. 상심한 듯 애잔했다.

"가족들이 나에게 미리 알려줬더라면 그렇게 심하게 나무라지 않았을 거야. 그 어느 때보다도 인내심을 가지고 다정하게 대했어야 했는데. 내 잘못이야. 난 그 랜들 양처럼 못 해. 이제 랜들 양이 미워!" 에이미는 자신의 짐작이 맞는지 확인하고 싶어서 앙큼하게 로리를 떠 보았다.

"뜬금없이 랜들 양은!" 로리가 모자를 벗어 던지며 격한 반응을 보였다. 랜들 양과는 아무 상관이 없는 게 분명했다.

"미안해. 난-" 에이미는 의도적으로 말을 멈추었다.

"아니, 도대체 무슨 말이야. 넌 내가 조 말고는 그 누구에게도 관심 없다는 거 잘 알고 있었잖아." 로리가 예전처럼 다소 경솔하게 말하면서 고개를 돌렸다.

"나도 그렇게 생각했지. 하지만 가족들이 아무 말도 해 주지 않았고 너는 이렇게 여행을 왔잖아. 내가 착각하는 줄 알았어. 조 언니가 다정하게 대해 주지 않았던 거야? 난 언니가 너를 사랑한다 생각했어."

"조는 나에게 다정했어. 하지만 내가 원하는 방식이 아니었지. 조가 나를 사랑하지 않은 건 행운일지도 모르겠다. 네 생각대로 내가 쓸모 없는 놈이라면 말이야. 하지만 날 거절한 건 분명 조의 실수야. 그렇게 전해줘."

로리는 다시 비통하고 고통스러운 표정이 되었다. 그런 로리를 어떻게 위로를 할 지 몰라 에이미는 괴로웠다.

"내가 잘못했어. 난 몰랐단 말이야. 못되게 굴어서 미안해. 잘 견디기를 바라는 것밖에는 내가 해 줄 수 있는 게 없어, 테디."

"하지 마. 그 이름은 조만 부를 수 있어." 로리는 얼른 손을 들어 에이미의 말을 막았다. 그건 조가 다정한 말투로 꾸짖을 때 자신을 부르던 이름이었다. "네가 직접 겪어 보기 전에는 이해하지 못할 거야." 로리는 풀을 한 줌 뽑으면서 낮은 목소리로 덧붙였다.

"나라면 남자답게 받아들일 거야. 그리고 사랑받을 수 없다면 존경받을래." 에이미는 그런 일에 대해서는 아무것도 모르는 사람답게 용감하게 말했다.

로리는 정말 잘 견디고 있다고 스스로 대견해했다. 끙끙 앓은 적도 없고 동정을 바란 적도 없었다. 고민은 저 멀리 떨쳐버리고 살고 있었다. 그런데 에이미에게서 쓴소리를 듣자 모든 것이 새롭게 보였다. 사랑에 실패했다고 해서 상심하고 우울해하며 스스로를 무관심 속에 가둔 것이 처음으로 나약하고 이기적으로 보였다. 우울한 꿈을 꾸다가 갑자기 누가 막 흔드는 바람에 깨어났는데 도무지 다시 잠들 수 없는 기분이었다. 이윽고 로리는 일어나 앉더니 천천히 물었다.

"조도 너처럼 나를 경멸할까?"

"지금의 너를 보면 그럴 거야. 언니는 게으른 사람을 싫어하거든. 다시 만나면 언니가 사랑에 빠질 수 있도록 좀 멋진 사람이 돼 보는 건 어때?"

"이미 최선을 다했지만 소용없었어."

"우수한 성적으로 학교를 졸업한 걸 말하는 거야? 그건 할아버지를 위해서 해야 했던 거잖아. 그렇게 돈과 시간을 쓰고도 실패했다면 그거야 말로 부끄러운 일이었겠지. 다들 네가 잘 할 수 있을 거라고 생각했어."

"네가 무슨 말을 하더라도 난 실패한 거야. 조가 나를 사랑하지 않으니까." 로리가 풀 죽은 얼굴로 팔베개를 했다.

"아니야. 그런 말은 마지막에 하는 거야. 노력하면 해낼 수 있다는 걸 알게 됐잖아. 다른 목표를 세워 봐. 걱정은 사라지고 다시 활기차고 행복해질 거야."

"그건 불가능해!"

"일단 한 번 해 봐. 모르는 체할 필요도 없고 '그런 건 조가 뻔히 알고 있다'고 생각할 필요도 없어. 난 똑똑하진 않지만 늘 유심히 관찰하기 때문에 사람들이 생각하는 것보다 많은 것들을 봐. 난 다른 사람들의 경험과 모순적인 행동에 관심이 많아. 그리고 그것들을 잘 기억했다가 이용하지. 기왕 마음먹은 거라면 평생 조 언니를 사랑해. 하지만 그 일로 자신을 망치지는 마. 원하는 것을 갖지 못했다고 선물 같은 재능들을 내팽개치는 건 나쁜 짓이야. 이제 내 쓴소리는 여기서 끝. 이만하면 정신차렸을 거라 생각해. 이제 그 무심한 언니 덕분에 진정한 남자가 되겠지."

한동안 두 사람 모두 아무 말이 없었다. 로리는 앉아서 손가락에 낀 반지를 빙빙 돌리고 있었고 에이미는 이야기를 하느라 스케치한 그림을 급하게 마무리하고 있었다. 잠시 후 에이미가 로리의 무릎에 그림을 올려놓으며 말했다.

"이 그림 어때?"

로리가 그림을 보더니 미소를 지었다. 너무 잘 그린 그림이라 미소짓지 않을 수 없었다. 아무런 의욕이 없는 표정에 반쯤 감긴 눈, 한 손에는 담배를 들고 풀밭에 길게 드러누운 게으른 모습의 로리였다. 담배에서 나오는 연기가 몽상가의 머리에 원을 그리고 있었다.

"정말 잘 그렸다!" 로리는 에이미의 실력에 진심으로 놀라고 감동했다. 그리고 억지 웃음을 웃으며 덧붙였다.

"그래, 이게 나지."

"그게 지금 모습이라면 이건 예전 모습." 에이미는 로리가 들고 있는 스케치 옆에 다른 스케치를 내밀었다.

아주 잘 그린 그림은 아니었지만 생기와 활력이 넘치는 로리 모습이었다. 갑작스러운 변화가 휩쓸고 가 버린 젊은 남자의 옛 얼굴이 생생하게 묘사되어 있었다. 모자와 코트를 벗은 채 말을 길들이고 있는 로리의 모습을 대충 그린 것일 뿐이었지만 그림 속 로리의 활기찬 모습, 결의에 찬 얼굴, 당당한 몸가짐에는 기운과 의지로 가득했다. 이제 막 진정한 듯한 멋진 말은 단단하게 당겨진 고삐에 목을 숙이고 선 채 못 견디겠다는 듯 한쪽 발로 땅을 긁고 있고 주인이 된 남자의 목소리에 귀를 기울이는 듯 두 귀를 쫑긋 세우고 있었다. 물결치는 말갈기 옆에 보이는 로리의 흩날리는 머리칼과 꼿꼿한 자세 속에서 힘과 용기, 젊음이 느껴졌다. 그것은 '게으름의 즐거움'에 드러난 무기력한 우아함과는 극명한 대비를 이루고 있었다. 로리는 아무 말도 하지 않고 두 그림을 번갈아 쳐다보았다. 에이미는 로리가 얼굴을 붉히며 입술을 꼭 다무는 모습을 보았다. 자신이 말해 준 것들을 로리가 받아들인 것 같아 흡족해진 에이미는 로리가 말할 때까지 기다리지 않고 먼저 활기차게 말했다.

"퍽과 함께 '레어리'를 길들이던 날 기억 나지? 우리가 다 지켜보고 있었잖아. 메그 언니랑 베스 언니는 겁에 질렸고 조 언니는 손뼉을 치며 뛰어다녔지. 난 울타리에 앉아 로리를 그렸어. 며칠 전에 그 그림을 작품집 속에서 우연히 발견했지. 너에게 보여주려고 손을 좀 봐서 갖고 있었어."

"정말 고마워! 그 이후로 그림 실력이 무지 늘었구나. 훌륭해. 그런데 이 천국 같은 곳에 좀 더 머물고 싶지만 가야할 시간이야. 너희 호텔 저녁 시간이 다섯 시잖아."

로리는 그렇게 말하면서 일어섰다. 미소를 띤 얼굴로 고개를 숙이며 그림을 돌려주고는 시계를 바라보았다. 아무리 훌륭한 잔소리도 끝낼 시간이 왔다고 알려주려는 듯 말이다. 로리는 아까처럼 편하고 무심한 척하려 했지만 이제 그런 행동은 허세였다. 에이미의 자극이 꽤 효과가 있었던 것이다. 에이미는 로리의 행동에서 냉담함을 느끼고 혼잣말을 했다.

"내 말에 기분이 나빠진 게 분명해. 하지만 로리에게 도움이 된다면 그가 나를 미워하게 된다 하더라도 괜찮아. 안타깝지만 사실이니까. 이제 와서 그 말들을 취소할 수는 없어."

두 사람은 호텔로 돌아가는 내내 함께 웃으며 떠들었고 그 모습을 본 뒷자리 높이 앉은 꼬마 바티스트는 두 신사 숙녀가 아주 기분이 좋은가 보다 생각했다. 하지만 두 사람 모두 속으로는 불편했다. 우정 어린 솔직함은 위태로워졌고 햇살 비치듯 환하던 두 사람 사이에는 어느새 그늘이 드리워졌다. 겉으로는 쾌활해 보였지만 두 사람 모두 마음 속으로는 불만스러웠다.

"오늘 저녁에 만날까?"

숙모의 방문 앞에서 헤어지면서 에이미가 물었다.

"아쉽지만 저녁에 약속이 있어. 오 허부아[73], 마드무아젤." 로리
는 프랑스 식으로 에이미의 손에 입을 맞출 듯 몸을 숙였다. 그 어떤
남자보다도 로리에게 잘 어울리는 모습이었다. 그런데 로리의 표정
에서 뭔가를 느낀 에이미가 얼른 따뜻하게 말했다.

"아니, 로리, 나한테는 자연스럽게 행동해. 옛날처럼 인사해. 난
진심 어린 영국식 악수가 감상적인 프랑스식 인사보다 더 좋아."

"잘 자, 에이미." 에이미가 좋아하는 어투로 인사를 하고 악수
를 한 후 로리가 떠났다. 서로의 진심이 느껴져 두 사람 모두 마음이
아픈 악수였다.

이튿날 아침, 늘 찾아오던 로리는 오지 않았고 대신 에이미는 쪽
지 하나를 받았다. 쪽지를 읽기 시작할 때는 미소를 지었지만 끝에
는 한숨을 쉬었다.

나의 멘토에게.

'게으름뱅이 로런스'가 할아버지에게 돌아가기로 했으니 마음
껏 기뻐해. 숙모님께는 내 작별 인사를 전해 줘. 남은 겨울을 즐겁게

---

73   au revoir, '안녕.'이라는 뜻의 프랑스어 작별 인사.

보내길 바랄게. 그리고 행복한 신혼여행은 발로사로 갈 수 있도록 기도해 줄게. 프레드가 행운을 잡게 되겠군. 축하한다고 전해줘.

고마운 마음을 담아, 텔레마코스[74]가.

"기특하기도 하지! 로리가 떠나서 다행이야." 에이미가 흐뭇한 미소를 지으며 말했다. 하지만 빈 방을 둘러보는 에이미의 얼굴이 시무룩해지는가 싶더니 저도 모르게 한숨을 내쉬며 말했다.

"그래, 다행이긴 한데, 어쩐지 로리가 보고싶은걸."

---

74   오디세이우스의 아들. 아버지 오디세이우스가 트로이 전쟁에서 돌아오지 않자 어머니의 구혼자들을 상대하면서 용감한 젊은이로 성장한다.

17

어둠의 골짜기

처음 베스의 건강에 관한 사실을 알았을 때의 슬픔이 잦아들자 가족들은 피할 수 없는 현실임을 받아들이게 되었다. 그들은 서로를 도우며 씩씩하게 견뎌 내기 위해 노력했다. 서로에 대한 사랑은 어려운 시기의 가족을 하나로 묶는 힘이 되었다. 그들은 슬픔을 밀어두고 남은 시간을 행복하게 보내기 위해 각자 최선을 다했다.

집에서 가장 쾌적한 방은 베스가 쓰게 하고 그 방에는 꽃, 그림, 피아노, 작은 작업대, 사랑스러운 고양이까지 베스가 가장 좋아하는 것들을 넣어 두었다. 아빠의 좋은 책들도 그 방에 넣었고 엄마의 안락의자와 조의 책상, 에이미의 아름다운 그림도 그 방에 두었다. 메그는 매일같이 순례를 하듯 쌍둥이를 데리고 왔고 쌍둥이는 베스 이모를 위해 햇살을 만들어 주었다. 존은 멀찌감치에서 조용히 베스가 좋아하는 과일이 떨어지지 않도록 해 주었다. 해나는 예측

할 수 없는 베스의 입맛을 맞추느라 지치지 않고 음식을 만들면서 이따금 눈물을 떨구기도 했다. 바다 건너에서는 작은 선물과 신나는 편지가 왔는데 마치 겨울을 모르는 나라에서 따뜻하고 향기로운 숨결이 불어오는 것 같았다.

다들 베스를 가족 성전에 모신 성인처럼 소중하게 대했다. 베스는 변함없이 조용히 앉아 부지런히 일했다. 상냥하고 남을 위하는 성격은 변할 수가 없어서 자신이 떠난 뒤 남겨질 사람들을 더 행복하게 해 주기 위해 노력하며 떠날 시간을 준비했다. 가녀린 손가락은 결코 빈둥거리지 않았다. 베스의 즐거움 중 하나는 매일같이 학교에 가는 어린 아이들에게 작은 것들을 만들어 창 밖으로 주는 것이었다. 파랗게 꽁꽁 언 손을 위해 장갑을, 인형을 많이 갖고 있는 어린 인형 엄마에게는 바늘겨레를, 글씨에 서툴러 고생인 아이들에게는 펜닦이를, 그림을 좋아하는 아이들에게는 그림 모음집을 만들어 아이들을 즐겁게 해 주었다. 배움의 사다리를 마지못해 오르던 아이들은 그들이 가는 길이 꽃으로 덮여 있으며 상냥한 요정이 위에 앉아서 자신들이 좋아하고 꼭 필요한 선물들을 기적처럼 내려준다 생각하게 되었다. 베스가 대가를 바란 적은 없지만 고개를 끄덕이고 미소를 지으며 창문을 올려다보는 아이들의 밝은 얼굴 속에서, 그리고 잉크 자국과 감사의 인사로 가득한 작은 편지들 속에서 충분하게 보상을 받고 있었다.

처음 몇 달 동안은 아주 행복했다. 베스는 종종 자신의 방에 다들 모여 앉아 있는 모습을 돌아보며 "아름답기도 하지!"라고 말하곤 했다. 햇살 쏟아지는 베스의 방에서 아기들은 바닥에서 발을 차고 놀고 그 옆에서 엄마와 언니들은 바느질을 하고 아버지는 즐거운 목소리로 성현의 말씀이 적힌 책을 읽어 주었다. 그 책은 수 세기 전에 쓰였지만 지금도 적용할 수 있는 훌륭한 말씀들로 가득했다. 그곳은 작은 예배당이 되었고 목사인 아버지는 희망을 품으면 사랑하는 마음을 위로할 수 있으며 믿는 마음은 어려움을 이겨낼 수 있게 한다는 사실을 가족들에게 설교했다. 소박한 설교는 듣는 이의 영혼을 울렸다. 종교적 믿음이 큰 아버지의 머뭇거리듯 떨리는 목소리는 한층 더 깊은 호소력을 불러 일으켜 가슴 깊게 와 닿았다.

이 평화로운 시간은 앞으로 다가올 슬픈 시간을 준비하라는 의미로 주어진 것 같았다. 어느 순간 베스는 바늘이 '너무 무겁다'고 말하고는 집어들지 못했다. 대화를 나누는 것도 힘들어했고 얼굴을 마주하는 것도 괴로워했다. 고통이 베스를 잠식했다. 고요한 마음은 연약한 살갗을 괴롭히는 병으로 몹시 힘들었다. 가혹한 낮과 기나긴 밤, 그들은 고통스러운 마음으로 쉬지 않고 애원의 기도를 했다. 하지만 사랑하는 베스가 야윈 손을 뻗으며 '살려줘요! 도와주세요!'라며 비통하게 우는 소리를 들으면서도 아무것도 해줄 것이 없었다. 고요한 영혼이 사그라들고 어린 생명이 죽음과 사투를 벌였다. 감사하게도 그 고통은 짧았고 폭풍 같은 시간이 끝나자 옛날의 평화가 찾아왔다. 베스는 그 어느 때보다도 아름다웠다. 연약해진 몸은 만신창이였지만 베스의 영혼은 점점 강해졌다. 베스가 말하지는 않았지만 다들 베스가 준비를 마쳤음을 느꼈다. 가장 사랑을 받는 사람이 가장 먼저 부름을 받는다는 것을 깨닫고 베스가 강을 건널 때의 빛나는 순간을 함께 하기 위해 기다렸다.

베스가 "언니가 함께 있으면 더 강해지는 것 같다."고 말한 이후로 조는 잠시도 베스 곁을 떠나지 않았다. 방 안 소파에서 잠을 자다 중간에 잠을 깨어 난롯불을 살피고 환자를 보살폈다. 하지만 베스는 뭔가를 요구하는 법이 없었고 폐가 되지 않도록 항상 애썼다. 조는 하루 종일 방 안을 서성이며 베스를 보살폈고, 베스가 자신을 선택해 준 것을 인생 최고의 영광으로 여기며 자랑스러워했다. 그 시간은 또한 조에게 있어서도 소중하고도 유익한 시간이었다. 인내하는 시간 동안 많은 것을 배웠기 때문이다. 바로 모든 이에 대한 사랑이었다. 또한 상대의 불친절함을 잊고 진정으로 용서해 줄 수 있는 아름다운 마음, 어려운 일마저도 쉽게 할 수 있는 의무감, 아무것도 두려워하지 않고 의심없이 믿을 수 있는 진실한 믿음을 배우게 되었다.

가끔 조가 밤에 눈을 떠 보면 베스가 잠을 이루지 못하고 다 닳은 성경을 읽고 있거나 조용히 노래를 부르고 있는 일이 있었다. 손에 얼굴을 묻고 손가락 사이로 눈물을 흘리는 베스를 본 적도 있었다. 조는 누운 채 베스를 보며 깊은 생각에 잠겼다. 베스는 자신만의 단순하고도 이기적이지 않은 방식으로 자신의 지난 생과 이별하고 새로 만나게 될 세상에 적응하려 애쓰는 것 같았다. 성경 말씀과 조용한 기도, 그리고 사랑하는 음악을 통해 위안을 얻는 것이다.

베스의 이런 모습은 조에게 훌륭한 설교나 성스러운 찬송가, 열띤 기도보다도 더 많은 깨달음을 주었다. 조는 수없이 눈물을 흘리고 마음 아파하며 베스의 아름다운 삶을 되돌아보았다. 특별한 사건도 없고 큰 야망도 없었지만 '달콤한 향이 풍기고 흙먼지 속에서도 꽃이 피는'[75] 진정한 미덕으로 가득한 삶이었다. 베스의 헌신은 세상에서는 가장 겸손하였고 천상에서는 가장 빨리 기억되었으니 모든 이가 바라는 진정한 성공을 이룬 것이다.

어느 밤, 베스는 테이블에 앉아 책을 뒤지고 있었다. 고통만큼이나 견디기 힘든 권태로움을 잊기 위해서였다. 예전에 좋아했던 ≪천로역정≫의 책장을 넘기다 조의 필체로 휘갈겨 쓴 종이 한 장을 발견했다. 종이에 적힌 이름이 눈길을 사로잡았다. 여기저기 얼룩진 자국을 봐선 눈물을 떨군 게 분명했다.

"가엾은 언니, 곤히 잠이 들었구나. 이것 때문에 괜히 깨우지는

---

75   극작가 제임스 셜리의 작품 〈the contention of ajax and ulysses〉속 한 구절을 인용했다.

말아야지. 언니는 나에게 모든 것을 보여주니 이걸 봐도 괜찮을 거야." 베스는 언니를 한번 슬쩍 보며 생각했다. 조는 불이 꺼지면 바로 일어나 불을 살리도록 부젓가락을 옆에 두고 깔개에 누워 자고 있었다.

나의 베스

축복의 빛이 올 때까지

고통을 참으며 어둠 속에 앉은

고요하고 숭고한 모습은

고난에 빠진 우리 가정에 빛을 내려주네.

이 땅의 기쁨과 희망과 슬픔은

지금 그 아이가 굳건히 두 발 딛고 선 깊고 잔잔한 강가

잔물결처럼 부서지니

오, 내 동생 베스,

이 세상 근심과 반목을 벗어 던지고

나를 스쳐 지나가니

네 삶을 아름답게 빛내던

그 덕목들은 선물로 내게 남기고

고통의 감옥 속에서

불평 없이 씩씩하게 지탱할 힘을 주던

그 인내심을 내게 물려다오.

굳건한 두 발로 내딛고 가야할 길을

푸르게 만들어 준

현명하고도 달콤한 용기와,

사랑하는 이의 잘못을 용서해 줄 수 있는

이타적인 마음과 신성한 자애심을

나에게 주렴.

또한 그 착한 마음으로

내 잘못도 용서해 주렴!

그리하여 우리의 이별에

쓰디쓴 고통은 매일 사라지고

아픔을 견디는 동안

내 상실감은 열매를 맺으니

슬픔은 내 거친 성정을 누그러트리고

새 열망을 불어넣어 주나니

드러나지 않은 새 믿음이라.

이제부터 나는

안전하게 강을 건너

그곳에서 나를 기다리는

사랑스러운 영혼을 영원히 볼 것이다.

내 슬픔에서 태어난 희망과 믿음은

수호천사가 되고

앞서 간 나의 자매가

나를 이끌어 줄 지니.

눈물로 얼룩진 종이에 행들은 온통 삐뚤삐뚤했지만 그 시를 읽은 베스의 얼굴에서는 이루 표현할 수 없는 안도감이 느껴졌다. 지금까지 한 것이 아무것도 없다는 생각으로 아쉬워하던 베스는 자신의 인생이 쓸모없지는 않았으며 죽음이 절망을 가져오는 것은 아니라고 생각하게 되었다. 종이를 접어 두 손에 쥐고 앉자 다 탄 숯이 부서져 내렸다. 조가 잠에서 깨어 불꽃을 살린 후 베스가 깨지 않았기를 바라며 침대 곁으로 살그머니 다가왔다.

"나 안 자고 있어, 언니. 지금 너무 행복해. 이 시를 우연히 발견하고 읽었어. 언니가 걱정하지 않는다는 건 알고 있었어. 그런데 내가 언니에게 이 모든 걸 해 줬단 말이야?" 베스가 겸손하면서도 진지하게 물었다.

"아, 베스, 물론이지, 넌 내게 정말 많은 걸 해 줬어!" 조는 베스의 머리맡으로 고개를 숙였다.

"그럼 내가 내 인생을 낭비한 건 아닌 거야. 언니가 말한 만큼은 아니지만 올바른 사람이 되려고 많이 노력했으니까. 더 잘 하려고 시작하기엔 이제 너무 늦었지만 내가 누군가에게 도움이 되고 또 누군가 나를 이렇게 사랑한다는 걸 아니까 많이 위로가 돼."

"세상 그 누구보다도 넌 소중한 사람이야, 베스. 난 널 보낼 수 없다고 생각했어. 하지만 너를 잃는 게 아니라고 생각하는 법을 배우고 있어. 넌 그 어느 때보다도 나에게 소중하니 죽음도 우리를 갈라 놓을 수 없어. 겉으로는 그렇게 보일지 모르겠지만."

"나도 그렇게 생각해. 그리고 이제 죽음이 더 이상 두렵지 않아. 난 언제까지나 언니의 동생 베스로 남아 언니를 사랑하고 도울 거야. 내가 가고 나면 언니는 나 대신 엄마 아빠를 보살펴 줘. 두 분은 언니를 의지할 거야. 실망시켜 드려선 안 돼. 언니 혼자 감당하기 힘들면 내가 언니를 기억하고 있다는 걸 잊지 마. 그러면 멋진 책을 쓰는 일이나 세상을 구경하는 것보다 부모님 보살피는 일이 더 행복할 거야. 우리가 이 세상을 떠날 때 갖고 갈 수 있는 건 사랑뿐이거든. 사랑이 있어서 마지막이 편안할 수 있는 거야."

"그렇게 할게, 베스." 그리고 조는 그 자리에서 자신의 오래된 소망을 포기하고 새롭고 더 나은 소망을 이루겠다고 맹세했다. 보잘 것 없는 자신의 소망 대신 사랑의 영원함을 믿으니 위안이 느껴졌다.

그렇게 봄날이 지나가고 있었다. 하늘은 점점 청명해지고 땅은 푸르러졌으며 꽃들은 아름답게 피어났다. 그리고 새들이 베스에게 작별인사를 하러 돌아왔다. 베스는 몹시 지쳤지만 신앙 깊은 아이답게 자신의 일생을 이끌어준 손을 붙잡고 엄마 아빠의 보살핌 속에 어둠의 골짜기를 지나 신에게로 인도되었다.

이야기 속이 아니라면 죽어가는 사람이 기억할 만한 말을 하거나 환영을 보거나 행복한 표정으로 떠나는 경우는 드물다. 영혼들과 이별을 많이 해 본 사람은 대부분 마지막 순간은 자는 것처럼 자연스럽고 단순하다는 것을 알 것이다. 베스가 희망했던 대로 '밀물이 편안하게 지나갔다.' 그리고 새벽이 오기 전 어둠 속에서 자신이 첫 숨을 쉬었던 그 가슴에 안겨 조용히 마지막 숨을 쉬었다. 그저 사랑스러운 표정으로 작은 한숨을 내쉬었을 뿐 작별 인사도 없었다.

엄마와 언니들은 눈물과 기도와 다정한 손길로 베스가 고통 없는 긴 잠을 잘 수 있도록 도와주었다. 그토록 오랫동안 그들의 심장을 쥐어짜던 아픔이 베스에게서 사라지는 순간 아름다운 평화가 그 자리를 대신하는 것을 감사하는 마음으로 지켜보았다. 사랑하는 베스에게 있어 죽음은 공포로 가득한 유령이 아니라 자비로운 천사였다.

아침이 되자 몇 달 만에 처음으로 벽난로 불이 꺼졌다. 조가 앉았던 자리는 비었고 방 안은 고요했다. 새싹이 움트는 가지에 새 한 마리가 날아와 축복하듯 지저귀고 창가에는 스노드롭이 새로이 꽃망울을 터뜨렸다. 봄 햇살이 베개 위의 평온한 얼굴 위에 축복처럼 쏟아졌다. 고통없는 평화로 가득한 그 얼굴을 보며 사람들은 눈물 흘리면서도 미소를 지었다. 그리고 베스가 평화로이 눈감을 수 있으매 신께 감사드렸다.

18

새로운 사랑

에이미의 쓴소리는 로리에게 약이 되었지만 꽤 오랜 시간이 지날 때까지도 로리는 그 사실을 인정하지 않았다. 남자들이란 원래 그렇다. 여자들이 충고를 해도 받아들이지 않다가 자기도 그럴 생각이었다고 스스로 설득되고 나면 그제야 그 충고를 받아들인다. 그리고 그 충고대로 해서 잘 되면 그 공을 절반만 여성에게 넘기고 실패하면 관대하게도 그 탓을 모두 여성에게 돌린다. 로리는 할아버지에게 돌아가 몇 주 동안 아주 정성껏 모셨다. 노신사는 니스의 날씨가 로리를 철들게 했다며 다시 한 번 더 가라고 했지만 로리가 그럴 리가 없었다. 쓴 소리를 들은 후인 지라 코끼리도 로리를 끌어낼 수 없었다. 자존심이 허락하지 않았기 때문이었다. 에이미가 보고 싶은 마음이 커질 때마다 가슴 깊이 박힌 말들을 되뇌이며 결심을 다졌다. "경멸해." "다시 만나면 언니가 사랑에 빠질 수 있도록 좀 멋진 사람이 돼 보는 건 어때?" 같은 말들 말이다.

로리는 에이미의 충고를 마음 깊이 생각하며 자신이 이기적이고 게을렀음을 인정했다. 하지만 남자들이란 큰 슬픔을 겪고 나면 그 일을 잊을 때까지 온갖 엉뚱한 짓을 탐닉하는 법이다. 상처입은 로리의 사랑은 그대로 시들어 버린 것 같았다. 로리는 사랑에 대한 애도를 멈추지 않았지만 그렇다고 드러내놓고 상복을 입지는 않았다. 앞으로 조의 사랑을 받을 일은 없겠지만 로리는 한 여자의 거절로 인생을 망치지 않았다는 것을 증명해 보이고 싶었다. 그래서 존경과 감탄을 받고 싶었던 로리는 늘 뭔가를 할 작정이었기에 에이미가 굳이 정색을 하고 충고할 필요는 없었다. 로리는 그저 상처입은 사랑이 얌전하게 묻히길 기다리고 있었을 뿐이었다. 드디어 로리는 '아픈 마음을 숨기고 힘들게 앞으로 나갈' 준비가 되었다.

기쁘든 슬프든 그 감정을 시로 표현했던 괴테처럼 로리도 실연의 아픔을 음악에 담아 보기로 마음먹었다. 진혼곡을 만들어 조의 영혼을 괴롭히고 듣는 이들의 마음을 녹이고 싶었다. 할아버지는 로리가 불안하고 우울한 것을 보고 어디든 떠나라고 말했다. 로리는 빈으로 갔다. 음악을 하는 친구들이 있는 그곳에서 로리는 훌륭한 음악을 작곡하겠다고 굳게 결심하고는 작업에 몰두했다. 하지만 음악에 담기에는 그 슬픔이 너무 광대한 것인지, 아니면 인간의 비애를 담기에는 음악이 지나치게 천상의 영역인 것인지 도무지 쉬운 일이 아니었다. 로리는 곧 레퀴엠이 자신의 능력을 넘어서는 분야라는 것을 알게 되었다. 마음이 아직은 작곡을 할 여유가 없었고 생각을 구체적으로 다듬을 필요가 있었다. 구슬픈 곡조를 떠올리다가도 종종 자신도 모르게 니스에서의 크리스마스 무도회를 떠올리게 하는 곡조를 흥얼거리기도 했다. 특히 그 건장한 프랑스 남자가 떠오르면 한동안은 작곡에 손을 댈 수가 없었다.

그다음으로 로리는 오페라에 도전했다. 처음에는 불가능한 게 아무것도 없어 보였다. 하지만 곧 보이지 않는 어려움에 부딪치고 말았다. 로리는 조를 여주인공으로 하고 싶어서 사랑했던 추억과 낭만적인 모습을 떠올려 보려 했다. 하지만 기억은 배신자처럼 변해버려 소녀의 심술에 사로잡힌 듯했다. 조의 기행이나 잘못, 변덕만 떠올랐고 아름다운 기억은 전혀 떠오르지 않는 것이다. 머리에 큰 스카프를 두르고 매트를 치는 모습, 소파 쿠션으로 가로막던 모습, 거미지 부인[76] 처럼 자신의 열정에 찬물을 끼얹던 모습만 떠올랐다. 기억을 떠올리는 사이 웃음이 터져버렸고 결국 심혈을 기울여 그리고 있던 슬픔 가득한 장면을 망치고 말았다. 조는 아무래도 오페라에 등장시킬 수 없을 것 같았다. 로리는 '조에게 축복을, 골치덩어리 아가씨 같으니!'라는 말과 함께 포기하고는 정신나간 작곡가처럼 머리칼을 움켜쥐었다.

76   찰스 디킨스의 〈데이비드 코퍼필드〉에 나오는 인물. 돌봐 주는 이 없는 외로운 과부.

음악 속에서 영원히 살게 될 고집 덜 센 소녀를 찾아보니 금방 떠올랐다. 기억 속 그 주인공의 얼굴은 여럿이었지만 늘 금발이었고 투명한 구름에 싸여 있었다. 로리의 눈 앞에 장미와 공작새, 하얀 망아지, 푸른 리본이 마구 뒤엉킨 채 공기처럼 떠다녔다. 로리는 이 아름다운 환상 속 소녀에게 특별히 이름을 붙이지는 않았지만 오페라 속 주인공으로 삼았다. 소녀에게 세상 모든 재능과 우아함을 주고 그 어떤 시련도 견딜 수 있는 주인공으로 그리는 사이 저도 모르게 좋아하는 마음이 점점 커져 갔다.

이 영감 덕분에 로리는 한동안 순조롭게 작업을 할 수 있었다. 하지만 작곡에 매력을 점점 잃어갔고 손에 펜을 든 채 멍하니 생각에 잠겨 있을 때가 많았다. 작곡은 잊은 채 기분 전환을 하거나 새로운 영감을 얻는다는 핑계로 도시 여기 저기를 돌아다니기 시작했다. 그해 겨울 로리는 왠지 마음을 잡지 못하고 불안해 보였다. 하는 것 없이 생각만 많아지자 로리는 스스로 자신에게 어떤 변화가 일어나고 있음을 느꼈다. "아마도 영감이 끓어오르고 있는 거겠지. 영감이 끓어오르도록 두고 어떻게 되는지 보겠어." 로리는 그렇게 말하면서도 자신의 생각을 확신할 수 없었다. 분명히 예술적 영감은 아니었다. 그렇다고 일상적인 일은 아니었다. 그게 무엇인지는 모르겠지만 내면에서 뭔가가 끓어오르고 있는 것은 분명했다. 로리는 종잡을 수 없는 자신의 삶이 점점 더 싫어졌고 몸과 마음을 다 할 수 있는 참되고도 진지한 일이 하고 싶어 견딜 수 없었다. 그리고 마침내 음악을 사랑한다고 해서 모두가 작곡가가 되는 것은 아니라는 현명한 결론에 도달했다. 왕립 극장에서 모차르트의 훌륭한 오페라 공연을 보고 돌아온 로리는 자신의 오페라를 살펴보며 좋은 부분 몇 군데를 연주해 보았다. 그리고 멘델스존과 베토벤, 바흐의 흉상을 올려다봤다. 그들도 로리를 인자하게 내려다보고 있었다. 로리는 갑자기 악보를 한 장 한 장 찢기 시작했다. 마지막 한 조각까지 다 찢어 버린 로리는 스스로를 향해 냉정하게 말했다.

"에이미 말이 옳았어. 재능이 있다고 천재는 아니야. 노력한다고 모두 되지 않아. 모차르트의 오페라가 내게서 허영심을 앗아 갔어. 로마가 에이미에게 그랬던 것처럼 말이야. 더 이상 사기꾼이 되지 않을래. 이제 어떡하면 되는 거지?"

해답을 찾기 어려운 질문이었다. 로리는 자신이 매일의 끼니를 위해 일해야 하는 상황이면 좋겠다고 생각하기 시작했다. 로리는 돈은 많고 할 일은 없었다. 사탄은 풍족하고 게으른 손을 좋아한다고 하니 언젠가 자신의 입으로 말했던 것처럼 '지옥에나 떨어져야 할' 절호의 기회를 맞을지도 모르는 일이었다. 가엾은 로리는 안팎에서 유혹이 많았지만 꽤 잘 이겨내고 있었다. 자유를 가치있게 생각하는 것만큼 믿음과 신뢰는 더욱 소중하게 생각했기 때문이다. 그래서 할아버지에게 했던 약속과 자신을 사랑해 주는 여인들의 눈에 정직하게 보이고 싶은 마음으로 "다 괜찮아."라고 말하며 스스로를 지켜내고 있었다.

이런 상황이라면 그런디 부인은 이렇게 말했을 게다. "난 남자를 믿지 않아. 소년은 커도 소년일 뿐이니까. 젊은 남자는 방탕하기 마련이니 여자들은 기적을 기대해선 안 돼." 그런디 부인에게 그런 말은 하지 말라고 하고 싶지만 그건 사실이다. 여자들은 수많은 기적을 이뤄내고 있으니 그런 말들을 아니라고 부정하면 남자들의 수준을 높일 수 있다고 생각한다. 소년을 소년으로 두자. 그 시간은 길수록 더 좋은 법. 젊은 남자도 방탕하도록 내버려 두자. 하지만 어머니들이나 누이들, 그리고 친구들이 나서서 도우며 믿고 있다는 것을 보여주면 인생을 망치는 것을 막아낼 수도 있을 것이다. 남성은 좋은 여성이 믿음을 갖고 보고 있으면 좋은 남자가 되려고 노력하기 때문이다. 물론 그것이 여성들의 망상이라 하더라도 그냥 그렇게 믿도록 두자. 그런 착각이라도 없다면 인생에서의 낭만과 아름다움이 절반은 사라질 것이며 아직도 자기 자신보다도 엄마를 사랑하고 있으면서 그 사실을 창피해하지 않는 용감하고도 다정한 남자아이들에게 희망을 걸 수 없을 테니까.

로리는 조에 대한 사랑을 잊기 위해서는 최소한 몇 년 동안은 모든 힘을 쏟아야 할 거라 생각했다. 하지만 놀랍게도 조를 잊는 일이 매일 쉬워지고 있다는 것을 알게 됐다. 처음에는 이 사실을 믿고 싶지 않았다. 자신에게 화가 났고 이해할 수가 없었다. 하지만 사람의 마음이란 신기하고도 모순된 것이다. 그리고 시간과 자연이 하는 일은 우리도 어쩔 수 없다. 로리는 더 이상 마음이 아프지 않았고 마음의 상처도 어쩌나 빨리 아무는지 스스로도 놀랄 정도였다. 잊으려 애쓰는 대신 기억하려 애쓰고 있다는 것을 알게 되었다. 이렇게 상황이 바뀔 거라 예상하지 못했고 이런 상황을 미처 준비하지 못했다. 스스로가 역겨웠고 자신의 변덕이 놀라웠다. 자신에 대한 실망과 함께 그렇게 큰 타격을 입고도 얼른 회복될 수 있어서 다행이라는 안도감이 뒤섞인 묘한 감정이 가득했다. 꺼져가는 사랑의 불씨를 조심스럽게 휘저어 봤지만 불이 붙지 않았다. 그것은 사랑의 열병에 들뜨게 하지 않고 그저 따뜻하게 감싸주는 편안한 불빛이었다.

로리는 소년의 열정이 천천히 차분한 감정으로 가라앉고 있다는 것을 인정하지 않을 수 없었다. 슬프고 분한 감정이 여전히 남아 있었지만 그렇게 아프지는 않았으며 이 역시 시간이 지나면 사라질 것이다. 하지만 남매 같은 애정은 끝까지 훼손되지 않고 남을 것이다.

'남매'라는 단어가 머리에 스치자 로리는 미소를 지으며 앞에 놓인 모차르트의 초상을 올려다보았다.

'대단한 남자였군. 한 누이의 사랑을 얻지 못했지만 결국 다른

누이의 사랑을 얻어 행복해졌으니.'[77]

로리는 그 말을 입 밖에 내지 못하고 생각만 했다. 그리고 손가락에 낀 낡은 반지에 입을 맞추며 중얼거렸다.

"아니, 그렇지 않아. 잊지 않았어. 절대 그럴 수 없어. 다시 노력해 볼 거야. 그래도 안 되면-" 로리는 말을 하다 말고 펜과 종이를 집어 들더니 조에게 편지를 썼다. 조가 마음을 바꿀 거라는 희망이 없다면 마음을 잡고 뭔가 새로 시작할 수 없을 것 같다고 말이다. 조와 같이 고향에서 행복할 수 없는 것일까, 조는 그럴 마음이 없는 것일까? 답장을 기다리는 동안 로리는 아무것도 할 수 없었다. 하지만 조급함 때문에 오히려 활기차게 지냈다. 마침내 답장이 왔다. 답장은 단박에 로리의 마음을 진정시켜 주었다. 조의 대답은 단호했다. 할 수도 없으며 그럴 마음도 없다는 것이다. 베스를 돌보느라 바쁘며 다시는 '사랑'이란 말을 듣고 싶지 않다고 했다. 그리고 다른 누군가와 행복하길 바란다고 했다. 하지만 로리의 마음 한 구석에 사랑하는 누이 조로 남고 싶다고 했다. 추신에서 베스가 더 나빠졌다는 사실을 에이미에게 말하지 말아 달라고 부탁하고 있었다. 에이미는 봄에나 집에 올 터이니 나머지 여행을 슬프게 보낼 필요가 없다는 것이었다. 아, 신이시여. 하지만 아직 시간은 충분했고 로리는

---

77   모차르트는 소프라노 성악가 알로이지아 베버를 사랑했지만 아버지의 반대로 헤어지고 만다. 훗날 모차르트는 알로이지아의 동생 콘스탄체와 결혼한다.

에이미가 외롭거나 향수를 느끼거나 걱정하지 않도록 자주 편지를 쓰기로 마음먹었다.

"당장 편지를 써야겠군. 가엾은 에이미. 슬픈 마음으로 집에 돌아가게 될지도 모르겠어." 로리는 책상을 열었다. 마치 에이미에게 편지 쓰는 일이 몇 주 전부터 당연히 해야 할 일이었다는 듯 말이다.

하지만 로리는 그날 편지를 쓰지 않았다. 가장 좋은 종이를 찾다가 뭔가를 찾고 마음을 바꾸게 된 것이다. 책상 한 쪽을 뒤지다가 청구서와 여권, 각종 서류들 사이에서 조의 편지 몇 통을 발견했다. 그리고 다른 쪽에서는 푸른 리본에 묶인 에이미의 편지 세 통이 말린 장미 향기를 풍기고 있었다. 로리는 아쉬운 표정 반, 행복한 표정 반으로 조의 편지를 모아 고이 접어서 책상의 작은 서랍에 깔끔하게 넣었다. 그리고 생각에 잠긴 얼굴로 잠시 서 있다가 손가락에 있는 반지를 천천히 빼서 편지 위에 놓고 서랍을 잠갔다. 그리고 밖으로 나가 성 슈테판 성당에서 장엄 미사를 들었다. 장례식이라도 있었던 듯했다. 고통으로 힘들 정도는 아니지만 그날 하루는 사랑스러운 아가씨들에게 편지를 쓰며 보내는 것보다는 이렇게 보내는 게 더 나을 것 같았다.

하지만 로리는 얼마 지나지 않아 편지를 보냈고 금방 답장을 받았다. 그 즈음 집을 몹시 그리워하고 있던 에이미는 로리의 편지에 기쁜 마음으로 답장을 한 것이다. 이후 둘 사이에 편지가 오고가더니 두 사람은 이른 봄까지 계속해서 연락을 주고받았다. 로리는 작곡가들의 흉상을 팔아버리고 작곡한 것들을 불태워버렸다. 그리고 누군가 만나기를 바라며 파리로 갔다. 사실은 니스로 가고 싶은 마음이 컸지만 에이미가 오라고 할 때까지는 가지 않을 생각이었다. 사실 에이미는 로리를 오라고 청할 상황이 아니었다. 굳이 로리에게서 의심쩍은 시선을 받고 싶지 않았기 때문이다.

그 일은 바로 프레드 본의 청혼이었다. 에이미는 한때 프레드 본이 청혼을 하면 '네, 그러죠.'라고 대답하려고 마음먹은 적도 있었다. 하지만 실제로는 "고맙지만 사양합니다."라고 친절하면서도 정중하게 대답했다. 막상 결정적 순간이 닥치자 거절할 용기가 생긴 것이다. 에이미는 부드러운 희망과 두려움으로 가득한 자신의 마음을 채우려면 돈과 지위 이상의 뭔가가 필요하다는 것을 알게 되었다. "프레드가 좋은 사람이긴 하지만 네가 좋아할 만한 사람은 아니야."라는 말과 그 말을 할 때 로리의 표정, 그리고 실제로 그렇게 말한 건 아니지만 "난 돈을 보고 결혼할 거야"라는 속내를 표정으로 드러냈던 순간이 계속해서 떠올랐다. 이제 와 생각하니 몹시 후회스러웠다. 여자답지 못한 그 말을 취소하고 싶었다. 로리가 자신을 냉담하고 속물적인 인간으로 생각하지 않기를 바랐다. 이제 사교계의 여왕이 되고 싶은 마음보다는 사랑스러운 여자가 되고 싶었다. 그 끔찍한 말을 듣고도 로리가 자신을 싫어하지 않아 다행이란 생각이 들었다. 오히려 로리는 여느 때보다 더 친절했다. 로리의 편지는 에이미에게 큰 위안이 되었다. 집에서 오는 편지는 들쑥날쑥 불규칙적인데다가 로리의 편지만큼 만족스럽지 않았다. 하지만 로리의 편지를 받는 일은 즐거움이기도 했지만 답장을 써야한다는 면에서는 의무이기도 했다. 조에게서 냉담하게 거절당한 이후로 가엾은 로리는 외로웠고 위로가 필요할 테니 말이다. 조는 노력했어야 했다. 로리를 사랑하는 일이 뭐가 그리 어려운 일인가 말이다. 대부분의 여자들은 그렇게 사랑스러운 남자의 사랑을 받는다는 사실이 자랑스러울 텐데, 역시 조는 다른 여자들과는 달랐다. 그래서 에이미는 로리에게 동생처럼 아주 친절하고 다정하게 굴 수밖에 없었다.

세상 모든 오빠들이 그런 상황에 로리 같은 대우를 받았다면 훨씬 더 행복한 존재가 되었을 것이다. 이제 에이미는 쓴소리도 하지 않았고 모든 일에서 로리의 의견을 물었다. 그가 하는 모든 일에 관심을 기울였고 작고 예쁜 선물을 하기도 했다. 일주일에 두 번 생생한 이야기와 누이의 속마음이 담긴 편지를 보냈다. 주변의 아름다운 풍경을 그린 스케치를 동봉하는 것도 잊지 않았다. 오빠의 편지를 주머니에 넣고 다니며 부지런히 읽고 또 읽고, 편지가 짧으면 울음을 터뜨리고 길면 입을 맞추며 보물처럼 여기는 누이는 세상에 없으므로 에이미가 그런 사랑스럽고도 바보 같은 짓을 했다고 말하지는 않겠다. 하지만 그 봄 에이미는 확실히 조금씩 창백하고 수심 가득한 얼굴이 되었다. 사교계에 대한 흥미를 잃고 혼자서 그림 그리러 나가는 일이 잦았다. 하지만 정작 집에 돌아왔을 때 보여줄 그림이 많지 않은 것으로 봐서는 자연 감상이라도 한 것일까? 에이미는 벨로사의 테라스에 몇 시간이고 두 손을 포개고 앉아 있거나 머릿속에 떠오른 생각들을 멍하니 스케치했다. 예를 들면 무덤에 새겨진 건장한 기사나 잔디밭에서 모자로 눈을 가리고 잠이 든 젊은 남자, 혹은 화려한 옷을 입고 키 큰 신사의 팔짱을 끼고 무도회장으로 걸어가는 곱슬머리 아가씨 같은 그림이었다. 최근 미술계의 유행에 따라 아가씨와 신사의 얼굴은 흐릿하게 표현되었지만 만족스럽지는 않았다.

숙모는 에이미가 프레드의 청혼을 거절한 것을 후회한다고 생각했다. 부정해 봐야 소용없고 설명하는 것도 불가능해서 에이미는 숙모 마음대로 생각하도록 두었다. 그리고 프레드가 이집트로 떠났다는 사실을 로리가 알 수 있도록 신경 썼다. 결국 그 사실을 알게 된 로리는 안심하는 듯한 표정으로 의젓하게 혼자 중얼거렸다.

"에이미가 그렇게 결정할 줄 알았어. 가엾은 친구. 나도 겪어 봐서 다 알지."

로리는 깊게 한숨을 쉬더니 자신의 의무를 다 했다는 듯 두 발을 소파에 올리고 에이미에게서 온 편지를 느긋하게 즐겼다.

해외에서 이런 일이 일어나고 있는 동안 마치 가에는 슬픔이 닥쳤다. 베스가 나빠지고 있다는 내용의 편지는 에이미가 받지 못했고 다음 편지를 에이미가 받았을 때 베스는 이미 이 세상 사람이 아니었다. 그 슬픈 소식은 5월, 브베에서 에이미에게 전해졌다. 에이미 일행은 뜨거운 열기를 피해 니스를 떠나 제노바와 이탈리아의 여러 호수를 거쳐 스위스까지 천천히 여행을 이어 나가는 중이었다. 소식을 접한 후 에이미는 잘 견뎠다. 여행을 중단하지 말고 계속 하라는 가족들의 결정도 조용히 받아들였다. 베스에게 작별 인사를 하기엔 이미 너무 늦어 버렸고 집에 가 봐야 슬픔만 더해질 게 분명했기 때문이다. 하지만 에이미의 마음은 무거웠고 집에 몹시 가고 싶었다. 로리가 와서 위로해 주기를 기다리며 매일 간절한 얼굴로 호수 건너를 바라보았다.

오래지 않아 로리는 정말 왔다. 마치 가족은 두 사람에게 같은 편지를 보냈지만 독일에 있던 로리에게 편지는 며칠 더 늦게 도착했다. 로리는 그 편지를 읽자마자 짐을 싸서 여행 친구들에게 작별 인사를 고하고 약속을 지키기 위해 길을 나섰다. 그의 마음은 기쁨과 슬픔, 희망과 걱정으로 가득했다.

로리는 브베의 지리를 아주 잘 알고 있었다. 보트가 작은 선창에 닿자마자 그는 호숫가를 따라 서둘러 라 투르로 향했다. 캐롤 가족이 머물고 있는 펜션으로 갔더니 급사가 나와 온 가족이 호숫가에 산책을 나갔다고 말했다. 그런데 금발 머리 아가씨는 저택 정원에 있을지도 모른다면서 잠시 앉아서 기다리면 금방 데리고 오겠다고 말했다. 하지만 그 '금방'도 기다릴 수 없던 로리는 급사의 말이 끝나기도 전에 직접 에이미를 찾아 나섰다.

아름다운 호숫가에는 오래된 정원이 있었다. 머리 위로 밤나무가 부스럭거렸고 여기저기에 담쟁이가 기어올라가고 있었다. 햇살 부서지는 호수의 수면 위로 탑이 검은 그림자를 드리우고 있었다. 에이미는 종종 넓고 야트막한 담장 한 구석 자리에 앉아 책을 읽거나 바느질을 하기도 하고 아름다운 풍경에 위로를 받기도 했다. 그 날도 에이미는 그 자리에 앉아 있었다. 턱을 괴고 앉아 집 생각을 하자 베스가 떠올라 눈시울이 뜨거워졌다. 로리는 왜 오지 않을까 하는 생각도 했다. 에이미는 로리가 뜰을 걸어오는 소리를 듣지도, 정원으로 이어지는 아치 길에서 잠깐 멈춰 선 모습도 보지도 못했다. 로리는 잠깐 서서 새로운 시선으로 에이미를 바라보았다. 전에는 그 누구도 보지 못한 에이미의 부드러운 면이었다. 에이미 주변의 모든 것들이 아무 말없이 사랑과 슬픔을 드러내고 있었다. 무릎에 놓인 얼룩진 편지, 머리를 묶은 검은 리본, 간신히 고통을 견디고 있는 얼굴 표정, 심지어 목에 걸린 작은 흑단 십자가도 로리 눈에 애처롭게 보였다. 로리가 예전에 준 그 목걸이를 마치 하나뿐인 장신구인 냥 하고 있었다. 로리는 에이미가 그렇게 자신을 환영해 줄 거라고는 꿈에도 생각하지 못했다. 로리를 보자마자 에이미는 갖고 있던 것들을 죄다 떨어트리고는 누가 들어도 사랑과 간절함이 느껴지는 목소리로 소리를 지르며 로리에게 달려왔기 때문이다.

"로리, 아, 로리! 올 줄 알았어!"

그 순간 서로 모든 것을 느꼈던 것 같다. 두 사람은 한동안 아무 말도 없이 그렇게 마주한 채 서 있었다. 그러다가 짙은 머리가 금발 머리를 보호하려는 듯 앞으로 숙였다. 그 순간 에이미는 로리만큼 자신을 보호하고 지탱해 주는 사람이 없음을 느꼈다. 로리 역시 조의 자리를 채워주며 자신을 행복하게 해 줄 수 있는 사람은 이 세상에 에이미뿐이라고 확신했다. 로리가 그렇게 말하지 않았어도 에이미는 실망하지 않았다. 두 사람 모두 서로의 진심을 느끼며 만족했고 나머지 말들은 기꺼이 침묵 속에 남겨 두었다.

잠시 후 에이미는 눈물을 닦으며 원래 있던 자리로 돌아갔다. 로리는 흩어진 종이들을 모으면서 너덜너덜해진 편지들과 의미심장한 스케치를 보며 미래에 대한 좋은 예감에 사로잡혔다. 로리가 옆에 앉자 에이미는 좀 전에 자신이 했던 즉흥적인 인사가 생각 나 수줍어져서 얼굴이 붉어졌다.

"나도 어쩔 수 없었어. 너무 외롭고 슬펐는데 너를 보니 너무 반가웠던 거야. 고개를 들었는데 로리가 있으니 얼마나 놀랐겠어? 네가 오지 않으면 어쩌나 두려워지고 있던 참이었거든." 에이미는 아무렇지 않은 듯 말하려 애썼지만 소용없었다.

"소식 듣자마자 달려온 거야. 베스를 그렇게 잃은 것에 대해 어떻게든 위로해 주고 싶었어. 하지만 내가 느끼기엔- " 로리는 더 이상 말을 잇지 못했다. 갑자기 부끄러워져 무슨 말을 해야 할지 알 수가 없었던 것이다. 로리는 에이미에게 자신의 어깨에 기대어 실컷 울라고 하고 싶었지만 감히 그러지 못하고 대신 에이미의 손을 꼭 잡아 주었다. 에이미에게는 말보다 훨씬 큰 위로가 되었다.

"아무 말 하지 않아도 돼. 이걸로 충분히 위로가 되는 걸." 에이미가 나직하게 말했다. "베스 언니는 행복하게 잘 지낼 거야. 돌려 달라고 기도하지 않을래. 그런데 가족들을 보고 싶은 마음만큼 집에 돌아가는 게 무서워. 이제 이 이야기는 하지 말자. 눈물이 날 것 같아. 로리가 여기 머무는 동안은 즐겁게 지내고 싶어. 당장 돌아가지 않아도 되는 거지?"

"네가 있으라고 하면 가지 않아."

"함께 있어 줘! 숙모님과 플로는 아주 친절하지만 로리야 말로 진짜 가족 같으니까. 잠시 동안이라도 같이 있을 생각을 하니 마음이 편안해져."

그렇게 말하는 에이미는 향수병에 걸린 아이처럼 보였다. 그 순간 로리는 수줍음을 무릅쓰고 에이미를 토닥여 주며 유쾌한 대화를 나누었다.

"가엾은 에이미, 너무 슬퍼서 병이 난 것 같아. 내가 널 돌봐 줄 테니 더 이상 울지 마. 나랑 같이 걷자. 바람이 너무 쌀쌀해서 가만히 앉아 있으면 안 될 거 같아." 로리는 에이미의 모자 끈을 묶어 주며 에이미가 좋아하는 애정 반, 명령 반의 말투로 말했다. 그리고 에이미의 팔을 자기 팔에 끼고는 이제 막 새 잎이 돋아나는 밤나무 아래 햇빛 가득한 길을 산책하기 시작했다. 로리는 에이미와 걷는 동안 마음이 편해졌다. 또 에이미는 튼튼한 팔에 기대어 익숙한 얼굴과 미소를 주고받으며 친절한 목소리와 이야기를 나누는 것이 얼마나 행복한 일인지 새삼 깨닫게 되었다.

예스러운 정취의 오래된 정원은 많은 연인들의 은신처였고 특별히 연인들을 위해 만들어진 것처럼 보이기도 했다. 햇볕이 쏟아지는 외딴 그곳에 그들을 지켜보는 것은 탑 말고는 아무것도 없었고 그들의 속삭임은 넓은 호수의 잔물결에 실려 갔다. 새로운 연인은 한 시간 동안 걷고 이야기를 나누고 담장에 앉아 쉬면서 시간과 공간을 매료시킨 달콤함을 한껏 즐겼다. 전혀 낭만적이지 않은 식사 시간 종이 울렸을 때 에이미는 자신 마음 속 외로움과 슬픔을 샤토 정원에 모두 버리고 나오는 기분이 들었다.

에이미의 표정이 확 바뀐 걸 본 캐롤 부인은 새로운 생각이 떠올라 혼자 소리쳤다. "이제야 모든 게 이해가 되는구나. 저 아이는 젊은 로런스를 그리워하고 있었던 거야. 세상에! 꿈에도 생각하지 못했던 일이야!"

그 누구보다도 신중한 캐롤 부인은, 그러나 아무 말도 하지 않았다. 자신이 모두 알게 됐다는 사실을 전혀 드러내지 않은 채 로리에게 편안히 머무르라고 다정하게 말하고 에이미에게는 로리와 함께 즐겁게 지내라고 말했다. 에이미가 외로운 것보다는 훨씬 이로울 것이라 생각했기 때문이다. 에이미는 숙모의 말을 고분고분 들었다. 숙모가 플로와 함께 다니는 동안 에이미는 로리와 즐거운 시간을 보냈다.

니스에서 로리는 빈둥거렸고 에이미는 그런 로리에게 쓴소리를 했다. 하지만 브베에서 로리는 게으르지 않았다. 산책을 하거나 말을 탔고, 혹은 배를 타거나 공부를 했다. 그 어느 때보다 활기찬 모습으로 말이다. 에이미는 로리가 하는 모든 것에 대해 칭찬하며 가능한 빨리, 가능한 제대로 따라하려 애썼다. 로리는 자신의 그런 변화가 날씨 때문이라고 했고 에이미는 그 말에 반박하지 않았다. 오히려 자신이 건강과 기운을 회복한 것에 대한 핑계를 댈 수 있어서 좋았다.

기운을 북돋는 공기가 두 사람에게 많은 도움이 됐다. 운동을 많이 하니 마음뿐 아니라 몸에도 좋은 변화가 생겼다. 끝없이 이어진 언덕을 오르는 동안 삶과 의무에 대한 생각이 더 명확해지는 것 같았고 신선한 바람은 절망적인 의심과 망상, 우울한 기분을 모두 날려버렸다. 봄날의 따뜻한 햇살은 모든 열망과 희망, 행복한 생각들을 품게 해 주었고 호수는 과거의 근심을 씻어주는 것 같았다. 거대한 산맥은 두 사람을 인자하게 내려다보면서 "애들아, 서로 사랑하여라."라고 말하는 듯했다.

슬픈 소식에도 불구하고 두 사람에게는 행복한 시간이었다. 너무 행복한 로리는 행여 행복이 잘못되기라도 할까 싶어 말도 함부로 하지 못했다. 첫사랑의 상처가 너무 빨리 치유되어 그 놀라움을 극복하는 데 시간이 걸렸다. 그도 그럴 것이 처음이자 마지막 사랑이라고 굳게 믿었기 때문이다. 조의 동생은 조나 마찬가지라는 생각 때문에 자신이 배신을 한 것은 아닐까, 로리는 자책했지만 에이미가 아닌 다른 여인이었다면 그렇게 금방 사랑에 빠지는 일은 불가능했을 거라는 확신으로 스스로를 위로했다. 로리의 첫번째 구애는 비바람 몰아치듯 격정적이었다. 부끄럽지는 않지만 돌아보면 후회와 연민이 느껴지는 그 기억을 인생의 달콤쌉싸름한 경험으로 남겨 두기로 했다. 첫사랑의 아픔이 끝나자 행복한 마음으로 추억할 수 있었기 때문이다. 두번째 구애는 차분하고 소박하게 하기로 마음먹었다. 일부러 거창하게 사랑한다고 말하며 멋진 장면을 만들어낼 필요도 없었다. 에이미는 말하지 않아도 알고 있었고 이미 오래 전에 그에게 답을 준 것이나 다름없었다. 너무 자연스럽게 이루어진 일이라 그 누구도 이의를 제기할 수 없었다. 모두가, 조조차도 기뻐할 거라는 것을 로리는 알고 있었다. 하지만 첫사랑의 열정이 무참히 뭉개지고 나면 으레 사람들은 두번째 사랑을 할 때는 조심조심 천천히 진행하기 마련이다. 그래서 로리는 매순간을 즐기며 하루하루를 그냥 흘려 보냈다. 새로 시작한 로맨스의 가장 달콤하고도 아기자기한 부분을 끝낼 고백의 순간을 남겨 놓고서 말이다.

로리는 달빛 쏟아지는 샤또 정원에서 대단원의 막을 올리고 가장 우아하고도 화려하게 고백을 하리라 상상하고 있었다. 하지만 결정적 순간은 정반대의 상황에서 생각지도 않게 다가오고 말았다. 한낮 호수에서 몇 마디 무심한 말로 고백을 한 것이다. 두 사람은 오전 내내 그늘진 성 장골프에서부터 화창한 몽트뢰까지 보트를 타고 갔다. 한편에는 사보이의 알프스 산맥이, 그 맞은편으로는 성베르나르 산과 당 뒤미디가, 골짜기에는 브베가, 언덕 너머로는 로잔이 보였다. 머리 위로는 구름 한 점 없는 푸른 하늘이, 아래로는 그보다 더 푸른 호수가 펼쳐졌고 그림처럼 점점이 떠 있는 보트들은 하얀 날개의 갈매기 같았다.

두 사람은 시용 성을 지나면서 보니바르에 대해, 루소가 ≪엘로이즈≫를 집필했던 클라랑스를 올려다보면서 루소에 대해 이야기를 나누었다. 두 사람 모두 그 책을 읽지는 않았지만 사랑 이야기라는 것쯤은 알고 있었고 그 이야기들이 자신들의 연애만큼 재미있을까 궁금했다. 두 사람 사이에 잠깐 침묵이 흐르는 동안 에이미가 물 속에 손을 담그고 장난을 쳤다. 고개를 들어 보니 로리가 노에 기대어 물끄러미 자신을 바라보고 있었다. 로리 눈을 보자 에이미는 저도 모르게 뭔가 말을 해야 할 거 같아 얼른 말을 꺼냈다.

"힘든가 보구나. 좀 쉬어. 내가 노를 저을게. 운동도 되고 좋지 뭐. 네가 오고 부터는 빈둥거리고 느긋했거든."

"힘들지 않아. 하지만 하고 싶으면 노를 저어도 돼. 여유 공간도 있으니까. 물론 내가 거의 한가운데 앉아야겠지. 그렇지 않으면 배가 흔들릴 거니까." 로리는 그렇게 앉는 게 마음에 드는 것 같았다.

어색한 상황에 크게 도움이 된 것 같지는 않다고 느끼며 에이미는 자리의 삼분의 일만큼 차지하고 앉았다. 머리를 흔들어 얼굴에 붙은 머리칼을 떼어내고 노를 받아 들었다. 에이미는 다른 것을 잘하는 것처럼 노도 잘 저었다. 로리는 한 손으로, 에이미는 두 손으로 하나씩 노를 잡고 박자를 맞춰가며 노를 저어갔다. 배는 유유히 강위를 흘러갔다.

"우리 정말 잘 하지 않아?" 에이미가 침묵을 견딜 수 없다는 듯 말했다.

"응, 호흡이 잘 맞네. 너랑 항상 같은 배를 타고 노를 젓고 싶어. 그래 줄래, 에이미?" 아주 다정한 목소리였다.

"응, 그럴게, 로리!" 아주 낮은 목소리였다.

두 사람은 노 젓는 것을 멈추고 아름다운 풍경이 비친 호수에 사랑에 푹 빠진 행복한 연인의 어여쁜 순간 하나를 더했다.

19

홀로서기

　자기 희생을 약속하는 일은 타인으로부터 보호를 받고 있을 때, 그리고 훌륭한 본보기로 인해 마음과 영혼이 순수할 때 쉬운 법이다. 하지만 도움의 목소리도 들리지 않고 매일의 가르침도 끝났으며 사랑하는 이도 사라져 외로움과 슬픔만 남자 조는 그 약속을 지키기가 힘들다는 것을 알게 됐다. 동생이 보고 싶어 시도 때도 없이 마음이 아픈데 어떻게 엄마와 아빠를 위로할 수 있을 것이며, 베스가 이 세상을 떠난 후로는 집안의 모든 빛과 온기, 아름다움이 사라져 버렸는데 어떻게 집안을 활기차게 만들 수 있겠는가. 보상을 받을 수 있는 행복한 일이 있는데 그 일을 대신할 일거리를 이 세상 어디에서 찾을 수 있을까. 조는 어쩔 수 없이, 그리고 무작정 자신의 의무를 다 하려고 애썼지만 마음 속으로는 줄곧 저항하고 있었다. 아무런 낙도 없이 갈수록 부담이 커지는데다 아무리 애를 써도 삶은 점점 더 힘들어지는 것이 부당하다는 생각이 들었기 때문이다. 어떤 사람은 햇살 속에 살고 있는데 자신은 그늘 속에만 있으니 도무지 공평하지 않았다. 에이미보다 더 착해지려 노력했지만 현실은 보상커녕 고된 일에 실망과 고생뿐이었다.

가엾은 조! 조에게 우울한 날이 이어졌다. 그렇게 조용한 집에서 단조로운 일에 헌신하면서 즐거움도 없이 남은 인생을 보낸다 생각하니 절망감이 몰려왔다. 조가 해야 할 의무는 전혀 쉬워지지 않았다. "이렇게 살 수는 없어. 난 이렇게 살 생각이 아니었어. 누군가 와서 도와주지 않으면 도망쳐서 자포자기로 살 거 같아." 잘 해 보려던 처음의 노력이 실패하고 우울한 기분에 빠지자 조는 혼잣말을 했다. 아무리 강한 의지를 가졌다 하더라도 불가항력적인 상황 앞에서 꺾이자 조의 마음은 한없이 비참해졌다.

하지만 조를 도와주는 사람은 있었다. 조는 그 착한 천사들을 바로 알아보지 못했다. 그들은 친근한 모습에 소박한 주문을 사용했기 때문이다. 종종 조는 베스가 부르는 것 같아 깜짝 놀라 잠을 깼다가 작은 침대가 텅 빈 것을 보고서는 가눌 수 없는 슬픔으로 비통하게 울었다. "아, 베스, 돌아와! 돌아와 줘!" 조는 팔을 뻗어 간절하게 도움을 청하지 않아도 되었다. 조가 베스의 희미한 속삭임을 듣고 달려왔던 것처럼 조가 흐느껴 우는 소리에 엄마가 달려와 위로해 주었던 것이다. 따뜻한 말을 해 주었을 뿐 아니라 부드럽게 어루만져 주기도 했다. 아무 말 없이 흘리는 엄마의 눈물에서 자신의 것보다 훨씬 더 큰 슬픔이 느껴졌고 띄엄띄엄 속삭이는 말은 기도보다도 더 간절했다. 신에 대한 믿음을 품고 있지만 사랑하는 사람을 단념해야 하는 일은 당연히 슬픈 일이었다. 한밤중 고요함 속에서 마음과 마음으로 대화를 나누는 동안 고통이 축복으로 바뀌면서 슬픔은 누그러지고 사랑은 강해졌다. 참으로 신성한 순간이었다. 엄마의 품이라는 안전한 안식처에 안기고 보니 마음의 짐이 가벼워지고 의무는 달콤해졌으며 인생은 좀 더 견딜만 해진 것 같았다.

엄마가 아픈 마음을 달래준 것처럼 조의 어지러운 정신을 정리해 준 사람이 있었다. 어느 날 서재로 가니 반백의 신사가 고개를 들고 온화한 미소를 지으며 맞아 주었다. 조는 겸손하게 말했다.

"아빠, 베스에게 하셨던 것처럼 제게도 좋은 말씀을 해 주세요. 베스보다도 제가 더 필요해요. 전 지금 모든 게 엉망이거든요."

"조, 그 어떤 것보다도 내게 위안이 되는 말이구나." 아버지가 더듬거리며 말했다. 그리고 마치 자신도 도움이 필요하던 참이었으며 도움을 요청하는 것이 두렵지 않다는 듯 두 팔로 조를 감싸 안았다.

조는 베스의 작은 의자를 아빠 옆으로 당겨 앉아 자신의 고민, 베스를 잃은 슬픔과 분노, 노력은 하지만 아무 성과가 없어 낙담하게 되는 현실, 믿음이 부족해서인지 삶이 너무 우울하게 보이는 처지 등 슬프고 혼란스러우며 절망적인 상황들에 대해 털어놓았다. 조의 고백에 아버지는 도움이 되는 말을 해 주었고 그러는 동안 두 사람 모두 서로에게서 위안을 얻었다. 아버지와 딸로서뿐 아니라 남자와 여자로서 이야기를 나누는 동안 서로 공감과 위안을 받았다. 서재에서의 그 행복하고 사려 깊은 시간을 조는 '한 사람을 위한 교회'라고 불렀다. 조는 그곳에서 새로운 용기를 얻고 다시 쾌활해지고 좀 더 순종적인 사람이 되어 나왔다. 두려움 없이 자식에게 죽음을 맞이하는 법을 가르쳤던 부모는 또 다른 자식에게 절망이나 불신의 감정 없이 삶을 받아들이고 감사하는 마음으로 삶의 훌륭한 기회들을 이용하도록 가르쳤다.

조는 또다른 깨우침을 얻었다. 보잘 것 없다 하더라도 건강한 의무와 기쁨은 삶에 있어 꼭 필요하며 충분히 가치가 있다는 사실이었다. 베스가 늘 빗자루와 행주를 관리해서 한 번도 더럽다고 느껴진 적이 없었다. 걸레와 낡은 솔에도 베스의 깔끔한 손길이 머무르고 있었다. 조는 살림 도구들을 사용하면서 베스가 흥얼거리던 노래를 자신도 모르게 흥얼거린다는 것을 알게 되었다. 여기 저기 모든 것을 질서정연하고 깨끗하게 관리하던 베스의 손길을 그대로 따라했다. 그 손길이야 말로 집안을 행복하게 만드는 첫 단계였던 것이다. 해나가 따뜻하게 손을 잡아 주며 말할 때까지도 조는 그 사실을 몰랐지만 말이다.

"조, 정말 사려깊군요. 우리가 베스의 빈 자리를 느끼지 못하게 하려고 애쓰는 거죠? 우리 모두 말은 하지 않지만 다 알고 있답니다. 신께서 축복을 내리실 거예요. 두고 보세요."

조는 메그와 함께 바느질을 하면서 언니가 많이 변했다는 것을 느꼈다. 말솜씨도 좋아졌을 뿐 아니라 생각과 감성이 풍부해진 듯했다. 남편과 아이들 속에서 서로 사랑을 주고받으며 더없이 행복해 보였다.

"그러고 보면 결혼이 대단한 거야. 내가 아무리 노력해도 언니 반만큼이나 할 수 있을까 싶어." 조는 데미에게 뒤죽박죽 연을 만들어 주면서 말했다.

"네 마음속 부드럽고 여성스러운 면을 끄집어 내 봐, 조. 넌 밤송이 같아. 밖은 가시투성이지만 안은 부드럽고 달콤하니 말이야. 하지만 누구든 안에 든 것을 꺼낼 수 있다면 달콤한 열매를 얻을 수 있지. 언젠가 사랑을 하게 되는 날 가시투성이 껍질은 떨어지고 네 부드러운 마음이 드러나겠지."

"서리가 내려도 밤송이는 벗겨지죠, 부인. 그리고 아주 많이 흔들어 줘도 속에 걸 꺼낼 수 있고요. 밤송이를 주우러 다니는 남자 애들이 날 담아 가더라도 상관없어." 조가 연에 풀칠을 하며 말했다. 그 연은 아무리 바람이 불어도 떠오르지 않을 거였다. 데이지가

370

몸에 연줄을 감아 뒀기 때문이다.

예전처럼 재치 번뜩이는 조의 모습이 반가워서 메그는 환하게 웃었다. 메그는 언니로서 동생을 설득하는 것이 의무라고 생각했다. 자매가 나눈 대화는 효과가 있었는데 특히 조가 무척 아끼는 두 아기가 두 사람의 대화에 큰 도움이 되었다. 사람들은 슬픔 앞에서 가장 쉽게 마음을 여는 법이다. 조의 마음도 언제든 열릴 준비가 되어 있었다. 조금만 더 햇볕을 쬐어주면 밤이 익을 것이고 성급하게 흔들어 대는 남자 아이들이 아니라 한 남자의 손길이 부드럽게 가시 투성이 밤송이를 열면 잘 익고 달콤한 밤이 나올 것이다. 이런 사실을 믿지 못하고 의심했다면 조는 마음을 꽉 닫고 그 어느 때보다도 가시를 곤두세웠을 것이다. 다행히도 때가 되자 조는 마음의 문을 열었다.

만약 조가 도덕적인 이야기의 주인공이었다면 이 시점에서 세상을 저버린 채 낡은 모자를 쓰고 주머니에는 작은 책자를 넣어 다니며 성인 같은 삶을 살았을 것이다. 하지만 다들 알다시피 조는 이야기 속 주인공이 아니라 고군분투하는 평범한 여자였다. 보통의 여자들처럼 기분 내키는 대로, 본능적으로 슬퍼하기도 하고 짜증도 내고 기운이 없을 때도 있었지만 기운이 넘칠 때도 있었다. 착하게 살겠다고 말하는 것은 훌륭한 일이긴 하지만 실천하는 것이 쉬운 일은 아니다. 누구든 올바른 길로 들어서려면 아주 많은 노력을 해야 한다. 조는 지금까지 쉼 없이 노력해 왔다. 의무를 다 하는 법도 익혔고 책임을 다 하지 않았을 때는 불편한 감정을 느끼기도 했다. 하지만 기분 좋게 책임을 다 하는 일은 별개의 일이었다. 조는 아무리 힘들어도 뭔가 훌륭한 일을 하고 싶다고 종종 말하곤 했다. 그리고 지금은 소원이 생겼다. 부모님이 베풀어 주신 것만큼 자신도 부모님에게 헌신해서 행복한 가정을 이루는 것만큼 더 아름다운 일이 어디 있겠는가? 어려움이 클수록 그 노력의 결실이 더 값지다지만, 현실이 불안하고 야심만만한 소녀가 자신의 희망과 계획과 간절함을 버리고 타인을 위해 사는 것보다 더 힘든 것도 없을 것이다.

조는 언제나 신의 섭리를 따랐다. 그리고 신의 섭리로 예상하지 못했던 훌륭한 임무를 받았다. 잘 할 수 있을까 의구심이 들었지만 노력하기로 했다. 그리고 첫 번째 시도에서 도움을 받았다. 그것은 보상이 아니라 위안이었다. 천로역정의 크리스천이 고난이라는 언덕을 오르면서 쉬었던 작은 정자가 베풀어 준 휴식처럼 말이다.

"왜 글을 쓰지 않니? 넌 글을 쓰면서 늘 행복했잖아." 조가 절망에서 헤어나오지 못하고 있을 때 마치 부인이 말했다.

"글 쓰고 싶은 마음이 없어요. 글을 쓰더라도 누가 내가 쓴 글에 관심이나 있겠어요?"

"우리가 관심이 있어. 우리를 위해 글을 써 다오. 세상 다른 사람은 신경 쓰지 마. 얼른. 글 쓰는 일이 네게 도움이 될 거야. 우리를 즐겹게 해 주렴."

"저를 믿지 마세요." 하지만 조는 책상으로 가서 쓰다 만 원고를
꺼냈다.

한 시간 후 마치 부인이 살짝 들여다보니 조는 검은 앞치마를 입
고 글을 쓰고 있었다. 글쓰기에 몰입한 조의 얼굴을 보며 마치 부인
은 미소를 지었다. 자신의 충고가 효과가 있었다는 생각을 하니 뿌
듯했다. 조 자신도 어찌 된 건지 모르지만 조가 쓴 이야기에는 그
글을 읽는 사람들의 마음에 가 닿는 뭔가가 있었던 모양이다. 가족
들은 조의 글을 읽고 웃고 울었다. 조는 안 된다고 극구 말렸지만
아버지는 그 글을 유명한 잡지사에 보냈는데, 놀랍게도 잡지사는
원고료를 주었을 뿐 아니라 다른 원고도 청탁해 왔다. 조의 글이 세
상에 나가고 나자 독자 중에 찬사를 담은 편지를 보내오는 사람도
있었다. 신문들도 조의 글을 실었다. 친구들뿐 아니라 낯선 이들도
조의 글을 좋아했다. 자신이 한 일에 비해 너무나 대단한 성공이었
다. 조는 자신의 소설이 찬사와 비난을 동시에 받았을 때보다 훨씬
더 놀랐다.

"이해할 수가 없어요. 이렇게 단순한 이야기 속 어떤 점에 사람
들이 그토록 칭찬을 하는 걸까요?" 조가 당황해서 말했다.

"조, 네 글 속에는 진심이 있단다. 그게 비결이야. 웃음과 비애감
이 글을 생동감 있게 하지. 마침내 넌 네 작품만의 스타일을 찾은 거

야. 넌 명성이나 돈을 생각하지 않고 온 마음을 담아 글을 쓰지. 조,
지금까지 힘들게 지냈지만 이제 행복한 순간이 찾아왔구나. 최선을
다 하렴. 네가 성공한 만큼 우리도 행복해질 테니."

"내 글에 훌륭한 점이나 진실된 것이 있다면 그건 제 것이 아니
에요. 그건 모두 엄마, 아빠 그리고 베스 덕분이에요." 조는 세상에
서 받은 그 어떤 찬사보다도 아버지의 말에 깊이 감동을 받았다.

그렇게 사랑과 슬픔으로부터 깨달음을 얻은 조는 많은 이야기
들을 써서 세상으로 보냈고 그 이야기들은 많은 독자를 만나 친구
가 되었다. 자비로운 세상 속 독자들은 소박한 조의 작품들을 환영
해 주었다. 행운을 얻은 작품들은 자신들을 낳아 준 어머니 격인 조
에게 많은 돈을 벌어 주었다.

에이미와 로리가 약혼한다는 소식을 전해왔을 때 마치 부인은
조가 그 사실을 기쁘게 받아들일 수 없으면 어떻게 하나 걱정했다.
하지만 그것은 기우였다. 처음에 그 소식을 들었을 때 조는 심각한
얼굴로 아무 말이 없었다. 하지만 곧 '두 아이들'에 대한 희망과 계
획을 말하며 편지를 두 번이나 읽었다. 그 편지는 사랑의 이중창 같
았다. 서로가 사랑 가득한 글로 서로를 찬양하고 있었다. 읽고 있으
니 기분이 아주 즐거웠고 생각할수록 흡족했다. 반대할 이유가 아
무것도 없었다.

"엄마, 좋으세요?" 두 사람은 빽빽하게 쓰인 편지지를 내려 놓으

며 서로를 바라보았다.

"물론이야. 에이미가 프레드의 청혼을 거절했다는 소식을 전해
왔을 때부터 이렇게 되기를 바랐거든. 네가 '돈 때문에 선택한다'고
했던 그 결혼보다 더 좋은 일이 생길 거라는 느낌이 들었지. 왜냐하
면 에이미의 편지 여기저기에서 언젠가 로리와 사랑에 빠질 것 같은
낌새가 느껴졌거든."

"엄마는 정말 예리하세요. 그런데 어떻게 아무 말씀도 않으실 수
있죠? 저에게 단 한마디도 않으셨어요."

"딸이 있는 엄마들은 예리한 눈과 신중한 혀를 갖고 있어야 하
는 법이야. 네게 말했다가 뭔가 결정되기도 전에 네가 축하 편지라
도 쓸까 봐 조금은 두려웠거든."

"이제 저도 그렇게 정신없는 애는 아니에요. 저를 믿으셔도 돼요.
이제는 엄마가 비밀을 털어놓으셔도 될 만큼 침착하고 분별 있는
아이거든요."

"그래, 그런 것 같구나. 비밀을 털어놔도 되겠어. 사실 난 너의 테
디가 다른 누군가를 사랑한다는 사실을 알면 네가 괴로워할지도
모른다 생각했어."

"아니, 엄마. 제가 그렇게 어리석고 이기적인 애라 생각하시는 거
예요? 로리를 그렇게 거절해 놓고 말이에요?"

"네가 그때 진심이었다는 거 알아. 하지만 요즘 널 보고 있으니

로리가 다시 돌아와 구애를 하면 어쩌면 네가 다른 대답을 내놓을 지도 모른다는 생각을 했어. 조, 용서해라. 네가 아주 외로워 보였거 든. 가끔 네 허기진 눈빛에 마음 아팠어. 그래서 네 테디가 빈 곳을 채워줄 수 있을지도 모른다 생각했어."

"아니에요, 엄마. 전 이대로가 좋아요. 에이미가 로리를 사랑하 게 돼서 너무 기뻐요. 하지만 엄마가 한 가지는 맞추셨어요. 전 외로 워요. 그래서 만약 로리가 다시 구애를 하면 받아들일지도 모르겠 어요. 하지만 그건 그를 사랑해서가 아니라 누군가에게 사랑받고 싶어서예요."

"그렇다면 다행이구나, 조. 내 걱정과는 달리 네가 잘 지내고 있 구나. 널 사랑할 사람들은 많아. 그러니 정말 최고의 연인이 나타날 때까지는 가족들과 친구들에게 만족하렴."

"엄마가 세상에서 최고의 연인이죠. 그런데 엄마에게만 말하는 건데요, 전 모든 종류의 사랑을 다 해보고 싶어요. 그런데 정말 이상 하게도 자연스럽게 느껴지는 모든 애정에 만족하려 노력할수록 뭔 가 부족한 게 느껴져요. 마음에 그렇게 많은 애정을 받아들일 자리 가 있는 줄 몰랐어요. 제 마음은 너무 잘 늘어나서 이제는 절대 채 워지지 않는 것 같아요. 예전에는 가족의 사랑으로 만족했는데 말 이에요. 이해가 안 돼요."

"난 이해가 되는구나." 마치 부인이 다 알 것 같다는 미소를 지었다. 조는 에이미가 로리에 대해 적은 부분을 읽으려고 편지지를 넘겼다.

　"로리에게 사랑을 받는 건 너무 가슴 벅찬 일이에요. 로리는 쉬지 않고 사랑을 속삭일 만큼 감상적인 사람은 아니지만 그의 말과 행동에서 충분히 사랑이 느껴져요. 로리의 사랑에 저는 행복하고 겸손해져요. 예전의 내가 아닌 것 같아요. 지금까지 그가 얼마나 착하고 너그럽고 다정한 사람인 줄 몰랐어요. 그의 마음 속에는 고귀한 감정과 희망, 목표가 가득하다는 것을 알았어요. 그런 그의 그 마음이 내 것이라니 너무 자랑스러워요. 그는 저와 함께 '사랑을 가득 싣고 멋진 항해를 할 수 있다'고 말해요. 저는 그럴 수 있기를 기도해요. 그리고 로리가 믿는 대로 되기 위해 노력하고요. 온 마음과 영혼을 다해 나의 선장님을 사랑하니까요. 신께서 우리 두 사람을 허락하는 한 절대 로리를 저버리지 않을 거예요. 아, 엄마, 두 사람이 서로를 사랑하며 사는 이 세상이 바로 천국이라는 걸 미처 몰랐어요."

　"냉정하고 현실적인 데다 속마음을 잘 털어놓지 않는 에이미가 이런 말을 하다니! 사랑이 기적을 만들긴 하나 봐요. 두 사람이 정말 행복한 것 같아요!" 조가 조심스레 편지를 내려 놓으며 말했다. 도저히 중간에 멈출 수 없을 만큼 재미있는 사랑 이야기를 다 읽고 책을 덮고 다시 평범한 일상에 홀로 남겨진 것 같은 기분이었다.

비가 내려 산책을 할 수 없었던 조는 위층에 올라가 여기저기 서성거렸다. 불안한 마음에 옛 감정이 되살아났다. 예전만큼 씁쓸하지는 않았지만 왜 같은 자매인데 한 사람은 원하는 것을 다 가지는데 다른 한 사람은 아무것도 가지지 못하는지 궁금해 견딜 수 없었다. 하지만 그건 사실이 아니라는 걸 조도 알고 있었기에 그런 생각은 접어 두기로 했다. 하지만 사랑을 받고 싶은 열망은 간절했다. 에이미의 행복이 '신께서 허락하는 한 온 마음과 영혼을 다해 사랑하고 함께하고 싶은' 간절함을 일깨워 주었다.

불안하게 서성거리던 조는 다락방에서 일렬로 늘어선 작은 나무 상자 네 개 앞에 섰다. 주인의 이름이 표시된 상자에는 각자 어릴 적 물건들이 가득했다. 조는 상자 속을 들춰 보다가 자신의 것 앞에 섰다. 상자 끝에 턱을 괸 채로 뒤죽박죽 섞인 물건들을 멍하니 바라보았다. 연습장 한 뭉치가 눈에 들어왔다. 그 뭉치를 꺼내 펼치니 커크 아주머니 댁에서 보낸 즐거운 겨울이 생생하게 떠올랐다. 처음엔 미소를 지었지만 점점 생각이 깊어지더니 결국엔 슬퍼졌다. 교수님이 직접 쓴 작은 쪽지를 보는 순간 조의 입술이 떨리기 시작했다. 무릎에서 공책이 미끄러져 떨어지는 것도 모른 채 조는 그 다정한 글을 읽어 내려갔다. 미처 깨닫지 못했던 새로운 뜻이 새삼 조의 마음 어딘가를 울린 것 같았다.

'기다려요, 친구. 좀 늦을지도 모르지만 꼭 갈 거예요.'

"아, 정말 오면 좋겠어! 언제나 나에게 다정하고 친절하셨지. 같이 있을 때는 좋은 분인지 몰랐는데 지금은 너무나 보고 싶어. 다들 내 곁을 떠나니 외로워서 그런가 봐."

마치 지켜지지 않을 약속인 듯 작은 종이를 꼭 쥐고 조는 푹신한 천 가방에 머리를 기대고 울음을 터뜨렸다. 지붕에 떨어지는 빗소리에 울음소리는 한층 슬프게 들렸다.

그게 모두 자기 연민에 외로움, 혹은 의기소침함 때문이었을까? 아니면 때가 오기를 꾹 참고 기다리던 어떤 감정이 깨어났기 때문일까? 아무도 모를 일이다.

20

놀라운 일들

해질 무렵 조는 낡은 소파에 누운 채 난롯불을 바라보며 생각에 잠겨 있었다. 조가 가장 좋아하는 황혼녘을 보내는 방법이었다. 베스의 작고 빨간 베개를 베고 누워서는 그 누구에게도 방해받지 않고 이야기를 짜내기도 하고 꿈을 꾸기도 했다. 또 여전히 곁에 있는 것 같은 베스 생각을 하기도 했다. 조의 얼굴은 지치고 심각하고 슬퍼 보였다. 다음 날 생일을 맞게 된 조는 세월이 참 빨리 흐른다는 생각이 들었다. 이렇게 나이는 들어가는데 이루어 놓은 것이 없는 것 같았다. 스물 다섯 살이 다 되어 가는데도 자랑할 것이 아무것도 없는 것이다. 하지만 그건 조의 착각이었다. 조에게 자랑거리는 얼마든지 많았으며 시간이 흐르면 조도 그 점을 깨닫고 고맙게 생각할 것이다.

"노처녀. 그게 나의 미래야. 펜을 배우자로 삼고 글을 자식삼아 앞으로 이십 년 정도는 약간의 명성을 얻을 수도 있겠다. 가엾는 새 뮤얼 존슨의 말처럼 나는 늙어서 즐길 수가 없고,[78] 혼자라 나눌 수가 없으며, 독립적이니 필요가 없어. 난 심술궂은 성인聖人도, 이기적인 죄인도 되지 않을 거야. 익숙해지기만 하면 독신 생활도 아주 편하거든. 하지만-." 조는 앞날이 막막한 듯 한숨을 쉬었다.

스물 다섯 살에는 서른 살이 되면 모든 것이 끝날 것 같지만 막상 서른이 되면 보기만큼 암울하지 않다. 자신의 내면에 뭔가 의지할 것이 있다면 꽤 행복하게 지낼 수 있다. 스물 다섯 살이 되면 여자들은 노처녀가 될 것이라고 말하기 시작하지만 속으로는 절대 되지 않을 거라고 결심한다. 그리고 서른이 되면 아무 말 하지 않지만 조용히 현실을 받아들인다. 그리고 분별력이 있는 사람이라면 앞으로 이십 몇 년을 행복하게 지내며 우아하게 늙어갈 수 있다는 사실을 생각하며 스스로를 위로할 것이다. 소녀들아, 독신 여성을 비웃지 마라. 얌전한 잠옷 속에서 뛰고 있는 그들의 심장 속에도 애절하고 비극적인 사랑 이야기들이 숨겨져 있으며 젊음, 건강, 야망, 사랑을 희생한 그들의 얼굴은 비록 초췌하지만 신의 눈에는 더없이 아름답단다. 침울하고 심술궂은 독신여성도 다정하게 대해 주어야 한

---

78 영국의 시인이자 비평가이며 사전 편찬자였던 새뮤얼 존슨(1709~1784)이 사전을 완성했을 때 체스터필드 경이 뒤늦게 후원자로서 인정받고 싶어하는 글을 쓰자 그에 대한 반박으로 존슨이 '체스터필드 경의 관심은 늦었습니다. 아무 관심이 없으니 즐길 수가 없군요.'라고 쓴 글을 인유했다.

다. 그들은 인생의 가장 아름다운 시간들을 그리워하기 때문이다. 또한 그들을 경멸이 아닌 연민의 눈길로 바라봐 주길 바란다. 지금 인생의 가장 전성기에 있는 소녀들도 언젠가는 전성기를 그리워하는 날이 올 테니 말이다. 발그레한 장밋빛 두 뺨도 영원하지 않으며 아름다운 갈색 머리에도 언젠가 은빛 머리칼이 자랄 것이니, 언젠가 사랑과 찬사만큼 친절과 존경이 달콤하게 느껴질 때가 올 것이다.

신사들이여, 아무리 가난하고 촌스럽고 까다로워도 독신 여성들에게 예의 바르게 대해 주기를 바란다. 진정한 기사도 정신은 나이 든 사람을 존중하고 약한자를 보호하며 사회적 지위와 나이, 피부색에 상관없이 여성들을 위해 봉사하는 것이다. 잔소리를 하고 난리법석을 떨 때도 있지만 고맙다 인사도 하지 않았는데 자주 돌봐 주고 다독여 주는 이모나 고모를 떠올려 보면 된다. 궁지에 빠졌을 때 도와주고 상점에서 물건 살 때면 중요한 조언을 해 주던 일, 아픈 손가락으로 바느질을 해 주고 아픈 다리로 기꺼이 계단을 오르던 그 모습을 떠올리면 감사한 마음으로 그들에게 관심을 기울이게 된다. 눈 밝은 아가씨라면 그런 점을 얼른 보고 당신을 좋아하게 될 것이다. 엄마와 아들을 갈라 놓을 수 있는 거의 유일한 힘, 죽음이 당신에게서 어머니를 앗아가고 나면 따뜻한 어머니의 품을 느낄 수 있는 곳은 소중한 조카를 위해 외로운 마음 한 구석을 따뜻하게 데워 두었던 그 분들뿐이다.

조는 깜빡 잠이 들었다(독자들도 이 지루한 설교를 하는 동안 졸았을지도 모르겠다). 그런데 로리의 유령이 조 앞에 갑자기 나타났다. 정말 살아 있는 듯 실제의 모습 같은 그 유령은 몸을 숙인 채로 예전에 기분 좋을 때 짓던, 하지만 보여주고 싶어 하지 않던 바로 그 표정을 짓고 있었다. 조는 '진짜일 리가 없어.'라고 생각하며 깜짝 놀라 그대로 누운 채 아무 말도 못하고 뚫어져라 유령을 올려다보았다. 유령은 몸을 숙여 입을 맞추었다. 그제야 조는 그게 정말 로리라는 것을 알게 되었고 벌떡 일어나 앉으며 소리쳤다.

"아, 테디! 오, 테디 맞구나!"

"조, 나를 봐서 반가운 거야?"

"당연히 반갑지! 세상에, 말로는 표현할 수 없을 만큼. 에이미는 어디 있어?"

"메그 집에서 어머니께 붙잡혀 있어. 오는 길에 잠깐 들렀는데 다들 붙잡고 놓아주지 않는 바람에 아내를 데리고 나올 방법이 없군."

"뭐라고?" 조가 큰 소리로 물었다. 로리는 너무 자랑스럽고 흡족한 나머지 자기도 모르게 그 말을 입밖에 내고 말았다.

"아, 이런! 말하고 말았네." 로리가 죄 지은 표정을 짓자 조는 얼른 따지고 들었다.

"그럼 두 사람 벌써 결혼식을 한 거야?"

"응, 다시는 안 그럴게." 로리는 참회하듯 두 손을 모아 잡으며 무릎을 꿇었다. 하지만 얼굴은 장난기와 의기양양함이 가득했다.

"정말 결혼한 거야?"

"정말 그렇게 됐어."

"어머나, 다음엔 어떤 짓을 할 거야?" 조가 한숨을 쉬며 자리에 털썩 앉았다.

"너다운 반응이긴 하지만 듣기 좋은 축하 인사는 아니구나." 로리는 여전히 비굴한 태도였지만 만족스러움에 환하게 웃으며 대답했다.

"도둑처럼 몰래 들어와서 사람을 깜짝 놀라게 하고 이렇게 느닷없이 비밀을 털어 놓고서는 뭘 바라는 거야? 일어나, 이 친구야. 숨기지 말고 다 말해 봐."

"옛날 내 자리에 앉게 해 주지 않으면 한 마디도 할 수 없어. 쿠션으로 막아서도 안 돼."

조는 로리의 말에 큰 소리로 웃었다. 너무 오랫동안 하지 않았던 행동이었기 때문이다. 이리 와 앉으라는 듯 소파를 탁탁 두드리며 다정한 목소리로 말했다.

"쿠션은 다락방에 있으니 막을 수가 없어. 이리 와서 다 털어봐 봐, 테디."

"네가 '테디'라고 부르니 듣기 좋다. 너 말고는 나를 그렇게 부른 사람이 아무도 없거든." 로리는 아주 만족한 듯 소파에 앉았다.

"에이미는 뭐라고 불러?"

"우리 서방님."

"에이미답다. 그럴듯한대?" 친구가 전에 없이 멋져 보였고 조의 눈빛에 그 생각이 고스란히 드러났다.

쿠션은 없었지만 그럼에도 불구하고 둘 사이에 장벽이 있었다. 떨어져 지낸 시간과 마음의 변화가 자연스럽게 벽을 만든 것이다. 그것을 느낀 두 사람이 서로를 바라보았다. 마치 그 보이지 않은 장벽이 두 사람에게 그늘을 드리우기라도 한 것 같았다. 하지만 그 그늘은 금방 사라졌다. 로리가 근엄하게 말을 했기 때문이다.

"나 유부남처럼 보이지 않아? 가장 같지?"

"조금도 그렇지 않아. 앞으로도 안 그럴 것 같아. 덩치도 커지고 더 멋져졌지만 여전히 말썽쟁이야."

"조, 이제 좀 예의를 갖춰서 나를 대해야 할 텐데." 로리가 장난스럽게 대꾸했다.

"어떻게 그럴 수 있겠어? 네가 결혼을 해서 가정을 이뤘다는 생각만 해도 웃겨서 참을 수가 없는데." 조가 얼굴 가득 미소를 지으며 대답했다. 그 미소에 전염된 듯 두 사람은 또 한 번 소리 내어 웃고 나서 예전처럼 즐겁게 이야기를 나누기 시작했다.

"추운데 굳이 에이미를 데리러 나갈 필요는 없을 거야. 다들 곧 올 테니까. 너에게 이 놀라운 소식을 처음 알리고 싶어서 기다릴 수가 있어야 말이지. 우리가 우유에서 크림 뜰 때 먼저 하겠다고 티격태격했던 거 기억 나? 이것도 내가 먼저 하고 싶었거든."

"그래, 그랬지. 그런데 엉뚱한 결말 이야기부터 시작해서 망쳤잖아. 이제 다시 시작해 봐. 무슨 일이 있었는지 말이야. 정말 궁금해."

"에이미를 즐겁게 해 주려고 그랬던 거지." 로리가 눈을 반짝이며 말했다. 그 말에 조가 소리쳤다.

"첫 번째 거짓말. 에이미가 널 즐겁게 해 주려고 그런 거겠지. 어서 진실을 말씀하시죠."

"이제 조가 공손하게 말하기 시작했어. 듣기 좋지 않아?" 로리가 벽난로 불을 향해 말하자 마치 그 말이 옳다는 듯 불꽃이 타탁 소리를 내며 타올랐다. "그게 그거지 뭐. 에이미와 난 이제 일심동체니까. 원래 캐롤 숙모님 가족과 함께 한달 전에 돌아오려고 했는데 그들이 갑자기 마음을 바꿔 파리에서 겨울을 보내겠다는 거야. 하지만 할아버지는 집으로 돌아오고 싶어 하시고. 애초에 할아버지는 나 때문에 가신 거니 혼자 보낼 수는 없었지. 그렇다고 에이미를 남겨둘 수도 없고. 말도 안 되지만 캐롤 부인은 샤프롱[79] 없이 에이미를 우리와 가게 할 수 없다는 거야. 그래서 내가 결정을 내린 거지.

79   어린 여성을 따라다니며 돌봐 주는 사람.

'결혼식을 올리자. 그럼 우리 좋을 대로 할 수 있어.'"

"너답다. 넌 언제나 너 유리한 대로 상황을 만드니까."

"언제나 그렇지는 않아." 로리의 목소리에서 뭔가를 느꼈는지 조가 얼른 말했다.

"숙모님 허락은 어떻게 받은 거야?"

"아주 힘들었지. 하지만 계속해서 설득을 했어. 우리 입장에서는 이유가 충분했으니까. 이곳 가족들의 허락을 구하기 위해 편지를 쓸 시간이 없었어. 하지만 모두들 좋아하고 만족할 거라 생각했어. 내 아내가 말한 대로 '손톱만큼 시간이 걸릴 뿐'이었지."

"저 단어를 어쩜 저렇게 의기양양하게 말하는 거지? 우리도 저 단어를 말하고 싶지 않아?" 이번에는 조가 난롯불을 향해 즐거운 목소리로 말했다. 며칠 전만 해도 비극적이고 우울하게만 보이던 벽난로 불이 지금은 행복하게 타오르고 있는 것 같았다.

"아무래도 조금은 그렇지. 에이미는 정말 매력적이라 남편으로서 자랑스럽지 않을 수가 없어. 숙부님과 숙모님이 그렇게 예의범절을 따지셨지만 우린 서로에게 푹 빠진 상태라 도무지 떨어질 수가 없었어. 결혼만 하면 모든 것이 쉽게 해결이 될 테니 그렇게 한 거지."

"언제, 어디서, 어떻게?" 조가 여자 특유의 흥미와 궁금증에 들떠 물었다. 조금도 알지 못하는 영역이었기 때문이다.

"6주 전, 파리의 미국 영사관에서. 물론 아주 조용한 결혼식이었지. 행복했지만 베스를 생각하지 않을 수 없었으니까."

그 말에 조는 로리의 손을 잡았고 로리는 여전히 잊지 않은 작고 빨간 쿠션을 부드럽게 어루만졌다.

"그 이후에라도 우리에게 알려주지 그랬어?" 조가 침묵을 깨고 조용하게 물었다.

"놀라게 해 주고 싶었어. 처음에 우린 곧장 돌아올 거라 생각했거든. 그런데 결혼식이 끝나자마자 할아버지가 한 달 이후에나 떠날 수 있는 상황이라는 걸 알게 되신 거야. 그래서 우리더러 어디든 가고 싶은 곳으로 신혼여행을 떠나라고 하셨지. 에이미가 발로사가 신혼여행지로 딱이라고 한 적이 있어서 우리는 그곳으로 갔어. 그곳에서 평생 딱 한 번뿐인 순간을 행복하게 보냈어. 장미꽃에 둘러 싸인 사랑이었지!"

그 순간 로리는 조를 완전히 잊은 것 같았고 조는 다행이라는 생각이 들었다. 이런 일들을 아무렇지 않게 말할 수 있다는 사실은 분명 그가 지난 일을 잊고 용서했다는 뜻일 테니 말이다. 조는 잡았던 손을 빼려고 했다. 그런데 무의식적으로 떠오른 그 생각을 읽기라도 한 듯 로리가 조의 손을 꼭 잡고 남자다운 진지함으로 말했다. 전에 본 적 없는 모습이었다.

"조, 할 말이 있어. 이 이야기들은 지금 이후에는 영원히 묻어 두

자. 편지에서 말했듯이 에이미가 나에게 다정하게 대할 때만 하더라도 너에 대한 사랑을 그만 둘 생각이 없었어. 그런데 사랑이 변하더라. 그리고 변하는 대로 두는 게 더 낫다는 걸 알게 됐어. 내 마음속에서 에이미와 너의 자리가 바뀐 거야. 그렇게 될 운명이었던 거 같아. 네가 시키는 대로 내가 참고 기다렸다면 자연스럽게 그렇게 될 일이었는데 내가 그만 성급하게 굴어 결국 마음의 상처를 받고 말았어. 그때는 내가 어렸어. 고집불통에 마음대로였지. 힘든 과정을 겪고나서야 내 실수를 깨달았어. 조, 네 말대로 사랑은 하나였어. 바보 같은 짓을 하고 나서야 하나뿐인 그 사랑을 찾은 거지. 한 때는 내 마음이 뒤죽박죽이라 에이미와 너 누구를 사랑해야 할지 몰랐던 적도 있었어. 둘 다 똑같이 사랑하려고도 해 봤지만 그럴 수는 없었어. 그런데 스위스에서 에이미를 만났을 때 한 순간에 모든 것이 명확해지는 것 같았어. 내 마음속에서 두 사람이 각자 제자리를 찾은 거지. 새로운 사랑이 오기 전에 옛사랑과는 이미 이별했다는 걸 느꼈어. 처형 조와 아내 에이미 사이에서 내 마음을 정직하게 정하고 두 사람 모두 진심으로 사랑할 수 있었어. 내 말 믿어 줄 거지? 그리고 다시 예전처럼 행복하게 지낼 수 있지?"

"진심으로 네 말을 믿어. 하지만 테디, 우리가 다시 소년이나 소녀로 돌아갈 수는 없어. 행복했던 시절은 다시 올 수 없고 기대해서도 안 돼. 이제 우린 해야 할 일이 있는 진지한 성인이야. 마냥 까불

거리고 놀기만 하던 어린 시절은 끝났어. 변한 걸 보니 너도 이걸 느낀 것 같구나. 내가 변했다는 걸 너도 알게 될 거야. 어릴 적 내 친구가 그립겠지. 하지만 어른이 된 너도 그 만큼 사랑하고 존경할 거야. 내가 바라던 대로 훌륭한 어른이 될 테니까. 이제 더 이상 놀이 친구는 아니지만 한 가족이 되었으니 평생 서로 사랑하고 도우며 살아야지. 안 그래?"

로리는 아무 말없이 조가 내민 손을 잡았다. 그리고 그 손에 자신의 얼굴을 묻고 한동안 있었다. 소년의 열정은 가고 아름답고 강한 우정이 피어나 두 사람에게 축복을 내리는 것 같았다. 잠시 후 조가 분위기를 바꾸려는 듯 명랑한 목소리로 말했다.

"어린애들이 결혼을 하고 가정을 꾸렸다니 믿을 수가 없어. 에이미의 앞치마 단추를 채워주고 네가 괴롭힐 때마다 네 머리카락을 당겼던 게 엊그제 같은데. 정말 세월 빠르다!"

"그 어린애 중 하나는 너보다 나이가 많으니 그렇게 할머니처럼 말하지 마. 페고티가 데이비드에게 말했듯 난 '다 자란 신사'니까.[80] 그리고 에이미를 보면 어린애지만 조숙하다는 걸 알게 될 거야." 로리는 조가 엄마처럼 구는 게 재미있는 것 같았다.

"나이로 보면 네가 좀 더 많을 수도 있지만 정신적인 면에서는

---

80   찰스 디킨스의 〈데이비드 코퍼필드〉에서 가정부 페고티의 남동생이 데이비드에게 한 말.

내가 훨씬 더 어른이야, 테디. 여자들이 늘 그렇거든. 게다가 올 한 해가 너무 힘들어서 난 지금 마흔은 된 거 같아."

"가엾은 조! 우리끼리 즐겁게 지내는 동안 너 혼자 그 모든 시간을 견뎠구나. 정말 더 늙은 거 같아. 여기 주름 있네. 여기에 또 있어. 웃고 있지 않으면 얼굴이 슬퍼 보여. 이제 보니 쿠션에 눈물 자국도 있구나. 정말 혼자서 힘들게 견뎠나 보다. 내가 정말로 이기적인 동물이었어!" 로리가 깊이 뉘우치는 표정으로 자신의 머리칼을 잡아 당겼다.

조는 눈물자국 있는 쿠션을 뒤집고 애써 명랑한 척 밝은 목소리로 대답했다.

"아니야, 엄마 아빠가 도와주시고 조카들에게서 위안을 얻어. 에이미와 네가 건강하고 행복하다는 생각에 여기 걱정도 견딜만 해졌지. 가끔 외롭긴 해. 하지만 그 외로움이 나에겐 도움이 되는 데다 가-."

"다시는 혼자 두지 않을게." 조의 말을 끊고 로리가 말했다. 그리고 세상 모든 아픔을 막아줄 것처럼 두 팔로 조를 감쌌다. "에이미와 난 너 없인 살 수 없어. 그러니 와서 이 어린애들이 어떻게 가정을 꾸려야 할지 가르쳐 줘. 예전처럼 모든 걸 반으로 나누며 살자. 서로 보살피며 함께 행복하고 다정하게 살자고."

"내가 방해가 되는 게 아니라면 기꺼이 그렇게. 왠지 벌써 젊어지는 기분이야. 네가 오니 내 걱정들도 다 사라진 것 같아. 넌 언제나 내게 큰 힘이 돼. 테디." 몇 해 전에 베스가 아파 누워 있을 때 그랬던 것처럼 조는 로리의 어깨에 머리를 기댔다. 그때는 로리가 조에게 기대라고 말했었다.

로리는 조를 내려다보면서 조가 그때를 기억하는지 궁금했다. 하지만 조는 정말 로리가 오면서 모든 걱정거리가 사라진 듯 혼자 미소만 짓고 있었다.

"조, 넌 여전하구나. 눈물을 흘리다가도 금방 또 깔깔거리고 웃지. 지금은 좀 심술궂은데, 뭐예요, 할머니?"

"너랑 에이미가 어떻게 지낼지 궁금해."

"천사처럼 살지!"

"처음엔 당연히 그렇겠지. 누구 말을 따를 거야?"

"에이미 말을 따라도 난 상관없어. 적어도 에이미가 그렇게 생각하도록 할래. 에이미가 기분 좋을 테니까. 시간이 흐르면서 서로 번갈아 가면서 주도권을 쥐겠지. 사람들이 그러잖아. 행복한 결혼 생활을 위해선 권리는 절반으로, 의무는 두 배로 가져야 한다고."

"시작할 때처럼 계속 에이미가 주도권을 쥐게 될 거야. 에이미는 네 평생을 지배할 테니까."

"에이미는 내가 눈치 채지 못하게 잘 할 테니 난 아무래도 상관없어. 에이미는 요령껏 주도권을 잘 잡는 법을 아는 사람이야. 사실,

난 그게 좋아. 에이미가 비단 실타래처럼 부드럽고 예쁘게 손가락을 까딱하면 명령이 아니라 호의를 베푸는 것처럼 느끼게 되거든."

"네가 공처가 남편이 돼서 즐거워하는 것까지 내가 봐야하는구나!" 조가 두 손을 번쩍 들며 소리쳤다.

그렇게 넌지시 빗댄 말에 로리가 어깨를 쫙 펴고 남자다운 비웃음을 지으며 '거만한 태도'로 대답하는 모습이 보기 좋았다.

"에이미는 교양 있는 사람이고 나도 호락호락 복종하는 사람이 아니야. 내 아내와 나는 자신뿐 아니라 상대방을 아주 많이 존중하기 때문에 서로에게 군림하지도, 다투지도 않을 거야."

지금껏 본 적 없는 위엄 있는 모습이었다. 조는 그런 로리의 모습이 좋았고 로리에게 아주 잘 어울린다 생각했다. 하지만 소년이 너무 빨리 어른으로 자란 것 같아 한편으로는 아쉬움이 남았다.

"나도 그렇게 생각해. 에이미와 넌 옛날 우리처럼 싸우지 않을 거야. 에이미는 태양이고 난 바람이지. 동화속에서 나그네가 옷을 벗는 건 결국 태양 때문이잖아. 기억하지?"

"에이미는 폭풍처럼 휘몰아칠 때도 있더라고." 로리가 웃었다. "니스에서 엄청난 잔소리를 들었지! 내가 들었던 그 어떤 꾸지람보다도 더 대단했다고 장담할 수 있어. 정신이 번쩍 들더군. 언제 시간 나면 다 이야기해 줄게. 아마 에이미가 제 입으로 말하는 일은 절대 없을 거야. 나를 부끄럽고 경멸스럽다고 해놓고는 이런 모자란 놈에게 마음을 빼앗기고 결혼까지 했으니 말이야."

"어쩜! 에이미가 또 그러면 나한테 와. 내가 지켜줄게."

"네 도움이 필요한 것처럼 보여?" 로리가 일어나서 허세를 부리더니 에이미의 목소리가 들리자 그 당당하던 모습은 어디 가고 갑자기 좋아 죽을 것 같은 얼굴이 되었다.

"언니, 언니 어디 있어?"

온 가족이 모였다. 모두 어찌나 반가운지 서로 끌어안고 환호성을 지르며 입을 맞추고 또 맞추었다. 그렇게 야단법석이 끝나고 나서야 다들 세 여행자의 얼굴을 제대로 보고 기뻐할 수 있었다. 로런스 씨는 여전히 정정하고 인자해 보였는데 외국 여행 덕분인지 훨씬 더 좋아 보였다. 예전의 퉁명스러움은 거의 보이지 않았고 전통적인 공손함에 세련됨이 더해져서 더없이 친절하게 느껴졌다. 젊은 부부를 '내 아이들'이라고 부르며 그들을 향해 환하게 웃는 로런스 씨의 모습이 더없이 보기 좋았다. 에이미가 딸처럼 사랑스럽게 정성을 다하는 모습도 흐뭇한 장면이었다. 에이미는 그렇게 로런스 씨의 마음을 완전히 사로잡을 수 있었다. 무엇보다도 가장 좋은 건 그런 두 사람 주위를 맴돌며 기뻐하는 로리의 모습이었다.

에이미를 본 순간 메그는 자신의 옷이 파리 풍이 아니라는 것을 느꼈다. 젊고 화려한 모팻 부인도 젊은 로런스 부인에 비하니 아무것도 아니었다. 우아하고 기품 있는 에이미가 단연 돋보였다. 조는 에이미 부부를 보며 생각했다. '정말 잘 어울리는 한 쌍이구나! 내가 옳았어. 로리는 자신의 가정을 함께 행복하게 꾸릴 아름답고 교양 있는 여인을 찾은 거야. 서투르고 늙은 조보다 낫지. 에이미는 이제 로리 인생에 골칫거리가 아니라 자부심이 되겠지.' 마치 부부는 행복한 얼굴로 서로를 향해 고개를 끄덕였다. 막내딸이 현실적인 면뿐 아니라 사랑과 믿음, 행복에서도 성공을 했기 때문이었다.

에이미의 얼굴은 평화로운 마음을 보여주듯 온통 환했고 목소리에서는 전에 몰랐던 부드러움이 느껴졌으며 쌀쌀맞고 새침하던 태도는 상냥하면서 품격 있는 모습으로 변해 있었다. 여성스러우면서도 사람의 마음을 끄는 모습이었다. 더 이상 젠체하는 모습도 보이지 않았으며 가슴 깊은 곳에서 우러나는 온화함은 아름다움이나 우아함보다도 매력으로 느껴졌다. 에이미가 그토록 되고 싶어하던 진정한 숙녀가 되어 있었다.

"사랑이 우리 막내를 많이 바꿔 놓았어요." 어머니가 나지막히 말했다.

"좋은 본보기를 보며 자랐으니까." 마치 씨가 아내의 주름진 얼굴과 희끗희끗한 머리를 사랑스러운 표정으로 보며 속삭였다.

데이지는 '예쁜이 이모'에게서 눈을 떼지 못하고 강아지처럼 쫄랑쫄랑 따라다녔다. 새로 생긴 이 관계에 대해 곰곰이 생각하던 데미는 이모부가 스위스 베른에서 사 갖고 온 목각 곰인형 가족을 선물로 내밀자 덥석 받아 들고 말았다. 데미의 마음을 얻을 수 있는 방법을 잘 알고 있던 로리가 허를 찌르는 공격을 하자 결국 항복하고 만 것이다.

"꼬마 아저씨, 처음 너를 봤을 때 네가 내 얼굴을 때렸지. 이제 내 차례다!" 키가 큰 이모부는 작은 조카를 들까불며 마구 장난을 쳤다. 꼬마 데미의 품위는 좀 손상됐지만 영혼은 더없이 즐겁고 신났다.

"세상에, 머리부터 발끝까지 실크를 둘렀네. 에이미가 저렇게 예쁘게 앉아 있으니 얼마나 보기가 좋은지, 게다가 사람들이 에이미를 '로런스 부인'이라고 부르다니!" 온갖 음식들로 식탁을 차리던 해나가 문틈으로 슬쩍슬쩍 에이미를 훔쳐보며 중얼거렸다.

오랜만에 다 같이 모인 마치 가와 로런스 가 사람들이 얼마나 많은 이야기를 나누었던지! 한 사람의 이야기가 끝나면 다음 사람으로 이어지고, 또 다음 사람으로 이어졌다. 그들은 쉬지 않고 삼 년간의 이야기를 쏟아내며 웃음을 터뜨리기도 했다. 차가 가까이 있어서 잠깐씩 목이라도 축일 수 있었던 게 그나마 다행이었다. 그렇지 않았다면 그들은 목이 쉬고 현기증이 났을 것이다. 이들의 행복한 대화는 식탁에까지 이어졌다. 마치 씨는 '로런스 부인'을 자랑스럽게 데리고 갔고, 마치 부인은 '사위'의 팔짱을 끼고 당당하게 걸어갔다. 노신사는 조를 데리고 가며 "이제 네가 내 손녀가 되어 다오."

라고 속삭이더니 난롯가 빈 자리를 바라보았다. 그 모습에 조는 떨리는 입술로 조용히 대답했다. "베스의 자리를 대신해 보도록 할게요. 할아버지."

쌍둥이들은 뒤에서 황금시대라도 온 듯 방방 마음껏 뛰어다녔다. 오랜만에 만난 어른들은 어른들끼리 이야기를 나누느라 바빴기 때문에 아이들을 신경 쓸 겨를이 없었다. 아이들이 그 기회를 얼마나 잘 활용했을지 짐작할 수 있을 것이다. 차도 홀짝홀짝 마셔 보고 생강빵도 마음껏 먹고 뜨거운 비스킷을 조각 내기도 했다. 최고의 범죄는 작은 타르트를 주머니 속에 쏙 집어넣은 일이었다. 타르트는 주머니 속에서 들러붙거나 부서졌는데 쌍둥이에게 사람의 본성만큼 패스트리가 부서지기 쉽다는 것을 가르쳐주는 것 같았다. 범죄자 쌍둥이는 타르트를 훔친 것이 양심에 찔린 나머지 혹 조 이모가 그 매서운 눈으로 타르트를 숨기고 있는 얇은 천을 뚫고 볼까 봐 안경을 쓰지 않은 '할아버지'에게 딱 들러붙었다. 이 사람 저 사람 손에 이끌려 다니던 에이미는 로런스 할아버지 팔짱을 끼고 응접실로 돌아갔고 앞서 다른 사람들도 짝을 지어 돌아갔다. 그러고 나니 조만 짝이 없이 남겨졌다. 하지만 당장은 해나의 질문에 대답을 하느라 혼자인 게 전혀 마음 쓰이지 않았다.

"에이미 아가씨는 쿠페형 마차[81]를 타고 예쁜 은제 접시를 사용

81   2인승 4륜 유개마차.

할까요?"

"에이미가 매일 백마 여섯 마리가 끄는 마차를 타고 금접시에 음식을 담아 먹고 다이아몬드와 뜨개질 레이스로 된 옷을 입고 다닌다 해도 이상할 게 없죠. 테디는 에이미에게 아까운 게 없다 생각하니까요." 조가 더없이 만족스러운 표정으로 대답했다.

"그렇고말고요! 아침식사로 저민 고기요리나 어육 완자 먹을래요?" 해나가 리듬을 넣어 물었다.

"뭐든 상관없어요." 조는 그 상황에 음식 이야기는 어울리지 않다 생각하며 문을 닫고 나왔다. 계단 위로 사라지는 사람들을 보며 잠시 섰다. 격자무늬 바지를 입은 데미의 짧은 다리가 마지막 계단을 힘겹게 오르는 것을 보는데 갑자기 외로움이 몰려왔다. 그 외로움이 어찌나 강력한지 기댈 것이 없나 흐릿한 눈으로 주위를 살펴야 했다. 테디마저 자신을 버린 것이다. 하지만 자신의 생일 선물이 매순간 조금씩 가까워지고 있다는 걸 알았다면 "이따가 잠자리에서 좀 울어야겠어. 지금은 꼴사납게 울지 않을 거야."라고 말하지는 않았을 것이다. 조는 손으로 눈물을 닦았다. 소년 같은 버릇이 있던 조는 손수건을 챙겨 갖고 다니지 않았기 때문이다. 간신히 미소를 되찾았을 때 현관문 두드리는 소리가 들렸다.

손님을 맞기 위해 서둘러 문을 연 조는 자신을 놀라게 하려는 유령이 또 나타난 줄 알고 깜짝 놀랐다. 문 앞에는 턱수염을 기른 건장

398

한 신사가 한밤중 떠오른 태양처럼 어둠 속에서 자신을 향해 환하게 웃고 있었다.

"아, 바에르 씨, 이렇게 오시다니 너무 반가워요!" 조는 혹여 어둠이 그를 삼켜버리기라도 할까 두려운 듯 그를 꽉 붙잡고 소리쳤다.

"나도 반가워요, 마치 양. 그런데 이런, 파티가 있나 보군요." 시끌벅적한 사람들의 소리와 함께 춤추는 발소리가 들려오자 바에르 씨는 멈칫했다.

"아니에요. 그냥 가족 모임이에요. 동생 부부가 와서 다들 기분이 좋아요. 들어오세요. 같이 즐겨요."

바에르 씨가 아무리 사교성 있는 사람이라 하더라도 그날은 예의바르게 물러나 다른 날 다시 와야 했겠지만 조가 문을 닫고 모자를 빼앗는데 어떻게 그럴 수 있겠나? 게다가 조의 표정을 보니 더더욱 그럴 수 없었다. 조는 반가운 마음을 숨김없이 그대로 다 드러내 외로운 남자를 어쩔 수 없게 만들었고 희망마저 품게 만든 것이다.

"내가 불청객이 되는 게 아니라면 모두 만나보고 싶군요. 그런데 그동안 어디 아프기라도 한 거요?"

바에르 씨는 불쑥 질문을 했다. 불빛 속에서 코트를 거는 조의 얼굴이 어딘가 변한 것 같았기 때문이다.

"아팠던 건 아니고요, 그냥 좀 피곤하고 슬퍼서요. 그 사이 우리 집에 안 좋은 일이 있었거든요."

"아, 그래요, 알아요. 그 소식을 듣고 나도 마음이 아팠소." 그리고는 아주 슬픈 표정으로 다시 조의 손을 잡고 악수를 했다. 그 순간 조에게는 그 다정한 눈빛과 커다랗고 따뜻한 손만큼 위로가 되는 게 없는 것 같았다.

"엄마, 아빠. 제 친구 바에르 교수님이에요." 조의 표정과 목소리에서 억누를 수 없는 자부심과 기쁨이 느껴졌다. 문을 열면서 기쁨의 나팔이라도 불 것 같았다.

우리의 이방인이 환영을 받지 못할까 걱정했다면 그것은 기우였다. 모두에게서 따뜻한 환영을 받자 바에르 씨의 불안도 금방 사라졌다. 다들 처음에는 조의 친구이기 때문에 친절하게 대했지만 곧 모두가 그를 좋아하게 되었다. 바에르 씨는 모든 사람의 마음을 열게 하는 부적이라도 갖고 있는 것 같았고, 이 단순한 사람들은 금방 마음을 열고 그를 따뜻하게 대해 주었다. 그가 가난한 사람이라 더욱 친근한 느낌이었다. 진정으로 환영해 주는 이들에게 그의 가난은 확실한 통행증 같은 것이었다. 바에르 씨는 낯선 문을 두드린 여행자가 된 느낌으로 주변을 둘러보았다. 문을 열고 들어왔을 때부터 집에 온 듯 편안한 느낌이었다. 아이들은 꿀단지에 모여드는 벌떼처럼 바에르 씨에게로 가 무릎을 하나씩 차지하고 앉더니 주머니를 뒤지고 수염을 당기고 시계를 살피며 그를 꼼짝 못하게 잡아 두었다. 여자들은 서로 흐뭇한 눈길을 주고받았고 마치 씨는 손님이 마음이 맞는 사람인 것 같다고 느끼며 흥미로운 주제로 대화를 나누었다. 과묵한 존은 아무 말없이 대화를 듣기만 해도 즐거웠고, 로런스 씨는 대화가 너무 흥미로워 졸립지 않았다.

조가 다른 일로 바쁘지 않았다면 로리의 행동을 보면서 재미있어 했을 것이다. 질투를 느낀 건 아니지만 조금 의심스러운 마음이 생긴 로리는 처음에는 오빠들이 흔히 하는 것처럼 낯선 이에 대한 경계의 시선으로 조금 떨어져서 손님을 관찰했다. 하지만 그런 상황은 오래 가지 않았다. 자기도 모르게 마치 씨와 바에르 씨 두 사람의 대화에 푹 빠져 버렸고 어느새 대화 속으로 들어가게 되었다. 바에르 씨는 온화한 분위기에서 이야기를 잘 이어가며 자신만의 장점을 발휘했다. 그런데 로리에게 말을 걸지는 않았지만 종종 그를 바라보는 얼굴에 그늘이 스쳤다. 인생의 절정기를 지나고 있는 젊은 남자를 보면서 잃어버린 자신의 청춘을 아쉬워하는 것 같았다. 그리고는 간절한 눈빛으로 조를 바라보았다. 조가 만약 그 눈빛을 보았다면 말없는 질문에 답했을 지도 모르겠다. 하지만 조는 자꾸만 바에르 씨에게로 향하는 자신의 시선을 붙들어 두기 위해 양말 뜨개질에만 열중하고 있었다. 모범적인 독신 이모답게 말이다.

그래도 이따금 몰래 바에르 씨를 훔쳐보니 흙길을 걷고 난 후 시원한 물로 입을 축인 듯 갈증이 해소되는 기분이었다. 게다가 멍한 표정이 사라지고 이 순간이 흥미로운 듯 생기가 살아난 바에르 씨의 얼굴을 보니 퍽 안심이 되었다. 조는 낯선 남자들을 볼 때면 늘 로리와 비교하는 습관이 있었는데, 희한하게도 바에르 씨는 로리와 비교할 생각을 하지 못하고 젊고 잘 생겼다는 생각만 들었다. 대화는 고대의 장례 풍습으로까지 흘러갔다. 그렇게 흥분할 주제는 아니었지만 바에르 씨는 꽤 고무된 듯 보였다. 테디가 논쟁에서 지자 조는 의기양양해졌고 한껏 몰입해 있는 아버지의 얼굴을 보며 이런 생각을 했다. '아빠가 매일 교수님 같은 사람이랑 대화를 나누면 얼마나 즐거우실까!' 게다가 바에르 씨는 검정색 정장을 훌륭하게 차려입고 있어서 그 어느 때보다도 멋진 신사로 보였다. 부스스한 머리를 짧게 잘라 잘 빗어 넘겼지만 그리 오래 가지는 못했다. 언제나 그랬듯 흥분할 때면 바에르 씨는 머리를 마구 헝클어트렸기 때문이다. 하지만 조는 납작하게 붙은 머리칼보다는 삐죽삐죽 선 게 더 좋았다. 쥬피터 같은 그의 예쁜 이마를 볼 수 있었기 때문이다. 가엾은 조! 그 평범한 남자를 이토록 미화하다니! 조용히 뜨개질을 하고 앉아 있었지만 온통 신경은 바에르 씨에게 쏠려 있었다. 티 하나 없이 깨끗한 소맷부리에 달린 금색 단추 조차도 놓치지 않고 말이다!

"세상에! 청혼하러 왔다 해도 저만큼 신경 서서 차려 입지 못했을 텐데." 그렇게 혼잣말을 한 순간 머리를 스친 어떤 생각 때문에 조는 얼굴이 확 달아올랐다. 붉어진 얼굴을 숨기기 위해 실뭉치를 떨어트려 고개를 숙이고 실뭉치를 쫓아가야 했다.

하지만 조의 작전은 기대했던 것만큼 성공적이지 못했다. 막 격한 토론을 벌이려던 찰나 바에르 씨는 파란 실뭉치를 보고 자신의 몸을 던졌고 결국 두 사람의 머리는 보기 좋게 부딪치고 말았다. 별이 보일 만큼 세게 부딪힌 두 사람은 얼굴을 붉히며 소리 내어 웃었다. 두 사람은 실뭉치는 둔 채 자리를 뜨지 말걸 그랬다 생각하며 다시 자리에 앉았다.

그 밤이 어떻게 지났는지는 아무도 몰랐다. 눈치 빠른 해나는 강아지 두 마리처럼 꼬박꼬박 졸고 있는 쌍둥이들을 일찌감치 데려다 재웠고 로런스 씨는 쉬려고 집으로 갔다. 나머지 사람들은 벽난로에 모여 시간 가는 줄 모르고 이야기를 나눴다. 메그는 엄마의 직감으로 데이지가 침대에서 떨어질 것 같고 데미는 성냥을 갖고 놀다 잠옷에 불을 붙일 것 같아 먼저 자리를 떴다.

"이렇게 모두 다 모였으니 옛날처럼 함께 노래해요." 조가 말했다. 목청껏 노래를 부르면서 기쁨에 들뜬 감정을 기분 좋게 쏟아낼 수 있을 것 같았다.

사실 모두 다 모인 건 아니었지만 그 누구도 그 말이 틀렸다고 생각하지 않았다. 베스는 보이지는 않았지만 편안한 모습으로, 그리고 훨씬 더 사랑스러운 모습으로 아직도 함께 있었기 때문이다. 사랑으로 단단하게 이루어진 가족의 연대는 죽음도 끊을 수 없었다.

베스가 앉던 의자는 예전 자리에 그대로 있었고 바늘이 무거워 마치지 못한 바느질감이 담긴 작은 바구니도 선반에 놓여 있었다. 베스가 아끼던 피아노도 이제 치는 사람은 없지만 그대로 있었다. 그 위에 놓인 초상화 속 베스가 "난 여기 있으니 다들 부디 행복하길!"이라고 말하는 듯 조용하게 미소짓는 얼굴로 모두를 내려다보고 있었다.

"에이미, 피아노 좀 쳐 봐. 피아노 실력이 얼마나 늘었는지 모두에게 들려줘." 로리가 장래가 기대되는 제자가 자랑스러워 견딜 수 없다는 듯 말했다.

하지만 에이미는 두 눈에 눈물이 가득한 채 낡은 피아노 의자를 만지작거리며 작은 목소리로 말했다.

"오늘 밤은 안 되겠어. 오늘 밤은 칠 수 없을 거 같아."

하지만 에이미는 결국 베스의 노래를 불러 피아노를 잘 친 것보다 더한 감동을 주었다. 에이미의 목소리 속에는 거장도 가르칠 수 없는 감미로움이 있어 듣는 이들의 마음이 녹아 들었다. 노래가 다 끝나지 않았는데 맑은 목소리가 갑자기 멈추자 방 안은 고요해졌다. 베스가 가장 좋아하던 마지막 구절 '하늘이 치유할 수 없는 슬픔은 이 땅에 없으니'[82] 부분을 차마 부를 수 없었던 에이미는 뒤에 서 있던 남편에게 기댔다. 베스의 입맞춤이 없으니 집에 와도 그 행

82   토마스 모어의 '목마른 자들아' 중에서 표현된 구절.

복이 온전하지 않았다.

"이제 미뇽의 노래로 끝 마칠까요? 바에르 교수님이 불러주실 거예요." 조는 침묵이 슬픔으로 변하기 전에 말했다. 바에르 씨가 만족한 듯 '에헴' 하고 목청을 가다듬으며 조가 서 있는 구석으로 걸어가며 말했다.

"조, 나와 함께 불러요. 우리는 화음을 아주 잘 맞출 수 있을 거예요."

하지만 그건 기분 좋은 상상일 뿐이었다. 조는 음악에는 젬병이었기 때문이었다. 하지만 조는 바에르 씨가 오페라 하나를 전부 부르자고 했다 해도 그러자 했을 것이다. 그리고 박자와 음정은 전혀 상관없이 행복하게 노래했다. 바에르 씨가 독일인답게 열정적으로 잘 불렀기 때문에 조의 노래는 크게 문제되지 않았다. 조는 곧 소리를 낮추어 자신을 위해 부르는 것 같은 달콤한 목소리에 귀를 기울였다.

'당신은 아시나요 레몬 꽃이 피는 그 땅을.'

바에르 교수가 좋아하던 구절이었다. '그 땅'은 그에게는 독일을 의미하기 때문이었다. 하지만 그날 밤 그는 특히 이 구절에 신경을 쓰는 것 같았다.

'그곳으로, 오, 그곳으로, 당신과 함께 가고 싶소. 오 내 사랑."

조는 그 따뜻한 초대에 몹시 가슴 설렜다. 그 땅을 알고 있으며 원한다면 언제든 기쁜 마음으로 따라나서겠다고 말하고 싶었다.

노래는 대단히 성공적이었고 가수는 환호 속에서 수줍게 물러났다. 하지만 잠시 후 바에르 씨는 예의에서 벗어난다는 것을 깜빡 잊고 모자를 쓰고 있는 에이미를 뚫어지게 바라보았다. 조가 에이미를 '동생'으로만 소개했을 뿐 바에르 씨 앞에서 아무도 새 호칭으로 부르지 않았기 때문이다. 바에르 씨가 궁금해하고 있을 때 로리가 예의 바르게 작별인사를 건네 왔다.

"교수님을 만나서 저나 제 아내 모두 반가웠습니다. 언제든 환영이니 저희 집에 들러 주세요."

바에르 씨는 진심으로 고마운 마음으로 인사를 하고 환한 표정을 지었다. 로리는 기쁜 마음을 이토록 숨기지 못하는 사람은 처음본다고 생각했다.

"저도 가야 할 거 같군요. 일이 있어서 한동안은 이 곳에서 지낼 생각인데 부인께서 허락하신다면 또 찾아 뵙겠습니다."

바에르 씨는 마치 부인에게 말하면서 조를 바라보았다. 마치 부인은 딸의 눈빛만큼 따뜻한 목소리로 방문을 허락했다. 마치 부인은 모팻 부인이 생각하는 만큼 자식의 관심사에 둔감하지 않았다.

"아주 현명한 사람인 것 같더구나." 마지막 손님이 돌아가고 나자 마치 씨가 벽난로 앞 깔개에 앉아 흡족한 표정으로 말했다.

"좋은 사람인 걸 알겠더라고요." 마치 부인이 시계 태엽을 감으면서 전적으로 동의한다는 듯 덧붙였다.

"모두 그를 좋아하실 줄 알았어요." 그 말을 마지막으로 조는 잠자리에 들었다.

조는 바에르 씨가 무슨 일로 이 곳에 온 것일까 궁금했다. 그러다가 어딘가에서 명예로운 일이 있는데 너무 겸손해서 그 일을 말하지 않은 것이라고 결론 내렸다. 그가 자신의 방에서 머리 숱이 많고 심각하고 엄격한 표정으로 앞날을 어두운 시선으로 응시하는 것 같은 젊은 여인의 초상화를 보는 그의 얼굴을 봤다면 생각이 달라졌을 것이다. 특히 그가 불을 끄고 어둠 속에서 그림 속 여인에게 입을 맞추는 것을 봤다면 말이다.

21

로런스 부부

'어머니, 제 아내를 삼십 분만 빌릴 수 있을까요? 짐이 도착했는데 제가 필요한 걸 찾다가 에이미가 파리에서 산 장식품들을 엉망으로 만들어 놨거든요.' 다음 날 아내를 찾으러 왔던 로리가 다시 아기가 된 듯 마치 부인의 무릎에 앉아 있는 아내를 보고 말했다.

"물론이지. 에이미, 가 보거라. 네 집이 있다는 걸 깜빡했구나." 마치 부인이 엄마로서의 욕심을 사과하듯 결혼 반지를 낀 하얀 손을 꼭 잡으며 말했다.

"저 혼자 할 수 있었으면 이렇게 오지 않았을 거예요. 내 아내가 없으면 이제 아무것도 할 수가-."

"풍향계는 바람 없이는 못 움직이지." 로리가 웃으려고 잠시 말을 머뭇거리는 사이 조가 끼어들었다. 조는 테디가 온 이후로 다시 재치 있는 모습을 되찾았다.

"정확해. 에이미는 대부분 정서쪽을 향하다가 가끔 남쪽으로 방향을 바꾸지. 결혼한 이후로 동풍은 없었고 북풍에 대해서는 아무것도 몰라. 그래도 모두 건강에 좋은 온화한 바람이었어. 그렇지 않소, 부인?"

"지금까지는 아름다운 날씨였어. 그런 날씨가 얼마나 갈지는 나도 몰라. 하지만 폭풍우가 두렵지 않아. 내 배를 어떻게 저어가야 할지 배우는 중이니까. 집으로 가요, 여보. 장화 벗는 기구 찾아 줄게요. 그거 찾느라 내 짐을 뒤진 거죠? 남자들은 정말 혼자 할 수 있는 게 없어요, 엄마." 에이미가 점잖게 말했다. 그런 모습이 로리 눈에는 귀엽게만 보였다.

"자리를 잡은 후엔 어떻게 할 거야?" 조는 에이미의 앞치마 단추를 잠가줬던 것처럼 망토 단추를 잠가 주며 물었다.

"계획이 있지만 아직은 말하지 않으려고 해. 우린 이제 막 시작하는 단계니까. 그렇다고 빈둥거리지는 않을 거야. 열심히 사업을 하는 모습을 보여 드려서 할아버지를 기쁘게 해 드리려고. 그래서 내가 엉망으로 자란 게 아니란 걸 보여드리고 싶어. 난 꾸준히 할 일이 필요해. 이제 빈둥거리는 것도 지겨워. 여느 남자들처럼 일하고 싶어."

"그럼 에이미는 뭘 할 거지?" 로리가 열정적으로 자신의 결심을 말하는 모습에 아주 기뻐하며 마치 부인이 물었다.

"에이미와 함께 최고의 보닛을 쓰고 여기저기 좀 돌아다닌 후에 모두를 초대할게요. 우아하게 여러분들을 모실 테니 다들 깜짝 놀라실 준비하셔야 할 겁니다. 우리 집에는 훌륭한 손님들이 몰려들 거고, 우리는 온 세상에 좋은 영향을 줄 테니까요. 그렇지 않소, 레카미에 부인?[83]"

"시간이 지나면 다들 알게 될 거예요. 어서 가요, 엉뚱한 소리 그만 하고. 괜히 엉뚱하게 나를 불러서 우리 가족들을 놀라게 하지 말아요." 에이미는 살롱을 만들어 사교계의 여왕이 되는 것보다는 한 가정의 좋은 아내가 되겠다고 결심하며 대답했다.

"저 아이들이 정말 행복해 보이는구려." 마치 씨가 말했다. 에이미 부부가 간 후 아리스토텔레스에 집중하기가 어려웠다.

"그래요. 늘 저렇게 행복할 거예요." 마치 부인이 항구에 배를 무사히 정박시킨 조타수 같은 편안한 표정이 되어 덧붙였다.

"저도 그렇게 생각해요. 행복한 에이미라니!" 조가 한숨을 쉬며 말했다. 그때 바에르 교수가 급하게 대문을 밀고 들어오자 조가 환하게 미소를 지었다.

늦은 저녁, 장화 벗는 기구를 찾아 마음이 편안해진 로리가 새 미술품을 정리하느라 이리저리 분주한 아내에게 불쑥 말을 걸었다.

"로런스 부인."

---

83   나폴레옹 시대 프랑스 사교계를 이끌었던 전설적인 여인(1777~1849).

"네, 서방님."

"그 남자가 우리 조와 결혼하려 해."

"그랬으면 좋겠어. 당신은 안 그래요?"

"글쎄, 그가 훌륭한 사람이라 생각해. 하지만 그 사람이 좀 더 젊고 부자였으면 좋겠어."

"로리, 그렇게 까다롭고 세속적으로 생각할 건 없어. 두 사람이 서로 사랑하면 그 사람이 얼마나 나이가 많은지, 얼마나 가난한지 그런 건 조금도 문제되지 않아. 여자들은 절대 돈을 보고 결혼하지 않아." 에이미는 말을 딱 멈추고 남편을 바라보았다. 로리는 진지한 척 심술궂은 얼굴로 대답했다.

"절대 안 그러지. 하지만 가끔은 돈을 보고 결혼하는 매력적인 아가씨들도 있을 텐데. 내 기억이 맞다면 너도 부자와 결혼하는 게 네 의무라고 생각했는데 말이야. 그래서 나처럼 쓸모 없는 사람이랑 결혼했을 테고."

"오, 세상에, 그런 말 하지 마! 당신이 부자라는 사실을 염두에 두고 결혼하겠다고 한 건 아니야. 당신이 무일푼이었다고 하더라도 난 당신이랑 결혼했어. 그리고 가끔은 당신이 가난한 사람이면 좋겠다는 생각을 해. 내가 당신을 얼마나 사랑하는지 보여줄 수 있게 말이야." 사람들 앞에서는 아주 위엄을 갖춰서 행동하다가 집에서는 남편에게 아주 다정한 에이미가 자기 말이 사실임을 증명해 보이려 애썼다.

"한때 내가 속물적이기는 했어. 하지만 지금도 내가 여전히 그런 여자라 생각하는 건 아니지? 당신이 호수에서 뱃사공 노릇을 해서 먹고 사는 사람이라도 기꺼이 당신과 함께 노를 젓고 싶은 심정인데 당신이 내 말을 안 믿으면 마음이 너무 아플 거 같아."

"내가 그렇게 잔인하고 바보야? 나 때문에 더 큰 부자를 거절하고, 지금은 내가 해주고 싶은 것의 반도 줄 수 없게 하는데 내가 어떻게 그렇게 생각할 수 있겠어? 매일 선물을 받고 그게 그들의 유일한 구원이라고 생각하는 여자들이 많은데, 당신은 더 나은 교육을 받은 거지. 나도 한 번 당신에게 마음을 졸인 적이 있지만 실망하지 않았어. 딸은 어머니의 가르침을 따르는 법이니까. 어제 어머께 그 말씀을 드렸더니 내가 백만 달러 수표라도 드린 것처럼 반가워하고 고마워하시던데. 로런스 부인, 나의 이 유익한 이야기를 듣고 있는 거야?" 로리가 말을 멈췄다. 에이미가 멍한 표정으로 자신의 얼굴에 시선을 고정하고 있는 것이다.

"응, 듣고 있어. 들으면서 당신 턱의 보조개를 보고 있는 거야. 당신이 우쭐거릴까 봐 말 안하려 했지만 난 돈 많은 남편보다는 잘생긴 남편이 더 자랑스러워. 웃지 마. 어쨌든 당신 코는 나에게 위안이 되니까." 에이미는 잘 빚어진 코를 부드럽게 쓰다듬으며 예술가다운 흐뭇한 미소를 지었다.

로리는 살아오는 동안 수많은 칭찬을 받았지만 이렇게 자신에게 딱 맞는 칭찬은 처음이었다. 로리는 아내의 독특한 취향에 웃으면서도 일부러 코를 감추지는 않았다. 그때 에이미가 머뭇거리며 말했다.

"여보, 한 가지 물어봐도 돼?"

"물론이지."

"조 언니가 바에르 씨와 결혼하는 게 신경이 쓰여?"

"아, 그게 문제였군. 보조개 속에 뭔가 거슬리는 게 있는 것 같더니. 분명히 말하는데 조의 결혼식에서 난 축하하는 마음으로 춤도 출 수 있어. 의심하는 거 아니지, 내 사랑?"

에이미가 그럼 됐다는 표정으로 로리를 쳐다보았다. 마음속에 앙금처럼 남았던 질투심이 영원히 사라지는 순간이었다. 에이미는 사랑과 믿음이 가득한 얼굴로 로리에게 고맙다고 말했다.

"그 교수님에게 뭔가를 해드리고 싶어. 부자 친척이 있었는데 친절하게도 독일에서 죽어서 교수님에게 재산을 조금 남겼다고 할까?" 로리가 말했다. 두 사람은 팔짱을 끼고 기다란 응접실을 천천히 걸어다녔다. 브베 정원을 추억하며 그렇게 걷는 것을 두 사람 모두 아주 좋아했다.

"조 언니가 우리가 꾸민 짓이라는 것을 알고 모두 망쳐버릴걸. 언니는 교수님의 있는 그대로의 모습을 아주 자랑스러워해. 어제는 가난이 아름다운 것 같다고 말하던걸."

"이런! 학자 남편에 돌봐야 하는 제자 교수들까지 있으면 생각이 달라질걸. 지금은 끼어들지 말고 기회를 엿보다가 생각을 바꾸게 하자. 내가 열심히 공부한 건 조의 덕도 있어. 조는 빚을 지면 갚아야 한다고 생각하는 사람이니 그런 논리로 조를 설득해야지."

"두 사람을 도울 수 있다면 얼마나 좋을까, 안 그래? 사람들을 마음껏 도울 수 있는 능력을 가지는 게 내 오랜 꿈 중 하나였는데, 이게 모두 당신 덕분이야. 꿈을 이뤘어."

"우리 앞으로 좋은 일 많이 하자. 응? 내가 특별히 돕고 싶은 사람들이 있어. 진짜 거지들은 쉽게 도움을 받지만 가문은 좋은데 가난한 사람들은 오히려 더 살기가 힘들어. 그들은 사람들에게 도움을 요청하지도 않고 사람들은 그들에게 감히 자선을 베풀지 않으니까. 하지만 그들의 마음을 다치지 않고 세심하게 도울 수 있는 방법은 많아. 난 구걸하는 거지보다는 쇠퇴한 신사들을 돕고 싶어. 내 생각이 틀렸을 수도 있고 더 어려운 일일 수도 있겠지만 그렇게 할 거야."

"그런 일을 하려면 당신 같은 진정한 신사가 필요하니까." 가정 상호 칭찬 모임의 또 다른 회원이 말했다.

"고마워. 내가 그런 칭찬을 받을 자격이 있는지 모르겠군. 외국에서 빈둥거리는 동안 재능 있는 젊은이들이 자신의 꿈을 이루기 위해 온갖 희생을 하고 갖은 역경을 견디는 모습을 많이 봤어. 훌륭한 젊은이들이 친구도 없이 열심히 일을 하지만 가난에서 벗어날 수가 없었지. 그래도 희망을 버리지 않고 용기와 인내로 살아가는 그들의 모습을 보니 내 자신이 부끄럽더군. 그래서 그들에게 힘이 되고 싶었어. 그들이 제 때에 재능을 펼칠 수 있도록 도우면서 보람을 느끼고 싶어. 내가 비록 재능은 없지만 가난한 이들이 절망에 빠지지 않도록 돕는 것도 큰 즐거움일 거라 생각해."

"당신 말이 옳아. 그런데 도움을 요청할 수 없는 사람들이 또 있지. 그들은 아무 말도 못하고 힘들어 하기만 해. 당신이 동화 속 왕자님처럼 나를 공주로 만들어 주기 전 나도 그들 중 하나였기 때문에 난 그 사정을 잘 알아. 야망이 있는 소녀들이 시련을 겪는 경우가 많아. 그리고 도움이 필요한 시기에 받지 못해 젊음과 건강과 소중한 기회가 그냥 지나가는 것을 지켜봐야 할 때가 있지. 사람들은 나에게 아주 친절했어. 내가 도움을 받았듯이 나도 고생하는 소녀들에게 도움의 손길을 내밀고 싶어."

"그렇게 하자. 당신은 정말 천사같아!" 로리는 박애주의적 열정에 불타올라 예술적 성향을 가진 젊은 여성들을 위해 재단을 설립하겠다 결심했다. "부자들은 가만 앉아서 놀 권리가 없어. 돈을 쌓아 놓고 흥청망청 쓰게 해서도 안 되지. 살아 있는 동안 돈을 현명하게 쓰고 그 돈으로 많은 사람들이 행복하도록 해야지, 죽을 때 재산을 남기는 건 현명한 일이 아니야. 우리 혼자 즐거운 시간을 갖는 것도 좋겠지만 타인을 도우면 그 즐거움이 더 커지겠지. 젊은 도르가[84]가 돼서 안락함의 큰 바구니를 비우고 선행으로 가득 채워 볼까?"

"물론이지. 진심을 다 해 할 수 있어. 당신도 용감한 성 마르티노[85]가 되어 세상을 질주하다가 멈춰 서서 구걸하는 이를 위해 망토를 벗어줄 수 있다면."

"자, 그럼 서로 약속한 거야. 우리 최선을 다 해 봐!"

그렇게 해서 젊은 부부는 약속의 의미로 악수를 나누고 다시 행복한 마음으로 나란히 걷기 시작했다. 타인 앞에 놓인 거친 길을 다독여 주고 그들의 가정을 좀 더 행복하게 해 준다면 로런스 부부 두 사람은 앞에 놓인 꽃길을 보다 정정당당하게 걸을 수 있을 것이다. 어려운 이들을 돕고자 하는 따뜻한 마음이 서로에게 있다는 것을 확인한 두 사람은 서로에 대한 사랑이 더욱 깊어졌고 그제야 진정한 가정을 이룬 기분이 들었다.

84   빈민에게 옷을 만들어 준 독실한 여성.
85   자비와 나눔의 상징으로 여겨지며, 추운 겨울날 망토를 반으로 잘라 거지와 나눠 입은 일화로 유명한 인물.

22

데이지와 데미

가장 소중하고 중요한 가족인 쌍둥이에 대해 최소한 이 챕터를 할애하지 않고는 마치 가족의 역사를 제대로 이야기했다고 할 수 없을 것이다. 데이지와 데미는 이제 사리분별을 할 수 있는 나이가 되었다. 요즘 아이들은 빨라서 서너살 쯤되면 자기 권리를 주장하고 관철하는데 그 윗세대에서는 꿈도 꿀 수 없는 이야기였다. 가족의 깊은 사랑으로 응석받이가 될 위험이 있는 쌍둥이가 있다면 그건 바로 이 수다쟁이 브룩 남매일 것이다. 물론 이들은 그 누구보다도 돋보이는 아이들이었다. 8개월에 걸음마를 시작했고 돌 무렵에는 유창하게 말을 했으며 두 돌 무렵에는 식탁에 자리를 잡고 앉아 예의바르게 행동해 보는 이들을 사로잡았다. 세 돌 때는 데이지가 바늘을 잡더니 네 땀이나 바느질을 해서 가방을 만들었다. 마찬가지로 식기대에 손을 대기 시작하고 스토브도 아주 조금 다룰 줄 알게 되었다. 그 모습이 대견한 나머지 해나는 눈물까지 흘렸다. 데미는 할아버지에게서 글을 배웠다. 할아버지는 팔과 다리로 글자를 만들어 알파벳을 가르치는 방법을 개발했는데 온몸을 쓰는 운동도 되었다. 데미는 일찌감치 기계에 재능을 보여 아빠를 기쁘게 했다. 대신 눈에 보이는 기계는 모두 따라하며 방을 엉망진창으로 만들어 놔서 엄마는 정신이 없었다. 끈과 의자, 빨래집게와 실감개로 이상한 구조물을 만들어 바퀴를 돌리고 돌렸다. 또 큰 의자 뒤에 바구니를 매달아 놓고는 의자에 앉아 동생을 들어올리려고 애썼다. 동생을 잘 믿는 데이지는 헌신적으로 동생이 하라는 대로 하다가 머리를 부딪혀 결국엔 구출되었다. 어린 발명가는 점잖게 말했다. "엄마, 저건 내가 만든 엘레베타예요. 데이지를 끌어 올릴 거예요."

둘이 성격은 판이하게 달랐지만 쌍둥이는 서로 아주 잘 지냈다. 하루에 세 번 이상 다투는 법이 없었다. 물론 데미가 데이지를 마음대로 하긴 했지만 누가 데이지를 괴롭히기라도 하면 용감하게 나서서 지켜주었다. 그래서 데이지는 스스로 데미의 노예가 되어 세상에서 가장 완벽한 동생이라고 떠받들었다. 장밋빛 살결에 오동통한 데이지는 누구의 마음이든 파고 들어 사랑받는 법을 알고 있었다. 사람들은 데이지만 보면 입맞추고 껴안고 예뻐했고 데이지는 언제 어디서든 긍정의 기운을 내뿜으며 여신처럼 사람의 마음을 사로잡았다. 데이지가 하는 행동들은 너무 사랑스러워서 소소하게 장난이라도 치지 않았다면 천사인 줄 알았을 것이다. 데이지의 세상에는 온통 맑은 날씨뿐인지 아침마다 잠옷바람으로 창문에 기어 올라가 밖을 내다보며 비가 오든 해가 비치든 "아, 날찌 조타!"라고 외쳤다. 데이지에게는 모두가 친구여서 낯선 사람에게도 다정하게 뽀뽀해 주었다. 아무리 무뚝뚝한 남자도 데이지 앞에서는 마음이 누그러들었고, 아기를 사랑하는 사람은 데이지의 충실한 숭배자가 되었다.

"나는 모두 싸랑해." 데이지는 한 손에는 숟가락을, 다른 한 손에는 물컵을 든 채 두 팔을 벌리고 온 세상을 안을 듯 말하기도 했다.

데이지를 볼 때마다 메그는 사랑스럽고 평화로운 데이지가 있어서 도브 코트가 축복을 받고 있다는 생각이 들었다. 베스가 옛 집에 축복이었던 것처럼 말이다. 베스를 잃고 나서야 오랫동안 천사와 함께 살아왔음을 깨닫게 되었기에 다시는 그렇게 소중한 것을 잃지 않기를 기도했다. 데이지의 할아버지는 종종 데이지를 '베스'라고 불렀고 할머니는 미처 깨닫지 못했던 과거의 실수를 속죄하려는 듯 헌신적으로 데이지를 보살폈다.

데미는 진정한 미국인답게 아주 호기심이 강해서 모든 것을 알고 싶어했다. "왜?"라는 질문을 끊임없이 했고 만족스러운 대답을 얻지 못해 화를 낼 때도 종종 있었다.

또한 철학적인 호기심도 많아 할아버지를 기쁘게 했다. 할아버지는 데미와 소크라테스식 대화를 하곤 했는데 꼬마 학생의 조숙한 질문에 할아버지는 더없이 만족했다.

"내 다리를 움직이도록 하는 것은 뭔가요, 할아버지?" 어느 밤 잠자리에 드는 문제로 한바탕 씨름을 벌이는 동안 어린 철학자가 생각에 잠긴 채자신의 몸에서 가장 활동적인 부분을 살피며 물었다.

"너의 의지란다, 데미." 할아버지는 손자의 노란 머리를 기특하다는 듯 쓰다듬으며 대답했다.

"의지가 뭐예요?"

"네 몸을 움직이도록 하는 거지. 전에 시계 본 적 있지? 시계 속 태엽 같은 거지. 톱니바퀴를 움직이게 하는 거란다."

"그럼 나를 열어 봐요. 의지를 보고 싶어요."

"네가 시계를 열 수 없는 것처럼 나도 너를 열 수는 없단다. 하느님께서 네 태엽을 감아 주시는 거야. 그럼 넌 신이 너를 멈추게 할 때까지 움직이는 거지."

"정말요?" 무슨 새로운 생각이 떠오르기라도 했는지 데미의 갈색 눈이 반짝였다. "나도 시계처럼 태엽을 감는다고요?"

"그래. 하지만 어떻게 하는지는 가르쳐 줄 수 없다. 우리가 보지 않을 때 그 일이 일어나거든."

데미가 시계의 태엽 같은 걸 찾으려는 듯 제 등을 더듬거렸다. 그리고는 진지하게 말했다.

"내가 자는 동안 하느님이 내 태엽을 감나 봐요."

이어 할아버지가 조심스럽게 설명을 했고 데미는 열심히 들었다. 그러자 할머니가 걱정스러운 얼굴로 말했다.

"여보, 그런 이야기를 애한테 하는 게 옳은 일일까요? 애한테는 무리예요. 그리고 갈수록 대답할 수 없는 질문들만 할 거예요."

"그런 질문을 할 수 있다면 진실한 답을 들을 수 있을 만큼 자란 거란 뜻이오. 내가 아이 머릿속에 생각을 집어넣는 게 아니라 그 속에 있는 생각들을 펼치게 돕는 거요. 이 아이들은 우리보다 똑똑해. 데미는 내가 해 주는 말을 모두 이해할 거라 확신해요. 자, 데미, 네 의지는 어디에 있지?"

만약 데미가 알키비아데스[86]처럼 "신의 손에 달려 있지요. 소크라테스, 저는 모릅니다."라고 말했다 하더라도 할아버지는 놀라지 않았을 것이다. 하지만 데미는 명상하는 황새처럼 한쪽 다리로 잠깐 서서 생각하더니 차분하고도 확고하게 말했다. "내 뱃속에요." 할머니와 할아버지는 웃음을 터트렸고 형이상학 수업은 끝났다.

데미가 아이처럼 굴지 않고 어린 철학자처럼만 행동했다면 엄마로서 걱정을 했을 것이다. 가끔 해나가 데미와 이야기를 한 후 불길한 듯 고개를 저으며 "저 아이는 세상에 관심이 없는 것 같아요."라며 예언을 했지만 데미는 귀여우면서도 악동 같은 장난으로 부모를 정신없게 하기도 하고 즐겁게 하기도 하며 불안을 잠재워 주었다.

메그는 많은 도덕적 규칙을 세워 놓고 지키도록 노력했다. 하지만 엄마들은 자그마한 아이들의 절대 지지 않으려는 책략과 교묘한 발뺌, 그리고 그 대담함에 언제나 지고 말았다. 아이들은 일찌감치 솜씨 좋은 다저[87]가

---

86   그리스의 정치가이자 군인. 장군으로 선출되어 정적들과 싸우며 아테네와 스파르타 등지를 떠돌다가 아테네로 돌아와 전군의 사령관이 되었으나 곧 암살되었다(B.C 450~B.C 404).

87   찰스 디킨스의 〈올리버 트위스트〉에 나오는 소매치기. 주인공 올리버에게 자신의 기술을 전수한다.

되어 있었다.

"이제 건포도는 그만, 데미. 더 먹으면 배 아파." 건포도 푸딩을 만드는 날, 부엌에서 어김없이 자신의 일을 충실하게 하는 데미에게 엄마가 말했다.

"배 아프고 싶어."

"엄마는 데미 배 아픈 건 싫어. 나가서 데이지랑 손뼉치기 하고 놀아."

데미는 마지못해 자리에서 일어났지만 이대로 물러나는 것이 자신의 잘못인 것 같아 자꾸만 마음에 걸렸다. 시간이 흘러 잘못을 만회할 기회가 오자 데미는 약삭빠른 흥정으로 엄마를 이겨 보려 했다.

"자, 착하게 놀았으니까 너희 하고 싶은 거 하게 해 줄게." 메그는 푸딩을 냄비 속에 안전하게 숨겨 두고 꼬마 요리사들을 위층으로 유인하며 말했다.

"정말요, 엄마?" 데미는 반짝이는 생각이 떠올랐다.

"응, 정말이지. 뭐든 말해 보렴." 엄마는 생각이 짧았다. 기껏해야 '아기 고양이 세 마리' 노래를 대여섯 번 부르거나 모두 데리고 빵을 사러 갈 생각이었다. 하지만 데니의 차분한 대답에 엄마는 궁지에 몰리고 말았다.

"그럼 가서 건포도 푸딩 먹어요."

쌍둥이에게 조 이모는 최고의 놀이 친구였다. 세 사람이 모였다 하면 작은 집을 뒤집어 놓곤 했다. 에이미 이모는 아이들에게 아직은 이름뿐이었고 베스 이모는 흐릿한 기억 속으로 사라져갔다. 하지만 조 이모는 진짜 살아 있는 실체였기에 아이들은 조를 소중하게 여겨 주어서 조는 마음 깊이 고마워했다. 하지만 바에르 씨가 오자 조는 친구들을 소홀히 했고 어린 영혼들은 실망스럽고 슬펐다. 누구에게나 뽀뽀해 주는 것을 좋아하던 데이지는 최고의 고객을 잃고 낙담했다. 데미는 어린 아이다운 통찰력으로 조 이모가 자신보다는 그 '턱수염 아저씨'와 노는 것을 더 좋아하는 것을 알게 되었다. 마음이 아팠지만 고통을 드러내지는 않았다. 조끼 주머니에 초콜릿 사탕이 쏟아지는 광산을 갖고 있고 상자에서 시계를 꺼내 마음껏 흔들어 볼 수 있도록 해 주는 경쟁자를 욕할 생각은 없었다.

이런 것들을 뇌물이라고 생각하는 사람도 있겠지만 데미는 그렇게 생각하지 않았다. 그저 다정하게 그 '턱수염 아저씨'를 자주 찾아가 놀았다. 데이지는 세 번째 방문에서 아저씨에게 애정 표시를 해 주고는 그의 어깨를 왕좌로, 그의 품을 피난처로, 그의 선물을 보물로 생각하게 되었다.

남자들은 관심 있는 여자들의 어린 조카들이 예뻐 보이는 것 같은 감정에 종종 사로잡히곤 한다. 하지만 그 가짜 마음은 불안한 것이라 아이들을 좋아하는 체하는 것뿐이라는 것을 누구든 금방 알 수 있다. 하지만 바에르 씨의 사랑은 진실했기 때문에 달랐다. 사랑에 있어서는 정직함이 최선의 정책이기 때문이다. 아이들은 바에르 씨를 편하게 여겼고 아이들의 작은 얼굴은 바에르 씨의 남자다운 얼굴과 즐거운 대조를 이루어 특별히 좋아 보였다. 그가 무슨 일로 온 건지는 알 수 없었으나 그 사업 때문에 지체하는 날이 하루하루 늘어났다. 그는 매일 밤 조의 집으로 찾아와 마치 씨를 만나뵙기를 청했는데 그건 아마도 마치 씨의 매력 때문이 아닐까 싶다. 훌륭한 마치 씨는 자신이 매력적이라는 착각 속에서 그 다정한 손님과의 대화를 즐겁게 이어갔다. 관찰력이 뛰어난 손자의 한 마디에 착각은 깨지고 말았지만 말이다.

어느 저녁 바에르 씨가 서재로 들어서다 눈 앞에 펼쳐진 광경에 놀라 문 앞에서 그만 멈춰 서고 말았다. 마치 씨가 바닥에 엎드려 누운 채 그 훌륭한 다리를 공중에 들어 올리고 있었고 그 옆에는 빨간색 스타킹을 신은 데미가 짧은 다리를 들어 할아버지와 똑같이 하려 애쓰고 있었다. 두 사람 모두 너무 심각하게 몰입해 있어서 구경꾼이 있다는 사실도 눈치채지 못하고 있었다. 마침내 바에르 씨가 우렁차게 너털웃음을 웃었고 조가 당황한 얼굴로 소리쳤다.

"아버지, 아버지! 교수님 오셨어요."

개인 교사가 다리를 내리고 잿빛 머리를 들어 올리더니 아무렇지 않은 듯 위엄있게 말했다.

"안녕하시오, 바에르 씨. 잠깐만 실례하겠소. 막 공부를 마치던 참이라. 자, 데미. 철자를 만들고 말해보거라."

"나 그거 알아요." 똑똑한 데미는 몇 번 버둥거려 빨간 다리로 컴퍼스 모양을 만들더니 의기양양하게 소리쳤다. "'위'예요, 할아버지. '위'[88]."

---

88   영어 we.

"타고난 웰러[89]구나." 조가 웃으며 말했다. 마치 씨가 몸을 일으켰고 조카 데미는 수업이 끝난 기쁨을 물구나무서기로 표현하려고 했다.

"오늘은 뭘 했니, 개구쟁이 친구?" 바에르 씨가 물구나무서기 선수를 들어올리며 물었다.

"메리를 보러 갔어요."

"거기서 뭘 했는데?"

"메리에게 뽀뽀해줬어요." 데미가 꾸밈없이 솔직하게 말했다.

"하하, 너희들은 일찍도 시작하는구나. 메리가 뭐라고 하더냐?" 무릎에 올라서서 조끼 주머니를 뒤지는 꼬마 범죄자에게 모두 털어놓으라는 듯 바에르 씨가 물었다.

"메리가 좋아했어요. 그리고 나한테도 뽀뽀해 줬고요. 남자애들은 여자애들을 좋아하는 거 아니에요?" 데미가 입에 먹을 것을 잔뜩 넣고는 흡족한 듯 말했다.

"요 조숙한 녀석, 누가 그런 걸 머릿속에 넣어 준 거지?" 바에르 씨만큼이나 조카의 그 순수한 폭로가 재미있어서 조가 물었다.

"머릿속에 있는 거 아니에요. 입 속에 있어요." 이모가 말하는 게 생각이 아니라 사탕인 줄 알고 데미가 초콜릿 사탕이 올려진 혀를 쏙 내밀고 대답했다.

"혼자 다 먹지 말고 친구한테 사탕 좀 남겨 줘야지. 달콤한 건 좋아하는

---

89   찰스 디킨스의 〈픽윅 보고서〉에 등장하는 픽윅의 충복.

사람에게 주는 거야." 바에르 씨가 미소를 지으며 조에게 사탕 몇 개를 건넸다. 조는 그 초콜릿이 신들이 마시던 감로주가 아닐까 생각했다. 데미도 그 미소가 인상적이었는지 꾸밈없이 물었다.

"큰 남자도 큰 여자를 좋아해요? 교쭈님?"

젊은 워싱턴처럼 바에르 씨는 '거짓말을 할 수 없었다'. 그래서 그런 것 같다고 좀 애매하게 대답했다. 그 말에 마치 씨는 옷솔을 내려 놓더니 수줍어 하는 조의 얼굴을 흘긋 보고는 의자에 털썩 주저 앉았다. '조숙한 녀석' 덕분에 달콤하기도 하고 씁쓸하기도 한 생각을 하게 된 것 같았다.

삼십 분쯤 후에 데미는 도자기 벽장 속에서 숨어 있다 이모에게 들켰다. 그런데 이모는 네가 왜 여기 있는 거냐고 혼내는 대신 숨이 막힐 정도로 다정하게 꼭 껴안아 준 다음 뜬금없이 빵과 젤리를 선물로 주었다. 예상치 못한 이모의 행동에 꼬마 데미는 어안이 벙벙했지만 그 이유는 도무지 알 수 없었다. 아마도 영원히 풀리지 않은 수수께끼로 남을 것이다.

23

우산 속 약속

로리와 에이미 부부가 집 안을 정리하고 행복한 미래를 계획하며 벨벳 카펫 위를 걷는 동안 바에르 씨와 조는 질퍽거리는 진흙길을 걸으며 다른 종류의 산책을 즐겼다.

"난 저녁이면 늘 산책을 했어. 우연히 자주 교수님을 만난다고 해서 내가 왜 산책을 그만 둬야 하지?" 바에르 교수를 우연히 두세 번 마주친 후 조는 혼자 중얼거렸다. 메그의 집까지 가는 길은 두 갈래였는데 어느 쪽 길이든, 그리고 가는 길이든 오는 길이든 조는 꼭 그를 만났다. 그는 늘 빠른 걸음으로 걸었고 근시인 교수는 조가 가까이 다가오기 전까지는 알아보지 못하는 듯했다. 조가 메그의 집에 가고 있으면 그는 늘 쌍둥이들에게 줄 뭔가를 갖고 있었고 조가 집으로 돌아가고 있을 때는 강을 보며 산책을 하다 막 돌아가려던 참인데 자신이 너무 자주 찾아가서 힘든 건 아닌지 물었다.

이런 상황에서 그에게 다정하게 인사하며 안으로 들어가자고 초대하는 것 말고 조가 할 수 있는 일이 뭐가 있을까? 만약 조가 바에르 씨의 방문 때문에 정말 피곤했다면 사실을 숨기는 기술이 뛰어났다고 밖에 할 수 없을 것이다. 그게 아니라면 "프리드리히, 그러니까 바에르 씨는 차를 좋아하지 않아요."라고 말하며 신경 써서 식사 시간에 커피까지 준비하는 정성을 보이지는 않았을 테니까.

두 주 정도 지났을 무렵 어떤 상황인지 모두가 정확하게 알게 되었지만 다들 조에게 생긴 변화를 아는 체하지 않았다. 일을 하면서 왜 노래를 부르는지, 하루에도 세 번씩 머리를 올리는 이유는 뭔지, 저녁 산책에 왜 그리 열을 올리는지 조에게 굳이 묻지 않았다. 그리고 바에르 교수가 마치 씨와 철학에 대해 이야기를 하는 동안 그 딸에게는 사랑을 가르쳐 주고 있었음을 그 누구도 의심하지 않는 듯했다.

누가 봐도 조는 사랑에 빠진 사람이었지만 조는 애써 자신의 감정을 억누르고 있었다. 그러나 감정은 마음먹은 대로 되지 않았고 오히려 종종 불안한 모습이 보였다. 무엇보다 조는 독립적으로 살겠다고 그토록 수없이 맹렬하게 선언해 놓고 이제 와서 항복하는 모습을 보이면 다들 얼마나 비웃을지 그것이 가장 두려웠다. 특히 로리를 생각하면 끔찍했다. 하지만 아내 덕분에 로리는 아주 예의 바른 사람이 되어 있었다. 사람들이 많은 곳에서 바에르 씨를 버릇없이 부르지도 않았고 조가 예뻐졌다는 말도 함부로 하지 않았다. 거의 매일 저녁 복도 테이블에 교수님의 모자가 놓여 있는 것을 보고도 놀라움을 표현하지 않았다. 하지만 속으로는 아주 기뻐서 조에게 곰과 울퉁불퉁한 지팡이가 그려진 접시를 선물할 날이 오기를 손꼽아 기다렸다.

두 주 동안 바에르 씨는 빠지지 않고 매일같이 마치 가를 오갔다. 그러 다가 사흘 동안 아무 연락도 없이 발길을 끊었다. 마치 가 사람들은 모두 침울해졌다. 조는 처음에 수심에 잠기는가 싶더니 급기야 짜증을 냈다.

"지겨워진 거야. 그래서 갑작스레 집으로 돌아가 버린 거라고. 처음 우 리 집에 올 때도 갑자기 오더니 말이야. 물론 난 아무렇지 않아. 하지만 적 어도 신사라면 우리 집에 와서 작별 인사 정도는 하고 갔어야지." 어느 오 후 조는 절망스러운 얼굴로 대문을 바라보며 혼잣말을 했다. 그리고는 습 관적으로 산책을 나가기 위해 채비를 했다.

"작은 우산 하나 가지고 나가렴. 비가 올 것 같구나." 새 보닛을 쓰고 있 는 조를 보며 마치 부인이 말했다. 하지만 새 보닛에 대해서는 말하지 않았 다.

"그럴게요, 엄마. 시내에 갈 건데 뭐 필요한 거 있으세요? 전 종이를 좀 사려고요." 조가 어머니는 쳐다보지 않고 거울 앞에서 보닛의 리본을 묶으 며 말했다.

"그럼 능직 실레지아[90] 천이랑 9호 바늘 한 쌈, 가느다란 라벤더 색 리본 이 2 야드 좀 사오너라. 두꺼운 부츠 신었니? 망토 안에도 따뜻하게 입었 고?"

---

90   주머니나 안감 등으로 쓰는 부드러운 천.

"그런 거 같아요." 조가 멍하니 대답했다.

"혹시 바에르 씨를 만나면 차라도 한 잔 하게 모시고 오너라. 며칠 못 만났더니 보고 싶구나." 마치 부인이 말했다.

조는 그 말을 듣고도 아무 대답 없이 그냥 입맞춤만 하고 빠른 걸음으로 집을 나섰다. 마음은 아팠지만 어머니의 말씀이 고맙게 느껴졌다.

"엄마는 나에게 얼마나 좋으신 분인지! 힘들 때 도와줄 엄마가 없는 딸들은 난관을 어떻게 헤쳐 나가는 걸까?"

신사들이 주로 모이는 회계 사무소와 은행, 그리고 도매 창고가 많은 거리에는 포목점이 없었다. 그런데 조는 심부름은 하지도 않고 그곳에서 서성이며 심드렁한 표정으로 이쪽저쪽 기계와 모직 견본품을 살폈다. 마치 누군가를 기다리기라도 하는 듯한 모습이었다. 술통에 걸려 넘어지기도 하고 짐짝에 눌려 반쯤 숨이 막히기도 하고 바삐 오가는 남자들에게 이리저리 부딪히기도 했다. 그곳의 남자들은 '여자가 이런 데를 오다니 재수없군.'라고 생각하는 표정이었다. 그때 조의 뺨에 빗방울이 하나 떨어졌다. 바에르 씨를 만나지 못한 서운함은 어느새 잊히고 리본이 망가질까 걱정이 앞섰다. 어느 새 빗방울이 계속해서 떨어지자 조는 사랑에 빠진 마음을 챙기기도, 보닛을 챙기기에도 너무 늦어버렸다는 생각이 들었다. 그제야 아침에 서둘러 나오느라 챙기지 못한 우산이 떠올랐지만 후회해 봐야 소용이 없었다. 우산을 빌리거나 비에 흠뻑 젖는 수밖에 없었다. 잔뜩 낮아진 하늘을 올려다보다가 이미 빗물로 얼룩진 진홍색 리본을 내려다보았다.

앞에는 진창길이 뻗어 있었다. 뒤를 돌아보니 문 위에 '호프만, 스왈츠 앤 코'라는 간판을 단 지저분한 도매 창고 하나가 있었다. 조는 자책하듯 혼잣말을 했다.

"참 꼴 좋다! 무슨 대단한 용건이 있다고 이렇게 차려 입고 교수님을 만나려고 여기서 어슬렁거리는 거야? 조, 참 한심하구나! 그의 친구들에게 우산을 빌려서도 안 되고 그가 어디 있는지 물어봐서도 안 돼. 그냥 이대로 비를 맞으면서 진창길을 걸어 가 엄마 심부름이나 하자. 독감에 걸리든 보닛을 망치든 자업자득이지 뭐. 자, 그럼 가자!"

그 길로 달려 나간 조는 너무 급하게 길을 건너다 하마터면 지나가는 짐마차에 치일 뻔했다. 그 바람에 점잖은 노신사의 품으로 뛰어들고 말았는데, 당황한 노신사는 "미안합니다, 부인."이라고 말하면서도 몹시 불쾌한 것 같았다. 의기소침해진 조는 자세를 가다듬고 애지중지하는 리본 위로 손수건을 펼친 다음 바에르 씨의 친구들에게 가 보고 싶은 유혹을 떨치고 서둘러 걸어가기 시작했다. 발목까지 축축함이 차올랐고 머리 위로 우산들이 서로 부딪혔다. 그런데 보닛 위로 푸른색의 낡은 우산 하나가 계속 쫓아오는 것이 아닌가? 무슨 일인가 싶어 고개를 들어 보니 바에르 씨가 내려다보고 있었다!

"말 앞을 용감하게 지나가고 이 진흙길을 빠른 걸음으로 걸어가는 씩씩한 여인이 누군가 궁금했는데 내 친구였군. 대체 여기서 뭘 하는 거요?"

"물건을 사고 있었어요."

바에르 씨가 한쪽의 피클 공장과 맞은편의 가죽 도매 상점을 흘긋 보며 미소를 지었다. 그리고 다른 말은 않고 정중하게 물었다.

"우산이 없군요. 같이 갈까요? 짐도 좀 들어줄까요?"

"네, 고마워요."

조의 두 뺨이 리본만큼 붉어졌다. 그가 자신을 어떻게 생각할까 궁금했지만 이내 상관없어졌다. 바에르 씨의 팔짱을 끼고 걸으니 갑자기 햇볕이 환하게 쏟아지는 듯한 기분이 되었고 온 세상이 다시 정상으로 돌아온 것 같았다. 질퍽거리는 빗길을 걷고 있었지만 조는 완벽하게 행복한 여인이었다.

"우리 집에선 다들 당신이 떠나버렸다고 생각하고 있어요." 바에르 씨가 자신을 바라보고 있는 것을 안 조가 서둘러 말했다. 조의 보닛은 얼굴을 가릴 만큼 크지 않았고, 여자답지 못하게도 자신이 이 상황을 몹시 즐기고 있다는 사실을 들킬까 두려웠다.

"나에게 그렇게 잘 해 주신 분들께 작별 인사도 않고 가 버릴 사람이라 생각했던 거요?" 바에르 씨가 꾸짖듯 물었고 조는 바에르 씨를 기분 나쁘게 한 것 같아 당황했다.

"아니에요, 그럴 리가요. 당신이 일 때문에 바쁠 거라 생각했어요. 다들 당신을 보고 싶어 해요. 특히 부모님이요."

"당신은요?"

"전 당신을 만나면 늘 반가워요, 교수님."

조는 목소리를 차분하게 유지하려다 보니 다소 냉담한 목소리가 되고 말았다. 마지막 짧은 호칭은 바에르 씨에게는 쌀쌀맞게 들리기까지 했다. 그는 미소를 거두고 진지하게 대답했다.

"고맙군요. 떠나기 전에 한번 들르겠소."

"정말 가시는 건가요?"

"일이 다 마무리돼서 여기 있을 필요가 없어요."

"일은 잘 해결됐겠죠?" 그의 짧은 대답에 못내 실망스러워 조는 씁쓸한 기분이 들었다.

"그런 것 같아요. 내 생계도 유지하면서 조카들도 도와줄 수 있는 길을 찾았으니까요."

"말해 주세요! 모두 알고 싶어요. 조카들 이야기 말이에요." 조가 간절하게 말했다.

"그렇게 궁금하게 생각해 주다니 당신은 참 다정한 사람이군요. 내 친구들이 대학에 교수 자리를 알아봐 줬다오. 고국에서처럼 학생들을 가르치면서 프란츠와 에밀을 편하게 돌볼 수 있을 만큼 돈을 벌 수 있게 됐어요. 이 얼마나 고마운 일이요, 안 그렇소?"

"그럼요. 고마운 일이죠! 당신은 하고 싶은 일도 하면서 우리도 자주 보고, 또 조카들도-." 조는 조카들을 구실 삼아 숨길 수 없는 자신의 기쁜 마음을 표현했다.

"아, 하지만 우리는 그렇게 자주 볼 수 없을 거예요. 서부에 있는 대학이거든요."

"너무 멀군요!" 조는 이제 옷이든 뭐든 어떻게 돼도 상관없다는 듯 치
맛자락을 놓아버렸다.

바에르 씨는 몇 가지 언어를 읽을 수 있었음에도 여성의 마음을 읽는
법은 배우지 못했다. 그는 조를 잘 안다고 자부하고 있었는데 그날 조가 자
신에게 보여준 일련의 목소리와 표정, 행동들은 너무도 모순적이라 상당히
당황스러웠다. 30분이 흐르는 동안 조의 기분이 대여섯 번은 변하는 것 같
아 갈피를 잡을 수 없었기 때문이다. 처음 마주쳤을 때 분명 그를 만나러
온 것이라고 의심할 수밖에 없었음에도 조는 무척 놀란 것 같았고, 자신이
팔을 내밀었을 때 조가 선뜻 팔짱을 껴서 그는 기뻤다. 그런데 자신이 보고
싶었냐고 묻자 조는 아주 쌀쌀맞고 형식적인 대답을 해서 그를 절망에 빠
트렸다. 자신의 일이 잘 된 걸 알고 조는 거의 손뼉이라도 칠 듯 기뻐했는데
그건 모두 조카들 때문이었을까? 서부로 갈 거라고 말하자 절망적인 목소
리로 '너무 멀군요.'라고 말해 그의 마음이 희망으로 부풀어 올랐지만 다
음 순간 조는 자기 일에만 완전히 빠져서는 그를 또 한 번 내동댕이쳤다.

"여기서 좀 살 게 있어요. 들어가실래요? 오래 걸리지 않아요."

조는 자신의 물건 사는 능력에 상당히 자부심이 있었다. 깔끔하고 재빠
르게 물건을 사는 모습을 바에르 씨에게 보여주고 싶었다. 하지만 치마가
너무 펄럭거려 가게 안은 온통 엉망이 되고 말았다. 바늘이 담긴 쟁반이 엎
어지고 실레지아 천을 자르고 나서야 능직으로 된 천을 사야 한다는 게 생

각이 났고 잘못 계산한 금액의 돈을 건네주었다. 또 엉뚱한 사람에게 가서 라벤더 색 리본을 달라고 하기도 했다. 바에르 씨는 조가 얼굴을 붉히고 당황하는 모습을 옆에 서서 지켜보았다. 그 사이 바에르 자신의 당황스러움이 진정되는 것 같았다. 여자들은 가끔 꿈처럼 모순적으로 행동한다는 것을 깨닫기 시작한 것이다.

바에르 씨는 한결 밝은 기분으로 가게 문을 나섰다. 팔 아래에 짐꾸러미를 끼고 웅덩이에 고인 물을 튀기며 즐겁게 걸어갔다.

"쌍둥이에게 뭔가 좀 사가야 하지 않겠소? 그리고 오늘 밤 당신 집에 가는 게 마지막이라면 이별 파티라도 합시다." 바에르 씨는 과일과 꽃이 가득한 창문 앞에 멈춰 서더니 말했다.

"뭘 살까요?" 조는 바에르 씨의 말 뒷부분은 못들은 체하고 물었다. 가게로 들어서니 과일향과 꽃향기로 뒤섞인 공기가 상쾌했다.

"오렌지와 무화과를 먹여도 돼요?" 바에르 씨가 아빠 같은 말투로 물었다.

"없어서 못 먹죠."

"당신은 견과류 좋아해요?"

"다람쥐처럼 좋아해요."

"독일 포도가 있군요. 이걸 먹으면서 고국을 위해 건배해요."

조는 그건 너무 비싸다며 얼굴을 찌푸렸다. 그리고 대추야자 열매 한 바구니와 건포도 한 통, 아몬드 한 봉지면 괜찮지 않느냐고 물었다. 그러자 바에르 씨는 조의 지갑을 압수하고는 자신의 지갑을 꺼내 포도 몇 파운드, 빨간 데이지꽃 화분 하나, 목이 가는 큰 병에 든 꿀을 샀다. 주머니가 울퉁불퉁해 지도록 짐을 쑤셔 넣고는 조에게 꽃을 들게 하고 자신은 우산을 받쳐 들고 두 사람은 다시 걷기 시작했다.

"마치 양, 부탁이 하나 있소만." 비에 흠뻑 젖은 길을 걸으며 바에르 교수가 입을 열었다.

"네, 교수님." 조는 어찌나 심장이 쿵쾅거리는지 혹시 그가 그 소리를 듣지 않을까 두려웠다.

"이렇게 비가 오는 날씨에 무례인 것 같지만 시간이 얼마 남지 않아서 말이오."

"네, 교수님." 조는 들고 있던 화분을 너무 세게 움켜 쥐어서 부숴버릴 뻔했다.

"티나에게 줄 작은 옷 하나만 좀 골라 줘요. 도무지 혼자서는 아이 옷을 사러 갈 수가 없어서 말이오. 어떤 게 좋을지 좀 도와 주시오."

"네, 교수님." 조는 갑자기 얼음 창고 안에 들어서기라도 한 것처럼 가슴이 차갑고 차분해지는 기분이 되었다.

"티나 엄마에게 줄 숄도 골라 줘요. 그 분은 가난한 데다 아프고 남편은 늘 걱정거리거든요. 그래요, 두껍고 따뜻한 숄이 좋을 거 같소."

"기꺼이 도와 드리죠. 바에르 씨. 난 이렇게 엉망인데 교수님은 매 순간 점점 더 다정해지는구나." 조는 혼자 중얼거렸다. 마음은 어지러웠지만 꽤

찮아 보이는 가게 안으로 힘차게 들어갔다.

바에르 씨는 모든 것을 조에게 맡겼고 조는 티나에게 줄 예쁜 드레스와 숄을 골랐다. 유부남인 점원은 가족을 위해 물건을 사는 것으로 보이는 한 쌍의 남녀에게 관심을 보이며 상냥하게 말했다.

"부인께서는 이게 더 어울릴 거 같아요. 원단도 좋고 색상도 나무랄 데 가 없죠. 아주 고상하고 우아하답니다." 그는 폭신한 회색 숄을 펼쳐 조의 어깨에 둘러 주었다.

"어때요, 마음에 들어요, 바에르 씨?" 조가 바에르 씨에게 등을 보이며 물었다. 얼굴을 숨길 수 있어서 고마울 뿐이었다.

"아주 좋아요. 이걸로 하겠소." 바에르 씨는 미소를 지으며 물건 값을 지불하는 동안 조는 싼 물건을 찾는 사람처럼 여기저기를 계속해서 뒤졌 다.

"자, 이제 집으로 갈까요?" 바에르 씨는 그 말이 즐겁게 느껴지는 듯 보 였다.

"네, 시간이 늦었네요. 그리고 너무 피곤해요." 조의 목소리는 스스로 느끼는 것보다 훨씬 더 애처롭게 들렸다. 어느덧 태양이 사라지고 세상은 다시 온통 진흙투성이로 비참해 보였다. 이제야 발이 시려운 게 느껴졌고 머리도 아팠다. 하지만 마음은 발보다 더 차가웠고 머리보다 더 고통스러 웠다. 바에르 씨는 이제 멀리 떠날 사람이었다. 그는 조를 그저 친구로 좋아 했고 모든 것은 조의 착각이었다. 더 빨리 끝날수록 더 좋은 관계였다. 이런 생각이 들기 시작하자 조는 다가오는 합승 마차를 급하게 불러 세웠다. 그 바람에 화분에서 데이지 꽃이 떨어져 망가져버렸다.

"우리가 탈 합승마차가 아니오." 바에르 씨가 말했다. 그리고 사람을 잔뜩 태운 그 합승마차를 보내고 엉망이 된 꽃을 집어 들었다.

"아, 미안해요. 행선지를 정확하게 보지 못했어요. 신경 쓰지 마세요. 저 걸을 수 있어요. 진흙 속에서 걷는 일에 익숙해진 걸요." 조는 눈을 깜박이며 말했다. 눈물 때문에 도저히 눈을 뜨고 있을 수가 없었기 때문이다.

조가 고개를 돌렸지만 바에르 씨는 조의 뺨에 떨어지는 눈물 방울을 보았다. 그 모습에 마음이 마음이 아파진 바에르 씨는 몸을 숙여 많은 의미가 담긴 어조로 물었다.

"세상에, 왜 우는 거요?"

조가 이런 일에 익숙했다면 우는 게 아니고 머리가 아픈 거라고 말하거나 적당히 상황에 맞게 둘러댈 수 있었을 것이다. 하지만 이런 일이 처음이었던 조는 품위 없이 훌쩍이며 대답했다.

"당신이 이제 떠나니까요."

"아, 이런. 정말 기분 좋군요!" 바에르 씨가 우산과 짐을 들고 있는 손을 간신히 꼭 맞잡으며 소리쳤다. "조, 난 당신에게 사랑 말고는 줄 게 없소. 당신이 내 마음을 받아 줄 수 있는지 알고 싶어서 이곳에 온 거요. 당신이 나를 친구 이상으로 생각해 주기를 기다렸소. 당신의 마음 한 켠에 보잘 것 없는 나를 위해 자리를 내어 줄 수 있겠소?" 바에르 씨는 단숨에 모두 말했다.

"그럼요!" 조는 대답하고 두 팔로 그의 팔에 팔짱을 꼈다. 그리고 그와 함께 인생의 길을 걷는다면 이 낡은 우산을 쓰고 가더라도 정말 행복할 것 같다는 표정으로 바에르를 올려다보았다. 조의 그런 모습에 바에르 씨는 가슴이 벅찼다.

확실히 고백하기에는 여러모로 어려운 상황이었다. 바에르 씨는 마음은 간절했지만 진흙 때문에 무릎을 꿇을 수도, 두 손에 잔뜩 들고 있는 짐 때문에 조에게 손을 내밀 수도 없었다. 게다가 사람들이 오가는 큰 길에서 그런 애정 표현을 할 수 있는 성격은 더더욱 아니었다. 그가 자신의 기쁨을 표현할 수 있는 유일한 방법은 환한 얼굴로 조를 바라보는 것이었다. 그의 표정이 어찌나 밝은지 수염에 맺힌 빗방울에 작은 무지개가 떠오른 것 같았다. 바에르가 조를 진정으로 사랑하지 않았다면 그 상황에서 그렇게 고백을 할 수 없었을지도 모를 일이다. 그때 조의 모습은 사랑스러움과는 거리가 멀었기 때문이다. 치마는 개탄스러운 상태였고 장화는 발목까지 흙탕물이 튀어 있었으며 보닛은 엉망진창이었다. 다행히 바에르의 눈에는 조가 세상에서 가장 아름다워 보였고 조도 바에르가 그 어느 때보다도 '주피터처럼' 보였다. 모자의 챙이 축 늘어져 그의 어깨 위로 작은 실개천이 흘렀고(그는 우산을 조의 쪽으로 완전히 기울이고 있었다) 장갑은 모든 손가락을 수선해야 할 정도였지만 말이다.

지나가는 사람들은 아마도 이 두 사람을 순수한 미치광이 한 쌍이라고 생각했을 것이다. 두 사람은 합승 마차를 부르는 것도 완전히 잊은 채 안개 낀 저녁 어스름길을 유유자적 걸어가고 있었기 때문이다. 남들이 어떻게 생각하든 그들은 상관없었다. 인생에 한 번 올까말까한 행복한 시간을 즐기고 있었기 때문이다. 그 마법 같은 순간에는 나이든 사람은 젊어진 것 같고, 평범한 사람은 아름다워진 듯하며, 가난한 이는 부자가 된 듯했다. 모든 이가 천국의 맛을 느끼는 순간인 것이다. 바에르는 왕국을 정복한 듯했고 한 번도 경험해 본 적 없는 행복을 느꼈다. 바에르 곁에서 걷고 있는 조는 마치 그곳이 오래 전부터 자신의 자리였던 느낌이었고 다른 곳은 생각할 수 없을 것 같았다. 먼저 입을 연 사람은 조였다. 논리적인 성격의 조에게는 어울리지 않게 충동적으로 "그럼요!"라고 말한 후 퍽 다정한 말투였다.

"프리드리히, 왜 당신은-."

"아, 세상에! 미나가 죽고 나서 나를 그렇게 불러 준 사람은 아무도 없었소!" 바에르는 웅덩이 속에서 걸음을 멈추고 고맙고도 기쁜 얼굴로 조를 바라보며 소리쳤다.

"혼자서는 늘 당신을 그렇게 불렀는데 나도 모르게 그만 정말 입 밖에 내어 말하고 말았네요. 하지만 당신이 싫다면 그렇게 부르지 않을게요."

"아니, 좋아요! 너무 달콤해서 이루 다 표현할 수가 없소. '그대'라고도 해 봐요. 그 말은 영어도 우리 말만큼이나 아름다워요."

"'그대'란 말은 좀 감상적이지 않아요?" 사실 조는 아주 사랑스러운 단어라고 생각하고 있었다.

"감상적이라고요? 그래요, 다행히도 우리 독일인들은 감상적인 걸 좋아한다오. '당신'이란 말은 좀 차갑게 느껴지는데, '그대'는 그렇지 않아요. '그대'는 나에게 큰 의미가 있으니 그렇게 불러 줘요." 그렇게 애원하는 모습이 진지한 교수라기보다는 영락없이 사랑에 빠진 학생 같았다.

"그럼 그대는 왜 좀 더 일찍 마음을 말해주지 않았나요?" 조가 부끄러워하며 물었다.

"이제 내 모든 마음을 그대에게 보여주겠소. 그러니 이제부터 그대는 내 마음을 소중히 생각해 줘야 하오. 아, 나의 사랑하는 조, 얼마나 예쁜 이름인지! 뉴욕에서 작별 인사를 하던 날 내 마음을 말하고 싶었소. 하지만 그 잘 생긴 친구가 당신과 약혼할 거 같아서 말하지 않았지. 만약 그때 내가 말했다면 당신은 내 마음을 받아들였겠소?"

"모르겠어요. 아마 아닐 거예요. 그때는 사랑이라는 감정이 마음이 전혀 없었거든요."

"글쎄, 내 생각에 그건 아닌 것 같소. 동화 속 왕자님이 숲을 달려와 깨울 때까지 그 감정은 잠을 자고 있던 거지. 독일 말에 '첫사랑이 가장 좋은 사랑이다'는 말이 있지만 난 그것까지 바라지는 않겠소."

"맞아요. 첫사랑이 가장 좋은 사랑이에요. 그리고 교수님이 첫사랑이니 걱정 마세요. 그때 테디는 그저 어릴 적 친구였고 이제는 망상에서 벗어났어요." 조는 바에르의 오해를 풀어주고 싶어 안절부절못했다.

"좋아요! 그럼 마음을 놓겠소. 당신의 사랑은 이제 확실히 내 것이라고 믿겠소. 너무 오래 기다리는 동안 난 이기적인 사람이 되어버렸다오, 사모님."

"마음에 드는데요." 조는 새 호칭이 마음에 들었다. "자, 이제 말해 봐요. 내가 당신이 필요한 걸 어떻게 알고 딱 맞춰서 나타났는지."

"이거요." 바에르가 조끼 주머니에서 낡은 종이 한 장을 꺼냈다.

종이를 펼친 조의 얼굴이 붉어졌다. 조는 종종 신문에 시를 투고한 적이 있었는데 그때 썼던 시 한 편이었다.

"이 글 때문에 왔다고요?" 조가 무슨 말인지 모르겠다는 듯 말했다.

"우연히 이 시를 찾았소. 시 속에 나온 이름들과 이니셜을 보고 당신 시라는 걸 알았소. 그리고 한 구절이 나를 부르는 것 같았소. 읽고 그 부분을 찾아봐요. 젖지 않도록 내가 봐 줄 테니까."

조는 바에르가 시키는대로 서둘러 자신이 쓴 시를 훑어보았다.

다락방에서

먼지가 켜켜이 쌓인 세월의 흔적 속에

가지런히 놓인 작은 상자 네 개.

이제는 다 자란 아이들이

오래 전 시간으로 채워 놓았네.

색 바랜 리본이 달린

네 개의 열쇠가 나란히 걸려 있다.

오래전 비 내리던 어느 날

치기 어린 자부심으로 묶었던 화려한 리본.

네 개의 상자 뚜껑에

새겨놓은 주인의 이름들.

그 아래 놓인

행복했던 시간들.

놀던 손을 멈추고

달콤한 후렴구를 듣네.

지붕에 떨어지는 빗소리

어느 여름날 쏟아지는 비 속에서

매끄럽고 아름다운 첫 번째 상자에 적힌 이름, 메그.

그리운 마음으로 그 상자 속을 들여다보네.

단정한 손길이 닿았던

가지런한 흔적들.

평화로운 삶의 기록들.

착한 아이에게 줄 선물.

신부 드레스와 결혼 허가증.

작은 신발과 곱슬머리.

이제 모두 갖고 가 버려 .

상자 속에 장난감은 남아 있지 않지만

세월이 지나 다시 만나리.

아기자기한 삶 속에서

행복한 엄마가 된 메그!

부드럽고 나지막한 자장가

달콤한 후렴구처럼 들네.

어느 여름날 쏟아지는 비 속에서

긁히고 닳은 두 번째 상자에 적힌 이름, 조.

그 속엔 뒤죽박죽 잡동사니

목 없는 인형과 찢어진 교과서

말할 것 없는 새와 동물들.

요정의 나라에서 왔지만

어린 발에 짓밟히기만 했네.

미래의 꿈은 보이지 않고

지나간 시간의 추억들은 달콤하니

쓰다 만 시들과 거친 이야기들.

따뜻하고도 차가운 4월의 편지들.

고집 센 아이의 일기.

일찍 늙어버린 여자의 슬픔.

한 여자가 홀로 외로이 집에서

'사랑을 소중히 하면 사랑이 찾아 올 거야'

슬픈 후렴구처럼 듣네.

어느 여름날 쏟아지는 비 속에서

나의 베스!

깨끗한 뚜껑에 적힌 너의 이름.

눈물 고인 사랑의 눈길과

조심스러운 손길로 먼지를 닦아낸다.

죽음이 성인聖人을 만들고

인간은 신보다 나약하기에

비통한 가슴 속에 세워진

슬픔의 성전.

영원히 울리지 않을 은종과

마지막까지 쓰고 있던 작은 모자.

문에 달려 있던 천사 인형.

아름다운 성인 캐서린.

고통의 감옥 속에서도

슬픔 없이 불렀던 노래가

영원히 아름답게 울려 퍼진다.

어느 여름날 쏟아지는 비와 함께

마지막 상자 위의 이름은

이제 아름다움과 진실함의 전설이 되어

용감한 기사의 방패 속

금색과 푸른색으로 새겨진 이름 '에이미'.

머리를 감쌌던 머리 망.

마지막 춤을 추었던 구두.

조심스레 말린 꽃.

수고를 다 한 부채.

불꽃처럼 타올랐던 발렌타인 카드들.

소녀의 희망과 두려움과 부끄러움이 담긴

작고 사소한 것들.

소녀의 마음이 담긴 추억들.

이제는 더 아름답고 진정한 사랑으로 피어난다.

신부의 은색 종소리가

행복하게 들려온다.

어느 여름날 쏟아지는 비 속에서

먼지가 켜켜이 쌓인 세월의 흔적 속에

가지런히 놓인 작은 상자 네 개.

기쁨과 슬픔 속에서 배움을 얻고

사랑과 고난을 알게 된 네 자매.

잠시 헤어질 뿐

잃은 이는 없으니

사랑이라는 불멸의 힘이

그들을 영원히 함께 하게 하리라.

이 숨겨진 상자가

신 앞에서 열릴 때

그들의 시간은 금빛으로 풍요로우며

행동은 더욱 아름답게 빛나며

인생이라는 용감한 음악은 오래오래 울려 퍼지리라.

강인한 영혼은 기쁘게 노래하리라.

비 그친 뒤 햇살 속에서 오래오래

"정말 형편없는 글이네요. 하지만 이 시를 쓴 날 전 아주 외로웠어요. 혼자서 실컷 울기도 했죠. 이렇게 내 속을 모두 털어놓은 줄은 몰랐네요." 조는 바에르가 오랫동안 소중하게 갖고 있던 시를 찢어버리며 말했다.

"그냥 버려도 괜찮아요. 그 시는 자기 소임을 다 했으니. 당신의 작은 비밀들이 적힌 갈색 공책을 모두 읽고 나니 새 시를 얻게 되었소." 바에르는 바람결에 날아가는 종잇조각을 보며 미소를 지었다. 그리고 진지하게 말을 이어갔다. "그 시를 읽고 혼자 생각했소. '조는 슬프고 외롭구나. 진정한 사랑이 있다면 위안을 얻을 텐데.' 내 마음은 당신으로 가득했소. 그래서 이렇게 '보잘 것 없지만 내 마음을 받아 주시오.'라고 말했소."

"이제 당신의 마음은 보잘 것 없는 것이 아니라 내가 필요로 하는 소중한 것이라는 것을 알게 됐겠죠?" 조가 속삭였다.

"처음에는 그렇게 생각할 용기가 없었소. 하지만 당신이 그렇게 다정하게 나를 맞아준 후로 난 희망을 갖기 시작했소. 그리고 '죽을 각오라면 그녀의 마음을 가질 수 있을 거다.'라고 스스로 다짐했소. 그리고 결국 이렇게 해낸 거요!" 두 사람을 둘러싸고 있는 안개가 넘어가야 할 장벽이라도 되는 듯 바에르는 도전적으로 고개를 끄덕였다.

조는 바에르 씨가 멋지다고 생각했다. 그리고 말을 타고 화려하게 돌진해 오지는 않았지만 자신의 기사를 존경하기로 결심했다.

"왜 오랫동안 집에 오지 않았어요?" 조가 물었다. 감추는 것 없이 질문하고 대답을 얻을 수 있다는 사실이 너무 좋아 가만히 있을 수가 없었다.

"당신에게 보여줄 확실한 미래도 없이 당신을 그 행복한 집에서 데리고 올 수는 없었소. 시간이 오래 걸릴 수도, 힘든 일일 수도 있으니 말이오. 가난하고 늙은 사람을 위해 많은 것을 포기해 달라고 어떻게 말할 수 있겠소?"

"당신이 가난해서 좋아요. 난 돈 많은 남편은 견딜 수 없을 거예요!" 조는 단호하게 말했다. 그리고 좀 더 나긋나긋해진 어조로 덧붙였다. "가난을 두려워 말아요. 난 가난이 어떤 건지 충분히 알아요. 그리고 사랑하는 사람을 위해 일하는 게 행복하다는 것도 알죠. 그리고 스스로 늙었다고 말하지 말아요. 난 절대 그렇게 생각하지 않아요. 난 당신이 일흔 살이라고 해도 사랑하지 않을 수 없을 거예요!"

바에르는 너무 감동을 받아 손수건이 있었으면 좋았겠다고 생각했다. 대신 조가 그의 눈물을 닦아주었다. 조는 바에르에게서 짐을 한두 개 받아 들고는 웃으면서 말했다.

"지금 내가 너무 내 마음대로인지는 모르지만 그 누구도 나를 뭐라고 할 수 없어요. 눈물을 닦아주고 짐을 나누는 건 아내의 특별한 임무니까요. 프리드리히, 난 내 몫의 짐을 들겠어요. 그리고 함께 가정을 꾸려 나가요. 어떡할 건지 결정을 해요. 아니면 난 한 발짝도 움직이지 않겠어요." 바에르가 짐을 뺏으려고 하자 조가 결연하게 말했다.

"오랫동안 기다려도 괜찮겠소? 멀리 떨어져서 나 혼자 일을 해야 해요. 먼저 조카를 돌봐야 하거든. 당신이 있긴 하지만 미나와의 약속을 깰 수 없으니까. 그래도 날 용서해 주고 행복하게 기다릴 수 있겠소?"

"그럼요. 그럴 수 있어요. 우린 서로 사랑하니까요. 사랑하는 마음만 있으면 뭐든 견딜 수 있어요. 나도 해야 할 일이 있는 걸요. 당신이 있다 하더라도 그 일들을 게을리할 수 없어요. 그러니 서두르거나 조바심 낼 필요가 없어요. 당신은 서부에서 열심히 일해요. 난 여기서 내 일을 할 테니. 앞날은

신의 뜻에 맡기고 우리는 희망을 갖고 행복하게 살아요.”

"아! 그대는 나에게 이런 희망과 용기를 주는데 내가 줄 수 있는 거라곤 가슴 가득 사랑과 빈 손뿐이요.” 바에르가 감정을 억누르며 소리쳤다.

조는 적당하게 행동하는 법이 없었다. 계단에 선 바에르가 그렇게 말했을 때 조는 자신의 두 손을 그의 손에 쥐어 주며 부드럽게 속삭였다. "이젠 빈 손이 아니죠.” 그리고는 몸을 숙여 우산 속 프리드리히에게 입을 맞추었다. 끔찍한 행동이었지만 울타리에 앉은 참새 떼가 모두 사람이었다 하더라도 조는 그렇게 했을 것이다. 조는 행복에 취해 아무것도 눈에 보이지 않았다. 아주 소박한 모습이었지만 두 사람의 인생에 있어서 가장 빛나는 순간이었다. 조는 사랑하는 이와 함께 가족들이 기다리는 집으로 들어 갔다. 집 안의 환한 불빛과 따스함, 그리고 평화로움이 그 동안 두 사람 인생 속 어둠과 비바람, 외로움을 모두 녹여 주었다.

24

결실, 그 충만함

일년 동안 조와 바에르 교수는 희망을 갖고 일하고 기다리고 사랑했다. 가끔 만나기도 하고 두툼한 편지를 주고받았다. 로리는 종이 값이 오르는 건 두 사람 때문이라고 우스갯소리를 했다. 이듬해는 다소 우울하게 시작됐다. 두 사람의 앞날이 그다지 밝지 않은 것 같아 절망하고 있던 차에 마치 할머니마저 갑자기 돌아가셨기 때문이다. 말은 차갑게 했지만 모두가 사랑하던 할머니와의 이별은 모두에게 큰 슬픔이었다. 그런데 슬픔이 끝나갈 무렵 기뻐할 일이 있다는 것을 알게 되었다. 할머니가 플럼필드를 조에게 남긴 것이다. 그 무엇보다도 기쁜 일이었다.

"정말 훌륭한 고택이지. 가격이 엄청날 텐데 당연히 팔 거지?" 몇 주 후 다 함께 모여 그 일에 관해 이야기하는데 로리가 물었다.

"아니, 팔지 않을 거야." 조는 할머니를 기리는 뜻에서 입양한 뚱뚱한 푸들을 쓰다듬으며 단호하게 대답했다.

"설마 거기서 살 거란 말은 아니지?"

"살 거야."

"하지만 조, 거긴 굉장히 넓은 곳이야. 제대로 관리하려면 돈이 많이 들 텐데. 정원과 과수원만 하더라도 하인 두세 사람은 필요해. 그리고 농사는 바에르 씨가 할 수 있는 일이 아니니 내가 맡을게."

"내가 하자고 하면 그이도 해보려 할 거야."

"그러면 그곳에서 나는 것들로 먹고 살 생각인 거야? 듣기엔 좋겠지만 죽어라 고생일 텐데."

"우리가 키울 작물들은 보람 있는 것들이야." 조가 웃었다.

"그 훌륭한 작물들은 뭔가요, 부인?"

"바로 소년들이야! 어린 소년들을 위해 학교를 열고 싶어. 집처럼 즐겁고 행복한 학교! 난 아이들을 돌보고 프리드리히는 아이들을 가르치는 거지."

"정말 조다운 계획이구나! 조에게 딱이지 않나요?" 로리가 가족들을 향해 물었다. 가족들 역시 로리 만큼이나 놀란 것 같았다.

"난 그 계획이 마음에 드는구나." 마치 부인이 확신을 가지고 말했다.

"나도 그래." 마치 씨는 어린 아이들에게 소크라테스식 수업을 해 볼 기회가 생긴 것 같아 반가운 마음에 덧붙여 말했다.

"손이 엄청 많이 갈 텐데." 메그가 기운을 쏙 빼놓곤 하는 아들의 머리를 쓰다듬으며 말했다.

"조는 할 수 있을 거야. 그리고 그 일을 하면서 행복할 거고. 아주 훌륭한 계획인 것 같으니 한 번 들어보자." 로렌스 씨가 큰 소리로 말했다. 그는 조와 바에르 씨에게 도움을 주고 싶었지만 두 사람이 거절할 것 같아 줄곧 나서지 못하고 있었다.

"할아버지가 늘 옆에서 도와주시는 거 알아요. 에이미도 마찬가지죠. 말은 안 해도 속으로 신중하게 생각 중이라는 걸 그 아이 눈을 보면 알 수 있었거든요. 자, 여러분." 조가 진지하게 모두를 향해 말했다. "이건 새롭게 생각한 게 아니라 오랫동안 마음에 품고 있던 계획이에요. 프리드리히가 저에게 오기 전부터 생각하고 있었죠. 큰 돈을 벌고 가족들이 저를 필요로 하지 않을 때쯤 큰 집을 사서 부모도 없이 가난하고 외롭게 사는 아이들을 데리고 와서 보살펴 주는 일이요. 제때에 도움을 받지 못해 인생을 망치는 아이들을 많이 봤거든요. 너무 늦기 전에 그 아이들을 위해 뭐든 하고 싶어요. 그 아이들이 뭐가 필요한지, 뭘 힘들어 하는지 저는 잘 알아요. 그 아이들에게 엄마가 되고 싶어요!"

마치 부인이 손을 내밀자 조가 두 눈 가득 눈물을 글썽이며 미소 짓는 얼굴로 그 손을 잡았다. 한동안 볼 수 없었던 열정적인 모습을 되찾은 듯했다.

"내 계획을 말했더니 프리드리히도 그런 일을 꿈꾸고 있었다며 부자가 되면 함께 해 보자고 하더군요. 얼마나 착한 사람인지! 사실 그이는 평생 그 일을 하고 있었어요. 가난한 아이들을 돕는 일 말이에요. 돈이 많은 것

도 아닌데 말이죠. 앞으로도 그이가 부자가 될 일은 없어 보여요. 주머니에
선 돈이 오래 머물지를 않더라고요. 그런데 제가 받아야 하는 것보다 더 사
랑을 주신 할머니 덕에 이제 적어도 기분은 부자가 된 듯하니 플럼필드에
살면서 학교를 세울 거예요. 그곳은 넓고 세간살이들도 튼튼하니 소년들
을 위해 안성맞춤인 곳이죠. 집 안에는 방도 많고 밖으로 나오면 넓은 땅이
있어요. 아이들이 정원과 과수원에서 일을 도울 수도 있겠죠. 그런 일은 건
강에도 좋을 테니까요, 안 그런가요? 프리드리히는 자신만의 방식으로 아
이들을 가르칠 테고, 아버지도 그이를 도울 수 있을 거예요. 난 아이들을
먹이고, 보살피면서 때로는 꾸짖기도 할 거예요. 엄마가 옆에서 도와 주실
거고요. 전 언제나 남자 아이들과 함께 지내고 싶었어요. 이제 저 집을 남자
아이들로 가득 채워서 함께 실컷 놀래요. 생각만으로도 신 나요. 플럼필드
가 내 집이고 남자 애들과 뛰어놀 수 있다니요!"

조가 손을 내저으며 기쁨의 한숨을 내쉬자 그 모습에 다들 한바탕 웃
었다. 로런스 씨는 웃다가 쓰러지지 않을까 싶었다.

"뭐가 그렇게 우스우세요?" 웃음소리가 조금 잦아들자 조가 진지하게
물었다. "우리 교수님이 학교를 열고 내가 내 땅에서 살겠다는데 이것보다
자연스럽고 당연한 일이 어디 있어요?"

"조가 일이 다 된 듯 벌써 우쭐거리는데요." 그 생각을 훌륭한 농담쯤
으로 생각한 로리가 말했다. "그 학교를 어떻게 유지할 계획인지 물어봐도
될까요? 모든 학생들이 부랑아라면 수익성은 없을 거 같은데요. 일반적인

상식에선 말이죠. 바에르 부인."

"찬물을 끼얹는구나, 테디. 물론 부자인 학생도 받을 거야. 아마 처음에는 부자인 학생들만 받겠지. 그렇게 출발해서 한두 명씩 부랑아를 늘여 갈 거야. 부자인 아이들도 가끔은 보살핌과 위안이 필요해. 하인들에게 맡겨진 아이들이나 소극적인 성향인데도 앞에 나설 것을 강요당하는 아이들을 봤어. 잘못해서 장난꾸러기로 자라거나 엄마가 없는 아이도 봤고. 인내심과 애정을 갖고 지켜봐야 할 사춘기에 함부로 다뤄지는 경우도 많지. 관심 없이 내버려 두다가 어느 날 갑자기 예쁜 아이에서 훌륭한 청년이 되어 있기를 바라는 어른도 있어. 그 어린 아이들은 불평하지 않지만 속으로는 모두 알고 느끼고 있지. 나도 그 과정을 겪어 봤기 때문에 그런 아이들에게 특별히 관심이 많아. 그 아이들의 행동이 서투르고 마음이 뒤죽박죽이라 하더라도 누군가는 그들의 따뜻하고 정직하고 착한 진심을 알고 있다는 걸 알게 해 주고 싶어. 게다가 난 한 소년을 가족의 자랑과 영광으로 키워낸 경험도 있잖아?"

"그건 내가 증명해 줄 수 있지." 로리가 고마운 얼굴로 말했다.

"난 내가 바라던 것 이상으로 성공했어. 테디, 너를 보면 알 수 있는걸. 착실하고 분별력 있는 사업가가 되어 가진 재산으로 수없이 선행을 하고 가난한 이들에게 축복을 내리지. 넌 단순히 사업가가 아니야. 착하고 아름다운 것들을 사랑하고 즐기며 모든 것들을 사람들과 나누며 살지. 테디, 난 네가 자랑스러워. 해마다 넌 더 유능해지고 있고 모두가 그 사실을 느끼고 있어. 넌 그렇게 말하지 못하게 할 테지만 말이야. 학생들이 모이면 난 널 이렇게 소개할 거야. '여러분, 저 분처럼 되도록 노력하세요.'"

가엾은 로리는 몸 둘 바를 몰랐다. 조의 칭찬에 인정한다는 듯한 눈길로 모두가 자신을 바라보자 지난 날의 부끄러움이 몰려왔기 때문이다.

"조, 칭찬이 과해." 그 옛날 소년처럼 말했다. "그동안 네가 날 위해 애쓴 걸 생각하면 평생 어떻게 갚아야 할지 모르겠어. 난 그저 널 실망시키지 않으려고 최선을 다했을 뿐이야. 최근에 네가 날 버려 두긴 했지만 그래도 도움을 많이 받았어. 그리고 내가 이렇게 된 건 이 두 사람의 덕분이기도 하지." 로리는 한쪽 손은 백발이 된 할아버지의 머리에, 다른 한 손은 에이미의 금발 위에 올렸다. 세 사람은 늘 그렇게 함께였다.

"세상에서 가장 아름다운 건 가족인 것 같아!" 조는 유난히 들떠서 소리쳤다. "나에게도 가정이 생긴다면 저 세 사람처럼 행복하면 좋겠어. 존 형부와 프리드리히만 여기 있다면 이곳은 작은 천국이 될 텐데." 조가 나직하게 덧붙였다. 그날 밤 가족들과 함께 앞으로의 희망과 계획에 대해 이야기를 나눈 조의 가슴은 행복함에 벅차올랐다. 방으로 올라 가 베스가 쓰던 텅 빈 침대 앞에서 무릎을 꿇고 베스를 떠올리는 동안 가까스로 마음을 가라앉힐 수 있었다.

정말 믿을 수 없는 한 해였다. 모든 일들은 놀라울 정도로 착착 순조롭게 진행되었다. 어느 새 조는 결혼을 하고 플럼필드에 정착을 했다. 예닐곱 명의 소년들이 버섯처럼 생겨나더니 놀랍도록 쑥쑥 자랐다. 가난한 소년도 부자인 소년도 있었다. 로런스 씨는 가슴 아픈 처지의 아이들을 찾아 내 바에르 부부에게 맡아달라고 부탁한 후 소소하게 후원을 해 주었다. 영리한 노신사는 이런 방식으로 자존심 강한 조의 곁에서 도움의 손길을 꾸준히 주고 있었다.

몹시 힘든 일이었기 때문에 처음에 조는 어이없는 실수를 하기도 했다. 하지만 지혜로운 바에르가 조를 잘 이끌어 안정시켰고 가장 말썽이 심하던 부랑아도 결국에는 얌전해졌다. 조는 거친 남자 아이들과 즐겁게 놀았다. 잘 정돈되어 있던 플럼필드라는 성이 수많은 소년들이 마구 뛰어 노는 곳으로 바뀐 것을 마치 할머니가 알았다면 얼마나 한탄했을까! 살아 생전 노부인은 주변 소년들에게 공포의 대상이었던 것을 감안하면 정의가 실현됐다고 할 수 있을까? 소년들은 자두를 마음껏 딸 수 있었고 더러운 부츠로 자갈을 차는 것도 허락되었다. 발도 들여놓을 수 없던 곳에서 크리켓도 할 수 있었다. 한마디로 플럼필드는 소년들의 천국이 되었다. 로리는 주인을 칭송하는 뜻으로 '바에르 정원'이라고 부르면 어떻겠냐고 제안했는데 정말 딱 어울리는 이름이었다.

화려한 학교도 아니었고 바에르 부부의 재산이 불어나는 것도 아니었지만 플럼필드는 조가 계획했던 대로 '가르침과 보살핌, 사랑이 필요한 소년들을 위한 집처럼 행복한 곳'이 되었다. 저택의 모든 방은 금방 아이들로 채워졌고 정원의 작은 구역들도 모두 주인이 생겼다. 애완동물을 키울 수도 있었기 때문에 헛간에 사육장도 들어섰다. 하루 세 번 조는 긴 식탁 상

457

석에 앉아 맞은편에 앉은 남편을 향해 미소를 보냈다. 양옆으로는 행복한 얼굴의 아이들이 줄지어 앉아 '바에르 엄마'를 애정 어린 눈빛으로 바라보고 감사의 인사를 했다. 많은 아이들이 있었지만 조는 그들 때문에 지치는 법이 없었다. 그들은 결코 천사가 아니었다. 오히려 부부에게 고민과 걱정거리를 줄 때도 있었다. 하지만 아무리 장난기 많고 다루기 힘든 아이들이라 하더라도 그 마음 속에는 선함이 있다고 조는 믿었다. 그래서 끊임없이 인내하고 요령껏 아이들을 대하니 결국 성공했다. '바에르 아빠'가 태양처럼 인자하게 대해주고 바에르 엄마는 수백 번을 용서해 주니 그 어떤 망나니도 오래 뻗댈 수가 없었다. 조에게 있어서 아이들과의 우정은 아주 소중했다. 아이들이 잘못을 저지른 후 코를 훌쩍이며 뉘우침의 말을 속삭이는 일, 아이들의 재미있거나 감동적인 이야기, 작은 비밀들, 그들의 유쾌한 열정과 희망, 계획, 심지어 불운까지도 조는 아주 귀하게 여겼다. 성장이 느린 아이, 부끄럼을 타는 아이, 연약한 아이, 소란스러운 아이, 혀짤배기 소리를 하는 아이, 말 더듬는 아이, 다리를 저는 아이, 어디서도 받아 주지 않는 쿼드룬 혼혈아[91]를 '바에르 정원'에서는 환영해 주었다. 그런 아이들을 받아 주다가 학교가 망할 거라고 말하는 사람도 있었지만 말이다.

고된 일과 걱정거리, 소란이 끊이지 않았지만 조는 그곳에서 더없이 행복했다. 진심으로 그곳 생활이 즐거웠고 세상 그 어떤 찬사보다도 아이들의 박수 갈채가 더 고마웠다. 이제 열정적으로 믿어주고 들어주는 그곳 아

---

91   흑인의 피가 4분의 1인 흑백 혼혈인과 백인 사이의 혼혈인.

이들 앞에서만 자신의 이야기를 했다. 세월이 흘러 조는 아들 둘을 낳았고 행복도 그만큼 커졌다. 할아버지의 이름을 딴 '로브'와 낙천적인 아이 '테디'는 아빠의 햇살 같은 성격과 엄마의 활발한 정신을 닮은 듯했다. 할머니와 이모들은 사내 아이들이 우글거리는 그곳에서 아기들이 잘 자랄 수 있을까 걱정했지만 아이들은 봄날의 민들레처럼 잘 자라 주었고 거친 소년들도 아기들을 잘 보살펴 주었다.

플럼필드에는 행사가 많았는데 가장 즐거운 연례 행사는 '사과 따기'였다. 그날이면 마치 가족, 로런스 가족, 브룩 가족, 바에르 가족은 다같이 모여 사과 따기에 전력을 다 했다. 조가 결혼을 하고 오년째 되는 해에도 이 행사가 열렸다. 향기로운 10월의 어느 오후, 신선함이 가득한 공기에 다들 사기가 올랐고 혈관 속 건강한 피가 춤추게 했다. 오래된 과수원은 행사 분위기가 무르익은 듯 보였다. 국화꽃과 과꽃이 이끼 낀 담장을 장식하고 있었고 메뚜기가 마른 풀밭을 뛰어다녔으며 귀뚜라미가 축제를 알리는 듯 울고 있었다. 다람쥐들이 바쁘게 열매를 모으고 있었고 새들은 오리 나무에 앉아 작별을 고하듯 지저귀고 있었다. 모든 나무들은 한 번만 흔들어도 빨갛고 노란 사과들을 후드득 떨어트릴 듯 보였다. 모두가 그곳에 모였다. 다들 웃고 노래하고 나무를 기어 올라가고 뛰어내렸다. 이렇게 완벽하고 즐거운 날은 없었다고 입을 모아 말했다. 세상에 걱정이나 슬픔 따위는 없는 것처럼 단순한 즐거움에 온몸을 맡겼다.

마치 씨는 평온한 얼굴로 주변을 산책하며 로런스 씨에게 투서와 카울리, 콜루멜라의 시를 들려주었다.[92] '사과로 만든 와인처럼 부드러운 주스' 를 즐기면서 말이다.

바에르 교수는 건장한 독일인 기사처럼 창 대신 막대기를 든 채 소년들을 이끌고 녹색 길을 오르내렸다. 소년들은 사다리 소방차를 만들어 땅과 나무 위를 연결해 놀라운 성공을 거두었다. 로리는 도맡아서 꼬마 아이들을 돌봤다. 자신의 어린 딸을 곡식 바구니에 넣고 다녔고 데이지는 새 둥지까지 올려 주었고 모험심이 강한 로브가 다치지 않도록 지켜 주었다. 마치 부인과 메그는 사과 더미에 포모나[93]처럼 앉아 쏟아져 들어오는 사과를 분류했다. 에이미는 아름다운 엄마의 표정으로 사람들의 모습을 스케치했다. 그리고 자신을 흠모의 눈길로 바라보며 앉아 있는 창백한 소년을 지켜보았다. 소년의 옆에는 목발이 놓여 있었다.

그날 조는 물 만난 물고기처럼 여기저기 신나게 돌아다녔다. 핀으로 치맛자락을 고정하고 모자는 아무 데나 벗어놓은 채 아기는 팔 아래 끼고 어떤 모험에라도 뛰어들 것 같은 태세였다. 테디가 한 소년을 따라 잽싸게 나무를 타고 올라가거나 다른 아이의 등에서 뛰어내리고 너그러운 아빠가 테디에게 신 사과를 주어도 조는 아무 걱정하지 않았다. 마치 불사신처럼 어린 테디에게는 아무 일도 일어나지 않았기 때문이다. 테디의 아빠는 아기들이 절임 양배추에서부터 단추, 못, 신발까지 죄다 소화시킬 수 있다는

---

92   토마스 투서(1524~1580) 농경작가이자 시인, 에이브러헴 카울리(1618~1667) 영국의 시인이자 수필가, 루키우스 콜루멜라 (A.D. 1세기) 〈농업론〉의 저자.

93   로마 신화에 등장하는 과실을 돌보는 님페. 특히 사과나무를 아낀다.

게르만 민족의 잘못된 믿음을 갖고 있었다. 조는 때가 되면 꾀죄죄하지만 안전한 모습으로 테디가 다시 나타나리라는 것을 알고 있었고 그럴 때마다 발그스름한 얼굴의 테디를 따뜻하게 안아 주었다. 조는 아이들을 너무도 사랑했다.

4시가 되자 다들 쉬러 왔다. 빈 바구니를 옆에 두고 쉬면서 찢어진 옷과 멍을 서로에게 보여주었다. 조와 메그는 큰 아이들을 보내 잔디밭에 저녁을 차리게 했다. 야외 활동에서는 간식 시간이 가장 큰 즐거움이다. 그곳은 그야말로 젖과 꿀이 흐르는 곳이 되었다. 아이들이 원하는 곳에서 음식을 먹어도 나무라는 사람이 없었다. 자유는 아이들이 가장 좋아하는 소스였기에 아이들은 흔하게 주어지지 않는 그 특권을 마음껏 누렸다. 어떤 아이들은 실험을 한다며 물구나무를 서서 우유를 마시기도 했고 등 짚고 뛰어넘기 놀이를 하면서 파이를 먹기도 했다. 들판에 쿠키를 씨앗처럼 뿌리기도 하고 새로운 종류의 새처럼 사과 파이가 사과나무에 앉아 있기도 했다. 어린 여자 아이들은 비밀스러운 다과회를 가졌고, 테디는 음식 사이를 마음껏 휘젓고 다녔다.

다들 실컷 음식을 먹고 나자 바에르 교수는 "마치 할머니를 위하여, 신의 축복이 함께하기를!"이라고 첫 번째 건배를 했다. 이런 행사 때면 언제나 그렇게 건배를 하고 마셨다. 마치 할머니가 베풀어 준 것들을 절대 잊지 않는 착한 바에르는 그렇게 진심을 담아 건배를 했고, 아이들에게는 할머니를 잊지 말라고 가르쳤다.

"다음은, 여기 계신 우리 할머니의 예순 번째 생일을 축하하며 건배! 만수무강하세요!"

모두의 마음을 담은 정성 가득한 건배였다. 건배가 한 번 시작되자 멈추지 않고 계속 이어졌다. 특별 후원자 로런스 씨부터 주인을 잃고 헤매다 놀란 기니피그에 이르기까지 모두의 건강을 위해 건배했다. 가장 큰 손주 데미는 오늘의 여왕에게 여러가지 선물을 준비했다. 너무 많아 손수레로 옮겨야 할 정도였다. 그 중 우스꽝스러운 선물도 있었는데 다른 사람들의 눈에는 결점투성이 선물일지라도 할머니 눈에는 보석처럼 보였다. 아이들의 선물은 아이들 손에서 나온 거니까. 데이지의 작은 손가락으로 한 땀 한 땀 수놓은 손수건은 마치 부인에게는 그 어떤 자수 손수건보다 훌륭한 것이었다. 데미의 신발 상자는 뚜껑이 닫히지 않는 것만 빼면 조작 기술이 아주 훌륭했다. 로브의 발판은 다리 길이가 고르지 않아 흔들렸지만 마치 부인은 아주 편안하다고 말했다. 에이미의 딸이 갖고 온 소중한 책에는 삐뚤 삐뚤한 글씨로 '사랑하는 할머니에게, 꼬마 베스 드림'이라고 적혀 있는 페이지가 가장 아름다웠다.

손주들이 선물을 전달하고 있는 사이 이상하게도 소년들이 하나둘 모습을 감추었다. 마치 부인이 손주들에게 고맙다고 말하며 눈물을 흘리자 테디가 할머니 눈물을 닦아주었다. 그때 바에르 교수가 갑자기 노래를 부르기 시작했다. 그러자 그의 머리 위에서 노랫소리가 조금씩 들려오기 시작하더니 이내 보이지 않는 합창단의 노래가 울려 퍼졌다. 조가 가사를 쓰고 로리가 작곡을 한 노래를 교수가 연습시켜 완성한 합창곡이었다. 소년들은 온 마음을 담아 불렀다. 전혀 새로운 곡이었지만 대단히 성공적이었다. 감격을 감추지 못한 마치 부인이 키 큰 프란츠와 에밀부터 가장 아름다운 목소리를 가진 어린 혼혈아까지 날개 없는 천사들을 향해 지칠 줄 모르고 손을 흔들었다.

노래가 끝나자 마치 부인과 딸들을 나무 아래 남겨 둔 채 소년들은 마지막 놀이를 위해 흩어졌다.

"다시는 나 스스로 '불행한 조'라고 말할 수 없을 거야. 가장 바라던 소원이 이렇게 훌륭하게 이뤄졌으니까." 바에르 부인이 우유 통 속을 마구 휘젓고 있는 테디의 작은 손을 저지하며 말했다.

"언니가 옛날에 생각했던 언니의 인생과는 확연히 달라. 우리가 이야기 나누던 상상의 성 기억해?" 에이미는 소년들과 크리켓을 하고 있는 로리와 형부를 미소 띤 얼굴로 바라보며 물었다.

"저들 좀 봐! 골치 아픈 일은 잊고 하루 종일 즐겁게 노는 저들을 보니 내 마음이 다 흡족해." 이제 조는 온 인류의 어머니라도 된 듯 말했다. "물론 기억해. 하지만 그때 꿈꿨던 인생은 지금 생각하니 이기적이고 외롭고 차가워. 좋은 책을 쓰겠다는 꿈은 아직 포기하지 않았어. 기다릴 수 있어. 이런 경험과 모습들이 이야기 쓰기에 도움이 될 거라 생각해." 조는 주변을 가리켰다. 멀리서 소년들은 열심히 뛰어 놀고 있었고 아버지는 바에르 교수의 팔에 의지한 채 걸으며 함께 깊은 대화를 나누고 있었다. 딸들에 둘러 싸인 어머니의 무릎과 발치에는 손주들이 앉아 있었다. 더 나이들 것 같지 않은 어머니의 얼굴을 보며 다들 위안과 행복을 얻는 듯했다.

"나는 꿈을 거의 다 이뤘어. 근사한 것을 바랐지만 사실은 작은 집과 존, 이렇게 사랑스러운 아이들만 있으면 충분하다는 걸 알고 있었던 거야. 난 모두 다 가졌어. 감사합니다, 하느님. 전 세상에서 가장 행복한 여자예요." 메그는 흡족한 표정으로 키가 훌쩍 자란 아들의 머리에 손을 얹었다.

"내 삶은 처음에 계획했던 것과는 아주 달라. 하지만 바꾸고 싶은 생각은 없어. 조 언니처럼 예술에 대한 내 꿈을 포기하지 않을 거야. 그리고 꿈을 이루고자 하는 사람들을 돕는 일만 하며 살고 싶지는 않아. 최근에 아기 모형 만드는 일을 시작했어. 로리도 지금까지 한 것 중 가장 잘한다고 했고 나도 그런 것 같아. 대리석으로 만들어 볼 생각이야. 어쨌든 최소한 내 천사의 모습을 간직할 수는 있을 테니."

에이미가 흘린 눈물이 품 속에 잠든 아이의 금발 머리 위로 떨어졌다. 몸이 허약한 딸을 잃게 될지도 모른다는 불안이 늘 에이미를 괴롭히고 있었다. 불안하기는 아빠인 로리도 마찬가지였다. 하지만 사랑과 슬픔이 오히려 이 두 사람을 단단히 묶어주고 있었다. 에이미는 더욱 다정하고 사려 깊은 사람이 되어 갔고 로리는 더욱 진지하고 강인한 사람이 되었다. 두 사람은 아름다움이나 젊음, 많은 재산, 심지어 사랑도 걱정과 고통, 상실감, 슬픔을 막지 못한다는 사실을 배우고 있었다.

'어떤 삶에나 빗방울은 떨어지는 법

어떤 날은 흐리고 슬프고 음울하리.'[94]

"베스는 점점 좋아지고 있어. 분명해. 그러니 낙담하지 말고 희망을 가져. 행복한 마음으로 지내는 거 잊지 말고." 마치 부인이 말했다. 마음이 따뜻한 데이지가 무릎을 굽히고 사촌 동생의 창백한 얼굴에 장밋빛 뺨을 가져다 댔다.

"낙담하지 않아요. 엄마가 이렇게 응원해 주시고 로리가 모든 마음의 짐을 나눠주고 있으니까요." 에이미가 따뜻한 목소리로 말했다.

"로리는 걱정이 있어도 내색하지 않고 언제나 참고 견디며 저에게 다정하고 베스에겐 헌신적이죠. 항상 위로가 되는 사람인데 제가 충분히 사랑해 주지 못하고 있는 것 같아요. 그래서 걱정거리가 있긴 해도 메그 언니처럼 '감사합니다, 하느님. 전 세상에서 가장 행복한 여자예요.'라고 말할 수 있어요."

"다들 봐서 알겠지만 나도 그 누구보다 행복해." 조가 착한 남편과 잔디 위에서 구르기를 하고 있는 통통한 아이를 번갈아 보며 말했다. "프리드리히는 흰머리가 생기고 뚱뚱해졌어. 난 야위어 가고 나이는 서른이 넘었지. 우리에겐 부자가 될 방법도 없고, 플럼필드는 하룻밤새 불에 다 타버릴 수도 있어. 그 구제불능 토미 뱅스가 이불 속에서 담배를 피다가 세 번이나 불을 냈으면서도 또 필 테니까. 그런데 이런 현실에도 불구하고 난 불평

94　헨리 워즈워드 롱펠로의 시 '궂은 날' 중에 있는 표현.

할 게 없어. 요즘은 너무 재미있어서 돌아버릴 지경이야. 아, 표현이 거슬렸다면 미안해. 남자 아이들 속에 있다 보니 가끔 아이들 말투를 쓰게 돼."

"그래, 조. 넌 훌륭한 결실을 거두게 될 거다." 마치 부인이 테디를 노려보고 있는 검고 큰 귀뚜라미를 쫓아내며 말했다.

"엄마의 결실에 비하면 반에도 못 미치죠. 여기 이렇게 결실이 있잖아요. 엄마가 결실을 거두기 위해 하신 노력과 그 인내에 대해서 어떻게 고마워 해야 할지 모르겠어요." 조가 감격스러운 표정으로 말했다.

"해마다 더 많은 결실이 있기를 바라요." 에이미가 부드럽게 말했다.

"그 결실이 아무리 많더라도 엄마 마음은 다 담아 둘 수 있다는 것도 알아요." 메그가 애정어린 목소리로 말했다.

감동에 북받친 마치 부인은 손주들을 안으려는 듯 두 팔을 뻗었다. 그리고 사랑과 고마움 가득한 목소리로 말했다.

"아, 딸들아. 너희들 모두 언제까지나 행복하게 살기를 간절하게 바란다!"

■ 작품 해설

삶의 순간마다 나를 비춰주는
거울 같은 소설 『작은 아씨들』

　포털 사이트에서 '작은 아씨들'을 검색해 보면 다양한 목록이 눈에 띈다. 도서부터 영화, 드라마, 연극, 뮤지컬에 이르기까지 '작은 아씨들'은 그야말로 다양한 문화 콘텐츠가 되었다. 그런데 검색된 것들을 하나하나 살펴보면 제목만 같고 내용은 전혀 별개인 작품들도 이따금 볼 수 있다. '작은 아씨들'이라는 제목의 무게감에 기대어 홍보 효과를 노린 것이라 짐작된다. '작은 아씨들'이라는 제목이 대중의 눈길을 끌기에는 꽤 효과가 있기 때문이리라.

　영화만 하더라도 같은 제목으로 시대를 막론하고 여러 차례 리메이크되었다. 심지어 제작될 때마다 당대 최고의 배우들이 캐스팅 되고, 언론은 리메이크 사실을 대대적으로 홍보한다. '작은 아씨들'의 문화사적 위상을 가히 짐작할 수 있는 현상이다.

　도서 검색 사이트에서도 『작은 아씨들』은 수없이 많은 판본으로 검색

된다. 어린이에서부터 성인에 이르기까지 다양한 독자층을 대상으로 한 번역책이 많이 있다. 아마도 우리나라 성인 중에 어린 시절에 이 책을 읽어보지 않은 사람은 드물 거라 생각된다. 책을 일독하지 않았더라도 드라마나 만화, 영화 등 다양한 문화 콘텐츠로 보아서 작품 속 인물의 이름이나 대략의 얼개 정도는 알고 있는 사람이 상당할 것이다. 어릴 때 요약본으로 읽었던 책을 성인이 되어 완역본으로 다시 읽는 경험을 하는 독자도 드물지 않을 것이다.

어린 시절 『작은 아씨들』을 읽은 후 작품의 팬이 되었던 '한 사람의 독자'로서, 그리고 성인이 되어 『작은 아씨들』을 만난 '운 좋은 번역가'로서, 이 책이 이토록 시대를 거슬러 많은 층위의 사람들을 매료시키는 이유는 무엇일까 생각해 보았다. 이 책의 가장 큰 매력은 작중 인물들의 개성이 돋보이는 생생한 '캐릭터'라고 단연 말할 수 있을 것 같다. 저만의 개성을 지닌 캐릭터들이 펼치는 이야기의 향연에 팬이 된 독자는 영화로, 연극으로, 뮤지컬의 형태로 재창조되고 재해석된 네 자매를 다시 만난다.

어떤 책이든 읽고 나면 마음에 남는 캐릭터가 있게 마련인데 『작은 아씨들』 속 네 자매 중 누구 하나 마음이 가지 않는 이가 없다는 점이 이 책의 매력임에 분명하다. 각자의 개성들이 무엇 하나 넘치거나 모자람없이 작품을 빛내고 있어서 어린 시절 읽었든 성인이 되어 읽었든 그 매력을 잊지 못하는 것이다.

여기서 잠깐 작품이 쓰여진 시대를 돌아보지 않을 수 없다. 당시 미국 사회는 그야말로 대격변의 시대였기에 그 사회적 배경을 알면 작품을 이해하는 데 많은 도움이 된다.

1861년부터 시작된 남북 전쟁은 미국 북부와 남부 간의 경제적, 사회적 차이가 갈등의 핵심이었다. 특히 노예제를 둘러싼 갈등이 심했다. 1865년 남북전쟁이 끝난 재건 시기에도 갈등은 쉽게 끝나지 않았다. 노예제가 폐지되었으나 흑인들은 여전히 차별과 빈곤에 시달렸다. 미국 북부는 공업화와 산업화가 가속화되는 반면 남부는 농업 경제가 붕괴되었다.

전쟁을 겪는 동안 시민권이 확대되면서 모든 사람이 평등하다는 개념이 사람들의 머릿속에 자리잡게 되었다. 또 한편으로는 산업화와 도시화가 가속화되어 농업에서 상공업으로 경제 중심이 재편되고 도시 인구가 급증하여 대도시가 형성되었다.

이 과정에서 미국 사회는 전통적인 가족, 전통적인 여성에 대한 생각에 변화가 생긴다. 실제로 『작은 아씨들』의 작가 루이자 메이 올컷도 어려운 가정 형편 때문에 가정교사, 재봉일, 가정부 등 온갖 일들을 하며 경제 활동을 했다. 남북 전쟁 중에는 간호병으로 지원하여 전쟁터로 향했다. 작가뿐 아니라 당시 많은 여성들이 간호사, 군수품 공장 노동자 등으로 활동하며 이전에 비해 사회적 역할이 확대되었다.

이러한 격변의 시대에 등장한 『작은 아씨들』은 당시 미국의 사회적, 문화적 변화를 잘 그려낸 수작이었다. 『작은 아씨들』은 가정 소설(domestic novel)의 전통에 속한다. 가정과 가족 관계를 중심으로 이야기가 전개되며 여성 독자들에게 친숙한 주제를 다루었다. 하지만 이 작품은 단순히 가정 내의 이야기를 다루는 것에 그치지 않고 여성의 자아 발견과 사회적 역할이라는 주제를 다루며 가정 소설의 범위를 확장시켰다고 볼 수 있다. 이러한 전개는 어쩌면 대중에게는 다소 낯설었을지도 모르는 이야기였다. 그러나 개성 넘치는 네 자매의 활약이 이야기에 활력소를 불어넣으며 독자에게 진정성 있게 다가갔기에 새로운 영역의 이야기는 많은 사람들의 호응을 이끌었다.

작품 속 첫째 딸 메그는 여성스럽고 차분하며 집안의 장녀로서 책임감이 강하며 전통적인 가치관을 가진 캐릭터이다. 화려한 사교계 생활을 꿈꾸기도 하지만 이를 극복하려 노력하며 소박한 삶의 가치를 배워 나간다. 존 브룩과 결혼을 하여 가정 안에서 행복을 추구하는 모습을 보여 준다. 작가는 메그를 통해 전통적 여성상을 보여 주며 가족애와 희생에 대해 말한다.

둘째 딸 조는 작가를 꿈꾸는 열정적이고 독립적이며 관습에 얽매이지 않은 자유로운 영혼이다. 글쓰기에 열정을 가진 작가 지망생으로 남성 중심 사회에서 자신의 꿈을 이루기 위해 노력한다. '여자다움'을 강요하는 사회에서 때로 상처를 받기도 하지만 자신의 정체성을 잃지 않는다. 결혼이나 전통적 여성의 역할을 거부하며 독립적인 삶을 추구한다. 그러다가 바에르 교수와 결혼하여 자신만의 방식으로 사랑과 일을 균형감 있게 성취한다. 조는 당대 사회적 규범에 저항하며 여성의 독립성과 주체성을 대표하는 캐릭터로 여겨진다.

셋째 딸 베스는 내성적이고 온화하며 순수하고 희생적인 캐릭터이다. 음악을 사랑하고 피아노 연주를 즐기며 가족에게 위로와 사랑을 준다. 건강이 좋지 않아 요절하지만, 그녀의 죽음은 남은 가족들에게 큰 영향을 미치며 삶의 소중한 가치를 깨닫게 해 준다.

넷째 딸 에이미는 예술 감각이 뛰어나고 야망이 크며 사회적 성공을 추구한다. 네 자매 중 가장 현실적인데 자신의 외모와 사회적 지위를 중요하게 생각한다. 결국 로리와 결혼하여 사랑과 현실적 욕망을 모두 성취한다. 개인의 야망과 사회적 성공을 추구하면서도 사랑과 가족의 가치를 잃지 않는 매력적인 캐릭터이다.

특히 둘째 딸 조는 소설 속 캐릭터를 넘어서서 여성들이 자신의 길을 스스로 결정할 수 있다는 가능성을 보여준 상징이 되었다. 작품 속에서 언제나 수동적인 모습으로 남성 주인공의 대상에 불과하던 여성이 주체적이고 다층적인 인물로 발전할 수 있음을 보여주어 문학사에서 중요한 전환적 인물이 되었다. 출간 당시 폭발적인 인기를 얻은 것도 이렇게 새로운 여성상을 보여준 것 때문일 것이다. 당시 소설은 남성 중심의 서사가 주를 이루었다. 여성은 문학의 주된 독자층일 뿐 여성을 중심으로 한 이야기는 드물었다. 그러나 『작은 아씨들』은 여성의 경험과 목소리에 집중했다. 조가 작품 속에서 작가로서 걸어간 여정은 이후 여성 창작자들에게 많은 영감을 주었으며 문학 속 여성 인물에도 상당한 영향을 미쳤다.『작은 아씨들』은 여성이 '희생적인 아내', '순종적 딸'로 묘사 되던 기존의 작품 속 단편적이고도 전형적 인물이 아닌 복잡한 내적 갈등과 개성을 가진 주체적 인물로 등장하게 된 출발점이 되었다. 여성이 자신의 이야기를 주도적으로 서술할 수 있다는 용기를 준 것이다. 버지니아 울프의『댈러웨이 부인』속 클라리사 델라웨어, 마가렛 미첼의『바람과 함께 사라지다』속 스칼렛 오하라에 이어 J.K 롤링의『해리포터』속 헤르미온느까지, 그 영향력은 시대를 거슬러 오늘날 각종 문화 예술 분야에도 미치고 있다.

이 소설의 미덕은 새로운 여성상을 제시하면서도 근면 성실하게 일하고 매사에 겸손하며 가족을 위해 희생한다는 전통적 가치관을 소홀하지 않고 있다는 것이다. 또한 자매가 겪는 도전과 성장 속에서 내면적 도덕성을 강조하고 있다. 가족 중심 문화와 미국적 가치관을 반영하며 당시 미국 독자들의 공감을 이끌어 냈다.

『작은 아씨들』은 독일에서 시작된 성장 소설(빌둥스로만bildungsroman)의 형식을 미국 문학에 성공적으로 이식한 작품으로 평가받는다. 네 자매의 경험을 통해 독자들은 인간적으로 성숙하고 정체성을 형성하는 과정을 목격한다. 뿐만 아니라 영국 문학의 영향 아래 있던 초기 미국 문학에서 미국적인 독자적 목소리를 가진 작품으로 평가한다. 특히 미국 여성 문학의 정체성을 확립하고 대중 문학의 변화를 이끈 작품으로 인정받는다.

이 작품은 리얼리즘과 센티멘탈리즘이 절묘하게 융합된 작품으로 평가되기도 한다. 19세기 중산층 여성들의 일상적인 경험, 자매들이 성격과 가치관의 차이로 갈등하는 모습, 이를 통해 서로의 삶을 이해하고 성장하는 과정, 네 자매가 각자 다른 방식으로 삶을 선택하는 과정 등이 매우 사실적으로 묘사되었다. 반면에 가족이 서로를 돌보며 사랑을 나누는 감정적 공감과 도덕적 교훈을 강조하는 경향, 네 자매가 갈등과 오해를 겪지만 결국 사랑과 이해로 화합하는 모습, 베스의 죽음 이후 조와 에이미가 관계를 회복하는 장면은 센티멘탈리즘적 요소가 잘 드러나 있다.

이는 작가 루이자 메이 올컷 자신의 경험과 가족사를 바탕으로 쓴 자전적 소설이기 때문이다. 조 캐릭터는 올컷 본인의 작가적 열망과 독립적 성격을 투영한 인물로, 이러한 자전적 요소는 소설의 진정성을 높이며 독자들에게서 공감을 샀다. 소설 작법에 있어서 자전적 접근법은 후대 많은 작가들에게 영향을 끼쳤다. 헤르만 헤세의 『데미안』이나 제임스 조이스의 『젊은 예술가의 초상』과 같은 자전적 성장 소설을 예로 들 수 있다.

우리는 왜 문학 작품을 읽는가? 작품 속에서 위안과 위로를 얻으며 카타르시스를 느끼는 것이 독서의 가장 큰 효용일 것이다. 『작은 아씨들』을 읽으면서 어떤 위안과 위로를 얻었는가? 위안과 위로를 준 인물은 누구였는가? 어떤 인물에게 가장 감정이입을 하고 공감하였는가? 특정 인물을 꿈을 수도 있겠다. 하지만 놀랍게도 네 자매 모두에게 공감하고 내 속에 네 자매 모두가 숨어 있는 것을 느낀 독자도 있을 것이다. 가족에 대한 책임감이 느껴질 때는 메그가, 내 마음 속 꿈을 찾아 열정적인 모습이 나타날 때는 조가 있다는 것을 느낄 것이다. 온화함과 평온을 찾을 때는 베스를, 야망과 실리를 추구하는 내 모습에서는 에이미를 만날 수 있을 것이다. 네 자매의 캐릭터가 보편적인 우리 인간 군상의 모습을 입체적으로 잘 그려내고 있기 때문이다. 살아가는 순간순간에 만나는 네 자매의 모습에 내 자신을 비춰보며 삶의 의미와 위로를 얻으니 『작은 아씨들』은 그야말로 진정한 우리 시대 고전이라고 할 수 있겠다.

번역가 최지현

루이자 메이 올컷 작가 연보

1832년 11월 29일 미국 펜실베이니아 주 저먼 타운에서 아버지 브런슨 올컷과 어머니 아바 올컷의 둘째 딸로 태어남.

1834년 보스턴으로 이주. 초월주의자였던 아버지의 영향으로 주관적 직관을 중시하며 청교도적 환경 속에서 교육받음.

1843년 메사추세츠 콩코드에 아버지 브런스 올컷과 찰스 레인이 공동 설립한 일종의 초월주의적 유토피아 공동체 '프루틀랜즈fruitlands'에서 잠시 생활함.

1845년~1846년 콩코드 힐사이드에서 언니 애나와 함께 존 호스머의 학교에 다님. 이때 루이자는 연극대본을 쓰며 글쓰기를 시작. 결국 2년여의 학교 생활을 접고 아버지와 헨리 소로의 가르침을 받음.

1848년 에머슨의 제안으로 작은 헛간에 학교를 설립하여 에머슨의 자녀들을 가르치지만 교사 일에 흥미를 잃음.

1850년 초월주의 문학가 랠프 왈도 에머슨(Ralph Waldo Emerson)과 헨리 데이비드 소로우(Henry David Thoreau)의 영향을 받음. 아버지 브런슨 올컷은 해박한 사상가이고 연설자이며 작가였으나 가족의 생계를 책임지기에는 역부족이었음. 루이자가 가정교사, 가사도우미, 바느질 등으로 생계를 도우며 독립심과 자립심, 책임감을 키움.

1851년 시 'Sunlight'을 잡지에 발표하며 본격적으로 문학 활동을 시작.

1855년 랠프 왈도 에머슨의 딸을 위해 쓴 이야기 『꽃의 우화 Flower Fables』 출간.

1858년 동생 엘리자베스 사망.

1861년 남북전쟁 발발.

1862년 11월 간호병으로 자원하여 워싱턴의 병원으로 가지만 열악한 환경에 장티푸스에 걸려 귀향. 같은 해 아버지의 동료이자 올컷 본인에게도 많은 영향을 주던 헨리 소로가 사망.

1863년 간호병으로 복무하던 당시의 경험을 토대로 한 글 '병원 스케치 Hospital Sketches'를 커먼웰스 신문에 연재하고 레드패스의 도움을 받아 출간.

1865년~1866년 지인의 딸이 유럽 여행을 갈 때 간병인으로 동행하여 런던 벨기에 프랑스 등을 여행하며 많은 경험을 쌓음.

1868년 '여자 아이들을 위한 글을 써보라'는 출판업자 토머스 나일스의 제안을 받고 글을 써 10월, 『작은 아씨들Little Women』 출간함. 작가의 자전적인 이야기였던 소설은 사실적이고 단순하며 진정성 있는 내용으로 독자들의 호평을 얻어 큰 성공을 거두고 루이자 메이 올컷은 유명 작가가 됨. '아이들이 자라서 결혼하는 모습을 보고 싶어 하지 않을 것'이라며 후속작 쓰기를 거부하지만 쇄도하는 독자들의 편지에 11월부터 후속작을 집필함.

1869년 『작은 아씨들』의 후속작 『좋은 아내 Good Wives』 5월에 출간. 전작 『작은 아씨들』과 연속성이 높아 합본으로 간행.

1871년 3부 『작은 신사들 Little Men』 출간.

1886년 4부 『조의 아이들 J's boys and how they turned out』 출간.

1870년대 여성 참정권 운동에 적극 참여하며 여성의 권리 신장에 힘쓰던
     올컷은 과로와 병마에 시달리면서도 아버지를 간호하며 글쓰기
     를 이어나감.

1888년 3월 6일 매사추세츠 보스턴에서 뇌졸중으로 쓰러져 사망.

작은 아씨들 2

1판 1쇄 인쇄 2025년 1월 15일
1판 1쇄 발행 2025년 1월 22일

지은이 루이자 메이 올컷
옮긴이 최지현
펴낸이 김영곤
펴낸곳 ㈜북이십일 아르테

편집팀 정지은 김지혜 이영애 김경애 박지석 양수안
표지디자인 모스그래픽
본문디자인 다함미디어
마케팅영업부문 출판마케팅팀 남정한 나은경 최명열 한경화 권채영
제작 이영민 권경민

출판등록 2000년 5월 6일 제406-2003-061호
주소 (10881) 경기도 파주시 회동길 201(문발동)
대표전화 031-955-2100
팩스 031-955-2151

ISBN 979-11-7357-018-6 04840
      978-89-509-8613-1 04840(세트)

아르테는 ㈜북이십일의 문학 브랜드입니다.
(주)북이십일 경계를 허무는 콘텐츠 리더
인스타그램 북이십일 : instagram.com/book_twentyone
          아 르 테 : instagram.com/21_arte
(주)북이십일 홈페이지 : www.book21.com